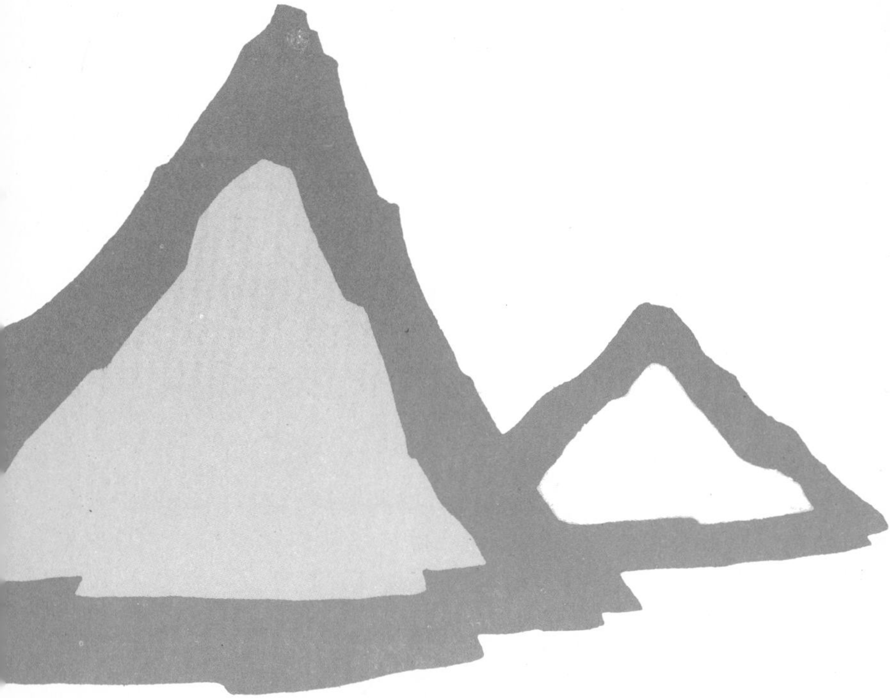

遠方有個女兒國

叢刊①・黃德偉主編

白樺

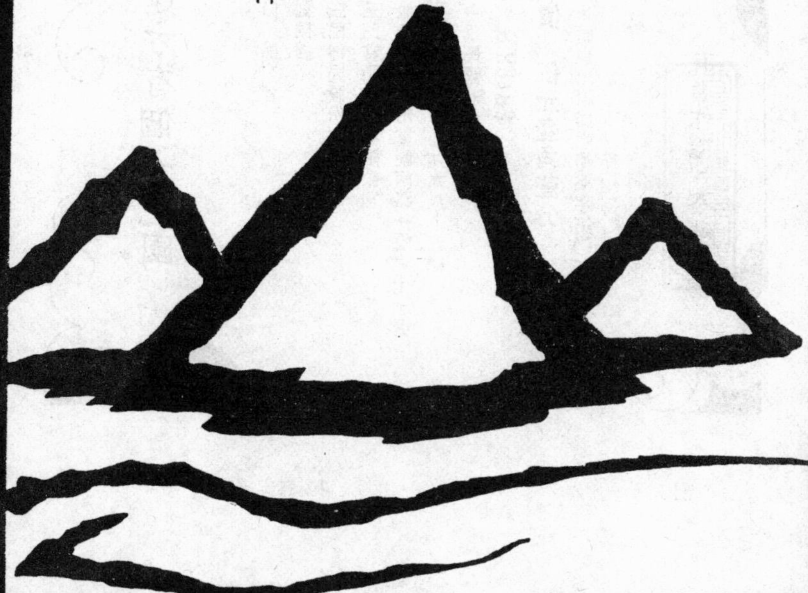

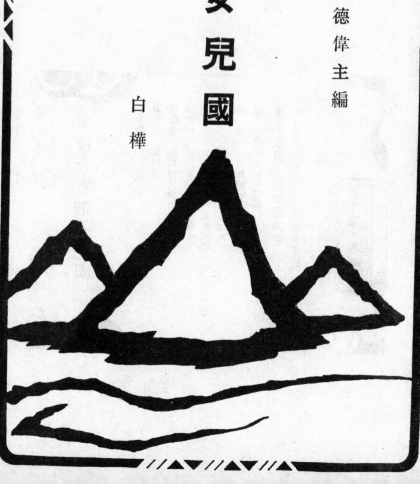

©遠方有個女兒國

作者 白樺
發行人 劉振强
出版者 三民書局股份有限公司
印刷所 三民書局股份有限公司
地址／臺北市重慶南路一段六十一號
郵撥／〇〇〇九九九八－五號
初版 中華民國七十七年七月
編號 S 83183
基本定價 伍元壹角壹分
行政院新聞局登記證局版臺業字第〇二〇〇號

白樺・一九八八・黃德偉攝

白樺與摩梭人坐騎（一九八五年春）

雲南景頗人的村莊裏（一九八六年）

摩梭人母與女

向摩梭姑娘學舞（一九八五年春於蘆沽湖地區）

與摩梭人在一起跳舞

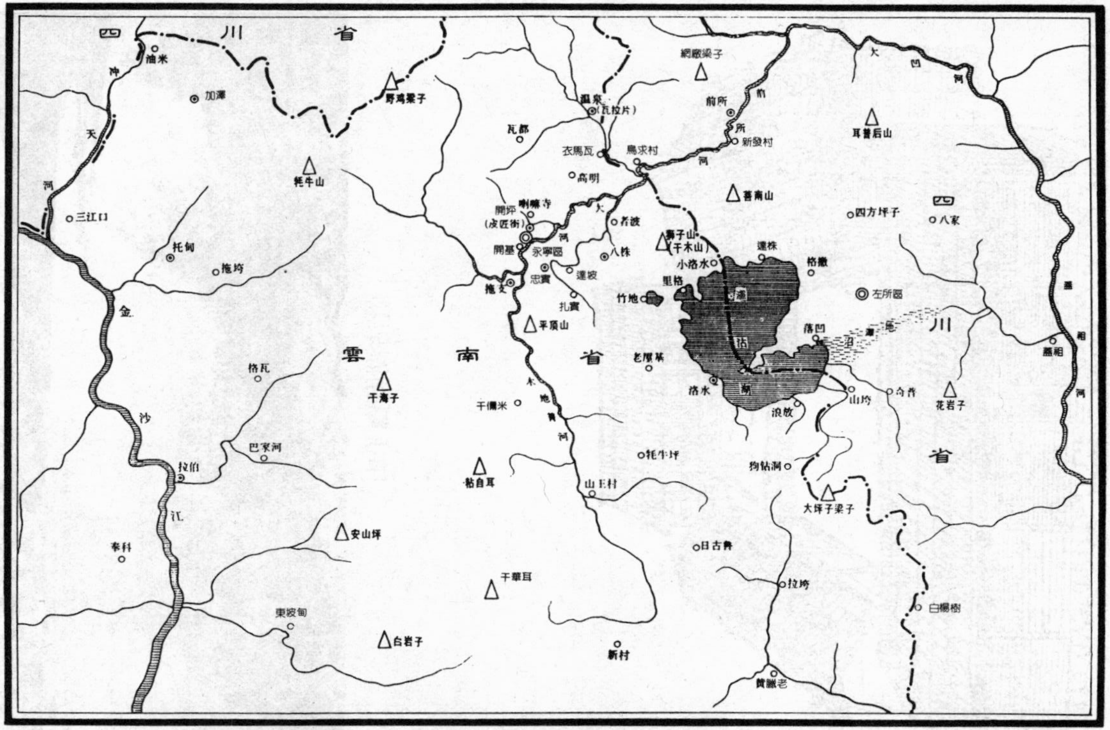

女兒國—瀘沽湖地區主要村落概圖

蘆沽湖與獅子山

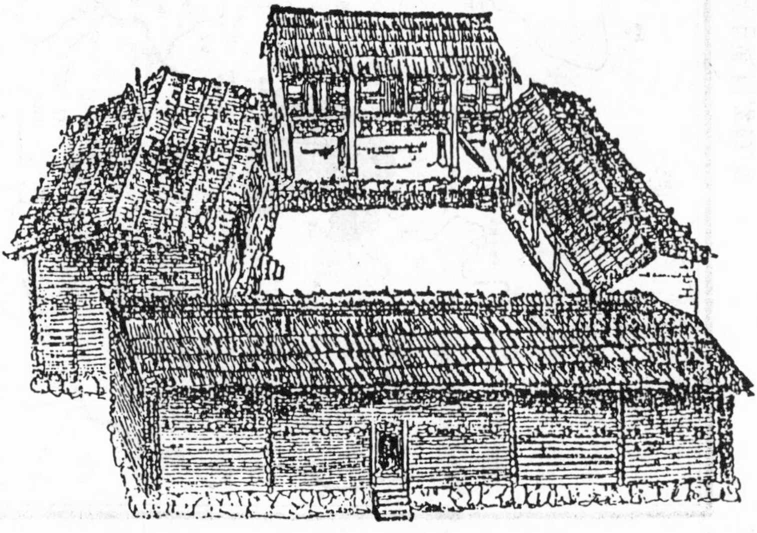

母系家庭院落

女神—干木

女孩成年時舉行「穿裙子」禮

祭祀儀禮常用豬膘（琵琶豬）

「穿裙子」禮時腳踏豬膘和糧食

在祭祀“干木”女神歸途中結交阿肖

交換信物

男子集體喊“阿嘿嘿！”與女子結交阿肖

結交阿肖的場合之一——盪鞦韆

在婦女們績麻時結交阿肖

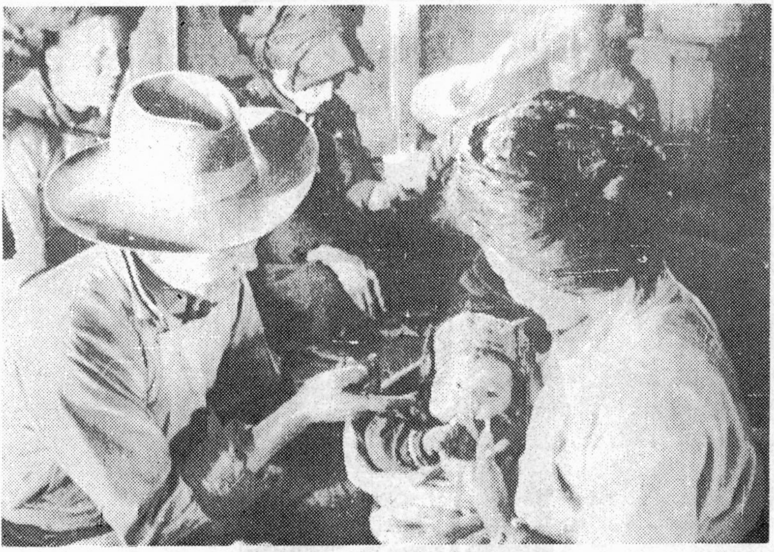

阿肖生孩子後，生父帶禮物去認子

集體打青稞

勤勞的婦女——背水

「山河叢刊」總序

中國文學到了廿世紀初開始進入一個與社會、政治、思想同步衰竭的階段。一九一九年的「五四運動」標誌一個新文學的誕生；三十年後，這個新文學在大陸的成長受到壓制而致變形；再三十年後，這個新文學經歷了災難、死亡的震撼得到重生——其間中國文化不但面臨「斷層危機」，而且遭逢「人工改造」，以致「山河四塞」。這個從苦難中再度孕育出來的新文學在近十年來得到外來文化的衝擊和滋補成熟得很快——他們學會了用各種語調把真實的感情意念有效地表達出來，一方面揭露了「政治宣傳面具」下血滲的皺紋和傷痕，以憤怒、平淡、親切或「饑餓」（身心）的聲音述說着他們在極端荒謬、悲觀、殘酷的現實裏「熬過來」的體驗或艱難成長的過程；另一方面表示了現在生活的徬徨和抉擇以及將來的夢想和意義。也許，「文革」這場「中國文化大災難」竟扮演了「鳳凰火浴」的角色——竟提供了一個文化重生、延續傳統的條件和基礎。

為了新傳這些民族的悲劇感受、呼喚和智慧，為了呈現千里山河老涸成無邊黃土地的中國命運的啓示，「山河叢刊」在「念禹功」（孫遜）、「風塵未盡」（庾信）、「四望春」（駱賓王）的多重構想中踏出了第一步——出版當代大陸小說代表作的這叢刊本着「委委佗佗如山如河」、「山無不容河無不潤」的態度去聆聽對岸擊槃說夢的細節，傳述那許許多多不斷在對岸繁殖的既親切又陌生，既古老又現代的故事。

「叢刊」的標誌和設計採用「山河」的古字（古鉢殷契遺珠二五伊彝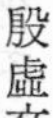殷虛文字乙編五二二七）表明與中國古代文明、傳統的關係；而這關係更具體地反映在「叢刊」的創刊作白樺的《遠方有個女兒國》裏——作者透過空間和時間的差距與重疊，對照古代母系社會和現代父系社會的生活質素，並探索兩者衝突的內因外由，從而思考、提出「文明進步」定律的辯證意義和「反諷」內涵。此外，古字的山形水態也暗示了「叢刊」的出版意圖——把有份量，有價值的當代大陸著述作妥善的編印介紹，廣為流傳。

黃德偉　民國七十七年七月七日於香港

自序

遠方有個女兒國。

在很遠、很遠的地方的確還有個女兒國。像是偶然被遺留在荒島上的一個古老的部族，摩梭人仍然保持着史前人類的家庭、婚配形式，以女性為根、為幹，以男性為枝葉。科學家稱之為「母系」。在金沙江沿岸，在蘆沽湖周圍，摩梭人自尊自強地按照自己古老的習俗生活着。雖然他們一直都處於早已進入父系社會的漢、彝、藏、納西、傈僳……等民族的包圍之中，有些村莊甚至是雜居在一起。元、明、清、民國的中央政府，每一朝代都把一個土官政府強加在摩梭人的頭上，這些土官都是異族，但無法改變摩梭人的家庭和婚配形式。到了五十年代，土官被取締，代之以人民政府。一九五八年大躍進運動和十年「文革」，都曾以疾風暴雨的形式，強迫摩梭人改變他們的家庭和婚配形式，拆散母系骨肉，使他們痛苦不已。最後證明：一切改變他們習俗的努力全部失敗。摩梭人民情淳樸，體魄健美。如果不是修通了公路，使得國家林業部門連年對森林的野蠻砍伐，他們的目光所及盡皆畫圖。我曾兩度訪問過蘆沽湖地區，見聞頗多，思索頗多。這是真正的「觀今鑑古」。我曾真誠地反問：人類進步的標誌到底是什麼？為了物質文明，我們付出了什麼代價？為什麼人類進入男性社會之後就失去了和平？在蘆沽湖，人與人的關係就是人與人的關係，而不是地位與地位、門第與門第、身份與身份、金錢與金錢的關係。甚至子女都不是維繫兩性之愛的條件。人類在進入男性社會之後，不斷遇到困惑，從而在困惑中製造出許多統稱為意識形態的東西，此類著作浩如煙海。反過來，這些東西又給我們無窮的紛擾。有史以來不少非常熱鬧、神聖而莊嚴的物事，原來都是虛假而殘酷的遊戲，而所有這些遊戲的結果是：在千千萬萬主動或被動參加遊戲的人們身心中留下真正的創痛。當我們懂得什麼是虛偽的時候，最痛心的莫過於還得把遊戲繼續做下去。我們倒立着，反而理直氣壯地痛斥別人的腳踏實地為可恥。

也許有些讀者會認為我在這部書中寫的一些故事不可信。我只能說，這些真實的荒誕和神聖的虛偽都是我們司空見慣的平常事。不信請看我們的鞋底，還留着昨天的血跡。因此，我不能不敬佩摩梭人的頑強，他們以原始的、天真的沉默抗拒了數千年山外的政治風暴的入侵。堅持按照他們的意願和睦地生活在自己母親的周圍。他們只遵從一個最單純的、不可動搖的信念：人不能離開母親生活。人——不管男人還是女人的肉體，都出自母親的肉體；靈魂也來自母親的恩賜。只有母親才是人世間最公正的權威。在蘆沽湖，我認識到：人原本是可以以愛為準則寧靜地繁衍生息，以至永久。

許多人都以為：沒有戰爭就是和平。這種想法太天真了！中國的大規模的戰爭結束於五十年代初，之後，長達三十餘年，我們並沒得到過和平。民心思安而不得安。卽使是蘆沽湖的摩梭人，也不斷受到動亂的侵擾。由於他們自己不願爭鬥，誰都無法挑起他們的爭鬥。

當然，無論摩梭人的世界多麼美好，多麼合理，它畢竟是古老太陽的一縷微光。我們這些生存於虛偽的泥沼之中，不堪泥漿困擾的人們，一定會讚美、欣賞他們的純真。甚至也可以適應他們嚴重缺乏現代物質條件的生存環境。但我們最終會明白過來，我們所接受不了的正是那些我們高度讚美並欣賞的——他們的純真。這就是我們的悲劇！我寫的正是這個悲劇。

臺灣的讀者對我也許並不陌生，據我知道，曾有幾本我的書在臺灣出版，可惜的是我並沒見到。但我很高興，茫茫大海並沒完全隔斷我們相互的聲音。這是一本我「正式」在臺灣出版的書，但願你們能夠喜歡，並和我一起思考，有許多問題是全民族、甚至是全人類的問題。我相信，不久我們會見面。——這是奇想麼？

（作者手跡）

一九八八年四月　上海

遠方有個女兒國

白樺

目次

走吧走吧走吧，鳥說：人類
不能忍受太多的眞實。

——托瑪斯・史特恩斯・艾略特

最不可救藥的罪孽是因愚蠢而作惡。

——沙爾・波德萊爾

我畏懼並仇恨面紗，
但萬物都蒙着那層霧，我也不例外，
只有我的靈魂從細紗眼裏漏出來，
無聲、無色、無影、無形，
自由地俯瞰着人間，包括肉身的自我。

——白樺

一

她就要滿十三歲了，美麗的小蘇納美！鐮刀形的月亮就要變成船形的月亮了。

「一輛、兩輛、三輛、四輛……」一羣穿着半長不短的褂子❶的男孩和女孩蹲在山頂上那排經幡下，小聲數着脚下公路的拐彎處出現的像甲蟲那樣爬行的汽車。四輛小汽車，一輛黑，兩輛藍，還有一輛是紅色的。跟着這些小汽車後面的是兩輛大轎車和三輛大卡車。卡車

❶十三歲之前沒舉行穿裙子禮的摩梭女孩和沒舉行穿褲子禮的摩梭男孩都穿一樣的、半長不短的麻布衫子。

上坐着的是解放軍，他們手裏握着槍，刺刀上的光一閃一閃，怪嚇人的。孩子們誰也不敢哼一聲，連那個最愛笑的女孩格若瑪都皺起了眉頭。往常，他們常常向單獨馳來的貨車、長途客車叫着唱着扔石頭，女孩子學着男孩子的樣子，往遠方來客的車頂上撒尿。這回他們可不敢，通向他們家鄉的這條公路，打修好的那一天起，從來都沒來過這麼多光溜溜的甲蟲似的小汽車，也從來沒來過這麼多握着槍的解放軍。這陣勢太大了！他們感到驚愕。聽說，在外邊，人物越大，坐的車越小。住房子又正相反，人物越大，住的房子也越大。別是「文化大革命」眞的要鬧到裏邊來了吧！外邊的「文化大革命」是在蘇納美四歲的時候鬧起來的，已經差不多有九年了。她記得，在她五歲那年，有幾個紅衞兵跑進來，紅着臉在村子裏又唱又叫，滿牆都寫了字，跺着腳，揮着手要大家起來「幹革命」。大人們的臉上個個都是想笑又笑不出來的樣子。誰也不知道哪樣才算起來，幹哪樣革命。孩子們可是高興透了，跟着他們唱呀、叫呀、喊口號呀，在紅衞兵的顏色桶裏撈起紅顏色往自己臉上抹。大人們爲了謝謝紅衞兵們，晚上給他們預備了飯菜。紅衞兵們吃飽飯以後問那些懂得點漢話的人：

「你們爲什麼謝我們呀？」

「謝謝你們讓我們的孩子們紮實快活了整整一天，他們難得見到外邊來的年輕人。」

紅衞兵對這樣的回答很不高興，拿出人人都有的小紅書念了很多毛主席的話。人人都點頭稱是。摩梭人裏也有會念的人，念得跟他們一樣溜。紅衞兵問：

「你們懂得這些話是什麼意思嗎？」

「不懂。」那些連連點頭的人又都連連搖起頭來。紅衞兵們很洩氣，把孩子們召集起來，每個人發一個紅衞兵的紅袖箍，有些孩子向他們要了雙份。紅衞兵還教孩子們像摩梭人的巫師那樣念念有詞，把小紅書連連往頭頂上舉。第二天早上，他們要大人和孩子們跟他們去揪鬥公社幹部，孩子們不去，大人們也不去，裝着聽不懂他們的話。那些懂得點漢話的人也變得一個字都聽不懂了。孩子們脫光了衣服，跳進「謝納米」❶，用腳狠狠地打着水。紅衞兵們也只好學着孩子們的樣子，一絲不掛地跳進湖裏游起來。紅衞兵的皮膚特別白，許多女人多年以後提起來都會大驚小怪地喊着：

「啊！阿咪❷呀！那些光溜溜的身子，白得咧！白得像……啊喲！白得比羊奶還要白，老是白嘍！那樣藍的湖水都沒在他們身上染上顏色。」

---

❶即滇川交界的蘆沽湖。「謝納米」系母親海之意。

❷阿咪系阿媽之意。

紅衞兵們痛痛快快洗了個澡，就排着隊、唱着語錄歌走了。

「謝納米」的水又像鏡子那樣平，靜靜地照着天空。

紅衞兵留下來的紅緞子袖箍都給女人們拿去當尿布了。蘇納美身邊的格若瑪背上的小妹妹襠裏就兜的是那物件。女人們使用它，又抱怨緞子不吸尿。從那批紅衞兵收兵回營之後，「文化大革命」就全都是外邊的故事了。趕馬人不斷把外邊那些可怕又可笑的故事用牲口馱到裏邊來，誰都喜歡聽，像聽鬼故事一樣，怎麼也聽不厭，一個個把眼睛都聽圓了。

這回來了這麼多車，這麼多兵，一定是把「文化大革命」也拉進來了，要眞是這樣，不要可不行呀。解放軍跟紅衞兵可不同，紅衞兵沒槍，解放軍有槍。還來了這麼多坐小車的大人物。孩子們可眞想親眼看看那些可怕又可笑的故事，要是故事裏的人物都是熟人，那才有滋味哩！昨天公社幹部就傳下話來了：中央派來了工作組。什麼是中央？他們搞不清，什麼是工作組？他們可都熟悉。他們看見過從上邊來的形形色色、大大小小的工作組。所有的工作組都像雲朵一樣從外邊飄進來，有的落幾滴雨，有的響幾聲雷，有的旣沒有雨，也沒有雷，雲朵終歸要從裏邊飄出去的，藍天飄不走，干木山❶飄不走。工作組來了，天天找幹部

---

❶ 干木山是雄踞於蘆沽湖邊的一座形似獅子的山，女神山。

開會，找老人開會，找女人開會，找小孩開會。說不完的話，寫不完的字，想出許多花樣來開會，在會上喊一火、批一火、鬥一火，就拍拍屁股走了。帶走一包一包寫滿字的紙張、花生米、魚乾、豬膘❶，歡歡喜喜地走了。誰也記不住他們說了些哪樣，鬥了些哪樣。挨批鬥的人該幹哪樣還幹哪樣，誰也不覺得撤了職的幹部少了一只耳朵，他本來就不想當幹部，當幹部太虧，老熬夜。孩子們只記得那是一段紮實熱鬧的日子。最好玩的工作組是那個不許多養娃娃的工作組，他們掛了好些畫，畫着人身子裏面的各種物件，最初沒成形的人的樣子，生養下來的經過。特別是在和摩梭人相鄰的漢人村子裏，他們像閹豬似地閹那些會生養的漢族女人。對摩梭女人只是勸說，誰也不肯去閹。漢族女人不願意也不行，她們像要被殺掉的豬似地大叫救命。工作組裏那些穿白大褂的男人、女人們把她們脫光、刮毛，按在殺豬的寬板凳上，捉住她們的手腳，用一把明晃晃的小刀去閹那些女人。孩子們高興得直蹦，扯着嗓子吆喝、喊着，紮紮實實地好看嘍！孩子們都擔心工作組住的時間太短，大人們都擔心工作組住的時間太長。怕他們閹紅了眼，摩梭女人也不能幸免。工作組的人也不願久住，因爲他們

❶ 腌臘整豬。

都有家。工作組的男人也會摸進摩梭人的「花骨」❶，和摩梭女人玩耍。事後，他總會送點好東西給和他玩耍的女人，向她千叮嚀萬囑咐：「可是別說出去呀！說出去就不得了呀！」女人們都不明白，爲哪樣不能說出去呀？「怕，你就別找我耍嘛！這又不是見不得人的事。」他恨不得把她的嘴縫上，求她：紮紮實實不能講出去，對誰也不能講。小蘇納美碰見過夜間提着鞋子走路的工作隊員，像踩在薄冰上似的。誰要是嚇唬他一下，他準會從樓梯上滾下來。要是兩個工作隊員在一條夜路上遇見了，準都會說出同樣的話來：「我在向××了解情況，談晚了。」他們說的都是男人的名字。他們爲哪樣都要說一個男人的名字呢？小蘇納美明明看見他們都是從女人的「花骨」裏出來的呀！他們在大會上一講話就要鄉親們坦白，動不動就高聲喊那句八個字的口號：「坦白從寬，抗拒從嚴。」他們爲哪樣不坦白呢？和工作隊員玩耍過的女人事後在一起議論說：「摩梭話嘛，他是講不來的，要嘛，他還是會得耍的。」

「莫瞧白天他的臉像石板，夜裏在『花骨』裏，他的臉上笑得能流出蜜來。」

---

❶ 摩梭成年女人接待男友的房間。

中央工作組在「謝納米」四周駐下來了，專挑摩梭人的村子住。誰也搞不清他們來幹哪樣，是撤換公社幹部？是抓小偷？還是鬧女人？誰也不曉得。大晴的天，人們的臉上都陰沉沉的。隊以上幹部都集中到公社大院裏，自帶被蓋，不許出門，關着門開了三天三夜會。孩子們聽那些開車的司機講：中央工作組並沒有中央的人，「中央文革小組」指派了一個省委書記和一個省婦聯主任當正副隊長。說這回來是要「整一整摩梭人的亂七八糟」。中央有一個叫張春橋和一個叫姚文元的大首長發了老大的脾氣，寫了幾萬個字的長文章。說是：「在全世界最先進最革命的社會主義中國，怎麼還沒把最原始、最落後、最野蠻的生活方式鏟除？」這句話裏，小蘇納美只曉得「鏟除」的意思，因爲她很小就在蒿子地裏鏟過草。他們要鏟除哪樣呢？

幹部會開了三天三夜，在工作隊長讓摩梭幹部詳細介紹摩梭人的婚姻家庭形式的時候，工作隊員們比聽女神的故事還要感到驚奇和可笑，有些年輕的女隊員從始至終都漲紅着臉。男工作隊員們笑得前俯後仰，唏嘘不已。與會的摩梭幹部對於這些工作隊員的表現極不理解，「這有哪樣可笑的哩！」，他們個個面含慍怒，都有一種受辱感。會開完了，幹部們都像霜打的青稞苗苗，一根根都瘦了、黃了。個個都給村裏帶回了幾個工作隊員。小蘇納美的村子裏來了五個，其中有個女人就是省婦聯主任顧淑賢。那些曾經笑得像豬肝似的臉，一進村都變成石板了。她一來，還附帶來了一個班的解放軍，日夜都在她住的那家人家門前站崗。她是一個胖胖的四十多歲的女人，像牲口似地在嘴上戴着個白布罩子。小蘇納美心想：她準是怕自己管不住自己，啃了路邊田裏的青稞。她走一步喘一口氣，渾身的肉顫一下。她穿着一身男人的軍裝，胸前掛着一個盤子那樣大的毛主席像章。進村以後第一個會是黨員大會。全村只有三個黨員，加上五個工作隊員，一共八個人。會是在山坡上的松林裏開的，開會的時候天已經全黑了。那幫穿麻布褂子的孩子們結夥悄悄地向燃着篝火的會場靠近。孩子們都曉得那個女首長身邊有個帶手槍的解放軍警衞員，可就是不相信自己會被發現，更不相信警衞員發現了會眞地朝他們開槍。他們趴在能聽見黨員們說話的地方就不再往前爬了。黨員會開了有兩頓飯的功夫，沒人發言。村子裏的三個黨員像夜裏的葵花，低着頭。五個工作隊員像蹲在荷葉上的蛤蟆，瞪着眼。孩子們等得眞有些不耐煩了，又不敢走，這麼靜，他們只要動一動，開會的人就能聽見。還是顧淑賢憋不住，她說話了，讓村子裏的梭拉隊長給她當翻譯。

「怎麼？表個態就這麼難呀？一個共產黨員，處處都要帶頭，又不是要你們帶頭上刀山下火海，卽使上刀山下火海，你們也應該帶頭。是爲你們好，讓你們過規規矩矩的日子，男婚女嫁，成爲合法的夫妻。你們現在過的是什麼日子？一萬年前的原始人才像你們這樣生活，亂七八糟，只知其母，不知其父！這是羣婚制的殘餘！你們是共產黨員，就不知道羞恥？這和共產黨員的道德情操距離有多遠呀！是可忍孰不可忍！江靑同志很重視我們這個工作組，春橋同志、文元同志指示我們：你們完成的是一個偉大的歷史使命！是在最短的時間內強制性地把還處於遠古時代的摩梭同胞拉到現代生活中來，和我們同步！」

二十歲的女黨員比瑪說話了，聲音很小：

「大躍進那年……也是這麼說的，後來……」

「後來怎麼樣了？」

「結了婚的女人和男人又都各回各家了……」

「告訴你們，今年可不是五八年，那一次要是大雷雨的話，這一次是特大雷暴雨！不把這場革命進行到底絕不收兵！」

「別的事，我樣樣都能帶頭……」比瑪結結巴巴地說，「這種事……我……我不能帶頭。」

「開除你的黨籍！」

「好嘛……」

「好嘛？開除了你的黨籍以後還得讓你領結婚證書！」

「我……我……」比瑪擡起頭，忽然變得勇敢起來，「我不曉得中央首長爲哪樣想起我們來了，忘了我們該多好！也不曉得中央首長爲哪樣要管男人褲襠和女人裙子裏頭的事？我們從來過的都是規規矩矩、和和平平的日子，哪一點是亂七八糟？我們摩梭人沒有人犯過罪，沒有人打過官司，沒有人吵過架。爲哪樣叫我們領結婚證，爲哪樣非要我們離開自己的親人，拆散我們的母系家庭！要我們和媽媽、舅舅分開，到外人家裏去過日子，我們過不慣。」

「你們的腦袋瓜子是怎麼長的！反着長！過一夫一妻制的生活才是合乎道德的！懂不懂？」

誰也不回答。顧淑賢大聲吼叫起來：

「懂不懂？」

三個黨員都搖搖頭。

「告訴你們，」顧淑賢取下嘴上的白布罩子，嘴角上噴着白沫喊叫着，「不領結婚證就不是合法夫妻，男人和女人在一起『睡覺』（這個辭兒多麼生動！）就是非法的！被工作隊發現了，態度好的，扣發你們的口糧，態度不好，當流氓判罪、坐牢、勞改！我宣布：從我說話時起，立即執行！召開羣眾大會！」

孩子們聽到這兒，沒等黨員散會就倒着爬回村子裏了，七嘴八舌把他們聽到的話半半拉拉地告訴了大人們。有一個意思是明確的，不許結交阿肖❶，除非是領結婚證，固定為一夫一妻。還要解散母系大家庭。當時，不少男人、女人都放聲哭了。大家都知道，這次的刼難比五八年那一次還要大！

在羣眾大會上，顧淑賢大聲宣讀了張春橋和姚文元那篇很長很長的論文，就像水磨唱的歌那樣長。誰也聽不懂，梭拉也不會翻譯，可誰也沒打瞌睡，大家事先都曉得那篇文章說的是哪樣了。這還多虧那些偷聽了黨員會的孩子們，他們用幾句話傳達的比那篇長篇宏論要明白的多。就是說：男人和女人在一起睡覺要經官，要領一張蓋了官印的憑證，一個男人和一個女人不在一起睡覺了，要分開，也要經官，也要領一張蓋了官印的憑證。官家要抓，要檢查……

---

❶肖，直譯為躺倒之意，阿肖可譯為可以躺在一塊的異性朋友。

顧淑賢讀完以後，要大家討論，點完了三根蠟燭也沒有一個人發言。顧淑賢用沙啞的嗓子把在黨員會上最後講的話一字一頓地重複一遍，然後問大家：

「你們可不要以身試法！私通就要受到嚴厲的懲罰，除非你們不走動！能不能辦到？」

沒人回答，也就是回答。

老人們先起身走出隊部，接着是女人們、男人們，再就是黨員們，最後是那些孩子們。顧淑賢氣呼呼地戴上蒙嘴的白布罩子，甕聲甕氣地說：

「咱們看誰厲害！只要你們能熬得住！」

她就要滿十三歲了，美麗的蘇納美！包穀米粒兒那麼大的花骨朵就要張開了。

那是一九七五年夏天的事情，在中國爆發的那場在人類歷史上極其奇特的毀滅性的運動已經延續了九年，超過了中華民族跨越三〇——四〇年代的持久的抗日戰爭。如果承認它是火焰的話，這股火焰已經漸漸弱下來了，但還滅不了。誰也無法讓它熄滅。而且，那些眾多的用這火焰照亮自身並用這火焰去灼傷別人的魑魅們，絕不讓那火焰就此熄滅，竭力不斷地在火上加油。因此，億萬中國人還得在炙痛中活活地共受熬煎。

我正注視着那扇窗戶，過去，窗上貼的是黑紙；現在，掛上了有藍色小碎花的布窗簾。

二

我又走到這兒來了，這個熟悉而親切的地方，啊！可我不得不扶着人行道上的一棵法國梧桐樹，我太虛弱了，眞可謂遍體鱗傷。昨天之前的酷刑、饑餓、沉重的苦役、缺乏睡眠而又沒完沒了的失眠，現在，總算過去了。但我不相信會眞的過去了，也許只是告一段落。這些年我找到了一個精神平衡法，那就是把剛剛過去的災難當做一場惡夢，惡夢醒來的一切才是眞實的。這大都市的喧鬧，這無論什麼季節，無論什麼日子都像洪峯湧來似的人流，這已經可以聞到有些清香的、正在轉青的法國梧桐樹，眼前三樓那扇傾泄着白熾燈光的明窗，都是眞實的。近在咫尺，我卻不能立卽走過去，奔跑着上樓，我沒有那樣的體力。靠在窗旁的親切的人影，是她。只有我知道，她在聽音樂，她有這樣的習慣。她經常偷偷打開唱機，把那張裂了縫的柴可夫斯基第六（悲愴）交響曲放在轉動的唱機上。雖然每轉一圈，唱針都要跳一下，出現四分之一拍的雜音和六分之一拍的延緩；雖然只能把音量開到在室外絕對聽不見的程度。這時的她最美，她已經超然物外，全身心地沉浸在音樂裏，眼睛噙着亮晶晶的淚，雙手捧着一只爲了暖手用的玻璃杯。在一場如此慘重的浩刼之中，竟會有一張柴可夫斯基的唱片！眞是奇蹟！這奇蹟是我創造的。一九六六年這場稱之爲「革命」的全民族的瘋狂症，一開始就是野蠻的摧毀。我當時作爲一個剛剛進入美術學院一年級的熱血青年，一直置身於驚濤駭浪的尖頂上。燒！包括先秦的竹簡和玄奘法師歷盡艱辛從西天取回來的經卷，米南宮、唐寅、文徵明、徐文長的眞迹，至於文藝復興時期歐洲的那些美術大師的複製品，更不在話下。砸！隋唐的石雕、壁畫，北宋以降的瓷器，活人的腦袋，在刼難逃！那年冬天，我很榮幸，被紅衞兵司令部指派爲砸爛「音樂資料館」戰鬥小組的執行組長。那時，一個組長的權力還了得！江青不才是個副組長嗎！我指揮這批小將把樂譜櫥裏的樂譜，唱片櫃裏的唱片、錄音帶全都堆在院子裏，澆上汽油，一根火柴——只用了一根火柴就引起了熊熊烈火。我們把小紅書舉在胸前，高唱毛主席語錄歌。我確切地意識到我們在幹一件大事，驚天動地的非比尋常的革命壯舉。頃刻之間，我們把全世界那麼多音樂大師嘔心瀝血的創造付之一炬，化爲灰燼。而且相信，我們的行爲是在根除一種貽害人類的病菌，從此之後宇宙空間再也不會出現這些音響了。爲了盡責，我最後撤離「屠場」。當我正貼着牆站在陰影裏看着若明若暗的餘燼感到自豪不已的時候，一個中年婦女戴着一頂破剪絨棉帽，裹着一件褪了色的舊式軍大衣，戰戰兢兢地從地下室裏浮上來。她開始沒發現我，目光呆癡地走近散發着熱浪的灰燼。情不自禁地放聲大哭起來。我當時打心眼裏佩服她的勇敢，也打心眼裏厭惡她的「反動」。這還了得，我一個箭步衝到她面前，她像在鷹的影子下的一隻小鷄，立卽哽咽住了，蜷臥在地上，把淚水縱橫的臉轉向我，凝視着我，陷入極端恐怖的眞空狀態。我完全像一個端着帶刺刀的槍指向戰俘的勝利者。

「你是什麼人？」

「資料員。」

「哭什麼？」

「我……哭……」她的嘴唇哆嗦得使她說不出話來。

「哭什麼？」我向她跨近一步。

她恐懼地、戒備地把背轉向我，一雙受驚牝鹿似的眼睛在肩頭上看着我並震顫不已。不知道爲什麼，我心裏浮現出一絲惻隱之心，臉色可能變得好看些了。她小聲說：

「你聽過音樂嗎？」

「什麼意思？」我的「革命警覺」立卽在我每一個細胞裏膨脹了。

「你要是……」她那微弱的雛鳥似的鳴聲使我不得不聽下去，「你要是有機會……安安靜靜地聽完任何一張唱片，這些都是人類的非凡的大師呀！你要是聽過，你就不會這樣對待他們了……」

我冷笑了一聲：

「你對資產階級的文化優勢那麼有信心？」

「你聽聽，一聽你就知道了，安安靜靜地聽，聽聽……」

我用腳踢了踢那堆灰燼，意思很清楚：這堆灰燼永遠也不會發聲了！她看懂了我的表示，先把顫抖着的髒手在大衣上擦了擦，從胸前拿出一張封套上印有柴可夫斯基素描畫像的唱片：

「還有……一張，唯一的，你聽聽，反正我也保不住，早晚會……你找個唱機，找個安安靜靜的地方，這種地方……現在很難找到，你們可以找到，掃地出門的資本家的樓上……聽聽……」

我面對這個婦人有點不知所措，我在想：她是由於精神失常呢？還是不堪救藥的嗜「毒」

者的呆癡呢？否則，她不會這麼大膽。我伸手猛地奪過她捧着的那張唱片，失手把唱片跌落在水泥地上。那婦人隨即也撲倒在地，她一定也從那響聲中聽出唱片已經摔裂。她完全瘋狂了！抱着那張唱片憤怒地向我吼叫着：

「你，你連一張也不留嗎？」

我出於好奇和凱旋者的寬容，笑笑說：

「好吧！給我，我倒是想聽聽，告訴你，我是不會被腐蝕的。」

她把那張唱片捧給我。她那雙眼睛裏充滿了自信的神情。我幾乎因此再一次摔碎這唱片，幸好她很快就閉上了雙目，把雙手擱在胸前，像默默祝禱似地凝住了。

我用寫大字報的紙捲起唱片，偷偷帶回宿舍，壓在箱底，希望找一個「聽聽」的機會。後來，一個「戰役」接一個「戰役」，竟把那張唱片給完全遺忘了。

我正注視着那扇窗戶，過去，窗上貼的是黑紙；現在，掛上了有藍色小碎花的布窗簾。

她現在聽的一定還是那張唱片，我從她佇立着的姿勢上可以看出現在已是第二樂章了。

使我把遺忘在箱底的唱片重新拿出來的是她。我應該趕快走到街那邊，上樓，敲門，走進她敞開的懷抱，依在她的肩頭，一起聽柴可夫斯基的心靈的顫音。但我走不動了，連一步也走不動了，一種臨近港灣的鬆弛感把我給毀了。我想喊叫她，讓她來攙我一把，我試着舔舔乾裂的嘴唇，發現我失聲了，根本不知道如何大聲喊叫，我發出的聲音在這海濤般的都市的喧囂裏，就像雷雨聲中一片竹葉的彈動。

我追索着，我是怎麼認識她的，也就是我的初戀。在什麼時候？三年前，是的，三年前，我第一次看見這扇窗戶。可三年前之前呢？三年前的三年前在哪兒呢？我想起來了！一九六九年，我們這些江青的「御林軍」像收繳了槍支的潰軍似的，被那些職業軍人收編，押進農場，過着半監禁的生活，美其名曰：軍訓。江青這娘們兒把我們給涮了！憤懣、委屈、受辱和沉重的失落感使得我萬念俱灰，疲倦得不願睜一睜眼睛，不願思考任何問題，既不重複別人的思考，也沒有自己的思考。老天照應，在農場，我的職責是放牛，這就可以避免烈日下上操，避免在泥地上摸爬滾打，也不用扛上鋤頭去修理地球，更爲幸運的是，我放的是一羣水牛。前大學教授、化學博士桂任中放的是一羣黃牛。看起來水牛更髒，也更拙笨些，正因爲它們的更爲拙笨，才便於放牧。久而久之，我自己也變得像水牛一樣。夏天在泥塘裏滾一身泥，再躺在樹蔭下，讓泥巴乾了之後自動脫落；冬天躺在向陽的山坡上，暢快地打呼，不久前還背誦得滾瓜爛熟的「毛主席語錄」、「老三篇」都忘得乾乾淨淨。我曾經幹了些什麼勾當？對不對？哪些對？哪些不對？辯論，流着淚，喊過無數遍最革命的口號，誓死保衞馬列主義毛澤東思想，反對修正主義，破四舊，橫掃一切牛鬼蛇神，砸爛狗頭！用「語錄」還擊「語錄」的進攻，你抓我的辮子，我搞你的情報，眞槍實彈的決鬥，像狼似地喜歡追逐血腥味……爲這些去活，去冒險，去激動，捧着江青經過改良了的臭腳，把她擡上天安門城樓，讓她用顫抖着的混合着山東、上海味的假聲發嗲：

「親愛的無產階級革命派的同志們！戰友們！我代表偉大領袖……」

我一想到這聲音和與這聲音相聯繫的一切就噁心，噁心得要嘔吐！呸！我自己是個什麼玩意兒？我在哪兒？哪兒有我？除了別人的意志強加給你的無窮無盡的紛擾以外，還有沒有自己的自覺意識所願意幹的事？還有沒有自己的一小片空間、一小段時間？想這些幹什麼？想了還得用政治標準去分辨它的正確與否，還要自責、反省、驚悸和懊喪。一翻身，臉貼着柔軟的乾草睡了。農場的高音喇叭裏正在喊叫着：「大團結，大聯合……」經驗證明：這就是說現在上上下下都存在着嚴重的大分裂。由於林彪的猝死，展開了一場批林運動，那些宣傳家們挖空心思找出各種證據，證明林彪的狼子野心早就昭然若揭，他的陰謀和歸宿一切均在預料之中。同時，他們似乎覺得單單批林太單調，找了個歷史上的大聖人孔丘來陪鬥，林彪的叛逆罪竟然株連了二千多年前的孔子，據說是事後發現在林彪的住處掛了許多「克己復禮」的條幅。似乎孔子一生只說過一句十惡不赦的「克己復禮」，而且是專為提醒二千多年後的林彪奪權篡位才說的，因而孔子成了一千九百七十一年夏秋之際中國宮廷政變的主謀。我只有用睡眠和關閉思考的方法來對付一陣又一陣污穢的海潮般的聲浪的衝擊。所幸這些都是宮廷內部的事情，不再需要我們這些猴哥兒們大鬧天宮了。就在這個時候，她向我走來，一個漂漂亮亮的小妞兒，手裏提着一個空網袋。我揉了揉眼睛，唯恐是眼花了。我們的相見就像田園牧歌式的言情小說裏描寫的那樣，我這個年近三十的牧童哥，居然會有一個如此美妙的巧遇。是長時期的饑渴給我的勇氣呢？還是一種機緣？我竟敢從草地上坐起來，向她說：

「喂！坐會兒吧！」

我正注視着那扇窗戶，過去，窗上貼的是黑紙；現在，掛上了有藍色小碎花的布窗簾。

她瞇着眼朝我笑了，鼻子皺着，十分可愛。一雙穿解放鞋的腳尖轉向我。就像是我的妹妹似地挨着我坐下了。我有生以來第一次和一個異性挨得這麼近。（當然，不會走路的童年時代除外。）反倒使我有點不自在了。我調整了一下儀態和姿勢，把已經鬆垮了兩年的骨架子又支撐了起來。她覺察到了，用一根手指在我鼻子上刮了一下。

「德性勁兒！」對於我這個下場黯淡的政治武士來說，這個辭兒新鮮極了！這才是人話呀！我有多久沒聽到和說過如此富有人味的話了，我就像又復活了一樣。這個辭兒裏的多層次的含意使我感到很甜蜜，鼻子上那種光滑感一直保留了很久。它讓我眞正懂得了魯迅先生對阿Q的描寫，雖然他寫的是阿Q手指上的感覺，以此類推，實在是準確而精當。

交談之下，才知道她並非村姑小姐，而是市裏一位前副市長的千金，姓方名芸茜。一九六六年她的父親就被「揪」出來了，反復批鬥之後下放幹校，他所在的幹校和我所在的農場相鄰。方芸茜每個月都要來看她那位連白丁都不如的前副市長爸爸，給他帶點劣質香煙、粗餅乾之類的東西。她不敢帶好香煙和優質餅乾，那是要被沒收的，「走資派」還享受！「狗性難改」！她的生母早在她五歲的時候就病故了，繼母很年輕，「文革」一開始就「造反」離開這個家庭了，在批鬥方副市長的大會上勇敢地揭發了丈夫的反動言行，一度成爲全市知名的立場堅定的女戰士。

奇怪！我怎麼今天才見到她呢？以前的二十多個月的二十多次機遇到哪裏去了呢？田野的小路呀，彎彎曲曲細又長，今天總算把她送到我面前來了。她從十三歲起就獨立生活了。她還有個哥哥，下放到遙遠的新疆，只有她自己留守大本營——一套三居室的公共房屋，是方副市長被趕出首長禁區內的別墅後分配的住處。她的脖子上掛着一把鑰匙，既無學校好上，也無工作可做。哪個造反組織都不要她，她也不去依靠哪個造反組織或任何組織。盡量像小老鼠似地躲在洞裏，每天在天亮之前出來買點菜，無師自通地做飯做菜，還偸着收藏了幾本書，有古典小說，也有樣板戲劇本、菜譜、尼采的《查拉圖斯拉如是說》，甚至還有一本「文革」前也很不容易看到的叫《健康性技術》的書。據她說，這些書都是她像小老鼠似的在夜晚溜到那些過去的「學術權威」的居室牆外銜回來的，有些書躺在陰溝裏躲過了被火焚的厄運。她和我初次見面就把她的珍藏告訴了我。我也不明白我有什麼魔力，會讓她那樣信任。她的語言、思路，和我完全不一樣。她的語言裏從不帶任何政治概念，這在當時簡直是不可能的。因爲她生活在另一個世界，在那個世界裏她有着蝸牛式的自由。我和億萬中國人都沒有，我由衷地對她艷羨不已。我這個曾經自以爲「天下事我們不管誰管」的革命英雄，竟然會羨慕蝸牛式的自由而求之不得。變化之大，眞可謂「天翻地覆慨而慷」。我向她急切地表示想走進她的蝸牛殼裏去，她笑而不答，看樣子並不反感。她看着我，好像看着一頭渾身泥漿的水牛。漸漸從她那變得驚異了的目光裏看到我自己有點不大對勁了，沒有動竟會呼吸急促起來。我想一躍而起，擺脫這困境，中樞神經又指揮不動自己的四肢。她咯咯大笑，捂着嘴跳起來。我狼狽不堪地陷身在乾草堆裏，對自己感到特別失望，簡直是丟人！就像一個心懷鬼胎的小偷被人當場揭穿一樣。

「再見！」她揚起手裏的空網袋走了，當她跑到公路邊的時候，用手掌做了個喇叭筒向我大喊一聲：「還能再見嗎？」

上帝這才把我全身的力氣發還給我，我揮着趕牛鞭，使盡吃奶的勁回答她：

「等——着——我！」

我正注視着那扇窗戶，過去，窗上貼的是黑紙；現在，掛上了有藍色小碎花的布窗簾。最大的幸運是我在與她交談中記住了她的住處——街名和門牌號碼。上帝！——一個前紅衛兵居然經常從口腔裏冒出上帝來！——從那一分鐘之後，我的全部智力機器都開動了，必須找到一個錦囊妙計，離開農場，進城去！諸葛亮已經在西元二三四年溘然長逝，卽使他是我的親爺爺也無濟於事了。人在絕境之中，想像力立卽激增。古代的中國人處於絕境，必有優美的詩文，現代的中國人——譬如說我吧，身處絕境卻毫無文采，只好非常務實地想到死去了一千七百多年的諸葛亮，希望他能給我一個錦囊。但很快就意識到這是胡思亂想，浪漫主義之光焰隨卽熄滅。請事假？苦無一條可以成爲理由的理由。遠在北方的家已經名實俱亡，父母早在「文革」第一年，當我正在天地之間無限膨脹的時候，他們關上門窗，打開煤氣，雙雙自盡。那時候，我一點憂傷也沒有，而且還說了一段當時非常時髦的俏皮話來。我說：他們的死，輕如鴻毛，只不過是一對專鑽故紙堆的蛀書蟲，被滾滾向前的革命洪流所淹沒！這段話贏得正在集合的紅衛兵戰友們雷鳴般的掌聲。幾年過去了，隨着失望而生出來的內疚，日漸加深，每每遲來的悲痛使得我像苦行僧一樣，深夜在結冰的湖面上爬行，以懲罰自己的沒心沒肺。現在，卽使從實用的觀點來看，也需要一個家，要是有一份「父病危」之類的假電報該多好！如果當時他們不死，不雙雙死去，留在現在，一個一個地死，也可以讓我從這座地獄裏爬出去透兩次氣呀！我在農場的軍代表的小記事册裏，是一個畫了一連串

「?」的人，政治性俏皮話大多出自我口，但我的俏皮話都是擦邊球，他們抓不住我。只是，我從來都沒有過好的表現，諸如告密、主動懺悔對某一個政治要人的腹誹；主動交代某一件罪行。當然，還有些另外的辦法，諸如：事先創作一本英雄式的日記，偷偷點着一間民房，然後再高呼「毛主席萬歲！」的口號奮不顧身地搶救。或者，在深夜裏，光着身子從熱被窩裏跳出來，聲嘶力竭地大叫：「抓階級敵人！」然後追殺出去，用鐵鍬砍傷自己，製造一個血流不止的可怕的傷口，倒在地上，裝着奄奄一息的樣子，當着趕來救護的人們痛苦地呻吟着：

「別管我，抓敵人要緊！」

所有這一切我都做不出，好像從未登臺演過戲的人，殺了我，我也不會從正常人尚可適應的後臺走到燈火輝煌的前臺去。何況，我也很怕疼。如果我提出請假，絕不會批准。「想到市裏去買點零用東西。」「寫個單子，叫別人帶。」「修錶。」「有人去的時候，捎去修。」「進城看看。」「怎麼？不安心改造?!」我只要提出任何一種因由，都會被駁得啞口無言，甚至還會說我想去進行「反動串聯」。退一萬步，准我進城一趟，也要派一個「表現」良好的同學陪同，這無異於跟上一個K.G.B.，他會毫不留情地記下我的一言一行，包括細微的表情都點滴不漏，然後聯繫社會上的階級鬥爭形勢，進行上網上線的分析滙報，完了！以後的日子就更加「好」過了。一丁點浪漫主義色彩的幻想都得排除，必須進行實打實的科學實驗。請病假！我選中了農場醫務室為進攻目標。雖然我知道這是一個極難攻陷的堡壘。兩位醫生，一男一女。男醫生是個老於世故的中醫，姓余名壽臣，歷史上曾是一個鄉村土醫，以偏方草藥行醫餬口，後來曾由於掌握了一種閨中秘方，被一大官僚收為門下客，解放後一直在區級醫院門診室擔任中醫，「文化大革命」一開始，經過多次批鬥，本來不多的頭髮被揪光，自己把自己罵得豬狗不如，才得以「在原崗位上改造，以觀後效」的天恩寬赦，每每感激涕零，嗚謝不已。如果說，過去他曾經由於饑寒異化為狗的話，現在又由於恐懼異化為狼。他對每一個前來看病的病人都保持高度警惕。當他把手搭在你的手腕上的時候，他首先不是在切脈，而是在揣摸你是否為了逃避批鬥和改造耍花招。當你把舌頭伸出來，他不看你的舌苔，卻盯住你的眼睛，想通過這兩扇靈魂的小窗戶窺測你的「心病」，好對症處方。我並不認為余壽臣一出娘胎就是個卑鄙的嬰兒。同樣的陽光雨露，不論是開花的還是長刺的，都是環境使然。富貴不能淫、威武不能屈、貧賤不能移的完人畢竟是少數。譬如我吧，就不是個完人，千方百計，沒病造病不就是行騙麼？我承認，但我並不臉紅。我只不過是個由於可憐和無助才行騙的騙子罷了，行騙的結果對別人並無傷害。林彪行騙是由於人心不足蛇吞象，他的行騙使千千萬萬人在這場騙局中墜入痛苦的深淵。比起他來，我算什麼？想到這兒，我也就心安理得地，有計劃、有步驟地行起騙來了。

再說那位女醫生，年近四十，有一個不愛她卻讓她生了三個女兒的丈夫，僅此就足以說明她在精神上的病症。一切比她年輕貌美的女性，都可能是她心目中的敵人。爲了防微杜漸，凡屬女性對她丈夫看過一眼，如果這一眼超過籃球比賽規則中的三秒，就給她戴上「敵人」的帽子，加以懲治，甚至製造僞證，當做階級敵人向軍代表告密，置之死地而後快。她丈夫是農場裏專門負責下放學生生活的管理員，每月給女生發放衞生紙的時候，她必從旁協助，虎視眈眈，令人毛骨悚然。她很清楚，她對丈夫的絕對統治權基於現行政治。她手裏抓着一大把她丈夫政治上的越軌言行的物證，而人證就是她本人。卽使任何證據沒有，妻子在審判政治犯的法庭上（那時還沒有眞正的法庭，一切有權人的辦公室都是法庭）可以身兼原告、人證、物證及最權威的辯護律師。她常常用從牙縫裏呲出來的聲音對她丈夫說：

「秦光明！我只要抛出一條，你就能變成秦黑暗，何況你有一萬條抓在我手裏！」

此人芳名劉鐵梅，原名本來是劉梅，因爲樣板戲《紅燈記》裏有個李鐵梅，所以她也給自己加了「鐵」，以示堅硬，並向樣板戲靠近。向樣板戲靠近就是向江青靠近，也就是向毛主席靠近，因爲江青經常「代表偉大領袖毛主席」。自從她加了鐵之後，的確硬得可怕。除了兩位醫生，還有兩名護士。這兩名護士都是從農村裏選拔出來的，她們的根子很正，三代貧農，直系和非直系親屬中絕無一個是黑五類，又加上不識字，自然比我們的女同學們純潔可靠。簡陋的醫務室滿牆都貼着毛主席穿着各種服裝、各種表情、在各個時期的彩色畫像的印刷品。余壽臣的椅子背後牆壁上，有一條醒目的標語：

「醫療要爲階級鬥爭服務！」使人看了不寒而慄。就是說，一旦你被指認爲階級敵人，醫療對於你就不是起死回生而是相反了。我所面對的堡壘和兵力就是如此堅硬和強大！我這個學美術的，對醫學方面的知識一竅不通，解剖學和醫學好像有點關係。但發下解剖學課本的第二天，中共中央五·一六通知就下達了！一切課本都交給了火神爺。我要是懂得點醫學知識就好了。我知道我們中間有這一方面的奇才，一裝病就像，毫無破綻。但我絕對不敢去求教，那樣做，無異於去投案自首，甚至比自首還可怕得多。自首如果遇到好時機，可以成爲寬大的典型，待遇幾乎和勞動模範無二，到處做報告，就像報告英模事蹟那樣。人們隨時都在找個揭發別人的立功機會（如同美國人隨時都在找發財和一鳴驚人的機會那樣）。如果由於揭發別人立了功，可以得到不少好處，最起碼可以從繁重的軍訓和體力勞動中解脫出來，甚至可以當個小頭頭，在一個小範圍裏發號施令，派工、分飯。所以，我必須像基度山伯爵那樣，獨立設計並開掘自己的自由之路。

我正注視着那扇窗戶，過去，窗上貼的是黑紙；現在，掛上了有藍色小碎花的布窗簾。

三

她就要滿十三歲了，美麗的小蘇納美！滾圓的小露珠兒滙集成的溪流就要流動了。

絕大多數摩梭人都熬住了，成年的男人都停止了夜間向女子的訪問。蘇納美在深夜裏有意溜出「一梅」❶，偷偷觀察那些在村子裏巡遊的工作隊員。他們也怪累的，不斷地打着哈欠。蘇納美還摸到成年女人們居住的一間間「花骨」的門外偷聽，每一間「花骨」裏都沒有

❶母系家族的正房，吃飯、會議和年老、幼年成員居住的房屋。

男人的氣息。她聽說還是有成雙成對的阿肖被抓住，有的是在「花骨」裏抓到的，有的是在山林裏。工作隊要他們領結婚證；要麼，勞改。其中有一對寧肯勞改，不領結婚證。這一對阿肖被他們牽着在街上遊鬥，脖子上掛着破鞋，雖然摩梭人都不懂破鞋的象徵意義。這就是工作隊在「謝納米」畔進行了半年艱難鬥爭的成績。除此之外，就是在露天溫泉浴場裏修了一堵把浴場一分爲二的短牆，規定爲男左女右。最後熬不住的卻是工作隊自己。他們匆匆在羣眾大會上做了一個總結報告，宣告在爲純潔家庭婚姻而鬥爭這一重大問題上取得了完全的勝利。這個勝利可以和解放臺灣、最後統一祖國的偉大意義相提並論。從此，摩梭同胞可以和全國同胞並肩前進了。總結大會的餘興節目，就是爲那些不巧被抓住的阿肖們公費舉辦革命式的婚禮，贈送給每一對「合法夫婦」一座單門獨戶的漢式小土屋，還包括鍋碗瓢勺、被褥枕頭和毛主席像。結婚證裝在玻璃鏡框裏掛在毛主席像的左側。老人們的臉都拉得很長，新郎和新娘們像木偶一樣，工作隊員們撥一撥，他們才動一動。小孩子們總是高興的，因爲這樣的事從古至今都沒看見過。

「一輛，兩輛，三輛，四輛……」一羣穿着半長不短的褂子的孩子們蹲在山頂上那排經幡下，小聲數着腳下公路上像甲蟲那樣爬行的汽車。四輛小汽車，一輛黑，兩輛藍，還有一輛是紅色的。跟在這些小汽車後面的是兩輛大轎車和三輛大卡車，卡車上是解放軍，他們手裏握着槍，刺刀上的光一閃一閃，怪嚇人的。所幸的是，這些車、這些人越來越遠了……蘇納美的小手托着腮，偏着腦袋看着漸漸遠去的車隊，獨自思忖着：他們爲哪樣要爲我們動那麼大的氣？爲哪樣還那樣認眞呢？一本正經地要本來就不是一家的男人和女人住在一起！他們眞是吃得太飽了，沒事好幹才到我們這兒來的吧！我們可是沒去管過他們呀！他們隨便怎麼過，我們都不管，連問也沒人去問。唉！——蘇納美像小大人兒似地吸了一口長氣，心情漸漸像正在轉晴的天空一樣，雲飛霧散……

一場半年之久的特大雷暴雨終於平息下來了，「謝納米」的水又像鏡子那樣平，靜靜地照着天空。

摩梭人永遠是一個天眞爛漫的民族，像忘掉兩次猛獁象羣的入侵那樣，迅速忘卻了第二次文明人的野蠻的政治騷擾。他們像血一樣，立卽又凝住了。在工作隊撤離時，汽車剛剛發動，阿肖們就擁抱在一起了，他們幾乎忘掉了神的訓誡，白天是在田間日光下勞動的時間，不顧一切地、緊緊地、如醉如癡地擁抱在一起。他們相信，老人們和衆神都會諒解他們，他們別離的日子太長了。

那些被迫領了結婚證書的人們也開始從小泥屋裏走出來，歡歡喜喜地扛着鋪蓋往自己的衣社❶裏搬了。

她就要滿十三歲了，美麗的小蘇納美！春筍的衣正在脫落，窈窕的青竹竿就要穿出來了。

小蘇納美好像悟到了點什麼，顧淑賢這些人爲哪樣會這樣無情，非要拆散我們的衣社，原來他們是汽車上的一個零件。汽車來了，他們也來了。汽車走了，他們也走了。他們說的是一樣的話，汽車也說的是一樣的話、一樣的面孔。他們聽不懂摩梭人的話，摩梭人也不願意對他們說話，誰會跟汽車去講道理呀！汽車只會轟隆隆、轟隆隆……這就是小蘇納美所悟到的。對嗎？很對，又不很對。顧淑賢的確是一部大的政治機器裏的一個零件，她必須隨着這部大的機器的轉動而進退，發出和其它零件相似的聲音。但她畢竟是個血肉之軀，不是零件。當她坐進那輛紅色的小汽車以後，這些日子可以任意決定別人命運的興奮和拯救落後羣

❶ 母系大家庭。

眾的矜持、自豪，一下子全都像海潮般退下去了，心裏漸漸升上來的是一陣悲哀。她忽然感到自己不是凱旋歸來，而是潰敗。那些默默不語的摩梭男女比自己強大的多，他們不違背自己的心靈和肉體。她想哭，但她忍住了，因爲警衛員小魏就坐在自己身邊，司機小郝從後顧鏡裏也可以看到她。她閉上眼睛，好像很疲倦的樣子，事實上，她的確很疲倦。但她卻毫無睡意，有一種想伸展，想被人搖撼、甚至被人鞭打一陣的願望。她覺得自己的臉、脖子，乃至全身都是燥熱的。她強迫自己安靜下來，她要趁此機會清理一下自己，雖然她經常清理自己。她是在抗戰快要勝利的時候結婚的，經人介紹嫁給了一個縣武工隊長。她的丈夫不是因爲愛才結婚的，是因爲需要。他在沒找到對象之前，曾經對縣委書記說：

「我可是憋不住了，再不許我結婚，我可要犯錯誤了。」

三年以後，需要漸漸讓位給了厭惡。顧淑賢在戰爭環境中已經顯露了她的貪婪和有心機、虛榮和往上爬。在她丈夫隨野戰部隊向中原進軍的時候，她只是家屬隨營學校的一個學員，不到一年，她靠偵察和揭發某些學員對正在第一線打仗的丈夫們的不貞，把學校那個男性的風流政治委員搞掉了，由她取而代之。她在擔任政治委員期間，採取了堅決的防範措施，撤換了所有的男性工作人員，只留少數上年紀的炊事人員。發明了連環保的互相監督的辦法，誰要是發現某人與男性有不軌行爲匿而不報，與犯事人連坐，除了挨批鬥，扯掉頭髮以外，還要在行軍途中扛麵袋，到了宿營地要整夜推磨。由於她的政績斐然，所有她麾下學員的夫君都誇她：原則性強。學員們卻非常仇視她。旅長的妻子多次在枕邊向旅長哭訴女政治委員的暴政，反而更加鞏固了她的地位。旅長一邊聽着他的嬌妻嚶嚶啼哭，一邊哈哈大笑：

「她是爲你們好嘛！這個政委不能換！」

顧淑賢只是得不到一個男人的讚賞，那就是她的丈夫。他對她採取一種岩石般冷漠的蔑視的態度。每當戰爭間隙的休整期，顧淑賢帶着團以上幹部的老婆們日夜兼程、浩浩蕩蕩向部隊迅速靠攏，在部隊駐紮的中心地帶某一個村莊停下來，立卽就有一羣一羣備着皮鞍子的馬，由警衞員騎着，快馬加鞭趕來接首長的愛人，只有顧淑賢沒人接。沒人接更好，她自己也是團一級幹部，可以騎着屬於自己的那匹馬到丈夫的駐地去。那時候，他們實際上只是一對名義上的夫妻了。她表面上並不在乎，只要我來了，你就得讓我和你睡在一塊門板上，不管你願意不願意，我都得把光溜溜的身子緊貼着你，用肉體威脅你，若無其事地向你講隨營學校裏發生過的可詛咒的不要臉的事情，以及我料事如神的才智和嚴厲的制裁手段。——丈夫沒聽完就呼呼入睡了。一九四九年，她的丈夫從軍隊裏下來，在地方上青雲直上，擔任一個省的省委秘書長。他曾經試圖好言勸說她離婚。她當然不能同意，報之以他多年對她採取的岩石般冷漠、蔑視的態度。這位省委秘書長在一次住院檢查身體的期間，和一位年輕的護士產生了互相愛慕之情。蛛絲馬迹馬上就被顧淑賢發現了，她接着很快掌握了一切證據。一個女人由於妒嫉所刺探的情報絕不比一個高明的職業間諜差。她不吵也不鬧，只是用最含蓄的辦法向他暗示：我完完全全地知道，我完完全全地掌握了你的全部罪證，你不要存任何幻想，只要我還有一口氣的時候。對於她的丈夫來說，這就意味着從煉獄通向人間的路都被她堵死了。但在人前，她永遠是一個秘書長身邊最親密的伴侶的形象，在客人和丈夫面前喋喋不休地說：

「秘書長就喜歡吃我下的麵條，怎麼辦呀！我只好當他的炊事員。」

「秘書長的辦公桌從不許別人收拾，怎麼辦呀！我只好當他的公務員。」

「秘書長的床從不許別人給他鋪，怎麼辦呀！我只好當他的老媽子。我大小也是個負責幹部，可我高興，這就是幸福嘛！我知道，我拼死拼活也不能在工作上有多大出息，有個愛我的好丈夫，也就稱心如意了。是嗎，親愛的？」

她知道，秘書長當着客人的面必須承認，至少要說一聲：「是的！」她也清楚，在她丈夫說這聲「是的」時候，恨不能暴跳起來。但他不僅沒有跳起來，而且還要面帶微笑。當客人告辭以後，他和她又都變成岩石了，各回各的房，好像都不存在了。如果眞的她爲丈夫下一碗麵條端來，她丈夫會連碗一起摔碎。當然，她也不會這麼做。這一對「美滿」到如此地步的夫妻，在一個屋頂下過了二十年，「文化大革命」，丈夫成了「走資派」，關在幹校。她由於多年沒工作，反而顯得最清白，被新生的革命政權——省革命委員會起用，任命爲省婦聯主任。夫妻之間的空間距離第一次拉到和實際相符的長度，雙方都沒有痛苦和思念，只有輕鬆感。顧淑賢的心裏還要多一層感受，那就是對丈夫的居高臨下的快意。多年來，她的地位一直在丈夫之下，總算翻過來了。

「謝納米」畔之行，破壞了由於多年仇視冷凝的內心平靜，她發現自己竟會有一種非常溫柔的傷感情緒從心底油然而生。她有些慌亂。她多年沒有這種感覺了。她理不清，既無法理清過去，也無法理清現在。尤其是摩梭人的生活，他們的一切都是相反的，而且很難使他們動搖。長長的歷史，多數民族的影響，行政的壓力，對他們好像起不了任何作用。他們，特別是她們，個個都是那麼自信，應該說她們個個都是「不要臉的女人」，可她們的眼睛裏卻閃射着公主一般驕傲的光。人類的祖先大概就是這樣。顧淑賢忽然覺察到自己有點羨慕她們的心理傾向，而且聯想到她在那裏聽到的摩梭女人接待男人的故事，像電影片斷似地在自己意識裏掠過，非常鮮明而富有刺激性的畫面。她嘆息了一聲，立即警覺起來，竭力想繫住自己的心猿意馬，甚至想念一段語錄。但她想不起哪一段語錄合適，而且所有的語錄都記不起來了。她突然驚駭地感到在許多年前有過的那種渴望如此強烈地攫住了自己的身心。

司機小郝在後顧鏡裏看到坐在首長身邊的警衞員小魏的臉頃刻之間變得慘白，渾身索索發抖，卻不敢動一動。因爲小魏發現自己的手被首長那肉乎乎的手緊緊地抓住了，抓得那麼緊，並且用力揉搓着往自己身上拉……這些都是小蘇納美和她的鄉親們所絕對想像不到的。

她就要滿十三歲了，美麗的小蘇納美！在草叢中還抿着小嘴毫不引人注意的一朶小花就要顯露出她的笑臉來了！她將一躍跳出草地，像綠色的夜空中閃現出的一顆鮮紅的星星。

四

我正注視着那扇窗戶，過去，窗上貼的是黑紙；現在，掛上了有藍色小碎花的布窗簾。

我在體育方面是個弱者，我記得在中學時候參加過百米賽跑，一百米衝刺下來，心跳增加兩倍。據一個醫生的兒子告訴我：劇烈運動之後的脈搏和血壓必然急劇上升。何不如此這般呢？我選了一個我的感覺告訴我的好日子，偷偷地偵察了一下「敵情」。醫務室裏的病人很少，我圍着草埰竭盡全力奔跑起來，直到我自己都能聽到心跳的聲音爲止，連忙慢跑衝向醫務室，既不能使心臟平靜下來，又不能洩露出一絲喘息的聲音。我裝着垂首皺眉，慢步走進醫務室，而且扶了一下門框。劉鐵梅首先看見我，她對我似乎並無惡意，先決條件可能是我並非女人，不可能成爲她的威脅。在中國，同性戀者好像比較少，卽使多也不會遭到懷疑。因爲一般人都只承認同性者相斥，異性者相吸，從不承認有性倒錯的現象。男男同床，女女相親都不會遭到責難。男女授受則必須在嚴厲的目光監督之下才得以許可。她走到我面前，親切地問我：

「怎麼了？梁銳！」

「心……跳得……很……很厲害。」我的心跳眞的又加劇了，因爲我在她面前過於緊張，幾乎不敢正視她的眼睛。她抓住我的手腕，很專注地切脈。此時，我最擔心的就是心臟忽然恢復正常。她向護士說：

「拿血壓計。」我暗暗高興，說明我的不正常的心臟跳動引起了她的注意。

在她往我胳膊上綁血壓計的時候，一種奇特的感覺掠過我的腦際；她手裏拿的該不是繩索吧？我能逃脫嗎？膨脹起來的血壓計越來越緊，使我心悸不已。我差一點眞的暈死過去了。當她從我胳膊上解下血壓計的時候，我有一種鬆綁的輕鬆感。她冷冷地說：

「小伙子呀！小伙子！你們就是不愛護身體，你們無權搞壞自己的身體。你的身體是屬於你自己的嗎？不！是屬於偉大領袖毛主席的！在這兒坐一會，讓我們觀察一下，不許走動！」

頓時我就像被澆了一桶冰水，從裏到外，從頭到腳，透心涼。我不知道她說的坐一會兒是多長的時間，而且不許走動。這麼一來，脈搏和血壓肯定又會恢復正常。長時間的煞費心機，玩兒命般的狂跑，只有大約五分鐘的功效。眼看着已經到了成功的邊緣，只要這位鐵梅把「轉院檢查」四個字寫在病歷卡片上，再簽上一個「劉」字，我就可以向長途汽車站飛奔而去了。卽使每分鐘脈搏八百跳或者八跳，對我都無所謂了。但是，這個倒霉的「但是」把一切全都給毀掉了。我坐在硬板凳上，癡癡呆呆地看着穩坐在牆角一張大網中心的那隻大蜘蛛，網上有一隻小蛾子在掙扎。醫務室裏有蜘蛛網！想想，也沒有什麼可吃驚的，天安門上都能出現江青、康生、姚文元一類動物，醫務室爲什麼不能有織網的毒蛛蜘？我就是那隻小蛾子，那個叫鐵梅的女人就是那隻大蛛蜘。它一動也不動，對那隻蛾子連看也不看，沉着得讓人憤怒，讓人噁心！那隻小蛾子，也就是我，完全無能爲力了。那麼纖細的絲都掙不脫，事實證明，不掙還好些，越掙，裹得越緊，而且促使她及早把我吃掉。我眞沒想到，對於自身的命運會如此無能！我總算是個漢子吧！畫地爲牢竟然把我關得死死的，我就不能想個脫身之計嗎？此時，我又想起死去了一千七百多年的諸葛孔明先生，眞沒出息！我看見劉鐵梅和余壽臣交頭接耳地討論着什麼，可到底是什麼，我從口型上根本看不出。隱隱約約可以聽到他們的聲音，只是聯成一片的音響，分不清經緯來。使我心發慌手發麻，耳朵眼兒裏吱吱響。他們肯定是在議論我，他和她用眼角的餘光不時交替地向我射擊，點發，而不是連發。突然感到我的兩腋之下有兩條冰冷的小蛇蜿蜒爬向褲腰，我嚇得幾乎尖叫起來。伸手一摸，原來是兩行冷汗。一陣虛驚之後，又是忐忑不安的等待。我想，在被告席上等待宣判的罪犯也不過如此了！劉鐵梅走過來，猛地抓住我的手腕。——給我戴手銬？——她重又給我捆上了血壓計，我就像失去了武器的戰俘一樣，把生命交給了敵人，任其處置。這樣一來，反而不怎麼恐懼了。我和她一同看正在上升的水銀柱，我對於多少度是正常，多少度是不正常完全無知。她量完以後向余壽臣做了一套複雜的手語，像聾啞人那樣，既快又連貫，使你無法猜測。她解下血壓計，裝進鐵盒，蓋好，然後極爲莊嚴肅穆地說：

「毛主席教導我們說：對黨要忠誠老實。」

我重複着念了一遍。世界上所有的牧師都代表耶穌，在中國一切具有政治優越感的人，不論是否共產黨員，都代表共產黨。我老實巴交地在「黨」面前說：

「我記得這教導。」

「你在來醫務室之前，進行過劇烈運動嗎？」

「沒有……」

「沒有？」她的眼睛睜大了一倍。

「沒有！」我的聲音也提高了一倍，眞是福至心靈，一下子想起李玉和在鳩山面前的樣子，活學活用樣板戲還眞有效。她的聲音反而小了：

「再說一遍！」

「沒有！向毛主席保證！」我完全懂得理直氣壯的道理了。

「好吧，你回去吧！」

釋放了？無罪釋放？

「現在還看不出什麼，你不是在放牛嗎？」

「是的……」我眼巴巴地看着她，希望她能給我一張病假條，就在農場內休息休息也好呀！不能全休，半休也可以呀！

「可以照常勞動，注意營養。」

我再一次表現出我的機智，不失時機地說：

「能不能給我一天假，進城買點營養品？」

「把錢交給我，讓管理員給你帶。」

「那……」我總不能白費這麼多心機，白流這麼多汗，白費這麼大的驚嚇呀！我連忙說：「給我開幾頓病號飯吧？」

「可以！」很痛快，她給我居然開了一張為期一周的病號飯，拿了點 B_{12}，算是把我打發走了。雖然病號飯只不過是一碗麵條，在客觀上，它證明我進醫務室不是無是生非，而是事出有因。在主觀上，我幾乎等於絕處逢生，小試鋒芒。但這一仗打得真累，三天都沒精打采，真的病了。從另一方面講，總算進行了一次火力偵察。對於余壽臣和劉鐵梅，有了一點感性認識。不由得我的紅衞兵習性復發，想起一句最高指示來：「在戰略上我們要藐視一切敵人，在戰術上我們要重視一切敵人。」看來，他倆並非三頭六臂、無所不知、無所不曉的神人。醫務室也不是一座攻不破的堡壘。

當我正在苦心思索、全心神地謀劃一個進城之路的時候，農場裏發生了一件與請假有關的大事。主角是我的鄰舖兼同行，前化學教授桂任中。在敍述這個故事之前，得先介紹一下這位長者。此人年已六十。所謂鄰舖，就是晚上睡覺，和我緊緊貼近。所謂同行，就是我和他同是放牛郎。我每天夜裏都得聽他那凄慘的夢中呼叫，那完全不是人的聲音，像夜半竹篁中被風吹出來的鬼叫。即使是他本人，在惡夢之外，也無法發出這種使人索索發抖的聲音。他的妻子瓊，是一個比教授小十多歲的嬌小玲瓏的美婦人，是一個有一半華人血統，四分之一黑人血統和四分之一白人血統的夏威夷小姐。一九六五年和桂任中一起從美國返回祖國。她對在一九六六年突然發生的事情驚慌失措。她的安考兒（這是桂任中的英文名字）被抓走了。一切書籍、化妝品、地毯和昂貴的時裝全被付之一炬。她被掃地出門，棲身在樓梯下一間用來堆放掃帚拖把的斗室裏。爲了適應革命的潮流，她用一床雪白的俄國毛毯向人換了一套草綠色的軍裝。我們可以想像一下她那副怪樣子，天然卷曲的棕紅色的頭髮總也塞不進軍帽，塞進去了，又流了出來，惹得紅衞兵手裏的剪刀嚓嚓響。她到處求告，告訴一切人，她的安考兒無罪，不是間諜，他在美國的時候如何懷念故國，如何哭泣，如何向她贊美祖國的黃河、長江，「上有天堂，下有蘇杭」。「我們從很遠很遠的美國來，爲了掩人耳目，取道日本，這些不都是最好的說明嗎？」但誰也不給瓊以絲毫的信任。因爲瓊和她的安考兒來自一塊最骯髒的土地，來自世界上最反動、最不能信任的人羣之中，美國人中間至少有百分之八十是中央情報局的特務。後來，瓊聽說有一個新近青雲直上、權力很大的人，他的一句話就可以改變一個人的政治身份，安考兒也不例外。瓊經過很複雜、很艱辛的尋訪，終於找到了那位要人。他胖而矮，年過半百，嘴唇突出，說一聲：「這個……」就要喘一口氣。他喜歡在坐着的時候把脫了鞋的腿也搬到沙發上去，像彌勒佛似地盤着腿，雖然在搬每一條腿的時候都要讓警衞員幫忙。第一次瓊和他見面的時候，他不許瓊走近他，可能怕瓊的身上帶有美帝國主義的細菌。在距離他八米之遙的地方，她被掛短槍的警衞擋住了。他聽完瓊聲淚俱下、結結巴巴、有時還夾着英文單字的申訴之後，半晌什麼話也沒說。瓊在這個要人的臉上看見了一雙驚愕和癡呆呆的光亮，一直張着的嘴，偶爾也會吧嗒一下，喉結蠕動着咽一下唾沫：

「我曉得了，下次……再……再說……」

這句話給了瓊一線光明。三天之後，瓊又得到去見他的許可。這次的接見沒有警衞，陪同的卻是他的妻子，一個又黃又瘦、愁容滿面的老婦人。要人結結巴巴地說：

「我想想辦法，想想辦法……」

瓊驚喜過望，撲過去抓住他妻子蘆柴棍似的手連連親吻着，然後再去親吻那要人脫去了方頭皮鞋的腳。那人突然渾身顫抖起來，好不容易彎下很難彎下去的腰去攙扶瓊，瓊感激得以淚洗面。這時，使瓊大惑不解的是，那要人忽然可怕地急喘起來，漲紅着的嘴變成了紫色。她以爲他得了什麼病症，那雙小圓眼睛充滿血紅的光。正當瓊不知所措的時候，那要人像一口袋大米似的倒下來了，把瓊壓在地毯上，發生了一件意想不到、而又十分可怕的事情……那位又黃又瘦的老婦人不僅不阻止，反而竭力協助她的夫君去完成他自己無法完成的任務。一面哭泣着乞求瓊順從，一面死命地抓住瓊的兩條腿。

後來，瓊被送進了瘋人院，成爲全瘋人院最髒、最醜，最暴烈的一個瘋女人，拖着長長的鐵鏈，在鐵絲網裏用英語不斷喊着：

「God! God! God!……」

瓊的事很多人都知道，唯獨桂任中本人不知道。就在我第一次進攻醫務室的那天晚上，桂任中脫了衣服正要上床睡覺的時候，他在自己枕的那塊磚上發現一個紙條，急忙戴上眼鏡一看，上寫：

「你的瓊正在八〇八醫院處於病危之中。」

桂任中立即像螞蚱一樣跳起來，只穿着背心褲衩就奔向場部辦公室，急擂軍代表的房門。軍代表吼叫着拉開房門：

「你！你怎麼能穿着短褲來見我？」

「軍代表，你……你不也是穿着褲衩來見我嘛！還是花褲衩。」

軍代表下意識地摸了摸自己的光腿：

「有什麼事，深更半夜的……」

「我要請假，必須請假，一定得請假……」

「什麼事？」

「您看，我的瓊……」他把那張紙條交給軍代表。軍代表看了一眼，吧嗒了一下嘴，想了一下，眉毛驀地豎了起來：

「這條子是誰寫的？」

「不知道，擱在我床頭那塊磚上。」

「磚上？」

「我枕的那塊磚上。」

軍代表冷笑了一下：

「這消息可信嗎？」

「您說呢？」

「我說，你要老老實實地在農場裏勞動改造！」

「我的瓊，她……病危了呀！」桂任中的眼淚一下就湧了出來，「她……她是跟着我才回來……受……受……」

「受什麼？」軍代表知道他要說的是「受苦受難」。——我又抓住你的辮子了！

桂任中這才明白他的話就要出毛病了，急得他兩眼發直，總算急中生智，接着說了一句得體的話：

「她是跟着我才回來受……受教育的。」

「那不就得了！你受你的教育，她受她的教育，都要受教育！不准假！回去睡覺！立正！向後轉，跑步走！」

桂任中只好服從軍代表的口令，立正，向後轉，跑步走了。但他並沒跑回宿舍，而是一頭撲倒在矗立於大門之內的巨大的毛澤東主席水泥塑像下，跪着默默祝禱起來。他知道再去乞求軍代表的後果是可怕的。他恍恍惚惚地意識到穿着軍大衣的毛澤東既然是統帥一切的偉大領袖，軍代表當然也在毛澤東的統帥之下，他仰望着高瞻遠矚的毛澤東，哽咽着說：

「毛主席！您老人家一向是寬厚的，卽使我的罪孽深重，可我的瓊是無辜的，您應該憐念她的身上有一半是咱們中國血統，她病危了，我相信這是眞的，別人不會跟我開這種玩笑。她準是得不到我的消息，急病的。我當然是個罪人，洋奴思想很重，接受了多年的資產階級教育，在美國，替美帝國主義出過力，我認罪，服罪，好好改造。我放養的那羣黃牛都沒病沒災，天天從您老人家身邊走過，您應該看得見，您當然看得見，您是天才的領袖，無所不知，無所不曉。今年春天，我好幾夜都沒合過眼，在牛欄裏接犢，我這個該詛咒的洋博士的一雙手總算有了點用處了，我接了十幾隻小牛犢，一個個都很健康。我在一點一滴地贖罪。擠奶我也學會了，可我的瓊病危了，怕連一杯牛奶也喝不上，她很喜歡喝牛奶。她說：

她小時候跟着她爸爸去美國西部旅行，在牧場上她一頓能喝一大桶鮮牛奶。我知道，她說的桶是小玩具桶，也就是一大杯。毛主席，求求您，幫我向軍代表說說，啊！求求您，您是多麼慈祥呀！您沒見過我的瓊，您要是見過，您一定也會喜歡她的。她是那樣天眞無邪，那樣愛我們的國家。在美國，誰要說中國不好，中國共產黨不好，她會把高跟鞋脫下來敲人家的腦袋。她的出身很苦，並不是所有的美國姑娘都是資本家的小姐。她父親是個三明治。對不起，毛主席！我是說她父親是個夾肉麵包，不！是這麼個意思，她父親是個在胸前和背後掛着廣告牌掙口飯吃的可憐人。瓊是在屈辱中長大的，毛主席！您應該憐念她爲了跟我回到祖國來，離開自己所有的親人、朋友，她是爲了走向光明呀！現在她舉目無親，貧病無助。毛主席！您不知道哩！在朝鮮戰爭期間，她像她父親一樣在身子的前後掛着牌子，前面寫着中文：『人民中國好！』後面用英文寫着：『棒極了！人民中國。』爲了這件事，小小年紀受了三天拘留。毛主席！這些話我只敢對您講，我可不敢在會上講，那樣大家會以爲我是在開脫自己的罪行，在自己臉上貼金，騙取同情。毛主席！我看見了，您在笑，您沒有怪罪我，求求您，跟軍代表下達一條最新指示：同意桂任中所請……或者是：高抬貴手，讓桂任中去嘛！……」

「你怎麼能指導偉大導師毛主席呢？」哪兒來的聲音？桂任中惶恐萬狀地說：

「罪該萬死！罪該萬死！」

「老桂頭兒！你爲什麼不直接向毛主席請假呢？」

桂任中這才看見站在他面前的是我。

「你！告訴我，我這個罪人能直接向毛主席請假嗎？」

「爲什麼不能？毛主席最英明了！」

「那當然，這麼說，我可以直接向他老人家請假？」

「完全可以。」

「不會罪上加罪吧？」

「不會。」

「是嗎？」

「是的！」我是出於同情和激憤，我太同情他了。一點揶揄和捉弄他的意思也沒有。我希望他能衝出去。最後和他的瓊見一面，結果如何，我壓根兒都沒想過。

他再一次跪在地上，仰望着高聳在星空之上的毛主席塑像，誠惶誠恐地說：

「毛主席！您……能准我幾天假嗎？只要幾天就夠了！瓊一見到我就會好。我知道，她一見到我就會好。我會對她說：你看，瓊，你的安考兒不是很好嗎？活得結結實實，沒病沒災。在農場裏，領導上很關心我，吃的也好，住的也好，天天勞動學習。勞動學習對我都是必要的！毛主席，別的，我什麼也不會對她說。不能傷害她，不！不能宣傳黑暗面……我向您保證，我會準時回來。毛主席！可以嗎？准許嗎？」

毛主席在高高的星空之上微笑着，但沒有說話。桂任中惶惑的看看我。我說：

「毛主席已經准了你的假了！」

「准了？你聽見了？」

「我看見了。」

「看見了？」

「可不！你也看見了。」

「我也看見了？」

「是的，你看，毛主席的右手不是伸出來了嗎？」

「對，對！伸出來了，他老人家的巨手！」

「就是說：桂任中同志，你可以走了。」

「桂任中同志？他老人家把我稱爲同志嗎？是嗎？」

「他的表情不是明擺着嗎！」

「是的！他老人家現在的表情就是這麼個意思。同志?!」他嘻嘻地笑了，兩行淚水滑到面頰上。

「那麼！毛主席！能准我幾天假呢？」

「他不是也有明確的指示了嗎？」

「是嗎？告訴我，幾天？」

「你看，他的右手不是伸出了五個指頭嗎？五天，你可以去五天。」

桂任中淚如湧泉，把頭貼在草地上叩了一個響頭，又起身連連鞠躬到地，拔腿就往大門外跑。我叫住他：

「穿上衣服！」

「啊！對了，我還沒穿外衣哩！」他這才轉向宿舍奔去。

我坐在塑像下的大理石臺階上，惘然地仰望着夜空。我渴望那閃爍不停的繁星能變成傾盆大雨，不管是石塊還是火球，我願意承受：中國人活都不怕，還怕死嗎？

我目送着穿着整整齊齊的桂任中跑出了大門，奔向公路。我明明知道這時候任何車輛也搭不上，但我沒有阻攔他，因爲那是沒有意義的。他不會聽我的勸阻，他會用他那雙短腿走向他的瓊，他的美麗的瓊，他的聰明的瓊，他的善良的瓊，他的用生命愛着他的瓊。這一夜我沒睡，就坐在這座偉人像下，仰望着星光燦爛的夜空。多好呀！這些數不清的星星！它們從來都是光明的，卽使在太陽出來了的白晝，它們也在照耀着我們，只是我們的肉眼看不見罷了！

我正注視着那扇窗戶，過去，窗上貼的是黑紙；現在，掛上了有藍色小碎花的布窗簾。

第二天晚上，桂任中就被軍代表抓回來了。挨了一頓飽打，這次的私刑拷打表面上是「出於革命羣眾的義憤」，軍代表並不在場。實際上完全是有計劃的迫害。在大型批鬥會上，在暴風驟雨的口號聲中，桂任中站在臺上，聚光燈投射在他那凝結着血痂的額頭上。軍代表要他交代罪行。他沉思了很久，漸漸出乎一切人的意料，他的臉上現出孩童般甜蜜的笑容，高高興興地對大家說：

「不是她，一點也不像，不是我的瓊。她怎麼能和我的瓊相比呢？完全不是我的瓊。我的瓊不在八〇八醫院，沒有病，她一定還是好好的，我這就放心了，同志們……感謝毛主席……」我在隊列中如果不是動作快，用帽子捂住了自己的嘴，我准會哭出聲來，準會像決堤的洪水似地放聲痛哭……

會開不下去了，只好宣布散會，責令桂任中去寫書面檢討。

五天以後，桂任中收到一撮用紙鞋盒裝着的骨灰，一張瓊剛剛踏上祖國國土時的照片貼在鞋盒上。軍代表告訴他：這就是你的老婆。桂任中捧着那鞋盒沒有說話，也沒有流淚，木然地向軍代表鞠了一躬。

上帝終於聽見了瓊的呼喊，也許是由於她終於看到了她的安考兒，她還認得出她的安考兒。雖然她的安考兒認不出她，她可是認出了安考兒！她走了！應上帝之請進入天國了！她見到她的 God 以後會問些什麼呢？上帝會怎麼回答她呢？我想，上帝只能這麼回答：

「我的女兒！如果我能把在中國發生的事說清楚，上帝就不是上帝，中國就不是中國了，我的女兒！」

直到死我都不會認爲我是幹了一樁惡作劇，不是！絕不是！毛主席可以作證。

我正注視着那扇窗戶，過去，窗上貼的是黑紙；現在，掛上了有藍色小碎花的布窗簾。

五

她已經滿十三歲了，美麗的小蘇納美！鐮刀形的月亮已經變成了船形的月亮了。

全村五個就要脫去麻布長衫的女伴，在大年夜，高高興興地走到一起來了。還是那個歷年少女聚會的老地方，河邊一排松樹下。每年除夕夜都有幾個，有時是十幾個十三歲的女孩在這兒集合。在這之前，蘇納美只能遠遠地看着這兒，草地上和河水裏同時開放着相似的兩朵火光。她們像一羣仙女一樣，轉着圈兒跳鍋莊。好像她們已經是大姑娘了，毫不害羞地大聲唱歌。她們揮動的手臂和跳躍的腿，把那團篝火的光焰踢打得叫人眼花撩亂。她們在篝火邊用拳頭那麼大的陶壺煮茶，一個個都像六十歲的老達布❶那樣，瞇着眼睛啜着滾燙的濃茶。還喝酒哩！火光和酒把她們的臉燒得緋紅，就像一朵朵馬纓花❷。

她已經滿十三歲了，美麗的小蘇納美！包谷米粒那麼大的花骨朵已經張開了。

蘇納美現在才知道酒、火光、濃茶有多麼大的魔力，在第一碗酒下肚以後她就長大了。她抱着好朋友格若瑪，在她的腮幫子上狠狠地咬了一口，咬得她鬼叫起來，嚇得女伴們都捂住了耳朵。等她們搞清楚是哪樣事的時候，就又都笑起來了，撲過來壓在蘇納美身上，把她壓得透不過氣來。但她感到很痛快，壓吧！她喜歡這樣，壓得女孩兒好舒服啊！每一根骨節都鬆散開來。當她從女伴們身下掙扎出來的時候，對着天上的和河水裏的星星長長地尖叫了一聲，這叫聲之響連她自己都大吃一驚。她捧着發燒的臉蛋看着吱吱叫的火苗，恨不得現在就把身上這件穿了十三年的、不男不女的麻布長衫脫掉，赤條條地一頭栽進湖水裏。她相

---

❶女家長。

❷杜鵑花。

信，雖然是隆多臘月，一點都不會冷。在她正想這樣幹的時候，女伴牽起她的手，圍着火又跳起來了。她用連她自己都感到悅耳的高音，帶頭唱起她自己也不甚明白的歌來。

「一對銀子般的白鷗鳥，
落在金子般的青稞架上，
在青稞架上兩隻疊成一隻，
飛起來又成了一雙……」

她一想到她們五個剛滿十三歲的姑娘就要變成五個穿百褶裙的大姑娘，就興奮得心跳。佩戴着銀花籃的耳環、玉鐲，腰裏紮着寬寬的、彩虹般的腰帶，脖子上掛着長長的珠串，又美麗、又沉重的頭飾和假髮頂在頭上，是什麼滋味呢？她醉了，她們都醉了，相扶着唱，擁抱着舞。和她們同時進入成年的三個男人——不！他們永遠成不了大男人。他們只能是男孩子。他們在山坡那邊集會，總也聽不見他們的聲音。他們不樂意變成男人？不樂意脫掉這身不男不女的長衫？不樂意穿褲子？沒出息喲！聽不到他們唱歌的聲音，聽不到他們跺腳的聲音，學一聲驢叫也是好樣的呀！

雄鷄總算是叫了！多懶的雄鷄喲！準是怕冷縮在母鷄屁股底下睡着了。河面上泛起藍瑩瑩的晨光。不知道她們犯了什麼病，五個就要變成大姑娘的小姐妹抱在一起嗚嗚地哭成了一團。誰也不知道這是喜淚還是悲淚。

篝火已經燃盡了，一縷輕煙溶化到從河上游來的一片霧裏。黎明前的山林就像要出妖精那樣美和神秘。

當她們分手的時候，格若瑪在蘇納美耳邊說：

「蘇納美！你太美嘍，你會有一百個阿肖的！」

「是嗎？」她在回衣社的路上才覺得有點冷了，風順着光光的腿爬進她的全身，像一雙冰冷的粗手在她的熱身子上亂摸似的。她想：我要那麼多阿肖幹哪樣呢？我的阿咪吉❶直瑪有很多阿肖，一個月至少有三個人在夜裏摸進她的「花骨」。阿肖白天也不來幫我們家種田放牲口，晚上來，是給阿咪吉講故事嗎？都像阿烏❷魯若那樣能說會道嗎？可也不能從天黑

❶ 母之妹，可以直譯爲小媽媽。

❷ 舅舅。

到天亮睜着眼睛聽故事呀！我會累得眼睛皮子打架的。聽說那些阿肖都會帶些禮物來。手鐲呀！珠串呀！腰帶呀！（這是要交換的）酥油呀！酒呀！磚茶呀！瓜子呀！糖果呀！爆米花呀！聽說還能和阿肖關在「花骨」裏燒茶喝。可總得睡呀！不睡覺白天是沒有精神的。「花骨」裏只有一張床，該不會和一個外人睡在一起吧？男人都會打呼，阿烏們個個都打很響的呼，在一張床上睡能睡得着嗎？阿肖來，一定有很有趣的事要幹，不然，阿咪吉爲哪樣那麼高興呀！一聽見房脊瓦上有小石子兒滾動的聲音，她就悄悄去開門，臉上都笑蜜了。一見面就把阿肖關進了她的「花骨」裏，還把門閂得死死的。蘇納美試着推過，怎麼也推不動。她是想聽故事，還想分一口濃茶喝喝。從那些成年女人打鬧說笑中，蘇納美可以隱隱約約聽得出，阿肖來是最最美妙的事。從那些成年男人的眼睛裏看得出，他們也都願意當女人的阿肖。不當女人的阿肖，夜裏沒有地方睡覺，哪個衣社裏都沒有成年男人的鋪位，除非住在牲口圈上的乾草堆裏，那樣是要被人看不起的。

蘇納美回到家的時候，「一梅」裏已經擠滿了人，衣社裏的全體親人，還有鄰居們。一個個都是喜氣洋洋的。只有蘇納美，反而不知所措了，有點想哭。

火塘裏火焰熊熊，灶神和象徵着祖先靈位的鍋庄前都點亮了小酥油燈。又瘦又高、披着氈披的達巴❶蹲在火塘邊掛起了他那一串串的彩色神像。有雲神、風神、雨神、雷神、山神、水神、蛇神、馬神、狗神、虎神……都是很好看又很可怕的樣子。蘇納美發現馬神有五條腿，爲哪樣它有五條腿呀？她看見過有五條腿的公馬，阿烏魯若對她說：那會伸縮的一根不是腿。是哪樣？阿烏魯若沒有說。公馬通常時候都只有四條腿，第五條腿縮在肚子裏，不大看得到。達巴的馬神的第五條斜伸着的腿是不會伸縮的，一動也不動。蛇神也不對勁，蛇爲哪樣會有個胖屁股呢？從來都沒看見過有胖屁股的蛇，成了神的蛇就有了胖屁股嗎？一排小磁碗擺在神像下。碗裏分別盛着酒、牛乳、清水、茶和糖水，還有一堆綠樹枝。達巴念着蘇納美不懂，大人們也不懂，恐怕連達巴自己也不大懂的咒語。蘇納美參加過好幾次「宅杰」❷，那都是別人的「宅杰」，今天的「宅杰」是蘇納美自己的「宅杰」，她是主角。阿咪牽着她的手，把她引到「攸社梅」❸和火塘之間，那裏的地上橫擺着一個大猪膘和一袋糧

❶ 巫師。摩梭人既保留着多神崇拜的巫，又受藏族影響，信奉喇嘛教。
❷ 穿裙子的儀式。
❸ 一根被稱爲女柱的頂梁柱。

食。蘇納美一隻腳踩在豬膘上，一隻腳踩在糧食口袋上。阿咪讓她的右手拿着銀鐲、珠串、耳環和松石墜件，左手拿着麻紗、麻布。她不曉得這是哪樣意思，是不是希望她的手裏一生一世都握着財富呢？她想準是這樣。阿咪，看起來還不很老的阿咪彩兒微笑着把模❶的麻布衫子脫下來了，蘇納美的身上什麼也沒有了，光光滑滑地裸露在眾人的面前。蘇納美第一次看見自己的皮膚是那樣的白淨，第一次發現自己的乳房已經突出了，雖然只有半個鷄蛋那麼大。她一點都不覺得冷。她不好意思地咬了咬嘴唇，不敢看那些正在看着自己的眾多的眼睛。阿咪從房門上取下給蘇納美準備的新衣服，一件綉金邊的高領短褂，一條白色的麻布百褶裙。她把新衣服往門上摔打了幾下，像是怕衣服上爬着蟲似的。阿咪彩兒先給她套上裙子，裙裾一直蓋住了模的腳面，蘇納美覺得自己一下就長高了。接着，給她穿上短衫，再在腰裏紮上一條織着花的彩帶。最後，阿咪彩兒用木梳梳攏着蘇納美一頭鷄窩似的頭髮，給她戴上沉重的頭飾。

達巴向他的眾多的神和衣社的灶神、鍋庄大聲賣勁地祈禱。對着他自己手上的一根羊毛

❶女兒。

繩子吹一口氣。據說這是仙氣，這一吹，羊毛繩子就變成吉祥之物了。達巴把羊毛繩拴在蘇納美的脖子上。因爲蘇納美已經滿十三歲了，她的身體裏已經有了靈魂，吹過仙氣的羊毛繩會把她的靈魂套住，不至於過早地靈魂出竅。阿烏魯若曾對蘇納美說過，這條拴在十三歲少女頸子上的羊毛繩又是根記性繩，時時提醒剛剛成人的少女：我們的祖先曾經是趕着羊羣，萬里迢迢來到「謝納米」的，別忘了先人們的艱辛。

阿咪讓蘇納美把那只大黑狗喚進屋裏來，蘇納美按照阿咪的吩咐，餵了它一團飯和一塊猪膘肉。她跟着阿咪說：

「狗呀狗，人是很嬌嫩的，經不起那麼多的風風雨雨，只有十三歲的壽命。十三歲以前哪樣都不會，還不懂得結交阿肖。你們狗是很有韌性的，什麼困苦都能經得住，活着不就是在忍受困苦嗎？你們至少能活六十歲。神可憐人們，讓我們和你們換了壽限，人才能長命百歲。我們人很感激你們，餵養你，把你當成我們衣社裏的一員，我們吃哪樣你也吃哪樣。」蘇納美說着說着眞正地動情了，她抱着黑狗的脖子親了一下它那濕漉漉的鼻子，感謝了狗，才向祖先、灶神和親友們叩頭致謝，感謝祖先在今天給了她靈魂，感謝灶神給了她溫飽，感謝親友們給過並還將繼續給她以蔭護，像樹林蔭護一棵小草那樣。

阿咪、阿烏們、阿咪吉們都出動了，幫蘇納美拿出粑粑、瓜子、米花糖、酥油茶來款待每一個來參加蘇納美進入成年的盛典的客人。她走在阿咪前面。她有點不習慣。頭飾是那樣沉重，新衣服是那樣硬，動一動就發出窸窸窣窣的響聲。九十五歲的阿斯❶坐在自己常年坐的火塘上方那塊很暖和的牦牛皮上。阿斯已經好多年不說話了，嘴裏老是咕嘍咕嘍地響着，手裏一直數着那串黑色的珠串。今天的阿斯似乎很高興，像在笑。當蘇納美跪拜在阿斯面前的時候，阿斯伸出手來摸她，從頭到腳地摸。蘇納美想，這並不是因爲阿斯的眼睛看不見，這是阿斯表示親切的方式。她是阿斯這個根上最細的末梢，阿斯眞切地看到、並摸到了自己的第四代。

親友們告辭的時候，紛紛拿出禮品。有的送給她織帶子的梭子，有的送給她一束閃閃發光的絲線，有的送給她一套新衣裙，有的送給她珠串、手鐲、麻布。一個個都能說出非常美的祝詞。有人說：「我們的禮物只有溪水那樣微薄，等你當達布的時候，這條溪水已經成了大河。」

---

❶母之母之母，曾祖母。

有人說：「鐲子是永遠也戴不壞的，就像我們衣社和你們衣社之間的情誼。」

有人說：「麻布穿不完，土地不斷會供獻，加上你自己的能幹，用多少會有多少，不用它會堆積成山。」

「絲線綉在麻布上，就像草地上的花朵和陽光，憂愁的陰影再暗都會消失。」

「我們看到你的身子了，是一個美的胚子，是一個有福的母親的胚子，你會生育九女九男的。」

客人說到這裏的時候，阿咪高興得抿不住嘴，領着她把他們一直送到大門外，一再感謝貴客的光臨，感謝他們贈送的厚禮和比禮品更爲珍貴的祝願。把客人們送走以後，剩下的是自己衣社的全體成員，親人們圍着火塘，按尊卑女右男左的順序坐下來。蘇納美覺得自己就像剛剛開放的花朵一樣，親人們都微微笑地看着她。阿咪是衣社的達布，雖然輩分不算高，阿斯還健在，阿斯之下還有一位阿移❶，沒有阿咪直❷，只有三位阿咪吉。阿咪吉直瑪最小，才十六歲，最美，最招人喜歡，整天滿院子都是她的笑聲。卽使在夜裏，她那很嚴實的

---

❶ 母之母，或母之母的姐妹。

❷ 母之姐，俗稱大媽媽。

「花骨」也關不住她的「哈哈」。蘇納美常常想：男人們爭着來找阿咪吉直瑪，是爲了聽阿咪吉直瑪的笑聲嗎？阿咪很能幹，才五十歲，爲了主持全衣社的家務，她搬進了「一梅」，不再單獨住在「花骨」裏了。和阿咪相處過十年的阿肖扎波斯不再來了。阿咪不許他來，告訴他：我早就不是開花的年紀了，結果的年紀也過了，家務太重。你們男人六十也不算老，小姑娘的「花骨」都能進，只要小姑娘給你開門。別再來了。扎波斯很難過，那麼大的人，還哭了。阿咪對扎波斯說絕情話的那個夜晚，蘇納美正在阿咪的身邊，緊緊地抓住阿咪的裙子，她覺得扎波斯怪可憐的。扎波斯再也不能來了。以前，怕有幾千個夜晚了吧，扎波斯夜夜都到阿咪的「花骨」裏來，阿咪從來沒接待過別人。現在，扎波斯不能再來了，他到哪裏去睡呢？他也像那些老阿烏們那樣睡在「一梅」裏大聲打呼嗎？這是沒辦法的，「別再來了！」——這句話是出自摩梭女人之口。女人有「花骨」，男人沒有。女人開門，男人才能進屋，女人不開門，男人就得在門外挨凍，要麼就轉回去。衣社是女人的衣社，女人是主，男人是女人的客。扎波斯把蘇納美抱起來，蘇納美尖叫着不讓他抱。阿咪打了蘇納美一巴掌。她隱隱約約聽阿咪們議論過，扎波斯是蘇納美的阿達❶。蘇納美想：阿達是什麼？什麼

❶ 父親。

是阿達？阿達和我是什麼關係？他又不管我吃，不管我喝，白天也不在我們衣社田裏幹活。他不就是個客人嗎！是我阿咪一個人的客人，還只是夜間的客人。扎波斯走了。阿咪搬出了「花骨」，那間「花骨」空着，阿咪告訴她：那間「花骨」是留給你的，是留給滿了十三歲的模的。

她已經滿十三歲了，美麗的小蘇納美，滾圓的小露珠兒滙集成的溪流就要流動了。

滿了十三歲之後的第一頓早餐，是很豐盛的。阿咪首先在鍋庄上獻給祖先一塊豬膘，又撒一盅酒，再撒上一把飯，阿咪用蘇納美感到陌生的顫音說：

「先人們，我們的從天外草原上遷移來而後又魂歸天外的先人們！我們的驅過虎、擒過豹的威武的先人們！我們的爲了給金沙江開路劈開過懸崖的先人們！我們的爲了種靑稞鏟平過山峰的先人們！你們又有了一個根根，你們又有了一個持家的主人，你們又有了一個能傳種接代的女人。她用健康的潔淨的身子接受了你們賜給她的靈魂，她才有了情，有了愛，有了吸引男人的魅力，也有了接受和拒絕男人的魄力。她像一棵小樹那樣，已經把樹冠伸向金光四射的太陽。她知道枝往哪兒伸，葉往哪兒長，花啥時候開，果啥時候結。讓她自自然然地活着，自自然然就是美。先人們！保佑她，教導她，啟廸她，讓她知道人生的秘密吧！盡快打開那扇必由之門……」阿咪禱告之後，就給衣社的每一個成員分飯分菜。雖然蘇納美今天是星星之中的月亮，阿咪分給她的飯菜並不比別人多。但是，今天每一個人都多一些。

早飯以後，阿咪領着蘇納美到同一個斯日❶的各個衣社去拜年。蘇納美不記得走了多少個衣社，差不多都是一樣的接待，一樣的吃食，一樣的吉祥話。許多同輩女人像從沒見過她似的，上下打量着她，是看她的衣服呢？還是看她衣服裏的人呢？阿咪叫她吃，她就吃一口；阿咪叫她喝，她就抿一口；阿咪要她哪樣回答問話，她就哪樣回答。男人們的目光不同了，今天以前誰也沒有正眼看過她。好像她是鷄羣裏的一隻小鷄。今天她是一個人了，是一個女人了。男人們看她的目光和他們看阿咪吉們的目光幾乎一樣了。溫柔、親切而尊敬。蘇納美的心高興得發抖，就像風中的花朵那樣。

走進自己的院子，阿咪牽着蘇納美走向東廂房，蘇納美跟着阿咪走，慢慢地走着。阿咪

❶比氏族小些的母系氏族。

的臉上沒有笑容，但有一層安詳的光亮，就像去年牽着她上干木山朝拜女神的神情那樣。東廂房的樓梯，她從會爬的時候就爬上去過，今天反而覺得很陌生，好像從沒上來過。樓梯的扶手爲哪樣會是有着許多斑疤的松木做的呢？阿咪在樓梯上的步子放得更慢了。阿咪像是在回想自己的十三歲吧？阿咪的十三歲是快樂的？還是苦痛的？蘇納美在阿咪現在的臉上看不出。樓梯一共是十二級。她今天才知道，也可以說才覺察到，第十級是一塊比較薄的木板，腳踩上去它會彈動着吱叫一聲。蘇納美想：我以前爲哪樣就沒注意到呢？我在這個樓梯上蹦蹦跳跳上上下下過無數次，那是爲了練腿勁；也曾悄悄地一級一級地爬過無數次，那是爲了窺測阿咪吉們的秘密。阿咪打開靠樓梯最近的那間「花骨」門上的鎖，接着把那把小鑰匙交給了蘇納美。蘇納美的心「格登」一跳，她竟能掌握一把鑰匙！雖然它很小，卻鎖着一間房子，這間房子以後只有她才能打開了！它同時也鎖住了自己的秘密，像阿咪吉們那樣。全衣社的鑰匙全都掛在媽媽的腰裏，達布掌管着全衣社的財富和財富分配權。

「花骨」裏已經打掃得乾乾淨淨了，屋中間火塘裏架着一點就燃的乾柴。小小的鐵三角架上放着一只灰色的陶罐。火塘沿上擺着打酥油茶的竹桶，一個茶葉瓦罐和一個鹽巴瓦罐。一張木板床擺在火塘的左側。牆上掛着一面碗大的圓鏡。阿咪牽着蘇納美在推開的門外站了一會兒，似乎先讓蘇納美看清楚這間已經屬於她的小小的「花骨」。阿咪的那隻溫柔的大白猫先溜進屋，蹲在火塘邊上喚她。阿咪走進屋，蘇納美跟進屋。阿咪打開火塘邊一個竹箱子上的小鎖，把箱蓋敞開，露出分給她的衣物和布料，全都是簇新的。阿咪把開竹箱的小鑰匙交給了蘇納美，蘇納美有了第二把小鑰匙。板床上新鋪的乾草，乾草上是一張很厚、很大的羊皮，疊着的一條毛毯是紅格子的。阿咪坐在板床上問蘇納美：

「蘇納美，這間房子可漂亮？」

「漂亮……」蘇納美從心眼裏承認這是她有生以來見到過的最漂亮的房間。

「從今以後，你就住在這間房子裏了，你可會害怕哩，蘇納美？」

「有點怕哩，我的親阿咪！」蘇納美一直都睡在「一梅」裏，在老阿烏、老阿移和一羣孩子們中間，像一隻小猫那樣縮成一團，阿斯那帶哨的鼾聲，一會兒就把她帶進了夢鄉，各種各樣的夢境，也有很可怕的。但只要一醒來，聽見阿斯那帶哨的鼾聲和阿木各咪❶、阿木格日❷們的夢囈，她就安心了，很快就又沉沉入睡了。

❶姐妹們。
❷兄弟們。

阿咪端詳着自己最喜歡的模：

「不要怕，模蘇納美，一定會有人來陪你的。」

「咯是？」蘇納美大睜着一對惶恐的眼睛看着阿咪，「咯是陌生的男人？」

「陌生男人也會變成熟識的男人！」

「不，阿咪！你陪我。」

「沒有這樣的規矩，你已經滿十三歲了呀！蘇納美！」

「阿咪！我還小呀！可有人願意當我的阿肖？」

「蘇納美，你不小了，一住進『花骨』就是大姑娘了！記住，這是達布阿咪分給你的房子，你是這間房子的主人，你是你自己的主人。讓哪個進，不讓哪個進，都得依你自己的意願。他們走進的是屬於你的衣祉，是屬於你的房子，屬於你的。這間『花骨』和你自己的心身之間的鑰匙都在你的手裏。你要牢牢地握住，別丟了！在摩梭人的院子裏，無論多麼英雄的男人也別想從女人手裏奪去鑰匙，女人是生養人的人！模！蘇納美！記住！記住……」阿咪的聲音使蘇納美想到達巴的禱告，她聽着聽着，渾身不住地抖：

「阿咪！我記住了。」

「給我重複一遍，模！」

蘇納美結結巴巴地重複了一遍，還算完全。阿咪滿意地點點頭，抱着她的頭對她說：

「摩梭女人在白天，爲了衣食去幹活；摩梭女人在夜晚，爲了女人自己的快樂和生育去愛。在白天，自己是自己的主人，在夜晚，自己也是自己的主人。愛和懂得愛才會有快樂，不愛和不懂得愛是沒有快樂的。愛是教不會的，要自己去身受……」

蘇納美茫然地點點頭。阿咪笑了：

「你點頭了？不！你不懂，以後才會懂。最要緊的是：無論男人給你多少快樂，你都不能把屬於你自己的你交給他，你永遠是你自己的主人！蘇納美！」

蘇納美還不太明白，阿咪爲哪樣一遍一遍地告誡自己，要自己記住：摩梭女人自己是自己的主人。她想：除了這間阿咪剛剛才給我的房子，屬於我自己的東西還有哪樣呢？哪樣也沒有呀！全衣社的財富不是都繫在達布阿咪腰裏那一大串鑰匙上嗎？我自己只有一個十三歲的白淨的身子和一顆對一切都好奇的別別跳動的心呀！從阿咪的語氣裏聽來，好像我自己身上掛滿了無形的金銀財寶似的。

蘇納美不知道阿咪啥時候走出「花骨」，把她孤零零地留下來，留在屬於她的這間小屋裏，留在這個屬於她的自己的身子裏了。她知道在這個人世間有一個她了，她在聽着、想着、感覺着周圍的人和物件，周圍的人也在聽着、想着、感覺到她了。多新鮮呀！活着，和這個活着的人世間一起活着……她知道自己已經站在一個神秘的大門前了，門還沒有打開，這個神秘的門或許就是自己的門。門裏關着的是哪樣呢？她只好去猜想，在猜想的時候是多麼快樂呀！快樂得想哭。門上的鑰匙不是就在你手裏嗎？蘇納美！鎖已經打開了，那座神秘的門和你自己的門。你還沒有去推，只要輕輕一推就會出現一條縫，可以瞇着眼在那條縫中看。蘇納美不想也不敢立即去推那門，雖然她非常想，而且一點也不怕。她也說不清是爲哪樣，也許她還不需要，還沒有等到恰好能使花朵突然綻開的那股風……

她在等待着，茫然地等待着。她只知道支撐着她全部希望的就是等待。她的心身裏充滿着飽和的等待。夜悄悄地來了，她想：我咯是在等待夜？夜來了，不是！小「花骨」裏樣什都不會發光，連那面小圓鏡也閉上了眼睛。靜極了。我咯是在等待靜？不！漸漸她又能聽見很多聲響了。她的耳朵兼有眼睛的本領，她能同時聽和「看到」「一梅」裏的老人們和孩子們，昨天她還是他們中間的一個，現在已經不是了。阿斯已經開始扯鼾了，帶哨音的鼾聲像煙霧一樣籠罩着孩子們的夢。火塘裏燒燼了的木柴塌落下來，變成暗紅色的浮炭。小黑狗在院子裏巡行，它的腳步輕得幾乎聽不見。五頭騾馬的嘴還伸在槽裏咀嚼着，打着響鼻。

隔着板壁的那間「花骨」是屬於阿咪吉直瑪的。蘇納美聽見並「看見」她回來了，開鎖，推門，擦着火柴點亮松明，引着火塘裏的火，小茶罐很快就唱起來了。蘇納美等待的是這些聲音嗎？不！也不是。接着，她聽見並「看見」阿咪吉直瑪的阿肖次里走過她的門口。次里站在阿咪吉直瑪的門前，輕輕地推開了虛掩的門，房門像不懂事的孩子，大聲「吱哇」喊叫起來。次里是個高高的紅臉漢子，一個在湖東岸居住的打漁人。每晚他划着獨木船從湖上過來，他是一個月前和阿咪吉直瑪開始往來的。他身上總有一股子好聞的魚腥氣。進屋以後他沒說話，阿咪吉直瑪也沒有說話。她給他倒茶。他們一人一口地有滋有味地喝着茶。蘇納美有點糊塗了，次里並不給阿咪吉直瑪講故事，打漁人應該會講很多湖上的故事，水底裏的故事，老輩子的故事和今天的新鮮得像剛起網的魚一樣的故事。他沒講，連話也沒說。喝茶，只是喝茶，還抽水煙筒，咕咕嘍嘍地抽個沒完。多悶呀！蘇納美靠在板鋪上。他們倆在喝茶，還在喝茶；抽煙，還在抽煙。

蘇納美記得阿斯在還能轉湖的時候，曾經牽着她沿着湖邊從白晝走到黑夜。阿斯對她說：地上有一個人，天上就有一顆星。她問阿斯：哪顆星是我的呢？阿斯說：你還沒穿裙子，哪裏會有你的星星呢？現在，我不是已經穿上裙子了嗎！阿斯！哪顆星是我的呢？蘇納美踮着腳從窗口望出去，仰望着夜空，她找到了！她的那顆星正向她傳遞着光語。它是一顆綠色的亮星，它的光語一直射進她的心裏。她想抓住它，用雙手捧着它舉在頭頂上。啊！她明白了：我等待的原來是它呀！她盡力踮着腳尖，她自己竟那樣輕！輕得使自己既快樂又吃驚。她飄起來了，向那顆正在向她飛來的綠色的星飛去。當她的腳踏上一座山峰的頂端，她的那顆星也停住了，還是那麼遠。她再一次飛起來，那顆星又在向她靠攏，她在星羣中飛翔，星星像雪花那樣多，卻沒有相撞的。迎面飛來的星都變成了綠色的，她再也分不清哪一顆星是她自己的那一顆了。每一顆都像又都不像她的那一顆。眞急人！她想落下來，落在地面上也許就能分辨出哪一顆星是她的。但她落不下去，她太輕了，像沒有一點重量的紙片似的。她俯身向下，雙腳併攏，慢慢慢慢才落在一片草地上。她又看見了那顆屬於自己的綠色的星，還是那麼遠……這時，她聽見一種陌生的聲音，正因爲這種聲音她從來沒聽見過，所以她「看」不見了。但這種聲音使她醒悟過來，剛才的星空飛行原來是一個夢，她靠在板鋪上睡着過。她專注地分辨着這聲音的來源，它來自阿咪吉直瑪的「花骨」，它就是阿咪吉直瑪的聲音！是一種不像喊叫的喊叫，不像哭泣的哭泣，不像呻吟的呻吟，不像嘆息的嘆息。

蘇納美從沒聽到過阿咪吉直瑪發出過這種聲音。她似乎「看見」阿咪吉直瑪被她自己發出的聲音托起來了，直托向星空，阿咪吉直瑪並不是在追逐屬於她自己的那顆星，她自己就是一顆大放光明的星。阿咪吉直瑪的聲音以一聲無限暢快的長嘆爲結束，像早晨的雲霧般突然散去了。接着就是那個男人的幾聲粗喘，最後是漸漸遠去的均勻的呼吸……蘇納美用手掌按着床鋪，撐着身子翹起頭來側耳傾聽。她非常驚駭，像聽到一陣意外襲來的雷鳴那樣，電火雖然已經完全熄滅，她的心還在跳動……

蘇納美脫去了新衣服、新裙子和沉重的頭飾，光着身子鑽進毯子裏。次里大聲扯着鼾，震得板壁嗡嗡響。蘇納美平躺着，悄悄撫摸着自己還很瘦小的身子，仰望着屋頂上依稀可見的房梁。她好像有點明白了，她在等待的是一個男人，一個阿肖，一個第一次走到她面前來願意做她的阿肖的男人。火塘裏的火完全被灰蓋住了，只有大白猫那對綠瑩瑩的眼睛還亮着，它在等待哪樣呢？

她已經滿十三歲了，美麗的小蘇納美！春筍的衣已經脫落，窈窕的青竹竿已經穿出來了。

蘇納美是一個滿了十三歲，穿上了百褶裙的摩梭姑娘。

蘇納美滿十三歲的那年是哪一年呢？她不知道，也不需要知道。許多民族的早就遺忘了的遠古時代，仍然是蘇納美的民族的現代。她剛剛滿十三歲，而她和她的民族的現在比堯舜生活的時代還要古老，因爲堯舜的時代已是女人依附於男人的時代了。娥皇女英爲她們失去了的結髮配偶而長時間地哭喊着：我的天呀！她們的天傾覆了！今天生長在南方的茂密的斑竹就是證據。

正當蘇納美進入古老的十三歲的時候，現代世界進入了西元一九七六年……

她已經滿十三歲了，美麗的蘇納美！草叢中剛剛還抿着小嘴毫不引人注意的一朶小花就要顯露出她的笑臉來了！一躍跳出草地，像綠色的夜空中閃現出的一顆鮮紅的星星。

六

我正注視着那扇窗戶，過去，窗上貼的是黑紙，現在，掛上了有藍色小碎花的布窗簾。

由於瓊的死，使我暫時放棄了處心積慮「進攻」醫務室的策劃。桂任中經常在夜間用手電筒照着撫摸那張貼在裝骨灰的紙鞋盒上的照片。瓊的美麗是難以形容的，使人想起熱帶陽光下的金色大麗菊，尤其是在她的臉上掛着幸福微笑的時候。桂任中把裝着瓊的骨灰的紙鞋盒一直放在枕邊。所以我有幸常常分享他的幸福。但在欣賞了瓊的美貌之後，總是久久不能入睡。衣衫襤褸、面貌猙獰的瓊和長着翅膀落在上帝手心上的潔白的瓊，不斷交替在我眼前出現，使我非常疲倦……

常言說：屋漏又遭連陰雨，船破偏逢打頭風。老桂又出禍事了！

農場裏的軍代表是很盡職的，他從不放鬆對我們這些沒參加集體勞動、學習的零散人員的領導和管制，他常常在大會上說：不許有「死角」。我們這些放牛、放鴨、看魚塘和燒飯的，在軍代表心目中是一些最容易由於抓不緊而思想鬆懈的人，稍不注意就會思想上長出豆芽菜來。所以，他絕不讓我們舒舒服服了，優秀的階級根子正的人舒服了都要出修正主義，何況這些本來就不接受改造的臭老九！每天晚上餵好了牲口要和所有的勤雜人員集中學習，而且這種學習是「雷打不動」的。誰都不能缺席，也不能不發言。其實，這種學習最好應付，領導學習的人讀一段最高指示之後，你就發言，先是三祝毛主席萬壽無疆，林彪死了以後可以免去「祝林副統帥永遠健康」。「向江青同志學習」是免不了的。把這一套儀式的拍節放慢，可以延續到三分鐘之久。再引用三段最高指示，唏噓感嘆，做激動得流淚狀，這中間有許多停頓思考的空隙，誰也不敢催促和打斷這種忠於毛主席的眞實情感的發揮。之後，再談學習心得體會，最高指示如何英明偉大，如何有預見性，必將對中國革命、世界革命產生偉大的影響，照耀我們前進的道路，激勵着一切眞正的馬克思列寧主義者爲實現共產主義的偉大理想而英勇奮鬥。如果爲了表現得更深刻一些，可以先批蘇聯修正主義和美帝國主義，再檢討一番自己。如果怕說錯話，全部可以引用毛主席語錄，萬無一失。誰都得畢恭畢敬地聽，因爲「毛主席的話一句頂一萬句」。很多人都可以輕而易舉用毛主席語錄寫成一部聯唱，聯成一篇論文，編成一部話劇。事到今日，無論多笨的人都學會了這一整套本領。只有桂任中這個老夫子！唉！他對學習最認眞，他總是反複思考、學習、鑽研。如果身邊有個圖書館，他會爲一條最新指示，翻閱一千册書。如果僅只是默默地思考、學習、鑽研還無大妨礙，他還要提問。每當他要提問的時候，我都爲他捏一把汗，他哪裏知道，讓你提問就是在釣你上鈎。你完全可以說我沒問題，對毛主席的指示理解的要執行，不理解的也要執行。不理解只能說自己的水平低，壓根就不能也不敢懷疑。桂任中與衆不同，每一次都要老老實實地提問。我總想在夜間枕邊提醒他，又總不敢提醒他。因爲我對他說的話，他一定會在會上老老實實、原原本本地說出來，我可不能冒這個險。事情就出在提問上。我們在會上討論的是一條最高提示（原話是一九五七年五月說的，初次見報是一九六八年四月二十七日的《人民日報》）：

「除了沙漠，凡有人羣的地方，都有左、中、右，一萬年以後還會是這樣。」

我們每一個人都按照老辦法激動一番、感戴一番、慷慨一番、自責一番就過去了。當軍代表問我們：有什麼問題嗎？我們都表示：毛主席的指示是放之四海而皆準的普遍眞理，旣深刻又易懂，一讀就明白。但是，卽使學到老也未必能眞正學到手。桂任中卻不然，他舉起了手：

「報告！」

我的心一下就提到喉管裏，連呼吸都停止了。他會提出一個什麼問題來呢？一個化學博士，在政治上卻像個四歲的孩童：

「偉大領袖毛主席教導我們說：科學的態度是實事求是，自以爲是和好爲人師那樣狂妄的態度是決不能解決問題的……」

還正常。我稍稍有些放心了。

「我提一個問題。」

「提吧！什麼問題都可以提，提出來可以討論嘛！」軍代表的大腿放在二腿上，抖着。

我又緊張起來了，開始出冷汗。

「毛主席教導我們說：除了沙漠，凡有人羣的地方，都有左、中、右，一萬年以後還會是這樣。那麼……如果……如果是一萬年以前也作數……馬克思、列寧和偉大領袖毛澤東主席三個人湊巧在一起，三人爲衆嘛！這個人羣裏，誰是左？誰是中？誰是右呢？」

沒有一個人，包括軍代表在內，能想到他會這麼提問題，就像在我們中間爆炸了一枚重型炸彈，一時間都懵了，誰也搞不清是怎麼回事。而桂任中博士眨巴着天眞無邪的眼睛看看這個，看看那個，自以爲他提出了一個連軍代表都答不上來的難題。他搓着雙手，油然而生的小小的得意使他扭動了幾下腰。軍代表的確回答不上來，他在長長的迷惑和驚愕之後，拍案而起，接着就拂袖而去了。

一刻鐘之後，農場裏的高音喇叭響了。首先播送的是幾段最嚴厲的關於鎭壓反革命的毛主席語錄，緊接着放了緊急集合號的錄音，尖銳的號音，不祥地在農場上空擴散開來。

無疑，桂任中的提問被認爲是最惡毒的褻瀆罪。全農場的成員都肅立在吃飯的大草棚裏，由軍代表宣布桂任中的罪狀，一聲大喝：

「把反革命分子桂任中揪上來！」

一場聲勢空前浩大的批鬥會整整開了三個多小時。大家都知道老頭的不幸遭遇，但誰也沒有惻隱之心了。一批又一批跳到方桌上表現自己對領袖的忠心，在這個深深彎着腰站在方桌上的一條板凳上變得更加矮小的老頭面前，進行盡情的表現。希望軍代表能看見他們的「表現」。一位曾經聞名中外的詩人，如喪考妣地一把鼻涕一把淚，控訴老頭兒的滔天罪行。一位著名劇作家竟要用自己的頭去衝撞桂任中，幸虧他爬不上那張方桌，但他和這個攻擊炮打革命領袖的罪人不共戴天的眞情卻表現得淋漓盡致。還有些女性，號叫着跳上桌去扯老頭兒的頭髮，擰他的肉。竟然有一個老姑娘，在混亂之際跳上方桌，彈跳起來，惡狠狠地扯了一下老頭兒身上那個除了母親和妻子，別的女性不能觸及的器官，扯得老頭大喊救命。一個歷史上曾經在共產黨得勢時冒充共產黨、在國民黨得勢時投靠國民黨的老騙子，衝過去推倒了桂任中立足的板凳。桂任中從板凳上倒栽下來。人們怪叫着擁向他，幾乎所有的腳都要踏在他的身上。我竭盡全力大喊了一聲：

「毛主席教導我們說：要文鬥，不要武鬥。」

這才使那些要把桂任中踏成肉醬的腳停止住。大家聽不出這是誰喊的，都以爲是軍代表的聲音，除了他誰敢在這時候大喊這樣的語錄呢！

桂老頭的頭在流血，一條右腿像麵條似的不能站起來了，顯然已經骨折。軍代表只好宣布休會，責令桂任中寫出書面檢討。余壽臣向軍代表報告：桂任中的一隻狗腿已經斷了，怎麼辦？軍代表做了三項指示：一是，本着革命的人道主義精神，接起來。二是，桂任中的一羣黃牛另行派人放牧。三是，書面檢討必須儘快寫出來上交場部軍代表辦公室。

桂任中的腿由余壽臣用中國傳統的接骨術上了夾板。老頭兒反而有點因禍得福的感覺，天天可以不出工，陪着他的瓊，一個人在空蕩蕩的大宿舍裏，偎着被窩，背靠着牆，膝頭上放着一塊板，寫他的書面檢查。他一向對寫檢討很認眞，每一次都要翻遍他僅有的四卷毛澤東著作。有時寫到精妙之處，自己會搖頭擺尾地吟誦起來。好像他寫的不是檢討，而是一篇類似《岳陽樓記》的美妙散文。

有一天夜裏，當桂任中把精疲力竭的身子放平，把疼痛難忍的斷腿伸直的時候，用極小的聲音問我：

「你記不記得，那個發言像哭喪婆似的人，是男是女呀？」

我知道他指的是那位大詩人。由於這位大詩人過於熱愛領袖，聲音變調，當時老頭兒又不敢抬頭，當然分辨不出是男是女。但我不能告訴他，只能說：

「沒注意。」

我正注視着那扇窗戶，過去，窗上貼的是黑紙；現在，掛上了有藍色小碎花的布窗簾。

桂任中斷了腿，大約可以不再出什麼大事了。我又可以在靜夜裏策劃如何進攻「醫務室」的戰略戰術了。桂任中又在夢中淒厲地慘叫着。這時，可能已是子夜一時了。宿舍門被人拉開，冷風頃刻之間灌了滿屋，像是一羣愛開玩笑的人衝進來，猛地掀動着所有人的被子。睡得熱乎乎的人都被吹醒了，響起了一片責罵聲。

「準又是豬仔子！」大家猜想是那個學世界地理的大學生朱載志。

「他娘的！一夜要放幾次水呀！」

「把他的小腸頭用麻繩紮起來。」

「聯名報告給軍代表，叫他換宿舍。」

我認識小朱，一個身體虛弱、又愛喝水的小個子，鼻梁上架着個深度近視眼鏡。

這時我聽見一個人說出了我想說而沒說出來的話。

「能怪他嗎！腎臟不好，營養太差，那玩意能紮得住嗎？你們自己紮紮試試……」

大家都笑了，少數沒醒的人也都被笑醒了。一個迷迷怔怔的老教師呼地坐起來問：

「怎麼？文化大革命結束了？」

又是一陣大笑，笑聲裏可以品出很多味道來，主要還是辛酸和悲涼的味道。

「最高指示：要把無產階級文化大革命進行到底！也請你把你的美夢進行到底。」

一夜幾笑，更加難以入睡。古人說：「福至心靈」，大概我的福來了。朱載志的尿頻給了我一個絕妙的啟發。對！就這麼辦！從現在開始，才四點半。於是，我就拚命咳嗽起來，我發現咳嗽很容易學得很逼眞，越咳嗽嗓子眼越癢，越癢越想咳嗽。不到一刻鐘就有人抗議了。

「誰？你不能忍着點？」

「我……忍不住……忍……不住呀！胸疼……」我邊咳邊說，顯得十分可憐。

「胸疼？」一個人跳起來大聲叫道：「別他媽的是肺結核吧！你他媽的把大家都給傳染上?!」

「起了床去醫務室！」

「醫務室沒X光機，沒法透視。」

「讓他們給開個轉診單進城嘛！」

我只能用咳嗽來回答他們的關心，咳嗽得幾乎把心肝都嘔出來了。桂任中困難地把他那條上了夾板的腿搬過來翻了一個身，臉朝著我的背，用一對有氣無力的拳頭捶着我的背。

我懷着深深的內疚暗暗在心裏說：騙醫務室那些沒人味的東西，我一點都不覺得於心有愧；對於大家，只當給大家開個玩笑。可是，騙了老桂，我眞受不了。他什麼都沒說，只是眞摯地不輕不重地捶着我的背。他在心裏爲我而感覺到的痛苦是十分深重的。我又不能悄悄地把眞相告訴他，即或是千叮嚀萬囑咐也無濟於事。他會像剛剛學說話的孩子爲爸爸擋客人那樣認眞地說：爸爸叫我告訴你，他不在家。

第二天我沒去醫務室，夜裏咳嗽了一個通宵。老桂給我捶了一夜的背，一分鐘也沒停止過。我的越來越嚴重的咳嗽點起了一半人的怒火，也引起了一半人的同情。罵我的人埋怨我不去看病，同情我的人幫我說話：

「大家應該體諒他的難處，他去醫務室，老鐵梅準把他當裝病的階級敵人轟出來。」得到如此有力的聲援，我的咳嗽更厲害了，而且咳嗽聲中帶着委屈的哭腔。

但三天過去了，我還是沒去醫務室，一連五天我都沒去。可憐的老桂堅持不懈而憂心忡忡地爲我連着捶了五夜背。整個宿舍羣情激憤，個個罵我是膽小鬼。

「怕什麼？有病不敢去看病，心裏沒病怕什麼！你這是貨眞價實的肺結核，要麼，是肺炎，要麼，是肺癌！老鐵梅能吃了你?!說不定會把你當負了傷的表叔服侍哩！」

我仍然一語不發，咳嗽不已。反正白天在乾草堆裏可以打盹兒。五天之內，至少有五十人次向軍代表反映我的病情。

「他個人死活事小，一個沒改造好的小知識分子！大家的健康關係着大家的勞動改造，大家的勞動改造關係着能不能將無產階級文化大革命進行到底。何況也關係着軍代表的健康，軍代表是無產階級司令部的人，經常接近上級首長，絕不能受到損害。我們要誓死保衞軍代表的健康和無產階級司令部的首長們的健康長壽！……」這些在日後聽來會十分肉麻的話，軍代表卻感到十分正常，十分舒服。反映太多了，軍代表不能不引起重視。他首先向反映情況的人反問說：

「余醫生、劉醫生什麼意見呀？」

「這小子不敢去醫務室。」

「爲什麼？」軍代表着實感到詫異。

「他怕醫生不相信他是眞有病。」

「有病沒病，可以檢查嘛！」

「農場醫務室沒有X光機。」

「沒X光機就不能判斷了？人的因素是最重要的嘛！我們八路軍八年抗戰，小米加步槍打敗了武裝到牙齒的日本鬼子！你們這些知識分子呀！眞是沒辦法！」

「醫生……的……眼睛看不見……肺……」

「毛澤東思想就是顯微鏡嘛！」

「……」

「非要X光機透視不可？」

「是的，聽說毛主席每年檢查身體的時候，也要在X光機面前拍幾張片子。」一個學表演的戲劇學院一年級學生以非常崇敬的語氣說出了一個使人肅然起敬的情況。
「你是從那兒聽說的？」軍代表在震驚之餘，不大相信。
「我……姐夫……的女兒……的對象，在中南海中央警衞師……工作……」
「啊！」軍代表上下打量着這個姐夫的女兒在中南海中央警衞師有個對象的、沒有走上舞臺的演員，對他忽然有了三分好感，隨之情緒也好起來了：「你叫什麼名字呀？」
「我叫宋林。」
「啊！我好像認識你，你是不是在肥料連幹活呀？」
「不！我在蔬菜連。」
「明天到場部宣傳組上班，寫個批判稿什麼的總會吧？」
「會！還會唱樣板戲！」
「我的眼力不差吧！」
「你洞察一切。」
「那當然，否則上級領導能把這麼重要的擔子交給我？咱們農場有二十一個洋博士，六十七個教授以上的反動學術權威，像你們這些大學生、中學生，上千！你以爲你們這些臭老九是好鬥的？有時候裝的像可憐憐的小綿羊，其實，比猴還精！我要是沒有一把金鋼鑽，敢接這個爛瓷器?!你們……是來反映什麼問題的呀？」眞是貴人多忘事，只顧自我欣賞，竟如此神速地忘掉了這些請願者的請求。

「我們是請求軍代表關心一下那個沒日沒夜咳嗽不止的同學。」

「給他開個轉診單進城去檢查！」

軍代表的一句話還了得，首先解除了醫務室政治上可能承擔的責任。老鐵梅連我的咽部都沒看就給我開了轉診單。轉診單一拿到手，我差一點露了餡。精神上的振奮使我整整一分鐘忘了咳嗽。余壽臣爲了提醒劉鐵梅對我進行觀察，輕輕咳嗽了一聲。可是，這首先提醒了我。我連忙大聲咳嗽起來，這一咳不可扼止。從醫院出來，不敢跑，只能走，而且還只能慢慢地走，我知道余壽臣和劉鐵梅的四隻眼睛就在我的背上。

在宿舍裏，我從舖底下拉出我的那只唯一的箱子，在拿換洗衣裳的時候，發現了那張唱片，靈機一動，也取了出來。這一切都是在不斷咳嗽中進行的。收拾好必備的生活用具（所謂生活用具也就是一把倒了毛的牙刷，半管牙膏，一條毛巾，四分之一塊肥皂），我爬上床舖，伏身在桂任中身邊，向他告別：

「我去了，老桂頭兒！你可要保重呀！」

「應該保重的是你，休息休息會好起來的，這是個富貴病，要加強營養。」他從被窩裏摸索着拿出一個很髒的紙包交給我，「這是我和我的瓊分開的那一瞬間，她塞在我手裏的，我一直沒捨得吃，給你，你比我更需要。」說着，他的老淚橫流起來。我怎麽忍心接受他的這種饋贈呢？雖然我還不知道這紙包裏包的是什麽。

「不！我怎麽能收你的東西呢？……而且這是瓊……和你生離死別的唯一的遺物。」

「是的！」說着，他號啕大哭起來，死死地抓住我的手腕，「你一定得帶上，你要是不帶上，我就再也不理你了！」他把那紙包硬塞在我的口袋裏。

「我不能……我怎麽能……」

老桂立即大怒起來：

「好！給我！給我！你就那樣看不起我，看不起我的瓊！給我！」

我被他的怒吼嚇傻了，也忘了咳嗽，也不敢把那個紙包還給他。我用手按着那紙包，眼眶裏湧滿了淚水。我沒想到我的淚腺裏還有淚水。爲了報答他的盛情，我似乎不應該就這麽分手，我也得還他點什麽。我有什麽呢？一個一貧如洗而又僞裝着的人會有什麽呢？不！我也有眞誠！像老桂一樣，我湊在老桂身邊說了一句眞誠的話：

「老桂！我沒什麼可給你的，只送給你一句話，老桂！你太輕信了！——我的這個意見對你可是最重要的了！」

老桂迷惘地看着我，問我：

「你是說我對一切都太輕信了嗎？」

「是的！」

「啊？」

「你忘了！我們對林彪不是相信過好幾年嗎？那本《林副主席指示》的《編者的話》裏一口氣寫了三十六個最，我們眞的相信這三十六個最？什麼把毛澤東思想紅旗舉得最高最高，對毛主席最忠最忠，對毛主席著作學的最活最活，用的最好最好，最高的典範。現在，他在我們的記憶中恐怕只剩了一個最，就是中國歷史上最大的一個騙子。」

「可……林彪不是已經死了嗎？」

「是的，」我本想對他說，「活着的都是眞人嗎？」但我沒敢說。

「騙子死了！托毛主席他老人家的福，騙子死了！就是摔了一架三叉戟，怪可惜的。」

「是的！……我得走了！」

我咳嗽着離開了他，一直咳嗽到公路邊的長途汽車站上，整整一千五百六十二步，這段距離是經過很多嚮往自由的同學們默默用腳丈量過的。很幸運，正好有一輛風塵僕僕的大客車停在我的身邊。我跳上車，仔細觀察，車上確無相識的人，我才立卽恢復了正常、健康人的本來面目。雖然沒有座位，而且走道上堆滿了各種口袋和捆綁着的小猪，幾乎沒有下腳處。但是，我就像插上了翅膀一樣，田野、雲朵、公路兩旁的樹迎着我撲面而來。我眞想唱點什麼，可又不願唱語錄歌和樣板戲。我在腦子裏搜尋着，希望能搜尋出一句我會唱的歌來，我試着在喉間醞釀着、哼哼着……但很難找到一個上口的旋律。我並不是不喜歡唱歌，喜歡過。由於一開口別人就笑我跑調，積極性受挫之後，就很怕當眾開口唱歌了。記得我進了美術學院以後，總喜歡一個人在集體浴室裏喊幾句，世界上所有的集體浴室裏都有很好的共鳴，嗓音很乾巴的人也會產生一種獨唱家的自我感覺，據說夏里亞賓第一次發現自己有歌唱天才，就是在集體浴室裏喊了那麼一嗓子。我的思路漸漸接近我熟悉的樂感，隱約在腦際中浮現出我經常在浴室裏喊的那旋律，那是一支極美、極深情的曲子，是我跟着素描教授到陝北去寫生時學會的，應該在黃土高原上引吭高歌的那種《信天游》。可惜我在天空之下一唱就走了調，只能在空蕩蕩的集體浴室裏才能唱出荒蕪的曠野裏的效果。這感覺完全清晰地回到記憶中來了。我陶醉在忘我和忘卻時間和空間的境地之中，喉內的聲帶彈動起來，丹田氣從深深的底部沖上來，我終於脫口而出地唱開了：

「情郎哥哥兒走西口！
妹妹我實在難留，
為了和你親親熱熱地過一宵，
我脫了我的花兜兜！」

我竟能唱出那妙不可言的上行滑音和下行顫音來。

汽車突然來了個急刹車，我並未看見驚愕地看着我的車上的全體旅伴們，我還以爲是汽車撞上人了，向扭轉身來的司機問道：

「怎麼？撞上了？」

司機氣呼呼地問我：

「你是哪個單位的？」

「東風農場的。」

「到哪兒去？」

「到市區看病。」

「啊！」司機恍然大悟地說，怪不得。「爲什麼沒人送你？」

「不爲什麼。」

「你們農場對你就那麼放心？」

「怎麼，怎麼不放心？我又不是不買票。」

「革命的同志們！」司機嚴肅地向全車旅客說，「爲了大家的安全，我建議把這個病人捆起來，別讓他在車上發病出意外。」

我還沒搞清楚是怎麼回事，左右兩側的幾個旅伴一下就伸出了五六雙手，用捆綁小猪的繩子迅雷不及掩耳地把我五花大綁起來。我拼命掙扎，拳打腳踢，大聲呼喊：

「救命呀！……你們！混蛋！我不是病人，……我沒病！」

「怎麼樣？」司機很得意地說，「果不出我所料，得了這種病的人和醉鬼一樣，絕不會承認他是醉鬼。把他的嘴捂起來！」

年輕的女售票員從脖子上扯下一條擦汗的毛巾，緊緊地勒住我的嘴，一股酸臭汗氣使我想嘔又嘔不出。可千萬別相信那些言情小說裏的描寫，凡女子用的汗巾都是香羅帕。她們身上的汗並不比男子漢們身上的汗稍稍好聞些。這幫殺豬的屠夫！幹的眞利索！把我的雙腳也捆起來了。我掙也掙不脫，喊也喊不出，只能在心裏不斷地詛咒他們……小豬反而自由了，它們身上的繩索都轉移到我身上來了，它們在那些人的座位下鑽來鑽去，哼哼吱吱，我卻……眞他媽的倒霉透了！可他們爲什麼把我捆起來？有什麼權力？是呀！爲什麼？爲什麼？那些動手捆綁我的人都把後腦勺舒舒服服地靠在椅背上呼呼大睡了。汽車像喝醉了酒的貨郎擔似的，一路上叮叮噹噹亂響，大概它的葉子板、引擎蓋都沒固定好。我想着想着才明白過來，他們把我當成精神病患者了。想到這兒，對他們也就沒有什麼可埋怨的了。除了精神病患者，誰敢在一九七二年的中國大地上唱這首充滿挑逗、性感的情歌呢?!我這才百分之一百二的冷靜下來了。

我正注視着那扇窗戶，過去，窗上貼的是黑紙；現在，掛上了有藍色小碎花的布窗簾。

七

蘇納美的第一個阿肖遲遲沒有在她眼前出現，她已經是穿了半年裙子的大姑娘了。男人們好像並沒有注意到她的存在。她這朶剛剛在開放的小花太不起眼了。大朶大朶鮮艷奪目的花擋住了男人們的眼睛。她的阿咪吉直瑪就是一朶噴着花粉的鮮花，很遠很遠的男人都能聞到直瑪的香味兒。她有一雙閃光的勾人魂魄的眼睛（這是她阿咪的話）。只要直瑪在人羣中一站，直瑪就是星空中的那輪滿月，蘇納美這個蒼白的小螢火蟲和月亮挨得太近了，直瑪的光太亮太美了。直瑪又像一條嘩啦啦奔流的大河，蘇納美只是一條林中呻吟着的溪水。阿咪采兒知道模的心思，天天安慰她：

「你還小，你還小呀！蘇納美！」

每一次她都委屈得幾乎哭了出來。

七月二十五❶是摩梭人最隆重的祭祀女神的日子，青年男女都要結伴登干木山。阿咪吉

---

❶ 陰曆。

直瑪對蘇納美說：

「蘇納美！我們一起去吧，格塔會在頭一天夜裏牽兩匹馬來。」

格塔是她最新的一個阿肖，一個四十多歲、很壯實、很殷實的趕馬人。

「好吧，阿咪吉！」

頭一天夜裏，格塔眞的牽了兩匹馬來，他把馬拴在馬欄裏就上樓進了直瑪的「花骨」。蘇納美隔着板壁聽見阿咪吉直瑪和他笑鬧了一夜。他們並沒說笑話，可他們笑哪樣呢？像一對只有兩個月的小狗仔兒，你咬我，我咬你，抱着，叫着滿地滾。

頭遍鷄叫的時候蘇納美沒聽見，她剛剛才入睡，睡的很沉。阿咪吉直瑪輕輕地敲她的門。

「起來吧！蘇納美！你跟格塔先走，我在後邊準備些吃食就來。」

「阿咪吉，還是一起走吧，我跟你共一匹馬。」蘇納美說着穿起了衣裙。

「不了，蘇納美！你們先走吧！」她對格塔說：「小心點，別把我的小蘇納美嚇壞了！」

「我那匹白馬很平穩。」格塔的聲音很粗。

「我說的不是那匹白馬，我說的是你這頭黑驢。」蘇納美知道阿咪吉在跟格塔說笑話，格塔的皮膚很黑。

格塔「嘿」地笑了一聲。阿咪吉直瑪實實在在地在格塔背上打了一巴掌。格塔又「嘿」地笑了一聲。蘇納美走出房門，冷不防，格塔用一只胳膊摟住蘇納美的腰，輕輕一舉就把她擱在自已的肩膀上了。她嚇得連忙抱住格塔的頭，她的手觸在格塔的鬍鬚上，一種很陌生的感覺嚇得她立卽鬆開手，差一點從格塔的肩頭上跌落下來。格塔伸出另一只手從身後托住蘇納美的腰，就這樣，格塔扛着蘇納美走下樓梯。在馬欄裏，格塔把那匹白馬牽出來，白馬背上沒有鞍鐙，連氈墊子也沒有。格塔先把蘇納美放在馬背上，牽着走出了大門。大門是開着的，是阿咪吉直瑪提前打開的。在出門的時候她伏下身來，把臉貼着光滑的馬脖子。一出門，格塔就在她身後跳上馬背了，跳得快而輕，蘇納美和馬都沒覺得這個大個兒的格塔已經跳上了馬。格塔用一隻左手摟着蘇納美，也許是爲了等阿咪吉直瑪，格塔讓馬兒慢慢地踢踏着蹄子。從格塔跳上馬背那一刻起，蘇納美就被男人的熱烘烘的氣息包圍住了。烟葉的苦味兒，乾草的甜味兒，燒酒的辛辣味兒，摻合着一股很濃的汗酸味兒。她第一次聞到這種混合的味道，一下就熟習並感到非常親切了。格塔的手也許是無意地捂在蘇納美小巧的右乳上，她覺得既窘迫又愜意。她的頭靠在格塔敞開着衣襟的、多毛的胸膛上，她覺得似乎應該跟格塔說點什麼：

「阿咪吉講好跟我們一起走的……」

「她是在等一個跟她更相好的阿肖。」

「嗯？」蘇納美表示不相信。

「你不信？我可是信。天大亮以前，她再接待一個阿肖一點也不誤事。我那匹紅馬跑的老是快！沒等我們走一半路，她就趕來了。」

蘇納美心裏可眞有點相信，阿咪吉直瑪那麼美。可又有點不明白，阿咪吉直瑪心裏能裝得下那麼多人嗎？

這是一年中最炎熱的季節，但此時是一天中最涼爽的時刻，成熟了的莊稼在晨風中交頭接耳地說悄悄話。格塔輕輕地唱起歌來，他那低沉的聲音裏有嗡嗡的銅鐘般回響。格塔的嘴就在蘇納美的左耳上方，蘇納美覺得自己好像坐在一個很大的山洞裏，天上的晨星像山洞頂上的欲滴未滴的水珠。

「我同心愛的阿肖去轉山，
我們就像飄浮在雲端。」

蘇納美還不會和他對唱。格塔等了一會兒，自己用假聲和自己對答。

「青藤和橡樹緊緊相纏，
蝴蝶和鮮花親密合歡。」

蘇納美很羞愧，一個穿裙子的大姑娘不會唱。

「你在想哪樣？心上人！
你就在你愛的人的身邊。」
「快樂也有餘波呀！心上人！
靜靜的湖水哪敢忘了瀑布般的狂歡。」
「我們手牽着手走路，心上人！
只覺得路太短。」

「我也會像鮮花那樣凋謝，心上人！
但願你能收藏我的花瓣……」

格塔的假聲變得非常悲涼，就像眞的是一個女人。不一會，他又成爲他了，叫着對蘇納美說：

「蘇納美！你看見干木山了嗎？」

「看見了，它蹲在天邊邊上。」天已經朦朦亮了，一頭巨大的獅子蹲在天幕下。

「像不像一頭黑獅子？」

「老是像。」

「你可曉得干木的故事？」

「不曉得……」

「你可願意聽？」

「願意咧。」

格塔放鬆了手裏的韁繩，懂事的白馬知道這是讓它放慢步子的暗示。格塔在蘇納美的耳邊開始講起來：

「從前，黑底❶是一個平平展展的草場，『謝納米』就在草場中間，樣什飛禽走獸都有，它們在一起熱熱鬧鬧地相好，熱熱鬧鬧地生兒育女。一對對白天鵝翅膀蓬着翅膀在湖上飛呀，飛呀……公猴子和母猴子抱着在山坡上滾呀，滾呀……就是那小小的紅蜻蜓也會弓着腰，頭連着頭、尾接着尾。這些都被一個經常到湖邊沐浴的女神和一個經常到湖邊來玩耍的叫哈瓦的男神看在眼裏了。他們也要跟萬物一樣生活。女神把男神當阿肖，男神哈瓦把女神當阿肖。他們天天約會，赤條條地在湖水裏沐浴，夜裏就躺在草場上，抱在一起，相好的不得了……」

蘇納美的心顫抖起來，她能模糊地感覺到那樣是很那個的……。格塔繼續說：

「有一次，男神哈瓦邀請女神到湖南岸去相會，等呀等呀，星星和露水像雨一樣都落到草場上了，天上只剩下一團蒼白蒼白的月亮，女神還沒來。男神等得眼睛睜都睜不開，他剛剛睡着，女神趕來了。女神是被另外兩個男神攔住不讓她來才遲到的。一個叫瓦如卜拉，一個叫則枝。女神好不容易才甩開他們，趕來赴哈瓦的約會。女神還沒來得及告訴哈瓦她失約

❶ 永寧壩子。

的原因，也沒來得及告訴哈瓦，瓦如卜拉和則枝還在湖北岸等着她哩！這時候，鷄啼了，布穀鳥叫了，天鵝飛起來了，東方發白了，朝霞像花朵一樣開了。太陽神看見他們幾個還留在人間，老是生氣，下令再也不許他們返回天界。他們就被太陽光照得不能動了，變成了山峰。干木山就是女神變的，你看，那是哈瓦山，那是瓦如卜拉山，那是則枝山。他們都在等待夜晚，到了夜裏，背着太陽神相會。瓦如卜拉有嫉妒心，還很重，他看見女神跟則枝在一起睡覺的時候，氣得鬍子都炸起來了，大吼一聲，用砍刀把則枝那個比女人多出來的物件砍斷了。你看，達坡村邊那座小山梁就是被砍下來的那個物件。女神從此再也不理睬有嫉妒心的瓦如卜拉了，不許他走到自己面前來。女神還愛上了何底古雪山，想跑到他身邊去。蠻橫、妒忌的瓦如卜拉想阻攔女神，女神對瓦如卜拉說：『女人要是不願意，誰也別想！無論你有多少金銀財寶，無論你有多麼大的力量，我是我自己的主人！』」

格塔說：「蘇納美，這就是干木女神的傳說，咯好聽？」

「老是好聽……不過，有些地方我還聽不懂……」

「哪些地方聽不懂？」

「瓦如卜拉爲哪樣要砍掉則枝的……那個比女人多出來的東西呢？」

格塔大笑起來，好像是蘇納美說了一句傻話，蘇納美很奇怪：

「不能問戛？爲哪樣不興問？不懂才問你嘛！則枝穿着褲子，瓦如卜拉爲哪樣不砍掉則枝的手，偏偏要砍斷他的那個物件呢？」

「你往後就曉得了，往後你有了阿肖就知道了。」

咯爲哪樣？爲哪樣有了阿肖就知道了呢？蘇納美不敢再問了，怕再說出一句傻話來。

東方現出一片胭脂紅，漸漸能看清干木山脚下那些並列着的小山溝，就像摩梭姑娘的百褶裙裾一樣。格塔指着上者波村邊的兩道山梁中間那條深深的峽谷，問蘇納美：

「看見了嗎？那像哪樣？」

「不曉得，看不出像哪樣。」

格塔把那隻粗糙的右手伸到蘇納美的裙裾下摸着她的腿說：

「咯看明白了？」

格塔的提醒使她看清楚了，眞的像是女人的一對豐滿修長的大腿，在兩條大腿分開的地方有一個凸起來的小小的圓形山丘。蘇納美把格塔的手從自己的裙子下拉開。

「嗯？癢。」

格塔粗魯地大笑起來。

「笑哪樣？」阿咪吉直瑪快馬加鞭趕到了，「眞快活！」

「我在讓小蘇納美看女神的大腿，她看不出來！」

直瑪斜了他一眼：

「女人看女人哪有男人看女人那樣尖呀！」

「嘿！」

「嘿？」直瑪學着格塔的樣子。

當他們趕到山坡上的時候，朝山的人們已經點起了一堆堆的松毛火了，一縷縷的白烟升上天空。喇嘛和達巴念經、念咒語的嗡嗡聲，像一羣圍着一棵花團錦簇的樹的蚊蚋。格塔拴好了牲口，跟在直瑪和蘇納美的身後去跪拜神龕。神龕裏的女神在雲端裏騎着一頭備着華麗皮鞍的公鹿，頭戴王冠，一手拿着一支箭，一手捧着一朶蓮花，飄帶在風中飛舞。滿月似的臉，雙眉間還有一隻豎着的慧眼。蘇納美想笑，因爲她忽然想起女神引起的男人們動刀殺砍的紛爭，但她還是忍住沒有笑。她猜想：女神手裏的蓮花是爲了讓阿肖聞見香味。女神手裏的箭矢和腰間的弓是做哪樣的呢？女神可會向瓦如卜拉射一箭來懲罰他砍傷則枝的過錯？蘇納美覺得女神的面相溫柔裏透着莊嚴，就像阿咪吉直瑪那樣。

祭祀完了以後，他們騎着馬沿着湖邊的小路，隨着一夥一夥轉湖的人繞湖一週。情人們一對一對地唱起來了，那些歌越唱越奇怪，有些話蘇納美有些懂，又有些不懂。朦朦朧朧地覺得人們都醉了，狂了。像一對對從山上奔流而下的瀑布，急於找到一個會合的地方，撞起一團浪花，然後躺在一起向熾熱的太陽升起的地方流去。

一個綠草如茵的山谷林中，一對一對的阿肖摟在一起，躺在樹下。七月的青草是溫暖的，星星都噴着火炭一樣的熱光，枝葉像帳子一樣垂下來。阿咪吉直瑪和格塔睡在兩匹馬中間。蘇納美很累了，靠着一棵彎彎樹一下就睡着了。一覺醒來，發現汗水濕透了她的上衣。她站起，抖抖裙子上粘着的草子兒。有一股巡行的涼風吹來，星星已經不那麼激動了，平靜地俯瞰着山林。現在，也許只有蘇納美一個人醒着。她想看看那些睡着了的人。她輕輕踏着柔軟的草地，像影子一樣。蘇納美最先看見阿咪吉直瑪和格塔赤條條地躺在一起。他們好像不知道星星也有亮光，習慣了夜色的眼睛什麼都能看見。阿咪吉直瑪仰面躺着，微微曲着一條腿。格塔的頭枕在直瑪的肩膀上，他正伏身向下，鼾聲如雷，一隻手擱在直瑪的胸上。蘇納美覺得阿咪吉的睡相實在好看，細細的腰下就像上者波村邊那兩道山梁一樣，中間有一個小小的暗色的凸起的小丘。阿咪吉直瑪就像女神那樣美！兩匹馬像兩匹石馬，一動也不動，都在閉目養神。蘇納美想離開他們，又抬不起腳跟來。

結交阿肖就是這樣嘎？可以在一起光溜溜地貼在一起，不怕看，不怕摸？……蘇納美像掙脫一個男孩子的糾纏一樣，用勁推開身邊的小樹，走開了。她走着，想避開那些雙雙對對躺在樹下赤裸裸的魚似的人們，總也避不開，一切都在她的眼前。她看見一對順着斜坡緩緩滾動的光身人，他們已經忘了山谷有多麼深，卽使下面是萬丈深淵，他們也不會停止……蘇納美想提醒他們來着，她的喉間發不出聲音，只能眼巴巴地看着他們擁抱着緩緩向山坡下滾動。她看見四隻魚尾般擺動的腳……蘇納美像夢遊人那樣在林間走着。突然，一連串女人和男人的大聲乞求的、狂亂的喊叫使她很驚駭，高一腳矮一腳地奔回她原來的地方，捂着發燙的臉，伏身在草地上，她想讓自己靜下來，樣什也不看，樣什也不聽。眼淚順着她的指縫流到青草地上。我沒想哭呀！爲哪樣會哭了呢？淚水淌着淌着，不知道在什麼時候就止住了。蘇納美覺得自己正在鹿背上，左手拿着弓箭，右手捧着蓮花，頭戴金光閃閃的高冠。鹿項上掛着一圈銅鈴和紅纓。大朵大朵的白雲托着鹿蹄，風在耳邊呼呼發響。她笑得閉不攏嘴。但她一想到女神從來都沒有這麼輕賤地裂着嘴笑過就閉上了嘴。她很莊嚴地看着四周的山峰，那些山峰都在自己的腳下了。瓦如卜拉山漸漸變成一個頭上長着牛角的光身漢子，向她哈哈大笑，並且伸出雙手來阻攔她。她把箭搭在弓弦上，向瓦如卜拉射了一箭，瓦如卜拉怪叫一聲退下去了，還原為一座山峰。接着，哈瓦山在左側現形了，胸膛上長滿了黑毛。他本來是躺着的。當他看見蘇納美的時候，一下就坐起來了。他用手拍着湖邊的草地，似乎在告訴她，要她在他身邊坐下。蘇納美不知道應不應該去。這時，一臉苦楚狀的則枝在右側出現，捂着自己的下身背轉身去。遠處，粉紅色的陽光照耀着何底古雪山，一片金光銀光之中閃現出一個頭戴銀盔的英俊少年，只有他是穿着衣服的，穿的是古代武士的鎧甲，兩隻手平伸開來，笑容可掬地等待着她。一陣突如其來的興奮使她拉不住座下的鹿。她一直都覺得自己在等待着一個男人，但沒想到有一個王子般的男人在等待着自己，他是那樣英武而又彬彬有禮。那些赤身露體的男人太粗魯了，雖然她想到過一切男人在自己的阿肖面前都是那樣。她更喜歡何底古這樣，何底古與衆不同。善解人意的鹿向何底古奔去，近了，很近了！她扔了手裏的弓箭，在何底古面前跳下鹿，投入何底古的懷抱，何底古抱住她。她覺得自己突然變得很高了，她的頭正貼在高大的何底古的肩膀上，她學着何底古擁抱自己的樣子緊緊擁抱着何底古。她看見英俊的何底古漸漸閉上了眼睛，她自己也慢慢閉上了眼睛。她想起阿咪說過的話：「愛和懂得愛才會有快樂，不愛是不會有快樂的。」這就是愛吧！我懂得了愛，阿咪還說過：「單單靠教是教不會的，還得你自己去身受。」現在不就是在靜靜地身受嗎？把過去都忘掉，把五光十色的世界關在眼皮以外，她身受到哪樣了呢？一陣從體內迸發出的火焰，不！她覺得又不像是火焰，像是一股溫熱的泉水流過自己的全身，不！不！不！不是流過全身，而是流過整個靈魂，肉體和靈魂都由於這股暖流的熨燙而顫抖起來。她不願睜開眼睛，她感到何底古也像自己一樣顫抖着。她自己對自己呻吟着說：「阿咪！我愛！我懂得愛……」驀地，她覺得自己的肌膚上有一種異樣的光滑的感覺，她睜開眼睛，她看見何底古也是赤條條的，自己擁抱的竟是一個白淨的光身男人。她急忙推開他，才看見自己也是赤裸裸的，她不知道自己爲哪樣會是這個樣子，啥時候脫掉的衣服；沒脫，衣服爲哪樣會不在身上？何底古猛地又抱住她，她驚醒了。

阿咪吉直瑪和格塔站在她面前，太陽已經在樹梢上露出半個臉笑了。千萬束光從枝葉間斜射進來，她羞得不敢看自己，怕自己在陽光下是個一絲不掛的姑娘。當她確切感覺到自己身上還穿着衣服的時候，她才爬起來，揉着朦朧的雙眼。同時，她還發現自己在山峰下是那麼小，那麼不起眼，像一隻披着荷葉的小老鼠。阿咪吉直瑪高高的身材，自信並散發着無窮誘人魅力的眼睛，敏捷而有彈性的一雙長腿。別說男人，就是小蘇納美也受不了。格塔的流露着愛和珍惜的目光一直都在直瑪身上滑動。直瑪用手理着腦後的沉重的髮飾，慵懶而嬌媚地瞟了格塔一眼。格塔用一隻手輕輕地、像抓起一隻小猫似地把蘇納美抱上白馬：

「你自己騎吧，我和直瑪騎另一匹。」他說着跳上紅馬，彎下腰來向直瑪伸出雙手。直瑪咯咯笑着，縱身跳到格塔懷裏，格塔緊緊地摟住直瑪。他用穿牛皮靴的腳跟磕了一下馬肋，紅馬昂首嘶叫一聲飛奔起來。

蘇納美沒有讓白馬跟上去，緊緊地勒住繮繩，讓它馱着自己，一步一步走下山去……她確確實實是從雲端裏墜落在草地上了，她頭頂上的天空突然陰沉下來。她咬緊牙關，忍住，不讓眼眶裏的淚流出來，她決心要讓淚水倒回去，或是在眼眶裏乾涸……她對自己說：

「我是個穿裙子的女人了！」

八

我正注視着那扇窗戶，過去，窗上貼的是黑紙；現在，掛上了有藍色小碎花的布窗簾。

我……眞他媽的倒霉透了！一直到汽車駛進市區終點站，他們才把我嘴上的毛巾解開，鬆了綁，並把我推下汽車。我爲了試試喉嚨還能不能講話，使勁喊叫起來：

「你們怎麼敢？怎麼敢這樣對待我？你們……？」

我能叫得出，我的聲音仍然很響亮，發聲器官並未失效。但誰也不理睬我，乘客們各走各的路，司機、售票員鎖上門走了，好像我果眞變成了啞巴，我聽到我自己的聲音是不存在的。他們就這麼對待我，他們敢了，我能咬掉他們的耳朵?!但我必須讓他們知道，我不是瘋子，我只是肺結核，正確而坦白地說，只是假裝可能患有肺結核。這後一層意思當然不能露，我大叫着：

「毛主席教導我們說：要實事求是！」先唸了毛主席語錄才能立於不敗之地，否則他們會反問我：你對偉大領袖毛主席是什麼態度？——這一問我就得卡殼。「我進城來看的是肺病，你們把我當精神病人捆起來！你們簡直是無法無天！」所有的當事人都好像沒聽見我的聲音，只有與這件事毫無關係的過路人，才停下來笑嘻嘻地看着我。他們一定認爲我的話很可笑。我竟然會站在一個無法可依，無天可呼的國土上呼法吁天？一想到這兒，我自己辛酸地笑了。管它呢！進城的目的達到了！我狠狠地啐了一口唾沫，然後用腳搓了搓，途中遇到的不愉快算是到此結束了！擠過了一座「窄門」。

我正注視着那扇窗戶，過去窗上貼的是黑紙；現在，掛上了有藍色小碎花的布窗簾。

我記得我第一次來找她的時候，就是站在這棵樹下，從這個角度去窺測那扇窗戶的。看不見一線燈光，完全無法判斷她在還是不在，是她一個人在，還是有一個另外的什麼人。我這個鄉巴佬還能按照她告訴我的地址找到這兒，並判斷出三樓那扇貼着黑紙的窗戶裏就是她的蝸殼。我像騰雲駕霧般惘然地走上樓梯，在她門口站定，想聽聽裏面的動靜——什麼也聽不到。想從鎖眼兒裏看看，她居然連鎖眼都堵死了。我敲敲門，很久才開了一個縫，流洩出一窄條燈光，門雖開了，還掛着鏈子。她大概認出了我，她摘了鏈子，拉開門。我原以爲這次的會見會出現一個電影、戲劇式的優美場面，她會吃驚得大叫起來，我會激動得不知所云，低着頭不斷在地上搓着鞋底。結果，完全不是那樣。她也不吃驚，我也不怎麼激動。她好像料到就是我，皺了一下鼻子，伸出一隻手：

「喂！快進來呀！瞧你那副傻樣兒！」

我被她輕輕一拉就跨進了她的蝸殼。

「請坐！」

可往哪兒坐呢？屋中間擺着一張破鐵床。鐵床上堆着從來都不需要疊的被褥。她已經坐在床上了，抱着枕頭，像抱着一隻灰貓那樣。我環顧四周，再沒有什麼好描述的了。可以用古人那句「家徒四壁」來一言以蔽之，完結。她看出了我的失望情緒，撇了撇嘴，站起來扯了我一把：

「坐呀！說你傻你就更裝傻了。」

我自己完全能想像得出我的樣子有多麼蠢，頭髮自不用說，是一個對理髮最外行的同學用一把銹剪刀剪的，據說極像馬桶蓋。上衣是最時新的破軍衣，藍褲子不夠長，把穿着破解放鞋而沒有穿襪子的一雙泥腳暴露無遺。肩上掛着一個又大又侉的土黃色大書包，書包裏裝着那張用好幾層破報紙包着的唱片。我坐下了，也坐在小鐵床上。小鐵床尖銳地叫了一聲，不知道是表示歡迎還是抗議，八成是後者。她站起來又坐下，緊挨着我。這時，小鐵床已經叫不出來了，只嘆息了一聲。她從床底下掏出一把宜興小茶壺，自己喝了一口，用手擦了一下壺嘴兒遞給我。我因爲太渴，接過來猛吸一口。她從響聲裏就可以判斷出，我這一口已經把茶水全都吸乾了。她從我手裏把壺奪過去：

「眞是個鄉巴佬，茶是這麼喝的？」

我很窘地看着她揭開蓋子的壺裏剩下的茶葉。茶是溫熱的，很濃。我說：

「給碗涼水吧！」

「別寒磣人了！茶有的是，不過喝茶是個文化，得文明點。」說着她到小厨房裏給我找了一個大搪瓷缸子，抓了一把茶葉，沏了一大缸子茶交給我。

「給，使勁喝吧！」

我抱着熱乎乎的茶缸子笑了。但我很快就想到，我一邊編寫一邊表演的第一場戲已經算是結束了，下一場怎麼繼續下去呢？我憂心忡忡地說：

「明兒還得去醫院透視，我……壓根就沒病，一透不就穿幫了嗎？唉！反正能出來遛一趟，哪怕明兒就得回去也不虛此行呀。」當我說到「不虛此行」四個字的時候，節奏放慢，音色柔美，稍帶傷感，像蹩腳演員那樣含情脈脈地瞟了她一眼。她在我背上輕輕打了一巴掌，搖晃着我，戲謔地說：

「最高指示：既來之，則安之。你就根本別操心，醫院也別去，透視報告，診斷證明，等等一切，我包了！」

嘀！我的眼睛一定睜得比牛眼睛還大。難以想像！一個足不出戶的小姑娘會有這麼大能耐！她縮在蝸殼裏，對於外面那個世界會有這麼大的影響力？外面那個世界不也和農場一樣嚴峻嗎？人與人之間除了監督、揭發、告密、誣陷，還有同情？循私？甚至可以找到能開出假診斷書的「朋友」？（姑且還用「朋友」這個陳舊而帶有反動意味的名詞。在農場醫務室老鐵梅那兒可甭想。）

「不相信？要是不相信，您就請吧！Bye! Bye!」

「我不是不相信，是不敢相信。」

「眞是個鄉巴佬！你以爲人人都像你們開始當紅衞兵那陣兒，認眞地信仰，認眞地盲從，認眞地行凶作惡……你到現在還不開竅。就在搞這場『大革命』的第一天，中央文革裏的每一個人都有兩張臉，一張是給紅衞兵們和天下人看的，一張是給他們自己那夥人看的。記住，鄉巴佬！並不是一切發光體都是爲了照亮自己，相反！一切用最強的光去照別人的人，他們自己都蹲在最黑暗的陰影裏。我們這些黎民百姓，沒有一點用以掩飾自己的光，只好用自己的身子，遮着強光，製造一小塊陰影，能夠讓我們把手放在背後，互相交換一點點溫暖！如此而已，豈有它哉！算了！我怎麼會又爲這些事動起感情來了?!別見笑！」

「我有時候也會這樣，忽然，忽然爲我早已經厭倦了的事情動感情。所以我也不會笑你！人這玩意兒，就是很怪！……可我今兒晚上住在哪兒呀？」

「當然是我這兒呀！」

這麼簡單?!我的天！就這麼簡單！來了，住下，一男一女，在一個蝸牛殼裏。爲什麼這麼複雜的問題變得如此簡單了呢？許多至聖先賢爲此著書立說，一代一代的皇帝通過樞密院、尙書省、立憲議會爲此制定法律，宗教法庭、民事法庭爲此做過千千萬萬次判決，古今才子們爲此編寫了堆積如山的經書、傳奇小說、戲文……到了她的蝸牛殼裏會如此簡單。我想，她可能根本就不知道中國出過一個叫孔丘的人，雖然全國正在花費幾百萬噸紙張和幾百萬噸墨汁寫批孔的大字報。再不然，她很可能根本就沒意識到她是一個和我性別不同的人。可我記得她對我說過，她讀過不少小說，而大多數小說裏寫的無外乎是一些以各種倫理觀念爲基點演義出來的愛情故事。要麼，她什麼書也沒讀過，上次對我說的全是吹噓自己的謊話。我目瞪口呆地看着她，她「撲哧」一聲把一口茶噴了出來。

「你現在應該瞧瞧鏡子，你現在就像是契訶夫筆下那個在鐵路上拔道釘做漁網墜子的農民，站在法官面前那個樣子。」她好像有意在回答我的狐疑。

我沒看過契訶夫的書，不知道那個農民在法官面前到底是什麼樣子。可以想見，她絕不是在恭維我。

「還不把你的破書包拿下來！」她替我從肩上取下書包，當她正要把書包扔向牆角的時候，我抓住了她的手。

「別摔壞了！」

「怎麼，書包裏除了語錄本，你還有什麼？」

「轉診單……」

「還有半個冷饅頭。」

「不！還有一張唱片。」

「唱片？《沙家濱》？《紅燈記》？《海港》？《智取威虎山》？……」

「都不是！」我打斷她的話，怕她一口氣背出八個讓人聽起來都膩味得想嘔的劇名來，「是一張柴可夫斯基。」

「柴可夫斯基?!」她的眼睛頓時大放光明，我從沒看見過在沙漠中長途跋涉之後忽然看到綠洲的旅人的目光是什麼樣，我相信，那些風塵僕僕的旅行者的目光就是她現在這個樣子。她用她那雙極柔軟的小手連連拍着我的腮幫子。「你眞棒！你太棒了！還有一張柴可夫斯基！」

我從書包裏掏出那張唱片，把報紙扯去，露出封套上的柴可夫斯基像，一雙若有所思的智慧的眼睛，一把俄羅斯式的大鬍子。

「啊！」她撫摸着柴可夫斯基的臉，親切地說：「老柴！果然是老柴頭兒！」

她怎麼把柴可夫斯基叫做老柴呢？像喊叫一個熟悉的中國老頭兒似的。我有點妒忌她，她怎麼會跟他那麼熟悉呢？我這個讀過大學的人還不如一個只上過幾天初中的女孩子！對於這個老柴簡直是生疏得連一個音符也沒聽到過。但這張唱片是我保留下來的，在一個長長的，至今尙未了結的浩劫中。

「你眞棒！你是怎麼保存下來的？」

「是……」我不敢把眞相告訴她，那樣會在她面前顯得太眞實。任何一個太眞實的形象都是可怕的。我會立卽從：「眞棒」變成「眞野蠻」。數不清的珍貴唱片、錄音帶和樂譜都被我付之一炬，而且還以爲自己是當代林則徐，在義憤塡膺地焚燒船來的鴉片，威風凜凜，不可一世。我只含混地回答她：「很偶然，可惜有個裂縫……」

「啊！」她好像懂了，也就不再問了。她可能在猜想：這張唱片聯繫着一個與我命運相關的悲劇故事，她不便勾起我的傷心事。這個誤會可真是太大了，誤會已經形成，就讓她誤會吧！「等等！」她閉上眼睛，把雙手擱在胸前，肅穆地說：

「讓我靜靜地坐一會再聽它。」她仰着天使般純潔的臉，我猜不出她此時此刻在想什麼，但我能看出她正在竭力使自己的靈魂歸於寧靜。我像傻瓜似地張着嘴，呆呆地看着她那由於激動而變得紅彤彤的小嘴。我有過她這種純靜的激情嗎？沒有。我有過的是另一種熾烈的、虔誠得歇斯底里的近似瘋狂的衝動。此時，她在表面上像靜止的湖水，而在她的心靈深處是被地層覆蓋着的烈焰。我很驚駭，一張裂了縫的唱片會在她的心靈裏掀起如此猛烈的狂瀾。至於嗎?!

可怎麼來聽這張唱片呢？唱片自己會發聲嗎？當然不會，可我們怎麼聽呢？當我正在納悶兒的時候，她睜開了眼睛，站起來，輕聲對我說：

「來一下。」

我跟着她，她打開另一間空屋，屋裏堆積着破沙發、破椅子、棉絮之類的雜物，一股霉味，一下腳就會揚起一大片灰塵。她從那些塵土和雜物之間拉出一架顯然是她自己用棍棒紮成的梯子，交給我。我扛着梯子急急走出塵土飛揚的房間。她讓我把梯子扛進狹窄的衞生間，靠在給水電工留的方孔之下，她爬上梯子鑽進了那小小的方孔，從方孔裏首先遞給我一部交直流兩用收音機，然後再遞給我一部捷克造的四速唱機。原來她的寶藏在頭頂上。我和她擦拭了機器上的塵土，接上電源，打開收音機，收音機的揚聲器裏突然衝出來一句京劇樣板戲的唱腔：

「這個女人啊不尋常……」

她立卽把旋紐旋到拾音的位置，硬是把馬長禮的嗓音給擰斷了。她所進行的最後的一道工序是用一條雪白的細紗女用手絹輕輕擦拭着唱片。她的如此珍愛和小心翼翼的動作使我的臉上漸漸發起燒來。對比——我現在才懂得對比這個在一切藝術領域中的強有力的手段，我過去只知道光影和色彩的對比在視覺上產生的效果，而且僅僅只是在技術性的意義上，從沒想到對比有時會震撼人們的靈魂！

當晶體唱針在旋轉着的唱片上發出絲絲的聲音的時候，她用雙手托着自己的下巴頦兒，注視着那旋轉着的、幽暗的唱片的反光。

最初，樂音是在不知不覺中出現的，幾乎是人的不安的嘆息和痛苦的呻吟，很久才出現那個在外行人聽來也是極爲親切而優美的主旋律，揪心的痛楚，一顆顆滾燙的淚不斷直接滴落在最敏感最嬌嫩的心靈上。又像是在承受，在堅韌地承受着荆棘、礫石、鋸齒般的鈍刀、鹽粒兒和冰碴兒……我不自主地被那張破裂的唱片所傳達的柴可夫斯基的憂傷的激情征服了。一望無際的大潮在背後推動着我，我不可抗拒地在它的推動下滑向大海的深處。我心甘情願地閉上眼睛，把自己交給了它，比起它給予我的感受來，我以往體驗過什麼呢？體驗過！但都太淺薄，太乏味。悲壯的音流擁着我，淹沒着我，濺擊着我，我願意在這沉浮中走向泯滅。人山人海的天安門廣場在我眼前升起，那曾經是確切、莊嚴的吶喊和號响都變得非常飄忽而遙遠。那曾經是數十萬人整齊劃一地揮動旗幟和語錄本的有力動作變得參差、零亂而異常緩慢。那曾經是非常壯觀的紅衞兵大兵團橫渡大江中的陣容，原來是精疲力盡的人羣的掙扎。那曾經是威武雄壯、不屈不撓的武鬥，原來是擁擠在泥沼中打羣架的猢猻……變形了的圖景的閃回，褪色了的色彩的再現，片斷，都是零碎的片斷。而渾厚的音樂一次一次把我從困境中托起。我從來沒有感受過這麼巨大的衝擊，從來沒有得到過這麼多的啟示，也從來沒有把應該揚棄的東西揚棄得如此徹底。我覺得旣沉重而又輕捷，旣悲哀而又歡樂，旣沉淪而又升華……當樂曲經歷了極度痛苦的陣顫之後，以堅定、坦然的高歌越過更廣濶的空間，最後帶着彳亍的憂鬱歸於沉寂……很久，我才發現我自己的眼睛是緊閉着的。我睜開眼睛把臉轉向芸茜，發現她的前襟已經被淚水浸透了。她沒有哭泣，也沒有嗚咽，只是淚水在不斷地湧流。唱機「咔嗒」一聲停下了。蝸牛殼裏和蝸牛殼外的世界全都冷凝在虛無之中。我倆在冷峻的空虛中坐了很久。我情不自禁地嘆息了一聲，這一聲嘆息嚇得我自己打了一個寒噤。

又過了很久，芸茜站起來，關了燈，輕輕打開臨街的窗戶，淡淡的月光湧了進來，蝸牛殼外的世界總算安靜下來，又有點像人類休養生息的地方了。新鮮空氣一下就灌滿了整個房間，我走到窗前，看着昏暗的街燈下的林蔭道，連隻狗都沒有，只有牆上沒貼緊的大字報在風中常常發響。芸茜那雙含淚的大眼睛看着我，我的眼睛竟神奇得可以看淸她的瞳仁中的我自己。她非常非常輕地對我說（輕得只能使我一人聽見）：

「每天只有這個時候我才打開窗戶，像牢房的看守那樣，爲我自己打開牢門，讓我的視線去放放風。白天窗內是個小牢房，窗外是個大牢房。我寧願在小牢房裏呆着，一個人只有幻想是自由的，我可以爲我自己而存在，一出門就必須爲別人而存在了。一言一行都是爲別人設計的，雖然大牢房裏的犯人都有自己的寃屈，自己的艱辛，自己的難言之苦，都是很可憐的人。正因爲他們很可憐，也就變得很可怕，像一羣瘦骨嶙峋的狼，都在伺機去撕碎一隻比自己更弱、更爲可憐的狼。我爲了不變得那麼凶狠，盡量不走進大牢房裏去，在那裏，爲了不讓人撕碎，隨時都要提防、僞裝，眼睛一下也不能眨動！太累了！活着爲什麼這麼累呢？每時每刻都有過失在等着你，爲什麼要求億萬人都是沒有一點過失的人呢？人活着就是爲了避免過失嗎？沒有過失的人還是有血有肉的人嗎？什麼叫過失呢？如果生活中有那麼多過失，也許那就不是什麼過失了。那些要求別人沒有一點過失的人自己就沒有一點過失嗎？他們眞的像是石膏像那麼潔白嗎？當然不是！他們像險惡的獵人爲野獸在森林裏設置陷阱一樣，他們把可憐的動物落入陷阱的哀鳴當音樂來享受，這難道不是最大的過失嗎？等到陷阱佈滿一切道路的時候，他們自己還能通行無阻嗎？唉——」她深深地嘆息了一聲，像從秋天的森林深處傳來的風聲，能想像得到，有千萬片黃葉在飄落……「我又在爲我早就厭倦了的事情動感情了，又讓你見笑了！死不改悔的方芸芸！」她冷笑了一下，連連搖着她的短髮。

我正注視着那扇窗戶，過去，窗上貼的是黑紙；現在，掛上了有藍色小碎花的布窗簾。

一部在蝸殼裏轟響的柴可夫斯基的「悲愴」交響樂，一股發自一個少女肺腑的獨白，她和我站在這個小牢房和大牢房之間。我太渺小了，我的感情從未承受過這麼美好的負擔，我顯得如此貧乏。在柴可夫斯基的「悲愴」和芸茜的哲理的思索面前，我說什麼都是多餘和愚蠢的。我卽使說一夜話也沒有她一句話的重量的十分之一。她的話不是說出來的，而是從幽谷中流洩出的泉水。泉水浸潤着陰暗的林間泥土上自然開放的智慧之花。只有我有幸能看見這些花朶的光亮。我向她靠近，她慢慢把滿臉淚水的臉移在我的肩頭上，雙手抱住我，那麼自然。漸漸我的臉上也沾滿了她的淚和我的淚。後來，我們又用滾燙的臉把她的淚和我的淚烤乾。我感覺到她的柔軟的嘴唇包着牙齒輕輕地假咬我的臉和脖頸。她在尋找我的嘴，那麼自然，找到了！她貪婪地親吻着我的嘴。我第一次親吻並第一次知道親吻原來不只是嘴唇貼着嘴唇，我拙笨地照她的樣子複習着。而後比她更貪婪、更熾烈。

這時，有一種尖銳的聲音像刺刀一樣猛地衝進我們兩個人的世界，嚇得我們同時互相推開。三秒鐘之後才分辨出這是大街上的高音喇叭裏的人聲：

「傳達最新最高指示，注意了！革命的同志們！起來，都起來，我們要傳達最新最高指示了……」

芸茜立即掩上窗戶，默默地走到鐵床邊，慢慢坐下來，我跟着她遠離那聲音。當我坐在她身邊的時候，她抱住了我。我感覺到她熾熱的身子變得冰冷，而且在發抖。

我正注視着那扇窗戶，過去，窗上貼的是黑紙；現在，掛上了有藍色小碎花的布窗簾。

我們抱着一起倒在那張狹小的鐵床上，後來的事情我全都想不起來了。我只知道她並不像我猜想的那樣，是一個什麼都經歷過的小妖精，她還是一個處女。這使我感到失望、沮喪和惶恐不安，尤其是我自己一直不間斷地反問自己：這樣可以嗎？這是合法的嗎？這樣合適嗎？要是有人發現了怎麼辦？她怎麼看我呢？我自己怎麼看自己呢？明天我們在晨光下怎麼見面呢？——無數個問題像洪水一樣淹沒了我可能嘗試到的一切。

果然，她自己好像在我面前失落什麼，又像是暴露了她的極大的弱點而非常委屈。我們誰也不敢看誰，我只能用眼角的餘光惴惴不安地去觀察她。當我去洗漱的時候，她默默地爲我和她自己做好了早飯，兩小碗麥片粥和幾片烤麵包。地上鋪着幾張舊報紙，她席地坐在報紙上，我遲疑着不敢坐，因爲我知道每一張報紙上都有領袖像和無數條用黑體字顯示出的

「最高指示」，用屁股去坐和用腳去踩都是褻瀆罪。當我看見貼着黑紙的窗戶時，才明白我是在蝸牛殼裏，誰也看不見，只有她能看見我，我能看見她。我淡淡地笑了一聲，坐在她身邊，我們小口小口地啃着麵包，輕聲喝着麥片粥。吃完了，我主動把碗筷收到小廚房裏洗涮。等我回到她身邊的時候，柴可夫斯基的第六交響樂又在蝸牛殼裏擴散開來。她坐在小鐵床上，捧着一個爲了暖手的玻璃杯，仰望着晝夜都得亮着的燈泡，她已經超然物外，沉浸在音樂裏了，眼睛裏反射着亮晶晶的燈光。

唱片每轉一圈，唱針都要跳動一下，出現柴可夫斯基總譜裏沒有的四分之一拍的雜音和六分之一拍的延緩……

我和芸茜生活在一起了，我除了定期戴着大口罩到農場給軍代表送一張蓋有醫院和主治醫生印章的診斷證明之外，芸茜絕對禁止我和外界接觸，我們把爲了生活，必須有的外部交往壓縮到最小範圍，由她一人去承擔。我每一次交給軍代表的診斷證明上都寫着：「浸潤性肺結核，活躍期」。每一次軍代表對我都採取敬鬼神而遠之的辦法，用一把醫用鉗子夾着診斷證明書，送到距離眼睛一米遠的地方匆匆一過目，就立刻把我打發走了。他說：

「毛主席教導我們說：不要諱疾忌醫。既來之，則安之。好好治療、好好休息，去吧！」當我故意伸出手來和他握別的時候，他沒敢把手伸給我，只揮了揮。我很想笑，但我絕對不能笑。他經常用最高指示教育我們：一不怕苦，二不怕死。他自己卻那麼怕死，肺結核在七十年代根本就不能算是危險的病症了。三十年代的言情小說家才用這種不治之症來製造生死情人的悲劇。

「去吧！晚了可沒有班車進城了。」這時——只有這時我才意識到我是「一個有傳染病的病人」。軍代表根本顧不得問我在哪裏住，有沒有什麼困難，靈魂深處還鬧不鬧革命……他的不聞不問倒是在客觀上照顧了我。

我的這些源源不斷的診斷證明書是從哪兒來的呢？在那樣恐怖的年代，哪個醫院和醫生敢於爲一個在農場裏被改造的小知識分子逃避勞動承擔製造僞證的罪責呢？芸茜告訴我：這些證明都是她從一位目前正走紅的主任醫師那裏要來的。這位醫生曾經是芸茜的鄰居，就住在她對門那套房子裏，現在已經喬遷到著名的紅嶺新村去了。那個新村所以著名是因爲新村裏住的都是著名的住戶，有新任的部長、局長，有樣板戲主要演員，有爲新貴們看病有功的醫生。這位賈松立醫生就是屬於後一類。「文革」前期，賈松立被折磨得死去活來，因爲他的醫術好，治好過不少走資派和反動學術權威的病，罪惡深重，又加上他年輕時代留學德國，一提到德國，我國那些黨性強、階級立場特別穩、階級警覺性非常高的人很自然就聯想到希特勒，聯想到賈松立和希特勒，聯想到賈松立如同希特勒，進而，賈松立就是希特勒，比希特勒更壞。他們的想像力超過一切詩人。賈松立就這樣變成了死去多年的希特勒的替身被折磨得死去活來。每天被化裝成希特勒的樣子，貼着一撮上唇鬍，把一小把頭髮耷拉在前額上，戴着高帽子提着鑼遊街，一邊敲着鑼一邊把右手向前伸，千萬次地重複着希特勒檢閱黨衞軍的動作，沒有人押解，自己按照造反派給他規定的路線去走，如若發現他有「偸工減料」的行爲，路線還要延長，高帽子還要加高加重（內裝生鐵塊）。賈松立當時的精彩表演卻引不起任何人發笑，卽使是站在街上的孩子都笑不出，只感到驚駭。每當他遊完街回到這座樓的時候，只能一步一步地爬上樓梯，沒有人去攙扶他，包括他的妻子，甚至沒有一張面向他的臉是溫和的。只有小芸茜攙扶過他，還叫他「伯伯！」還笑容滿面地問長問短，把自己弄到的食物分給他一半，偸偸給他送開水、送各派出版的小報。好像他臉上的小鬍子和高帽子根本就不存在。一九六九年，隨着他過去的一個患者從走資派在一夜之間變成「無產階級司令部」的高層人物之日起，賈松立也起復了。這位高層人物的健康必須由他來保證，隨之賈松立也摘去了希特勒的小鬍子和高帽子，成爲對「無產階級司令部」的有功之臣了。醫院革委會主任是一個要把他置於死地的人。這個人曾經是他的學生。這位學生做夢也想不到賈松立還會活着回到醫院裏來。賈松立的復出不僅在道義上對他是個嚴重的打擊，而且由於一件在奇妙的時間空間裏發生的事，賈松立掌握到這位主任的一個重要把柄，使得這位主任隨時都得懼怕賈松立幾分。賈松立起復後，這位主任爲了表示他的好意，主動任命他爲主任醫師，而且只要是賈松立提出的要求，全都照准，甚至可以先做後准，凡做必准。那還是「文革」第一年冬天的事。賈松立這位高足當時是市醫療系統的造反司令，司令部設在院長室，那裏是他的私刑法庭，也是他行樂的後宮。有一天晚上，他和他的部下嚴刑審訊了賈松立，要賈松立招認在德國留學期間曾參加過希特勒的「啤酒館起義」。賈松立一再申訴他不僅沒參加過，也沒聽說過，他對歷史沒有研究。這種申訴當然就是抵賴。抵賴就得用刑。讓他跪在地上，背上壓了八塊青磚就不管他了。接着，這位司令官又讓人把一個關在牛棚裏的年輕女醫生路秀押進他的司令部，然後命令他的部下全部退出，讓他們在門外站崗，嚴令不許任何人進來。這位司令根本就不把跪在地上的他的老師當做一個人，只當他是一張破椅子。因爲他相信，他的老師絕不會活着重新拿起聽診器了，即使他人不死，在政治上他已經被槍斃了。一個政治上死亡了的人就像一頭豬、一隻狗，對人是毫無威脅的。因此，他敢於當着他的老師進行一堂如下的審問：

「路秀！怎麼樣！我的老同學，你五年來堅持不給我的東西，昨天夜裏我不是輕而易舉地得到了嗎？」

「……」這個面色蒼白的路秀仍然是美麗的，她啜泣着不回答。

「這不能怪我，我曾經希望我們像老同學那樣平等地相愛。我很有耐心地追求過你，你不接受，你也沒想到吧，我也沒想到，我會成爲主宰你的命運的人。你的罪過是很嚴重的！」

「我是無意的，無意的筆誤，寫錯了一句口號。」

「你的罪證在我手裏，我還沒給任何人看過，你還有救，你只要……」

「不！不！」

「不？昨天夜裏已經已經了！……」司令得意洋洋地哼着鼻子冷笑。

「那是你強迫給我注射了麻醉劑。你這樣做是不……不道德的！也違法……」

「違法？不道德？……」他哈哈大笑起來，並在轉椅上急速旋轉着。

「你已經那樣做過了，該放過我了吧！我不……不告發你……」

「什麼？」他大聲喊着：「難道明天的太陽從西出？你告發我？你去告告試試！不是給你定一個階級報復，就是給你定一個拖革命造反派頭頭下水的階級異己分子，臨了，我還是我！」

「你已經那樣做過了……」

賈松立的膝蓋和背部疼得要命，他卻忍着，黃豆大的汗珠不斷往下落，他聽着這堂奇妙的審訊，心靈裏的疼痛已經壓倒了肉體的疼痛。

「我做過了，我還要做。我要在你清醒的時候做，而不是在你麻醉中做。要你有一個女人應該有的反應。要你扭動，要你喊叫，要你緊緊地抱着我！」

她嚶嚶地、悲慘地啼哭着，這個可憐的年輕女人嚇得渾身顫抖。當一個女人像一隻蹲在狼的嘴邊的兎子那樣無助和無望的時候，她的脆弱的思維已經完全麻木了。

賈松立眞想吼叫着站起來，用背上的八塊青磚砸爛這位司令官的腦袋。但他知道自己站不起來，他知道在這種時候能夠站起來的人是很少的。想站起來，但站不起來，他眞想立刻死在這裏……他一生讀過很多的書，也親身經歷過很多事，在那許許多多的故事中有許許多多異化爲其它什麼東西的人，這些故事中的人在他的高足面前都顯得黯淡無光。但他對於他的高足在人前的坦率既驚訝而又敬佩之至！他現在才明白，完全坦率的權利只屬於大權在握有恃無恐的人，而且只能在弱者面前。賈松立感到比那女人還要受屈辱，他在心裏嘆息着說：「我是個弱者，比那女人還弱，還要可悲，不！我是個死者，已經完完全全地死了。肉體和人格都已經死了！」在當時，他絕想不到他自己是一個可以保留一點記憶的人。他的學生根本就沒把他當做人，所以也就不存在是不是在人前。

接下來，司令當着賈松立的面做的事，賈松立無論如何都沒法向小芸茜啟齒。他的學生又一次沒想到，沒想到這個被他判了死刑的賈松立，這個被他無視的背上壓了八塊青磚的幽靈會直起腰桿子，穿着白大褂，做爲一個人的實體回到醫院來上班。對於他來說，賈松立不僅是個恢復了工作的醫生，還是個恢復了人格的活見證。——眞是太陽從西方升起來了！後悔總是來不及的。

——這個故事和我自己的故事能夠在蝸牛殼裏延續下去是有着密切關連的。沒有賈松立的復活，我哪來的診斷證明書?!沒有診斷證明書，我怎麼能和芸茜一起縮在蝸牛殼裏沐浴着柴可夫斯基宏大的音流？只好和那羣水牛一起在臭水坑旁邊晒太陽。

芸茜似乎沒考慮過，我們倆在一起生活意味着什麼？它符合哪一種道德規範？它的前景和可能的結果是什麼？我可不行，幾乎時刻都在想這些問題，或者說這些問題時刻都會跳進我的無憂無慮的歡樂中，掃我的興。而她只知道這樣很好，她需要我，把我從恐怖而紛擾的大牢房拖進小牢房裏來了，這個小牢房是由我們自己假定的獄牆和獄規，像古人劃地爲牢那樣，在小牢房裏我們是自由的，比億萬中國人都自由。因爲億萬中國人的心靈就是億萬座更森嚴的小牢房。我們自己把心靈的牢房打開了，至少是局部的打開了。在我們的蝸牛殼裏，我們每天和窗外那個大世界相聯繫的只有這水管裏的水，煤氣管裏的煤氣，通過電線輸送進來的電。當然，從懸掛在高樓上的高音喇叭裏的聲嘶力竭的口號聲，警車上的警報器聲、風聲、雨聲、哭聲和樣板戲的唱腔隱約可聞。這些聲音時刻都在提醒我們：你們的蝸牛殼很薄，正處於鐵桶一樣的包圍之中。芸茜好像視而未見，聽而未聞。她的全部智慧和力量都用於使自己隱蔽些，再隱蔽些，不被別人注意。這年頭，受人注意有害無益。即使那些風雲一時的「左」派們，如果他們稍有自知之明，也會明白，此時完全不是出風頭的時候。我們絕不結交朋友，況且在中國早就沒有「朋友」這個含意不清的詞了。人與人不是同志就是敵人，二者必居其一。寂寞嗎？有點兒。一個人抱一本破書，輪換着看，同情書中的失敗者，妒忌書中的勝利者，詛咒阻礙有情人結合的惡勢力，爲柔弱無依的女主人翁擔心……有一次，我趁芸茜外出採買生活必需品的空子，把窗戶打開一個小縫，和新鮮而凶猛的風同時衝進來一句口號：

「最高指示：八億人口，不鬥行嗎？」我趕快關緊窗戶，內心的悸動久久不能平靜，已經什麼都不想了的腦袋瓜子又傻乎乎地自問自答起來。爲什麼八億人口非鬥不可？不鬥不行？這麼說，全世界二十多億人口，爭鬥永遠都沒有停息之日麼？持久和平、人類的前景不是根本就看不到了嗎？我有點明白了，人多必鬥，不鬥不行，所以「文化大革命」的全部內容就是組織批鬥，挑動羣眾鬥羣眾，文鬥、武鬥、七鬥八鬥、批倒鬥臭，因而創造出鬥的哲學。與天鬥，其樂無窮；與地鬥，其樂無窮；與人鬥，其樂無窮。看來，看別人鬥的人可能是其樂無窮的，比起唐明皇、楊貴妃看鬥鷄、鬥蟋蟀要過癮得多。甚至比古羅馬皇帝看角鬥士的人人之鬥、人牛之鬥還要快樂得多。因爲現代人鬥的方式方法可是無奇不有，恐怕連那些挑起這場曠古未聞的、空前規模大鬥的人們也都想不出。鬥到現在，連階級鬥爭學說也不夠用了，已經有了創造性的發展。因爲中國的階級敵人一批一批被消滅，被殺、被關、被管。鬥爭並未稍緩，而愈演愈烈。爲了證實階級鬥爭永不熄滅，又由一些御用理論家發明創造了一批又一批階級敵人，一九五七年的「資產階級右派分子」是第一個創造，接着就是

「新生反革命」、「階級異己分子」、「炮打無產階級司令部的小爬蟲」、「地主資產階級的孝子賢孫」、「保皇派」、「亂軍派」、「五・一六分子」、「內蒙人民黨」、「漏網地、富、反、壞、右」，這些還不夠，林彪提出「其它反動分子」並「橫掃一切牛、鬼、蛇、神」，江青罵一個人爲「王八蛋」，這個「王八蛋」就關起來了。現在看來，階級劃分已經無用了，進入到人口與人口相鬥的偉大歷史時期了！好像這也不太新鮮，熟悉歷史的人都知道，希特勒早在四十年代初就在國際範圍內實行過了，只不過他比中國的「左」派更坦率，他要在全球範圍進行一場優秀人種消滅劣等人種的戰爭！目前，中國之外的一切天文望遠鏡都射向銀河系，中國之內的天文望遠鏡卻射向人羣。中國之外的一切顯微鏡都對準病菌，中國之內的顯微鏡卻對準人的思維。怎麼？想這些幹什麼？準是像傻瓜似的張着嘴，我不是已經從窗外那個世界裏退出來了嗎？芸茜輕輕開門進來了，我竟未覺察她已經走到我的身邊，看着我笑。當我發現她的時候，她冷不防衝過來把我摔倒在地板上，緊緊地抱着我。她的嘴唇狠狠地咬着我的嘴唇。我又清醒地回到這個蝸牛殼裏來了。她每一次不得不到外面去而後歸來的時候，總要這樣強烈地擁抱我，給我溫存。大概她每一次從大牢房裏逃回到我們的小牢房裏，就像回到夢中的桃花源一樣，特別珍惜這個蝸牛殼，特別珍惜在這個既小又大的國度裏的另一位公民——我，我和她只親，不鬥。

我正注視着那扇窗戶，過去，窗上貼的是黑紙；現在，掛上了有藍色小碎花的布窗簾。

冷清而溫暖的蝸牛殼，昏暗而光亮的蝸牛殼，局促而寬闊的蝸牛殼。我們努力把春夏秋多都關在外面，把陰晴雨雪都關在外面，把煩惱和困惑都關在外面，把一切雜音都關在外面。唱針每一轉都要在唱片上跳動一下，由此而出現的四分之一拍雜音和六分之一拍延緩已經夠多的了。那是我無可挽回的無數大錯誤中的一個微不足道的小錯誤造成的，只好讓它留在柴可夫斯基的樂曲中，好像是一個瘋癲的樂隊指揮有意處理成這個樣子的。有什麼不能容忍呢？有人在歷史的譜紙上不是還在胡塗亂抹麼？那唱針的跳動每分鐘三十三又二分之一次提醒我：窗外的雜音正充滿着整個空間和時間，以及人們的感覺和意識，甚至潛意識。

我有時也會產生古先賢那種反躬自省的情緒。這當然和現今中國流行着的自我辱罵、解脫自己、自欺欺人式的檢討不是一回事。現今的檢討是爲了向有權者屈服的表示，大多是因爲忍受不了酷刑、桎梏和孤獨。當然，也有人是爲了討好、效忠。古先賢的反躬自省是在毫無壓力的情況下，以自己可以或必須接受的道義或道德規範爲尺度的自我檢查。我對我自己提出的最大一個問題是：

「我現在不是在逃避嗎？」

「是的——我承認。我是從中國歷史上最大的一次內亂的戰場上潰逃下來的一名逃兵。」

「爲什麼要當逃兵呢？逃兵多麼可耻呀！」

「我已經不那麼重視某些聽來刺耳的詞句了，我不想戴那麼多觀念的鐐銬！已經是囚徒的人，還要戴那麼多鐐銬！我現在眞的不知道我是誰的兵，我這個兵應該進攻什麼。尤其是連進攻的自由也被剝奪之後，卽使是盲目攻擊也不可能了。何況我是那樣困倦！還有一個最重要的——爲什麼？難道眞的是爲了讓中國的田野上長滿社會主義的草嗎？以後怎麼辦呢？是不是所有的中國人都自然而然地生出一副牛的胃，每個中國人吃了一肚子草就半閉着眼睛細細地反芻？什麼是我們的光輝勝利？『我們』的含義是什麼？什麼是敵人的失敗？『敵人』的含義是什麼？什麼是榮譽？什麼是羞耻……我全都不知道，所以我也不那麼沉重了，聽來光彩的觀念已不是金項鏈和玉鐲那樣可愛了，統統都是鎖鏈和鐐銬！」

「可你採取的手段很惡劣呀！裝病，欺騙！」

「怎麼了？」

「欺騙！」

「這不是很正常嗎？」

「很正常?!」

「不僅正常，而且非常合潮流。」

「潮流？」

「對了，潮流。如果整個金碧輝煌的大背景只不過是紙糊的布景，我本來就在一齣角色眾多的滑稽戲裏扮演一個不得不扮演的角色，來一個小小的即興的插科打諢，不是和劇的基調很統一嗎！而且我又絕不妨礙任何一個同臺演出者的天才的發揮和劇情的發展，自然而諧調，就像原作者早就寫進劇本裏的一個細節，爲什麼不可以？」

「你怎麼能認爲大背景都只是紙糊的布景呢？這明明是古老中國的大好河山呀！」

「不！我覺得它比布景更虛幻，我常常在陽光下會把一種最流行、最鮮艷的色彩看成黑色，而陰影反而是刺目的光。」

「那只是你個人的幻覺吧！」

「不！我相信許多人都和我一樣。」

「眞的？」

「眞的，只不過他們時時都在用旣定的理性認識來調整自己的感覺。」

「你爲什麼不能用旣定的理性認識來調整自己的感覺呢？」

「我已經從小白鼠的轉輪上跳下來了。」

「什麼？」

「就是那種專門爲小白鼠設計製做的轉輪，它一鑽進去就瘋狂地跑，用它的四隻小爪子拼命地蹬，它以爲自己已經是飛快地前進了。其實，它一直都在原地，只是那轉輪在飛快地眼花繚亂地旋轉，它自己無法再鑽出它自己使之旋轉的轉輪了！有些小白鼠一直到精疲力盡，蹬不動那轉輪的時候，才從轉輪裏滑下來。有些一直到咯血而死，自己的生命力使之旋轉的轉輪還在旋轉。」

「這眞是一種殘酷的遊戲。」

「很殘酷，誰也逃不脫這轉輪，包括那些設計製作轉輪的人也不可避免地鑽進去，因爲他要給別人做示範。當轉輪旋轉起來的時候，他們明知道這是他們製作的精巧的圈套，只能在原地飛跑，但他們爲了證實這是在進步，在飛躍，他們不能停下來，也停不下來了。他們也爲自己製造的速度迷惑住了，他們變得更加歇斯底里，那轉輪本來的形像變得模糊不清，一種慣性力推動着、刺激着不得不飛快彈動的腳和極度興奮着的神經繼續蹬繼續蹬，一直蹬到轉輪破裂，或者他們自己的心臟破裂……我慶幸自己已從那轉輪上活着跌落下來。」

我常常偷偷走到窗口，我在黑紙上挖了一個小圓洞，像是一個堅守陣地的槍口。我就像一個沒有擦去臉上油彩的小丑，躲在布景背後，在布景片上挖一個小洞看着我剛剛退出的那舞臺，去觀察自己曾經像穿紅戴綠的猴三兒玩的那些把戲。肉麻當有趣，殘暴當勇敢，虛僞當恭敬，尿當眼淚，糞團當丹藥……眞是一種絕妙的享受；同時，可以從哲理高度取得極爲珍貴的人生經驗。不間斷地熱烈擁護，不厭其煩的卑微透頂的感恩戴德，朝朝暮暮的伏地懺悔……每天早上六點鐘，芸茜還在屁股朝天地昏睡，我躡手躡腳地光着腳走到窗前，通過那個槍口去射獵那部長劇中的華彩的段落。

六點鐘，準時極了，那個提着菜籃兒的老婆子走過來了，赤腳拖着一雙解放鞋，（解放，多光輝的詞兒啊！）頭上歪戴着一頂軍帽，（能夠上天安門城樓上檢閱紅衞兵的大人物都戴這種軍帽，儘管其中有些人並不服現役，這種軍帽就像神仙頭頂上的光圈一樣，能顯示出神聖性和純潔性。）胸前掛滿了毛主席像章，就像一個蘇聯元帥。我不由得擔心這老婆子會由於這些金屬塊太重而墜折了她那已經很彎了的腰。那件藍布褂子既破又大，使得過於擁擠的金屬塊能夠自由磕碰，不斷發出音樂般的響聲。她獨自嘻嘻笑個不停，誰也不知道她爲什麼這麼高興，她在地上拾着拉菜卡車拋撒下來的青菜葉子，（謝天謝地！幾乎所有的拉菜卡車都會拋撒一點青菜葉子或幾根小蘿蔔。）每當拾到一片葉子，她就興奮地笑一陣，把籃子放在地上，撩起藍布衫子的後大襟，拍着屁股大聲喊叫：

「形勢大好！不是小好！一天比一天更好！」

如果能碰巧拾到一棵完整的菜，她會跳得更高，喊得更響：

「敵人一天天爛下去，我們一天天好起來！」

街上的行人沒有一個注意她，只有那些排着長隊買菜的人默默地盯着她。其實，只是盯着她的菜籃子裏的青菜葉子，羨慕她能拾到這麼多。她的臺詞顯然是她自己卽興喊出來的，雖然在此情此景所造成的藝術效果是奇特而強烈的，正如電影剪接師把兩個色調相反的鏡頭組接在一起所起到的作用一樣。可是，那麼多階級嗅覺高得超過警犬的人對於她毫不干涉。首先她的臺詞一點問題也沒有，她並未別出心裁，而是引用的經典。誰敢說形勢不好？誰敢說敵人不是一天天爛下去？誰敢說我們不是一天天好起來？如果你指責她這些話引用得不是地方，不是時候，那麼，「毛主席的著作是放之四海而皆準的普遍眞理」如何解釋？就這樣，天天如此。老太婆像一個有經驗的話劇演員，對於她自己在舞臺上出現的時間、地位、上下場的路線記憶得分毫不差，就像印刷品一樣，一天一張。久而久之，我不用看就畫了一張素描。我很得意，這張素描不僅形似，而且神似得使你毛骨悚然。當我把這張素描拿給芸茜看的時候，我沒想到她會如此憤怒！因爲她知道我在窺測窗外那個世界，而且窗外那個世界竟然還那樣吸引我，或者說我還那樣容易被吸引，這太危險了！她傷心地說：

「你的手就那麼賤！窗戶都關不住你，我都吸引不住你？」

「我想畫畫。」

「你畫我不行嗎？我可以做你的模特兒。」她一邊掉着淚，一邊慢慢脫去自己的衣服。一個我從沒看到過的芸茜站在我面前。這時，她給我的第一個感覺是：我怎麼從來都沒想到過她是如此美麗的姑娘哩！我看過數以百計的大師們的裸體雕像和裸體畫的眞迹或複製品，我承認那些都是非常匀稱美麗的軀體，而且都體現出了人自身的價值、力量和信心。但我眼前的這一個卻不是借助於藝術技巧的體現，她就是一個活生生的、具有靈魂的人的軀體，而且她全身心地愛着我（雖然她從沒說出過）——這是最重要的，對於我，僅此就足以壓倒任何藝術大師創造的維納斯。我對她曾經那樣忽視，總是在一陣狂亂的衝動之後，就在這個雪白的、完美的大自然的傑作旁呼呼大睡了，從未用目光對她有過一瞬間撫愛。在學校裏上素描課的時候，畫過兩個女性模特兒，她們都是已婚並生育過的婦人。坦白地說，她們曾經在我年輕的浮躁靈魂面前引起過強烈的、不可扼止的情欲。記得我第一次走進素描室就面無血色地顫慄了，以致拿不起炭條兒。素描老師講的話我一個音也聽不見。但那只是生理上的青春期的反應。當我開始尋找她們的形體輪廓、細部的線條的時候，我才漸漸冷靜下來……在芸茜的軀體面前回憶起那兩個模特兒鬆弛的肌肉來，爲自己曾經那樣迷亂和衝動而感到羞慚。我輕輕地摟住她，在她耳邊說：

「我要畫，但不是現在……」

我很輕鬆地就把她舉起來了，我是那樣有勁……

我正注視着那扇窗戶，過去，窗上貼的是黑紙；現在，掛上了有藍色小碎花的布窗簾。

九

「蘇納美！祭了干木女神回來，你的眼睛像半夜的星星，更加亮了！」

「蘇納美！祭了干木女神回來，你像五月的小樹苗，一下就長高了！」

「蘇納美！祭了干木女神回來，你的腰像三月的柳枝，會得扭了！」

「蘇納美！祭了干木女神回來，你像快要綻開的花苞，遠遠就聞見你身上的香味了！」

「蘇納美！祭了干木女神回來，你把干木女神的微笑捎回來了！」

蘇納美好高興啊！那麼多人贊美她，有女人，也有男人，有平輩，也有長輩，阿咪沒對她說什麼，只是一見到她就從頭到腳打量她，抿着嘴笑笑，摟着她親親她的面頰。蘇納美一天要照好幾次鏡子，似乎連她自己也發現了自己的變化，甚至情不自禁地對着鏡子喊着：

「蘇納美！你好好看啊！」

秋天，收割稗子的活兒是最累的活。頂着遲遲不願落下去的火熱的太陽，三個衣社在一起協作，蘇納美在成人的隊列裏，蹲在地裏割稗子。成熟以後的枯稗子在鐮刀下沙沙發響。由於三個衣社的成人混在一起，幹起活來特別熱鬧，除了唱歌，還不斷講一些讓蘇納美聽起來臉頰發燒的笑話，那些隱喻的雙關語，女人們的爆炸性的笑聲給它們做了注釋，並且大大加強了它們的誘惑力。男人身上散發出的熱汗和煙草味，就像燙熱了的酒味。蘇納美擔心田裏的稗子很快會割完，割完了就聽不到這麼有趣的笑話了。那些比她年長的男人和女人，在這方面的智慧可是太驚人了！妙語如珠，每一個比喻都使蘇納美得到一次新奇的感受，甜甜的，恍恍惚惚的迷醉，模糊的、渴望的眩暈。她不敢大聲笑，也笑不出聲來。雙手機械地割着稗子，讓臉上的汗水從脖子裏一股股地流過自己的胸膛，浸透自己的腰帶。

在脫粒場上，男男女女圍着堆在場地上的稗子，高高揚起連枷，節奏一致地起落。阿咪吉直瑪隨着這節奏扭動着腰在圓圈的中心擺動，她是那樣有勁，一邊打着連枷一邊扭着，汗水濕透了她的上半截裙子，紅彤彤的臉閃爍着傍晚的陽光。男人們的目光在她那挽起袖子的滾圓的手肘上，隨着腰肢擺動的臀部在裙裾下棕色的雙腳上跳躍。蘇納美暗暗地想：站在圓圈中心的要是我該有多好！我也會。蘇納美狠狠地打着連枷，愛笑的格若瑪尖聲放肆地大笑着。蘇納美非常瞧不起格若瑪，因爲格若瑪是和她同時舉行穿裙子禮的姑娘，怎麼能笑得出呢！傻笑，十三歲以前的小丫頭的傻笑！有哪樣好笑哩！美好笑嘎？直瑪有着噴射着花粉的大花朵的美，蘇納美沒有，這正是她所十分懊惱的。

夜晚，男人們守護着脫粒場上打出的稗子。他們把汗洗過的身子靠在乾草堆上，身上蓋着彝族人的毛披風（彝族人稱之爲「擦爾瓦」）。婦女們把吃食送到他們面前，女人們欣賞着男人們吃喝的樣子，本來已經很累的身子又不累了。有的男人當眾顯示着自己的阿省贈送的腰帶和褲子，誇耀心上人的技巧和情意。有的男人則向女人搶或是討一件小物件，這是最好的試探。蘇納美紮着自己綉的新腰帶、新頭帕，她期待着有人會找她要，甚至是粗野地搶。最好是搶，因爲搶是無法按捺的愛慕情緒的反映。男人們吃飽喝足了，女人們收拾了陶碗和沙罐。她們不像來時那樣一齊來，而是先後各自離去。男人們也好像無意地各自走開，一個他和一個她在吃飯的時間就用目光相約並規定了路線和目的地。大部分陶碗和沙罐都因爲情人們急切地擁抱而摔得粉碎。

蘇納美還不懂得使用目光的語言。她不知道情人們的會合並非偶然的不期而遇。她非常自信地獨自走了一條幽靜的小路。這條小路把她引向小河邊，沿着小河邊有一排小樹。她並不覺得冷。她很想在冰冷的水裏洗洗汗淋淋的身子，脖子裏盡是拈不完的草屑。但她相信有個男人跟在她的身後，遠遠的，悄悄的，現在還聽不見他的腳步聲，一個被她吸引着的男人，也許是兩個、三個男人走了同一條路。河水嘩啦啦地響着，伴送着她。啊！身後眞的出現了響動，她激動得步子有些不穩了，兩隻腳互相絞絆着。她讓自己定了定神，把步子放緩，竭力像歌曲進行那樣有韵味地走着。當她確信身後是腳步聲——而且是一個男子的腳步聲的時候，她高興得幾乎流出了眼淚。她的成熟的女人的吸引力得到了驗證。她的胸越來越挺得高了。她想起阿咪吉直瑪走路的樣子，裙裾像水波似地擺動，而身子像是被天上的雲朵托着那樣穩。她覺得自己現在也是這樣——那個看着自己的男人的目光一定是直直地、一眨也不眨地盯在自己背上。她自信那已經是豐滿起來了的脊背。腳步聲近了，有些零亂、遲疑。蘇納美裝着沒聽見，好像她只聽見河水流動的聲音。蘇納美猜測着身後那個人是誰。她把今天在一起割稗子、打連枷的最健壯、最風趣的男人一個一個地從記憶中找出來。也許是那個把粗話都能說得很文雅的那珠？也許是那個果錯，他會使自己的胳膊上的肌肉像扭動着的女人的身子。要不，就是那個最會唱歌的阿扎，他的嗓音能讓蘇納美渾身發冷。腳步聲就在自己腳後跟上，蘇納美震驚而欣喜，她覺得自己的心跳都停了下來。她在等待，等待一雙粗魯的，也許是溫柔的手和發燙的身子。接着，就是被摔倒在這河邊的淺草地上，接着……果然，頭帕從頭上被扯去了，她不由得回過身來。她看見一個幾乎和她差不多高的男孩子，一個剛剛穿上褲子的阿底衣社的布布。蘇納美像一下子落進深潭裏，第一個反應就是撲過去奪回自己的頭帕，尖聲叫着：

「你！你是個人嗎？光屁股小公鷄！」

這個光屁股小公鷄涎着臉要來抱蘇納美的腰。蘇納美猛地一推，把布布推倒在礫石上，騎在他身上，用一對發抖的拳頭連連地捶他。布布完全不明白他犯了什麼錯，不願意也不該打人呀。布布哇哇喊叫着踢着腿。蘇納美站起來飛似地跑了，迎着小河淌水的方向朝墨黑的林子裏奔去。她不管有路沒路，像一個聽見了槍聲的麂子。她捂着頭從千萬根枝條中鑽過去，一直到自己完全被枝葉密密地遮蓋住，聽不見一點林子外面的聲音。她抱住一棵年幼的青棡樹放聲大哭起來，哭得那麼傷心。她記得她十歲以後就沒有這樣放聲哭過了。她對自己是那樣失望，對那些男人是那樣痛恨，我就那樣沒有光彩？你們就那樣沒長眼睛？

「哇！」一隻鳥在頭頂上叫了一聲。蘇納美惱羞成怒，立刻不哭了，用手背擦乾了淚水，悄悄地蹲下身子，在地上摸索着找到一塊又圓又重的、只有鴿子蛋那麼大的石頭。她仰着臉尋找着那隻竟敢嘲笑她的鳥，專注的目光漸漸亮了。她看見了那隻大嘴鸛鳥，白天在湖邊捉泥鰍，晚上歇息在林子裏。蘇納美看見它正在啄自己爪子上的泥。蘇納美仇恨地斜着身子看着它，一側身踮起腳把石子扔過去。蘇納美扔出去的石子是很準的，五歲的時候就打落過一隻麻雀。她還能用石子連連擊中淺水裏的小魚。大嘴鸛鳥驚叫着飛去了，一撮胸毛飄落下來。中的的勝利使她輕鬆了些。她慢慢走出樹林。她看見她們家的黑狗就蹲在路邊上。蘇納美像看見親人一樣，摟着黑狗的脖子說：

「你怎個知道我在這裏呢？你怕我摸不着路嘎？你眞好！你眞好！」她的眼淚又在眼眶裏轉了。她強忍着，不讓自己哭出來。雖然它是自己童年的伴兒，可它終歸是條狗呀！黑狗搖着尾巴在前面跑，蘇納美在後面跟。奔回自己家門口的時候已是深夜了。她看見阿咪正守候在門旁。

「蘇納美！」阿咪摟着她小聲說，「你的阿肖呢？爲哪樣不帶回來？這是很光彩的事呀！模！大大方方地把他帶回來嘛！」

蘇納美差一點「哇」地一聲哭倒在阿咪的懷裏，但她沒哭。她知道自己是個穿了裙子的女人，不是個穿麻布衫子的小丫頭。她只忿忿地說：

「男人都死光了！」說罷，就奔進院子，奔上樓梯，衝進「花骨」，癱倒在床上，用羊皮蒙着臉，一動也不動地躺着，直到天明。

從香噴噴的秋天到冷颼颼的冬天，蘇納美的臉上都沒有一絲笑容。她並不知道，她的惱怒使她顯得成熟多了，大多了，也美多了。這是她無意中達到的意想不到的效果。她眞的像一簇山巓上開放的馬纓花矗立在方圓幾十里的男人面前，使他們仰視並尋找着登山之路。尤其是她在正月裏，在高高的鞦韆上，她特意讓人把鞦韆索比別人放長五尺。她登上鞦韆，一下就蕩了起來，在圍觀的人們頭頂上飛過，那裙裾像狂風中的荷葉，她的少女的自信隨着她的身子在上升，暢快地咯咯地笑着，裙裾裏的小腿閃着白光。她能聽見她腳下的掌聲、哄笑聲、唏噓聲比任何一個標致女人得到的都要強烈，這是眞實的。她確切地感覺到了這眞實。她眞的在飛翔，雲朵、太陽在頭頂上晃動。特別是她在喊聲、笑聲中聽到了男人們對她由衷地讚美。她的醉意的笑聲像關不住的溪水那樣不停地流下去。

「她就是尤吉瓦村的蘇納美嘎？」

蘇納美咯咯笑着飛過來。

「她可是彩兒的模嘎？啊喲！」

蘇納美咯咯笑着飛過去。

「像朶荷花，一夜的功夫就穿出水面來了！」

蘇納美彎下腰用力一蹬，她又騰空了。

「跟她交個阿肖才好哩！」

蘇納美咯咯笑着俯瞰着那些仰視着的臉。

「她早有了！」

蘇納美咯咯笑着從人們頭頂上升上高空。

「只要能在她的『花骨』裏喝一口茶，我就心滿意足了……」

蘇納美咯咯笑着直落下來。

「我今兒晚上就去找她。」

蘇納美咯咯笑着飛騰而起。

「她會要你？」

蘇納美俯身直衝下來，把笑聲撒落在人羣中。

「她會要你？」

蘇納美在飛翔。

「她會要你？」

蘇納美大口大口地呼吸着從草地上揚起的風。

「她會要你？」

蘇納美俯瞰着那些爲她而爭吵的男人們，她哈哈大笑。我會要哪個？這是我自己的事情，得由我自己決定。

蘇納美讓自己緩緩地蕩着，緩緩地蕩着，一直到完全停止，她咯咯笑着跳下鞦韆，咯咯笑着跑了，在幾百雙男人的眼睛追踪下咯咯笑着跑了，向她自己的尤吉瓦村跑去。像是一隻碩大艷麗的黑鳳蝶，在人們眼前翩翩狂舞之後向綠林深處飛去了。

馬蹄聲像一串鞭炮在蘇納美背後疾響起來，她感覺到一騎人馬就在自己身後。馬蹄聲突然緩慢下來，「啪嗒，啪嗒……」那馬兒噴着熱氣的嘴緊貼着背後。蘇納美並不回顧，走着走着，她閃在路邊，騎馬人並沒越過她向前走，而是勒住馬，讓馬兒圍着蘇納美轉。蘇納美惱怒地抬起頭，她看見的是一張笑臉，一張四十歲男人的笑臉，黑裏透着深紅。臉上盡是黑色的鬍子茬兒，眼睛很亮，由於嗜酒而微微充血，腰裏束着一根有六個錢包的寬皮帶。棕色馬的額頭上掛着一面小圓鏡，項上圍着一圈猩紅色的馬纓。

「蘇納美！今天晚上我要歇在你的『花骨』裏。」

「只要你敢來……」蘇納美自己都不曉得自己會說出這麼一句老憂憂的話來，而且是那樣沉着，不卑不亢，不驕不羞，仰着臉，大睜着眼睛，聲音不大也不小。

「好！我是克支馬家的隆布，我只要你這一句話。」說完，他勒轉馬頭打馬就走。

蘇納美目送着斜着身子坐在馬鞍上的隆布，他渾身散發着一股咄咄逼人的野味兒。馬跑得那樣快，他卻彎着腰點火抽着了香煙，轉身向蘇納美吐了一口煙，大聲按照向女人調情的傳統方式喊叫着：

「啊嘿嘿——」洪亮的聲音久久在空中廻蕩。

蘇納美「噗」地一聲笑了，她笑自己裝得多像啊！多像一個至少有過五個阿肖的女人。

我正注視着那扇窗戶，過去，窗上貼的是黑紙；現在，掛上了有藍色小碎花的布窗簾。

十

一個五月的下午，我往農場軍代表那裏送那份每月照例要送去的診斷證明書，在回城的公共汽車上，出乎意料地看見了桂任中。可我在上車的時候怎麼會沒看見他呢？原來他已經變得我認不出了。這個老牛倌，蓬亂的頭髮梳了個中分，過多的髮蠟使薄薄的頭髮貼在頭皮上，（這在當時看來，太出格了！）一身簇新的藍卡嘰布中山裝，腳上穿着一雙兩接頭的新皮鞋，懷裏抱着那個裝着瓊的骨灰的鞋盒。他的變化使我丈二金鋼摸不着頭腦。別說是正在農場勞動改造的舊知識分子，就是新結合的幹部也不敢抹一頭油呀！他主動把我拉在他身邊的空座位上，緊挨着我，對我小聲神秘地說：

「我搬進城了！小梁！」

「搬進城了？」他怎麼會搬進城去了呢？怎麼會允許他搬進城呢？房子、戶口、糧油關係，以及將近一百種購物票證都解決了？尤其是購物票證，是城裏人專有的，沒有這些生死交關的東西，連一張擦屁股草紙也買不到。在城裏可不能拾一塊乾土坷垃一蹭就完事，城裏絕找不到一塊合適的乾土坷垃。

他好像知道我的疑問，他親暱地摟着我說：

「什麼都解決了，房子、戶口、糧油關係和這個月的三兩油票都已到手了。三大兩，不少了！各種票證都發給我了。還有買婦女衞生紙的票，我可沒用，據說自己不用的票證可以偷偷地換雞蛋。一張買婦女衞生紙的票可以換兩個紅殼雞蛋。」

「是嗎？」我還是不明白，他怎麼會一步登天？

「托毛主席他老人家的福，托毛主席英明的外交政策的福。這事還得從乒乓外交說起。和帝國主義也要對話了！季辛吉、尼克森都來過了。招待尼克森的宴會上還演奏了《美麗的阿美利加》，不簡單呀！這是毛主席偉大的外交路線的光輝勝利！過去，咱們不理睬他們，堅決鬥爭，是絕對正確的。現在，咱們宴請他們，顯示我們的大國風度，也是絕對正確的！對於毛主席的偉大戰略部署，我可是從來都不懷疑！現在不是看出來了嗎！讓美帝和蘇修翻個個兒。現在，蘇修成了我們的頭號敵人，美帝變成了老二。對於頭號和老二當然不能一樣對待。這個區別就在於頭號是首先堅決要打擊的對象，在堅決打擊頭號敵人的時候，可以把二號敵人放在一邊，或者讓他先喝點貴州茅臺酒，讓他先暈乎暈乎，然後等消滅了蘇修再回頭來收拾老二。來得及，完全來得及。太英明了！這叫各個擊破，仗要一仗一仗地打，飯要一口一口地吃——這可不是我的話，這是毛主席的原話……」

「老桂！這些我都懂，可爲什麼你會從農場搬進城？我不明白，想知道爲什麼，爲什麼老天爺扔餡餅，剛好落在你頭上，而你又剛好仰着臉，張着嘴在看月亮？」

桂任中欣喜地搓着手：

「這當然還是得感激毛主席！毛主席萬壽無疆，萬壽無疆，萬壽無疆！咱們可不能用唯心主義觀點去觀察事物，那樣黨對我們的諄諄教誨，我們自己在毛澤東光輝思想指導下的艱苦改造就全都白費了。我們要從全局看問題，從世界革命的總戰略、總方針去認識問題。這絕不是哪個人幸運和不幸的問題，全都是革命需要，全局需要……」

「可到底爲什麼呢？」

「你知道嗎？我曾經在美國留過學，還有過博士學位吧？」

「我知道，我聽過你的坦白交待至少有五十次。」

「是的，接受過很長時間的奴化教育，受毒很深，羨慕美國生活方式，一身資產階級知識分子臭氣，走到哪兒臭到哪兒、爛到哪兒，腐朽沒落！頑固不化！如果不是黨的耐心教育、改造、挽救……」

「老桂！我明白！這我都明白！我想知道的是你爲什麼會……」

「在美國，我有很多同學，都混的不錯——該死，你看，我的劣根性有多麼深！這就是什麼藤結什麼瓜，什麼階級說什麼話。什麼叫不錯？言下之意就是有汽車、有洋房、有地位、有錢，一句話：有名有利！名利是萬惡之源。我竟然會說他們都混得不錯，反過來說，我混得不好嘍！什麼叫不好？在世界上最革命的國家生活，在偉大的領袖毛主席領導下改造，重新做人，不好麼？好得很！非常好！特別好！特別幸福！物質財富算什麼?!精神！革命鬥志！這是最可貴的財富。我能夠站在中國人的行列裏，哪怕是處於被改造的地位，也是無上光榮的，完全應該蔑視他們的汽車、洋房、金錢、名聲……等等等等……」

我不敢打斷他的長篇自我批判，只好讓他說下去，我乾脆也不問他了，管他爲什麼進城，我閉上了眼睛。他繼續向自己開火：

「毛主席教導我們說：社會主義革命越深入，他們就越抵抗，就越暴露出他們的反黨反社會主義的面目……在我身上就充分說明這個教導是非常英明的。我剛才的話就暴露了我骨子裏潛在的反黨反社會主義思想。想到這兒，我眞是不寒而慄，吃了這麼多苦，挨了這麼多批鬥，寫了百萬言的思想檢查，還是這個樣子……難道我要帶着花崗岩的腦袋去見上帝嗎？難呀！知識分子的思想改造眞是難如上青天呀！唉！」接着，他老淚橫流地喃喃自語了很久。我知道他是眞誠的。如果我眞地打斷他，會引起他對我的反感。公共汽車在暖洋洋的太陽光下馳行。我身上的破毛線衣顯得有點熱了，但我不敢影響他的眞誠懺悔，連動也不敢動。我在公共汽車的搖晃中睡着了。不知道過了多久，我的耳邊聽見有人在說話：

「小梁！你不聽我說了？」

我一下被他推醒了，一睜開眼睛差一點噴笑出來，涕淚滿面的老桂把下巴頦擱在我的肩膀上。

「老桂，別離我太近，我有肺病。」

「我才不怕哩！一切病菌都傳染不上我，一切腐朽思想都能傳染我……」

我不敢搭話，一搭話，他準會有一篇更長的檢討。

「我有個美國同學，叫托瑪斯·艾略特，可不是一九四八年得諾貝爾文學獎金的現代派詩人托瑪斯·艾略特，那個詩人在一九六五年已經死了。我的同學艾略特在美國核物理學界是個大名鼎鼎的人物，臭名！（他連忙加上「臭名」二字，以示批判，這種批判是一種簡化的批判。）他曾經通過季辛吉向我國政府提出過一個在美國留過學的中國知識分子名單。當然，這個名單不是全部在美國留過學的中國知識分子，是一小部分他們認爲最知名的。我壞就壞在最知名，否則我會稍稍容易改造一點。最近托瑪斯·艾略特要來訪問中國。他的日程裏有一個節目，就是要到桂任中博士的寓所拜望兩小時。這就把事情搞緊張了。我桂任中現在哪有寓所呢？我的寓所就是你的寓所，也是大家的寓所。我們當然對這樣的共產主義生活感到很舒適，很溫暖，一個美國佬可不這麼看。他們如果看到我住在大草棚裏，躺在長長的通鋪上睡覺，戳着黃牛屁股滿山跑，會污蔑我們，說我們殘酷壓迫知識分子。我們和他們的苦樂觀是不同的，相反的。內外有別，我們不能讓敵人鑽我們的空子。爲此，組織上給了我一所房子，據說是過去一個法國服裝商人蓋的私宅，五十年代是東歐一個國家的領事館。『文革』開始，修正主義國家的外交官都被趕走了，花園荒了，房頂上長滿了草，房間被紅衞兵們燒雞吃熏得漆黑，地板燒穿了好幾個洞。現在都修好了，這是特別任務，只花了一個星期時間，就是花園裏的花沒法恢復。花鳥魚蟲是有閑階級的臭玩意！早就消滅光了。還是外事部門的同志有辦法，從鄉下移了一片苜蓿和幾十顆青菜。青菜是綠茵茵的，苜蓿已經有點紫紅色的小花蕾了。我可以告訴托瑪斯：我們每一寸土地都用於革命，用於生產，同時，也很美觀。你應該到我家去看看，還給我配了一個『傭人』。不過，你也別驚訝，這個『傭人』的任務只在托瑪斯來的時候開一次門，給我們煮兩杯咖啡，送一次點心。在托瑪斯走的時候，開一次門，再開一次車門，鞠躬告別就完了。去看看我的房子。不！我說錯了，是組織上分配給我居住的社會主義祖國的房子，好嗎？」

「好吧！去開開眼。」

我和老桂在市中心長途汽車站下了車，我發現他的腿已經完全好了，不了解他的遭遇的人根本看不出他斷過腿。老桂興致勃勃地領着我走上一條一九四九年以前的法租界的僻靜的街道。他在一個很寬大的花園別墅門前按了一下電鈴。這座鐵門邊的大理石方柱上釘着一塊「桂寓」的搪瓷牌子。這個小小的牌子和我國現行制度以及普遍的觀念是直接衝突着的。只有爲了拍舊時代生活的電影才有可能，而且現在又不拍電影。我驚奇得眼睛珠子都快要從睜得過大的眼眶裏掉出來了。一個穿着不知道從哪兒找出的舊時代西崽穿的黑制服的粗壯男子拉開鐵門，我猜想他就是老桂的「傭人」。這個「傭人」瞪了老桂一眼：

「怎麼才來？幾點了？」

老桂嚇得一哆嗦，一切興致驟然消失了：

「車……車……很難……難搭，你不信，可……可以……問……問他。」

「他是誰？」

「我們農場的同志，小……小梁。」

「等你早一點回來排練，你老是回不來，就爲這一點東西還要跑一趟農場?! 臭知識分子，媽的！事兒眞多！」

排練？我心裏暗暗納悶，難道老桂要登臺演出嗎？

「我檢討，我檢討……」老桂連連彎腰到地，「排練的事兒容易，一會兒就能學會。」

「一會兒是多長時間？我他媽的還要到幼兒園去接孩子哩！」

「現在就開始，你別忙！」

「還別忙，再別忙就天黑了。」

「這就開始，小梁！你來得正好。你就演托瑪斯・艾略特，好嗎？」他把那個裝有瓊的骨灰的鞋盒，偷偷放在栽着青菜的地上。

「我演托瑪斯？我不會呀！」

「沒幾句臺詞，你先退到門外去。」

我被他推出門外，門上了鎖。

「小梁，按電鈴！」

我遵命按響了電鈴。我從來沒按過電鈴，覺得很愜意。一個指頭輕輕一按，立即就會有鈴聲，多有趣呀！我想多驗證一下我的手指的魅力，至少有十秒鐘沒有鬆開按鈕。那個老桂的「傭人」拉開門衝着我大吼着說：

「你他媽的是怎麼了？按壞了你賠得起？卽使你賠得起，誰來裝？美國鬼子三天以後就來了，還來得及嗎?!」

我像弄壞了玩具的孩子似地看看那根闖了禍的手指頭，試着又按了很短的一下，鈴也只響了很短的一聲，用以回答這個凶狠的「傭人」，我並沒按壞。

老桂連忙低聲下氣地說：

「年輕人，毛手毛腳的，重來，重來！」

「傭人」狠狠地關上鐵門。老桂隔着門對我說：

「小梁，看着錶，最好在三秒之內，開始！」

我看着錶按了三秒。

「傭人」掛着臉打開門。老桂提示說：

「微微地彎腰，鞠躬，伸出右手，讓客：先生！您？小梁，告訴他：我是托瑪斯・艾略特，從美國來，想看望我的老朋友桂任中先生。」

「傭人」的腰直挺挺地，仇視地看着我：

「先生，您……？」

「我是托瑪斯・艾略特，從美國來，想看望我的老朋友桂任中先生。」

老桂提示說：

「請，先生，桂先生正在恭候您……」

「傭人」學着他的樣子，但是氣呼呼地說：

「請，先生，桂先生正在恭候您……」

「托瑪斯・艾略特先生駕到！」

「托瑪斯・艾略特先生駕到！」

「很好！很好！」老桂小心地對「傭人」說：「最好再溫和一點，恭敬一點……」

「還要多溫和？還要多恭敬？」「傭人」吼起來，「我他媽的已經夠溫和、夠恭敬的了！」

「好！那就這樣吧！」桂任中裝着從客廳裏走出來和我握手。

「托瑪斯！久違了！托瑪斯！瑪麗好嗎？孩子都好嗎？」

我不知道該說什麼好，老桂給我編詞：

「桂！你好嗎？瓊呢？——不！小梁！不能這麼問，這麼問我就沒法回答了。」

我哭笑不得地說：

「我當然可以不提瓊，因爲我並不是托瑪斯。托瑪斯完全可能要問到瓊，他絕不會按照你編好的臺詞問話的……」

「是的……」老桂愁得拍打着自己的天靈蓋，「他眞的要問，我……我也只好王顧左右而言他。小梁，來，試試。」

我用帶着外國腔調的口音說：

「親愛的桂！你好嗎？」

「很好！托瑪斯，非常好，你看，我不是很好嗎！」他裝出一副很瀟灑的樣子，用力攤開雙臂。這一攤可就糟了，只聽「嚓」一聲，連着袖子的地方綻了線。他連忙說：「不要緊，我會縫。我什麼都學會了，這就是勞動改造的好處。托瑪斯，你就不會。我想，你是不會的。飯來張口、衣來伸手的精神貴族其實是最無知的……」

「你？」「傭人」打斷他的話，「怎麼這麼回答問題？這些話能對外賓講嗎？他們正好說我們對他們也要進行批判！你怎麼搞的！」

「我說錯了！重來，這樣吧，到時候袖子沒有綻線，我今兒晚上就縫上，縫得牢牢的，用縫被子的蠟線縫，放心！到時候我的動作小些。小梁！來！再來。」

「桂，瓊呢？我們的美人兒瓊呢？怎麼不來見我呀？」

可憐的老桂，淚水奪眶而出，但他眞的廻避了這個問題。

「托瑪斯！老朋友！你還……還是老樣子！請進！」他挽着我把我讓進客廳。「傭人」退到厨房裏「煮咖啡」去了。

客廳是剛剛粉刷過了的，掛着水晶吊燈，大廳一角擺着一架三角鋼琴，鋼琴上方的牆上掛着一幅水彩風景畫（是印刷品）。我眞不知道他們是從哪兒找來的。正中凹進去一塊的地方有個大理石座子，原來擺的準是一尊雕像，很可能是裸體的。現在擺的是芭蕾舞劇《紅色娘子軍》中泥塑的吳瓊花，擎着槍，單腳獨立，色彩鮮艷。很豪華的沙發上舖着抽紗背墊，可以看出「紅旗賓館」字樣，不用猜就知道家具都是從紅旗賓館借來的。

「桂！你怎麼一個人生活？瓊呢？」當我在沙發上落座以後，又一次問他。

「你！」老桂忍住眼眶裏的淚水，「你！小梁！你別難爲我了！怎麼老問這個問題呀？」

「不是我老問這個問題，艾略特先生一坐下就要想到家庭主婦，因爲這麼大一座樓房只有你一個人，他必然會問這個問題。」

「好吧！問吧！問吧！」

「桂！瓊呢？瓊在那兒？怎麼不見我？」

「托瑪斯！」老桂好不容易才說出話來。「眞不巧。瓊，瓊，瓊，瓊……她還沒下班哩！」

「啊！能不能在我離開這個城市之前去她工作的辦公室看看她呢？」

「啊！當然，當然，當然不可以呀！」

「為什麼？」

「她不在……這個……這個城市。」

「怎麼可能呢？你們夫婦要分開在兩個城市工作，這太殘酷了！你怎麼不向當局提出要求呢？要我為你向中國當局說一句話嗎？」

「不！這是很小的事，我們都是自願的……」

「自願，我不明白，怎麼會自願分居兩地哩？你可以告訴我瓊居住的城市嗎？我可以把我的行程延長一天，陪你去看她，可以嗎？」

「不！托瑪斯！沒有必要……」

「桂！我看得出，你大概有什麼難言之隱吧？」

「不！沒有！托瑪斯！」老桂驚慌失措地說。

「有！你瞞着我，瓊是不是在受盡了折磨之後離開了這座城市、這個國家、這個人世間了呢？」

老桂抽咽着、抽咽着……終於像打開閘門的水庫一樣，嚎啕痛哭起來。

我嚇壞了，站起來搖着他：

「老桂！你別這樣，你看誰來了！」

「傭人」捧着漆盤子走進客廳：

「怎麼了？」

老桂立即停止了哭泣，緊閉的嘴不斷地抽搐着。我說：

「沒什麼，我們在排練，我不小心踩疼了他的腳。」

老桂立即用手抱起一隻腳來，揉着腳尖放心大膽地哭泣起來。

「傭人」把漆盤子裏的咖啡杯、碟、糖罐、牛奶罐擺在茶几上。老桂漸漸止住了淚說：

「勺，小勺！」

「還要勺！杯子這麼小，要勺幹什麼？臭毛病不少。」

「這是規矩。」

「規矩！」「傭人」忿忿地又回到厨房拿了勺來。

「給客人端咖啡要從他的左邊遞過去。」老桂誠惶誠恐地告訴「傭人」。

「爲什麼從左邊不從右邊？你的美國客人是右派！」

「這……是規矩。」

「你口口聲聲規矩、規矩，好！咱們可不是在玩眞格兒的，玩眞格兒的能按資產階級的規矩辦！他媽的！」

「當然！是這樣。」桂老頭連連稱是。

「傭人」好不情願地又重新端了一次咖啡。

「對，是這樣。」

「我下班了，還有事！」「傭人」脫了領口很小的舊制服，「告訴你！晚上你可得在地板上睡，床上那些舖的蓋的不許弄髒，那都是從紅旗賓館借來的。」

「行！這地板比農場裏的通舖可乾淨多了。」

「傭人」指着我：「你不許在這兒過夜。」

「我有住處。」

「不許抽煙。」「傭人」告誡「主人」。

「是！」「主人」恭敬地回答「傭人」。

「會不會用抽水馬桶？」

「會。」

「哼！」「傭人」一邊說邊向門外走去，「我知道你會。階級敵人時刻都在夢想恢復他們失去的天堂，這就是你們失去的天堂。可千萬別以爲夢想變成了現實！」

「傭人」走出大門，我和老桂聽見他帶上鐵門的響聲。

老桂在苦苦地思索着他必須回答的答案。

我默默無語地陷身在沙發裏。我對老桂將要在這場布景裏表演的戲劇感到十分痛苦和悲哀。他是幸福的，他並沒意識到這部卽將演出的戲劇對於他有多麼殘酷，他善於使所有強加在他身上的沉重的負荷變得輕鬆些，至少是在感覺上輕鬆些。他總是在整理他遇到的紛亂得像亂麻一樣的事情。他往往找不出一根線頭，卻自以爲已經找到了。因爲這是在革命，毛主席說過類似的話：革命中發生的事都是天然合理的。革命是把刀，亂麻碰上了刀不是就迎刃而解了嗎？

門鈴突然響了，嚇得老桂從沙發上彈了起來。我示意讓他坐下，我去幫他開門。見門外站着一位紅光滿面、年方三十上下的女郎。出人意外的是她的打扮在當時有點出格，褲子不夠寬大，兩用衫的腰身有點細，黑布鞋的跟有點高，我懷疑她臉上稍稍施了點脂粉。她是屬於那種還算漂亮、青春卽將消逝而又永不衰老的女人，有一種餘煙裊裊的美，加上荒草那樣一股子滿不在乎勁兒。

「我找桂任中教授。」

這稱呼就讓我大吃一驚，多少年都沒聽到過這個稱呼了。

「你認識他？」

「見了就會認識。」

「那……請吧！」

「你是桂任中教授的什麼人？」

「同志，一個農場勞動的同志。」

「啊！」她笑容可掬地說，「請！」

「你請！」我也變得多禮起來。

這位女郎逕直走進客廳，把手伸給老桂。

「我想，您就是桂任中教授吧？」

「不敢，我是老桂。」

「認識一下，我叫謝莉，謝謝的謝，茉莉花的莉。」

「你找我有什麼事嗎？」

「先讓我欣賞一下這座房子，好嗎？」她並不等老桂同意就在樓下樓上巡行一遍，每個房間，每個壁櫥、衞生間、厨房，一一察看。然後走下樓梯，在老桂面前站定，像騾馬市上買牲口那樣，從上到下，又從下到上打量一番老桂，掏出一張表格遞給老桂：

「我出身城市貧民，現年三十二歲，學歷：初中，未婚。這是我的政治審查表，登記得很清楚……」

老桂手足無措地接過那張表，摸遍四個口袋，也沒把那副老花眼鏡摸出來，最後才發現裝在褲兜裏，他那副眼鏡的出身也是很可怕——紐約。「文革」一開始，第一場批鬥會就摔斷了一條腿，加了一根小竹片，用很細的漆包線纏在一起。這好像是個先兆，預示他以後也要斷一條腿。他掏出一條髒手絹細細地擦了擦裂了紋的鏡片，哈口氣，再擦擦，才戴上。他小聲喃喃地念着那張表，非常認眞，「姓名，謝莉，是的，是謝謝的謝，茉莉花的莉。性別，女，沒錯。出生年月，一九四四年六月，是三十二歲。在她出生的時候，抗戰還沒有勝利。可不是，一九四五年八月日本無條件投降。你不可能受日僞的奴化教育。對於一個一兩歲的孩子來說，日本侵略軍佔領下的世界還是模糊的。解放那年，你才五歲，五歲才有記憶，一有記憶，你頭上飄揚的就是五星紅旗了。學歷，七歲上和平街小學——當然是解放後的小學，十四歲上第六女中——更不用說了。大學沒考取——幸好沒考取。毛主席說：大學教育應當改革。高中畢業後，就要先做點實際工作。正好，進商店裏當店員。『孔夫子出身沒落奴隸主貴族，也沒上過什麼中學、大學，開始的職業是替人辦喪事，大約是個吹鼓手。』『明朝李時珍長期上山採藥，才寫了《本草綱目》。更早些的，有所發明的祖冲之，也沒有上過什麼中學、大學。』『美國的富蘭克林是印刷所學徒，也賣過報。』『英國的瓦特是工人。』『高爾基的學問完全是自學的，據說他只上過兩年學。』看樣子你的書讀的也不多，從你塡的表上可以看得出，很好！受害不深。歷次政治運動中的表現：歷次政治運動旗幟鮮明，立場堅定。三反五反運動的時候，參加過全市幼兒園的聯合演出節目《活捉大老虎》。肅反運動的時候，曾向警察叔叔檢舉過一個可疑分子，因爲他戴着電影上只有特務才戴的墨鏡。反右運動的時候，曾揭發過音樂舞蹈老師，她教學生表演《蝴蝶仙子》。在批鬥這個右派老師的時候，表現勇敢，聲淚俱下地揪過一把這個十惡不赦的右派老師的頭髮。大躍進時期參加土高爐煉鋼隊，小組產量最高。六〇年物質生活困難的時候，在外國記者面前不失國體，敢於回答：『我們每天都有肉吃！餓死人的事情是絕對沒有的！我們中國連一隻老鼠也不會餓死！你看，它不是還在跑嗎！那不是嗎！就在課桌下面。』雞蛋裏是挑不出骨頭的！當外國記者向幾個捧着碗喝湯的大肚皮孩子拍照的時候，謝莉衝上前去，奪下他的相機，打開後蓋，把膠卷曝了光。事後受到外事部門、公安部門、教育部門的表揚，本來應授予『毛主席的好學生』稱號，考慮到這樣的模範事蹟不能向外公布，只給謝莉個人發了一個獎狀（帶鏡框的）。偉大領袖毛主席親自發動並領導的無產階級文化大革命開始，謝莉積極投身革命洪流，向帝修反猛烈開火！向走資派猛烈開火！緊跟毛主席戰略部署，先後參加過東方紅紅衞兵第一司令部、第二司令部、第三司令部，參加過『反到底』工人『造反司令部』、『霸王鞭』兵團、『換新天』戰鬥隊、『摸老底』戰鬥隊、『風雷激』兵團、『文攻武衞』戰鬥兵團、『衞青』寫作班、『千鈞棒』戰鬥兵團、『狂妄者』戰鬥隊、『慨而慷』兵團、『大聯合』宣傳隊……等革命造反組織，歷任第五號勤務員、第二號勤務員、作戰部長、情報部長、宣傳部長、武裝供應部長、文藝宣傳隊長、『四新』商店革委會委員、主任、工宣隊員等職。——太令人崇敬了，謝莉同志！你是個從根子上就紅的紅人兒！唉！我的經歷一打開就是一片黑！如果人能夠重新投胎就好了！小梁！你聽清了嗎？」

「聽清了。」但我一直在索索發抖，這大概就叫做不寒而慄吧！用一句樣板戲的唱詞來說就是：這個女人不尋常！老桂對她卻肅然起敬，還給她那份表的時候，連連和她握手：

「您……（老桂改用「您」來稱呼她了）您到我這兒是……？」

「我是爲你來的。」

「爲我？」

「是的，馬克思說：只有解放全人類才能最後解放無產階級自己。你需要幫助……」

「是的，我時刻都記住我是個沒有改造好的知識份子。」

「你過去和現在的情況我都知道。晚年喪偶，孤獨無依，特別是政治上需要幫助。從你的出身經歷上看，在今天社會上屬於最軟檔。」

「是的，是的……」

「來個抄水錶的，收電費的，你都不敢和他們對話……」

「是的，是的……」

「因爲他們是無產階級，你是資產階級。」

「是的，是的……」

「來一羣孩子在你門前扔着石頭，唱『帝國主義反動派夾着尾巴逃跑了』，你就不敢趕他們走。」

「是的，我不敢出門……怕把我打得頭破血流。」

「我就敢。」

「是的，您是無產階級，堅強的……」

「所以，我來和你商議一件事。打開窗戶說亮話，你現在已經過了談情說愛的年紀，再說花前月下，卿卿我我的資產階級情調早被掃進歷史垃圾堆裏去了。我的意思是：我來和你結婚，別緊張！聽我說！革命的婚姻也要服從大局。你現在孤單一人，住這麼大一座花園別墅，外國朋友來看你，一定有很多疑心，問起你的家事來，你很難回答。」

「是的，是的……」

「我如果是你的愛人——在外國朋友面前應該稱夫人，坐在你的身邊……」她說到做到，立卽坐到老桂的身邊，老桂嚇得馬上把雙手擱在膝蓋上，目不斜視。「他就沒法再問你前妻的事了！這樣，對你有利，對國家有利，對革命有利。如果我是你的夫人，裏裏外外，我都可以抵擋。誰他媽的敢欺侮我們老頭兒，老頭兒害怕我不怕，我只要往那兒一站，誰敢放個屁？我當場會給他塞一根胡蘿蔔！在這個城市裏，不知道我謝某人的恐怕不多！」

老桂情不自禁地聳了一下身子。

「我可以讓你考慮十分鐘。你可別以爲我是想來沾你的便宜。你他媽有什麼便宜好沾？一沾一身黑。我這樣做是一種犧牲，出於獻身精神！桂任中！機不可失，時不再來！一念之差，你要後悔的！」她說着把手搭在老桂的肩上，老桂把驚慌失措的眼睛轉向我。

謝莉是何等的機靈，她說：

「毛主席教導我們說：要獨立思考！」

老桂的眼睛不敢向我看了：

「讓……我……讓我想想……」

「可還有四分鐘了。」

「我的年齡……比您……大……大多了。」

「我知道。我問你，維繫革命婚姻的主要是什麼？回答！」

「當然是……革命的……理想……」

「這不就結了嗎？你沒革命理想？你不想在全世界範圍內消滅帝修反？你……」

「想！當然想……」

「行了，我的革命的伴侶！」謝莉在老桂的頭上拍了一下，她站起身來走出去，拉開大門，向門外喊着：「戰友們！搬！」

我和老桂都未曾注意，門口還停着一輛二噸半的小卡車。謝莉一聲令下，從小卡車上跳下三條漢子。一條漢子扛着被褥枕頭，另外兩條漢子空着手，其中之一的衣袋裏好像裝着一卷厚紙。謝莉雄糾糾氣昂昂地把他們帶進客廳，隨手把水晶吊燈和壁燈全都打開。我這時才發現天已黑了，芸茜一定等得十分着急。

「怎麼樣，還自帶行李，有這樣好的媳婦嗎?!這太平洋被單，新的。這杭紡被面，新的。這尼龍蚊帳，新的。這繡花枕頭，繡的可不是花，繡的是語錄，你看：千萬不要忘記階級鬥爭。再看這一個：要警惕出修正主義。你以爲睡覺就可以不突出政治了？一樣！時刻都不能放鬆階級鬥爭這根弦兒！往樓上臥室裏搬！」

「他們……」老桂連忙說，「他們不讓往床上睡，要我睡地板，怕把賓館的被褥弄髒了！」

「情況在不斷變化。現在，我來了！他們敢嗎？床是人睡的！今天，無產階級就是要睡資產階級的床，這叫天翻地覆慨而慷！我能睡，我的丈夫就能睡！」

那條扛行李的漢子上樓了，沉重的帶釘子的鞋底敲着樓板。

「辦手續。」

「辦手續？」老桂那副可憐巴巴的樣子，就像一個被獵人的卡子夾住了手腳的猴子，「就辦？在這兒辦？……」

一條漢子掏出整整一本蓋有區革命委員會印鑒的結婚證書，另一條漢子掏出一個印泥盒來。

「寫！」謝莉口授着，「他叫桂任中。」

「富貴的貴……」

「不！你寫錯了，桂花的桂。」

那漢子隨手把那張寫錯了的結婚證書撕掉，重新寫上桂任中的名字。

「女方？」

「你連我的名字也忘了？混蛋！」謝莉在他後腦勺上打了一巴掌。

那漢子伸了伸舌頭，寫上謝莉的名字。

「男女雙方蓋章。」

謝莉從衣袋裏掏出一個很大的印章來，另一條漢子幫她蓋上印。老桂完全糊塗了，他說：

「我從文化大革命一開始就什麼都沒有了……」。

謝莉很爽快地說：

「不要緊，按個手印。」

那條漢子抓起老桂的右手食指就往印泥上蘸。可憐的老桂就像楊白勞酒醉後出賣喜兒那樣痛苦而迷惘，眼球亂顫，按上了，一個小小的指紋模糊的手印。

謝莉突然抱住老桂的頭，在老桂的鼻尖上來了個響亮的親吻。

「革命婚禮，一切從簡。把厨房裏爲外賓預備的啤酒、茅臺、白蘭地拿來，冰箱裏還有醬肉、燒鷄、火腿，慶祝一下……」她眞是過目不忘。

老桂站起來擺動着雙手：

「那可幹不得，三天以後外賓就要來了！」

「我知道，」謝莉說，「兩個小時的會見，哪能用得了這麼多吃的東西，留一瓶酒就足夠了。」

三條漢子一齊動手，搬來一箱啤酒，三瓶茅臺，兩瓶白蘭地，一大把刀叉，兩隻燒鷄，兩盤火腿，三盤醬肉。在他們動手打瓶蓋、撕鷄腿的時候，我拍拍老桂的肩膀，輕聲說：

「我走了。」

「你……？走了？」老桂恐懼地看着我，他怕我走，我走了他該怎麼辦呢？但我還是站起來了。

「小伙子！」謝莉說，「不喝杯喜酒？」

「謝謝！」我走出門去，老桂跟着我快步走出來，在院子裏他把原先放在菜地裏的鞋盒捧起來，再用那種只有在大地震以後才能見到的驚恐、迷惑而又恍惚的眼睛看着我，壓低嗓門說：

「他們該不是哪個戲班子裏的戲子吧！跟我在鬧着玩兒？……」

我很平靜地笑笑，拍拍老桂的肩頭。戲班子？戲子？在鬧着玩？可偏偏他們不是戲班子，不是戲子，是現今社會上普遍存在的一夥一夥的人，他們絕對不是在跟你鬧着玩兒。如果是戲班子、戲子，不就好了嗎？我什麼也沒回答，把大口罩往嘴上一套就走入蒼茫的暮色之中了。我聽見那夥被老桂認爲是戲子中的一條漢子正在引吭高唱（準是高舉着酒杯）：

「臨行喝媽一碗酒……」

老桂抱着從菜地裏捧起的那個裝有瓊的骨灰的鞋盒，站在門口，他的身影逐漸模糊，而後溶入夜色。

我正注視着那扇窗戶，過去，窗上貼的是黑紙；現在，掛上了有藍色小碎花的布窗簾。

十一

克支馬家的隆布是個有錢的趕馬漢。他南下過大理，西去過拉薩，東走過渡口，北上過西昌。他看上了蘇納美。小蘇納美比他以往結交過的所有的女人都要使他心醉神迷，不但是蘇納美的小臉蛋，也不但是蘇納美那雙寒星般的眸子，是她的整體，一顰一笑，一舉手、一投足都能使人動心。那微微歪斜的在靜態中千變萬化的小嘴，準是蜜糖的泉源。只有隆布能看到蘇納美是一塊只蒙着一層青苔的紅寶石，只要輕輕一拂，她就像一滴血那樣紅。只有隆布能聞到蘇納美是一朶還包着蕾衣的奇異的花，只要給她一線陽光，她就會像火焰那樣噴射着開放。

晚上，他背着一個沉重的牛皮口袋，一步一步地走到蘇納美家的大門前。大門緊閉着。他仰望着土牆，想找一個踏腳的凹處，沒有。是幾個細心人打的土牆，又板實又平滑。他拾了一塊有棱角的片石，開始在土牆上鑿着。院子裏的大黑狗一下就聽見了，拖着長長的鐵鏈子滿院子狺狺地叫起來。隆布從牛皮口袋裏掏出幾塊碎猪膘來，隔着牆扔過去，大黑狗立即不叫了。他繼續鑿牆，很快就鑿了一個淺淺的小坑，只要能放進他的一個腳尖就行了。他用一根繩子一頭扎住牛皮口袋，一頭拴在腰裏。他一聳身，兩手搭上了牆頭。他看見大黑狗正在兩隻前爪的協作下用嘴啃一塊帶皮的猪膘。隆布用繩子把牛皮口袋提上牆，先輕輕把牛皮口袋放進院子，自己再貼着牆溜下來。他站在院子裏才發現自己並不知道蘇納美的「花骨」在哪裏。他既不能到「一梅」裏去打聽，又不敢去敲任何一間「花骨」的門。當他正在爲難的時候，他看見一個人從柱子的陰影裏走出來。是一個老婦人。顯然，她是看着隆布跳進來的。隆布從牛皮口袋裏掏出兩瓶從大理帶回來的雜果酒和六塊方磚茶，向那老婦人走去。當他走到近前時，才欣喜地發現她就是蘇納美的親阿咪彩兒。他小聲恭敬地把禮物交給她：

「我是克支馬家的隆布。這點東西，不成敬意。您就爲蘇納美收下吧！」

「是你，隆布！蘇納美可從來都沒讓男人碰過，要當心些……」

「謝謝你告訴我，彩兒，我知道了。」

「像你這種人，是不會喜歡現在的蘇納美的。」

「不！彩兒，我喜歡現在的蘇納美，也喜歡以後的蘇納美。」

「你去吧！一上樓梯那個門就是蘇納美的『花骨』，她可會爲你留着門？」

「會，我想。」

彩兒捧着禮物走進「一梅」。隆布提着牛皮口袋走上樓梯。

蘇納美焦急地等了很久了。她不時想到隆布對她說的或許只是一句應酬話，到了晚上就忘了，想起另一條熟悉的路，另一個熟悉的家，另一扇熟悉的門，另一個熟悉的女人，不來了。樓梯上這時出現了腳步聲，她急忙把脫了的裙子重又套上，把一雙光腳掛在床沿上，屋子裏靜得只能聽見自己的心跳。是隆布？還是阿咪吉直瑪的阿肖？阿咪吉甲阿瑪的阿肖？阿咪吉甲阿瑪的阿肖來過了，阿咪吉直瑪的阿肖出遠門了。是隆布！一定是他！蘇納美捂着自己的疾速跳動的心房。腳步跨上了第十級，那是一塊比較薄的木板，腳踩上去它彈動着吱叫了一聲。腳步停下了！蘇納美恍然大悟：他可不知道我住在哪個「花骨」裏呀？要是摸錯了，咋個辦呢？我趕快開門出去？不！那太賤了！顯得我太賤了。蘇納美沒敢動。這時，她聽見了說話的聲音，是阿咪吉直瑪，就在自己的門外。

「那不是隆布嗎？可是來找我的嘎？」

蘇納美的心臟幾乎停止了跳動，渾身發軟，一下從床上滑落在樓板上。隆布沒有回答。

「進來，這是我的門。」

隆布說話了：「這一點東西，不成敬意。直瑪，你就爲蘇納美留下吧！」

蘇納美提到嗓子眼兒的一顆心落下來了。她爬行着移到門前，輕輕──輕輕抽開門閂。

阿咪吉直瑪咯咯笑了：

「我知道，我在鞦韆架邊上什麼都看見了。你那雙叫蘇納美點着了的眼睛，沒燒瞎？後來，你騎着牲口追過去，我都看見了！隆布，你眞有眼力！今晚上你得小心，蘇納美以爲很好玩，一點都不知道男人的狠勁，準會跳起來把你的鼻子咬掉。」

「她……眞沒有……我是她第一個阿肖？」

「對了，這酒我可是收下了。」直瑪走進自己的「花骨」。

隆布站在蘇納美的門外，很久都沒伸出手去推門。他在戲謔地想，怎個才能不讓蘇納美咬掉自己的鼻子。一邊想，一邊用手摸着自己的鼻子。

門輕輕一碰就開了。他看見蘇納美抱着一隻大白貓，縮在床上一個角落裏，好像還是個未穿上裙子的女孩。隆布從懷裏掏出火柴，擦着了火柴去點亮那個唯一的衣箱上的小油燈。燈火像一個剛剛甦醒的小頑童，慢慢伸展着腰，照亮了小屋。隆布撥了撥火塘裏將要熄滅的柴棒，蓬起來，讓小火苗升大，讓大火苗拉起小火苗，讓火苗和火苗聯結起來。把小茶罐裏裝滿水，從牛皮口袋裏掏出磚茶，用手掰下一小塊，丟進小茶罐，再從牛皮口袋裏掏出酒，掏出牛肉乾巴、瓜子、爆米花，還有包着花花綠綠的紙的糖塊。這一切都是一邊看着蘇納美，一邊做好的。當小茶罐咕嘟咕嘟響的時候，隆布在火苗和煙霧面前瞇着眼盤着腿抽紙煙。他遞一根給蘇納美，蘇納美搖搖頭笑了。隆布這才說話：

「蘇納美！我這個女人可是很會招待客人？」

蘇納美臉羞得緋紅。她知道自己把地位搞顚倒了，招待客人的主人是她，不是隆布。她這才從床上跳下來，坐在火塘邊，給隆布倒茶、斟酒。大白貓像對待自己家裏人那樣跳進隆布懷裏。那些在牆角裏擺了一年多的碗第一次派上用處。隆布也給蘇納美倒茶、斟酒。蘇納美大膽地和隆布一對一口地喝酒。蘇納美的臉很快就發燒了。隆布把大白貓放在火塘邊，用他那粗得像馬牙石似的大手，抓住蘇納美柔軟的小手，輕輕地撫摸着。蘇納美忐忑不安地低着頭。她不知道要發生什麼事，好像隆布也不想做什麼事。

接着，隆布把蘇納美輕輕地拉在自己的身邊，讓微醉的蘇納美靠在自己懷裏，一遍一遍地聞蘇納美從脖子裏散發出的少女的有點奶香的氣息。蘇納美的臉不知不覺間貼在隆布溫熱的長着毛的胸膛上。她搞不懂隆布的衣襟什麼時候和怎樣敞開的。她對男人那「咚咚」跳動的心臟一點都不害怕。她覺得這樣親近是很自然的，完全沒有去干木山朝拜女神的夜晚，看到阿咪吉直瑪和格塔親暱的睡態時的驚駭和緊張。她想：我是咋個走過這座長長的、我以爲無法走過來的小橋的呢？後來，她是怎樣睡到床上的？她的衣衫和裙子是怎樣脫去的？她是怎樣像一隻被豹子抓住的小羔羊那樣蜷臥在隆布光溜溜的懷抱中的？她完全不知道。她壓根兒沒動彈過，隆布好像也沒動彈過。他沒有一點點使蘇納美產生羞澀的粗魯的動作。他的嘴裏不停地小聲喊着蘇納美。每一個過程都是極其緩慢的，沒有突然激發她的陌生的敏感，沒有任何單方面的衝動使她產生驚悸。他輕輕地吻她，她也輕輕地吻他。她覺得這個男人嘴裏的強烈的煙味、酒味和熱腥味怪好聞的，能給自己一種迷醉的刺激。他一次比一次更熱烈地吻她，她也一次比一次更熱烈地回吻他。後來，既不是他在吻她，也不是她在吻他，而是他們在互吻，喘不過氣來地互吻着。蘇納美渾身的每一個細胞都鬆弛下來了，每一根防範着的少女的神經都麻醉了。她的眼睛失去了神采。她覺得自己迫切需要隆布把她抱得更緊些。隆布已經把她抱得很緊了，但還不夠……蘇納美乞求地呻吟着。隆布用手臂撐起她的雙腿，在她的耳邊說：

「蘇納美！我的蘇納美，用嘴咬住我肩膀上那塊肉，咬住！咬住！……」

蘇納美按照他的話咬住了他左肩膀上那塊凸出而結實的肌肉，她開始只是輕輕地含着。她不明白爲什麼要咬住……驀地，隆布用一隻手托起她的腰，猛地把她儘量緊地摟向自己，蘇納美不自主地上下牙就咬合起來了，她死命地咬下去，咬得隆布悶聲哼了一下。他知道，一定是出血了。蘇納美睜開惺忪的眼睛，慢慢把嘴鬆開，移到他的脖頸上，抽泣起來，……更緊地抱住隆布寬大的背，下肢由緊張而鬆弛下來，並盡力不妨礙隆布，順從地承受，不！不是承受，而是要……

難得獨宿一夜的直瑪一直沒睡着，但她沒有聽到意料中的隆布被咬掉鼻子的大叫，和蘇納美的哭喊。她暗暗自語地說：

「隆布呀！隆布！你眞有本事！」

天快亮的時候，直瑪隔着板壁聽見隆布對蘇納美說：

「今晚上，我把我的舖蓋搬來，可好？」

蘇納美輕輕地柔聲回答說：

「好……」

十二

我正注視着那扇窗戶，過去，窗上貼的是黑紙；現在，掛上了有藍色小碎花的布窗簾。

五月到六月應該是繁盛的花期，我還記得，杜鵑開了，謝了。玫瑰開了，謝了。玉蘭開了，謝了。櫻花開了，謝了……可現在，中國無花可開，當然也就無花可謝，倒也乾淨。整整一個月，我都惦記着老桂。這個月是他和那個女人的蜜月。他們一起是怎樣接待托瑪斯·艾略特的呢？肯定是一齣很難演下去的卽興滑稽戲。但畢竟只有兩個小時，兩個六十分鐘，很容易過去。他會像一個老記不住臺詞的衰老的演員那樣很痛苦地挨過這齣獨幕戲。好在那女人會自己給自己找地位、增加臺詞，由配角一躍而爲主角，老桂會成爲她的譯員。洋人想搞清中國的事，尤其是搞清現今中國的事，那是極爲困難的，甚至是不可能的。譬如說，老桂在自己的家中，只被允許睡在地板上，恐怕無論謝莉怎麼罵，他都不敢上床——我太了解他了。洋人能懂嗎？不懂。再譬如說，謝莉的那些戰友可以把地方權力機關印製的結婚證書整本的帶在身上，比爲一隻雄兎配一隻雌兎還要方便，新娘子依恃着自己的政治優越感，當面鼓、對面鑼，三言兩句就成了，就搬着行李登堂入室了，就可以把她和他固定在一張卽時生效的紙上。一個人的出身爲什麼就那麼重要？文化低爲什麼反而成了政治資本？洋人懂嗎？不懂，絕不會懂。所以，必須爲外國人看中國小說編一本特殊的辭典，否則，中國小說就無法走出國界。

芸茜絕對禁止我再去接近老桂，讓我戒掉這種危險的兒童式的好奇心。其實，我只是關心老桂的命運。當一個社會，人與人之間冷漠到不聞不問的程度，這個社會肯定會崩潰！對於每一個人來說，命運何等的重要！而國家、民族的命運不就是通過千千萬萬普通人的命運來體現的嗎？

在我去農場送六月份的診斷證明書之前，身不由己地走到老桂寓所的門口，大鐵門敞開着，不用按電鈴。在門外就聽見客廳裏大聲吵鬧的聲音。我惴惴不安地走進大門，走上進客廳的石階。我首先看見的是那個「傭人」。他坐在正中那個長沙發上。他從裏到外都改變了，一身舊幹部服，神情驕橫，閉着威嚴的嘴，冷笑地看着正在跳着大吵大鬧的謝莉。謝莉叉着腰，她的三個戰友站在她的身後，也叉着腰。謝莉嚷嚷着：

「沒那麼容易！搬？我是桂任中教授的夫人！外賓給我們拍過合影照，肯定會發表在美國的報紙上。照片的背景就是這座房子！讓我們搬出去，會產生什麼國際影響？」

「不會產生任何國際影響。」那「傭人」慢條斯理地說，「外國人不可能知道。」

「我要讓我的丈夫給托瑪斯．艾略特先生寫信！」

「寫吧！告訴你，你的信會直接寄到我手裏。你們就要犯裏通外國罪，判你們的刑，讓你們把牢底坐穿。」他的聲音毫無惡狠狠的意思。

「不！我絕不會寫，我連托瑪斯的地址也沒留。他一走出大門，我就把他給我的名片上交了，是您收下的。」這時我才看見老桂，他從三角鋼琴後面走出來，懷裏抱着那個裝有瓊的骨灰的鞋盒。

「你沒出息，閉上嘴！」謝莉喝斥老桂。「靠邊兒休息！」

那「傭人」慢悠悠地說：

「今天你們就得搬，賓館今天就要來人搬家俱、搬餐俱，搬行李舖蓋。樣板團今天要來人來車搬鋼琴。友誼商店今天要來人來車搬地毯、字畫。」

謝莉哼了一聲說：

「好哇！搬！搬！統統都給我搬走，老娘睡地板！」

「只怕這地板也不讓你睡了！這房子是首長——你知道我說的是誰——她來我們市視察工作下榻的地方。明天，就得按她的要求重新佈置起來——都是綠調子。是你這個老娘狠呢？還是她那個老娘狠？」

謝莉語塞了，眼睛珠子一轉又嚷開了：

「搬，可以！得給我們夫婦分一套相應的房子。」

「傭人」從口袋裏掏出一封信遞給老桂：

「桂任中，這是你們農場軍代表給你下達的通知，念念。」

桂任中還沒把信紙從信封裏掏出來，兩手就拼命抖起來，信紙、信封索索發響。

「桂任中：限收到通知之日歸隊報到，接受改造，勿誤！……」

屋子裏的人全都不響了，只有那位「傭人」在擦火柴，點煙，抽煙，吐煙圈。老桂手裏的信紙還在抖。

「家屬！」謝莉好像忽然又活過來了似地大叫一聲，接着說：「你們不能把家屬扔在大街上吧！他桂任中是個臭老九，是個資產階級反動權威，我可是三代城市無產階級，響噹噹硬梆梆的無產階級革命派，對我的態度就是個立場問題！」

「就算你是桂任中的家屬……」

「什麼是『就算』？我有結婚證書，合理合法，堂堂正正，什麼叫『就算』……？」

「桂任中的家屬的住房問題，應當找桂任中所屬單位的領導去解決。桂任中所屬單位是東風農場。他們會負責給你解決，農場裏搭個草棚子的地方有的是，勞力、材料都不成問題。」

「我是城市戶口，城市供應！」謝莉大叫着。

「那就看你是要桂任中呢，還是要城市戶口和城市供應……」

謝莉氣急敗壞地一屁股坐在沙發上，轉過頭來問老桂：

「你說怎麼辦？」

「你就……別跟我去農場受苦了。反正，我們實際上也不是夫妻。」

「什麼？齷齪胚！你想賴？」

「實事求是嘛。一個月來，你……天天晚上都在床上呼呼大睡，我在地板上睜着眼睛盼天亮，沒法睡……」

「喲！這麼說你還是個十五歲的童男子嘍！給我！」

「什麼？」

「結婚證書。」

老桂掏出已經揉得皺巴巴的結婚證書，遞給謝莉。謝莉說：

「由我保管。因爲你現在還沒條件做一個稱職的丈夫，所以我要剝奪你的權利，我所以不跟你辦離婚手續，是因爲考慮到你在美國的老同學很多，再要來求見你，你不好應付。」她轉向那個「傭人」，「喂！你們考慮過這個問題沒有？我的老頭兒在美國的同學很多，比艾略特更重要的人物多的是，政界的，軍界的，議會的，新聞界的，他們會不斷來求見我們老頭的！」

「我們當然考慮過。」那位「傭人」胸有成竹地說：

「外國人來必須申請辦理入境簽證。我們只要壓他一天，騰房子，借家俱、餐具，從特供點撥食品，把桂任中從農場調來，包括你們的復婚統統都來得及，你們結婚不是只用了一刻鐘嗎？」

「你們就不嫌麻煩？」

「我們有的是卡車，有的是時間，這些就不用你操心了。」

說着卡車，卡車就到了。三輛卡車在門外刹車停穩，打開後箱板，一夥搬遷工湧進客廳，黑壓壓的一堆。謝莉慌了，急忙對她那三個戰友說：

「快！把我的東西收拾收拾搬走，別讓他們當公家的東西裹走了！」

三條漢子飛身奔上樓。

緊接着就是塵土飛揚，家俱相撞，屁股相碰，互不相讓，動手動脚，喊爹罵娘！好一陣混亂，搬得四壁皆空。謝莉帶着他的戰友們爲了和來人爭辯哪一件東西是私人的，大打出手，浴血戰鬥，能撈的就撈，能詐的就詐。爲了樓上臥室的繡花窗簾的歸屬問題，爭得雙方都見了血。最後，好端端的一件藝術珍品被撕得粉碎。

當突然靜下來的時候，空蕩蕩的客廳裏只剩三個人：一個是抱着裝有瓊的骨灰的鞋盒的老桂；一個是手裏拎着一串鑰匙立等我們走出去，他好鎖門的那位前「傭人」；另一個就是呆若木鷄的我。

「可以走了吧？」老桂恭敬地問他的前「傭人」。

「可以走了。」

「我可沒拿公家一根針。」

「行了，走吧！」前「傭人」不耐煩地搖着鑰匙串。

「再見，謝謝你！」

「有什麼好謝的，我們都是在按革命原則辦事嘛。」

老桂走向我：

「小梁，你是農場領導派來接我的吧？」

「不！我正好要去農場送診斷證明書，來看看你。」

「啊！那……咱們正好同路。」

「是的。」

我和老桂默默走出客廳。他環顧了這座他生活了（如果能稱之爲生活的話）一個月的房子。院子裏移栽來的那些菜，不適應這塊冷僻荒蕪的土地，已經枯黃了。我聽見身後不斷響着關窗戶的聲音，鎖門的聲音……。

在公共汽車上，他的臉色才變得稍稍開朗些。他說：

「小梁！我覺得還是農場好，自在，那些黃牛跟我蠻合得來，跟它們在一起很舒服，沒有思想負擔。像我這樣的資產階級知識分子，就應該這樣苦點兒，否則，我反而不自在，內疚，慚愧。你說是不？」

我沒有回答他。此時，我有一種很強烈的衝動，想跟他說幾句眞心話，說幾句出自對他關心的話，比上一次說得更透些，但最後我還是沒有說出來。他對我說：

「托瑪斯什麼也沒問，好像他什麼都知道。他只看着我，看着我的眼睛，從始至終地看着。我表現的不錯，外事部門的領導事後表揚我，說我的樣子很歡快，表現了一個高級知識分子一直都得到很好照顧的正常狀態，特別是我說的那段不羨慕西方高級物質生活的話，說我講得很得體，有眞情實感。當他問到在文化大革命中知識份子受到衝擊的事，我說：是的，那是應該的，就像媽媽管束孩子那樣，卽使打得疼些，沒什麼，媽媽的心是好的。他說：你說的媽媽是後娘吧？我嚴詞反駁說：不！不！是親生媽媽——這些話特別得到領導的肯定，說我熱愛祖國熱愛黨，以後如果再有老同學從國外來，還准許我見面……」老桂說到這兒有點得意，用舌頭舔了舔上嘴唇。

我慶幸及時按捺住了我想向他進言的衝動。

我正注視着那扇窗戶，過去，窗上貼的是黑紙；現在，掛上了有藍色小碎花的布窗簾。

在我們下了公共汽車，走上通往農場的彎路的時候，迎面開來一輛行刑車。那時的行刑車也就是一輛軍用卡車。卡車兩側站着兩排荷槍實彈的士兵。駕駛室後面站着一個五花大綁的犯人，背上插着一根古典的亡命標。

「是槍斃人吧?!」老桂拉着我往路邊閃。

「像是個女的。」

「可不是，是個女的。該不是醫務室的劉鐵梅吧?」

「劉鐵梅?怎麼可能呀?」我無論如何都沒法把劉鐵梅和死刑犯這兩個概念揉在一起。但很快我也就認出是她了。刑車開得很慢，遠處農場裏的大會還沒散，口號聲起伏不停。

卡車越來越近，劉鐵梅一反常態，她穿了一身新。雖然天已很熱了，她在花布襯衣上還套了一件薄薄的紅羊毛衫，肩上披着一條白色紗巾。頭髮梳得又光又亮，鬢邊還插了一束不知名的小野花。若無其事的樣子，嘴角上掛着天眞無邪的笑容。當她俯瞰着我和老桂的時候，反倒是她對我們流露出一種居高臨下的憐憫情緒。亡命標上寫着「反革命殺人犯劉梅」，可能司法當局認爲鐵梅是樣板戲中的人名，當然也就是革命人名的樣板，不應該給一個死刑犯，才恢復了她原來的單名。姓和名上都用朱筆圈過。「文革」以來，破了那麼久的「四舊」，這種最舊的東西反而沿襲下來了。包括允許她按她自己的意願穿一套新衣服，戴一束野花，吃一餐好飯菜之類，都是在久遠年代就有的陳規陋習。老桂嚇呆了，好像要槍斃的不是劉鐵梅，而是他。他不住地篩糠，喃喃自語：

「她怎麼會殺人呢？她怎麼會殺人呢？」

「是呀，她爲什麼殺人呢？」我也自言自語起來。她以往的形象和現在的形象怎麼也無法重合在一起。

「她殺的是誰呢？」老桂反問我。

「是呀！她殺的是誰呢？……啊！我知道了，她八成是把秦光明給殺了吧！」

「她丈夫？她怎麼會把她丈夫殺了呢？不對。」

「很簡單，因爲妒忌。她早就說過，她早晚會把秦光明變成秦黑暗，肯定已經黑暗了……」

「是嗎？……」老桂的嘴大張着，很久都合不攏。

等我們回到農場，才知道劉鐵梅殺死的不是秦光明，並不是那種幾千年來常見的謀殺親夫案。她殺的是余壽臣的妻子金向東。余壽臣的妻子又不是個年輕少婦，怎麼會起了個如此時髦的名字呢？原來她本沒有名，戶口簿上寫的是金氏。「文革」一開始，余壽臣就正式打報告：給她取了這樣的名字，含「心向毛澤東」之意。金向東本來就醜，老了，就更醜。可爲什麼劉鐵梅會把這個又老又醜的女人殺了呢？難道她和秦光明有什麼不軌行爲被她發現了？我的兒童式的好奇心驅使我想打聽個一清二楚，但一個曲折的情殺案可不是三言兩語可以說得清楚的。農場是非之地，我又不敢久留。幸好遇見那位戲劇學院的一年級學生宋林，他一眼就看出了我的心思，把我拉進農場宣傳組辦公室，關上門小聲說：

「你小子是不是想了解案情呀？」

我點點頭。

「這個案子破了一個月了。今天是判決以後，把劉鐵梅押到農場來開公審大會。接着就是遊街示眾，最後驗明正身槍決。我現在在宣傳組工作，近水樓臺先得月。我看到了全部檔案，還偸偸寫了一部話劇。我認爲這部話劇是不朽之作，可如果被人發現了，准當毒草批判！搞不好，我的腦袋也得打補釘。」

「爲什麼，你不是根據眞人眞事寫的嗎？」

「你呀！文化大革命進行到今天，怎麼還像是從美洲來的客人?!眞人眞事能寫嗎？越眞實越有毒素，你就沒讀過姚文元批判『寫眞實論』的重要文章？」

「那麼多長文章，都是兩報一刊同時刊載的重要文章，就是讀了，也記不住。」

「這些可都是要命的觀點，不記住是不行的？眞人眞事不能寫，卽使是中央文革那些永遠正確的人的眞人眞事也不能寫，寫了也不能出籠。」

「可你爲什麼寫？」

「不寫手癢癢。」

「這麼說，是生理上的問題。」

「對了，你的好奇心不也是生理上的問題嗎！」

「可不！這不正好嗎，你的手癢癢，要寫；我的心癢癢，想看。」

「我可以把劇本手稿交給你拿走，在醫院裏蹲馬桶的時候好好看……」

「那可太感謝你了。」

「不過你先得給我寫個條兒。」

「寫什麼條？」

「《情焰》手稿由我保存，你的文字充分體現了我的構思。梁銳，年、月、日。」

「爲什麼？我連情節都還不知道……」

「先小人，後君子嘛。人心隔肚皮，誰知道你會不會看完之後，來個立功受獎，檢舉揭發。我手裏有這麼一張條子，你也安心，我也放心，豈不兩全其美。這就叫一根繩兒拴兩螞蚱，飛不了你，也蹦不了我。要看，就寫。不看，拉倒！你會永生遺憾。」

「寫！你小子眞有兩下。」

「否則，怎麼能立於不敗之地呀！」

「旣然魔鬼敢把尾巴送到我手裏，我也敢把尾巴交給魔鬼。對等的交易當然可以幹。拿紙筆來！」

宋林把紙給我鋪好，自來水筆的蓋擰開遞在我的手裏。我按宋林口授的內容一字不誤地寫了「賣身契」，然後一手交「契」，一手拿劇本手稿。劇本手稿到手，立卽塞進掛包。宋林打開門：

「公務在身，恕不遠送，請！」

「後會有期。」我走了。

我正注視着那扇窗戶，過去，窗上貼的是黑紙；現在，掛上了有藍色小碎花的布窗簾。

劇本手稿帶回來，芸茜很生氣，因爲她不喜歡我這麼好奇。爲了滿足自己好奇心，不惜和魔鬼訂立生死協定，太不值得。但是，當我開始給她讀劇本手稿的時候，她的氣也就消了。

原稿照抄如下：

情焰

第一場

時　間：×××年×月×日，夜。

地　點：一個奇異的國家裏一個奇異的農場裏一個奇異的醫務室。

出場人物：（按出場順序）L醫生、Y醫生、在伊甸園裏出沒過的那條毒蛇。

〔幕啟時，L醫生、Y醫生在場上，各自在各自的座位上挺直腰桿，專心致志地誦讀，喃喃有聲。〕

〔毒蛇從窗口探入。〕

毒蛇（女聲）這兒既不是伊甸園，又沒有一對赤條條的亞當、夏娃，我到這兒來幹什麼？說不定這些藥櫃裏還有蛇藥！我看見了，一個玻璃瓶裏還泡着我的同類的屍體，而且使這條失去生命和威力的屍體栩栩如生，翹首吐信，盤旋自如，藉以告誡人們：這就是可怕的毒蛇！當心呀！人們！謝天謝地，我可不是一般的毒蛇，我的毒液不是用來痲痺人們的心臟，致人死命的。我的毒液其實就是各種不同型號的誘發劑，誘發人自身的情欲、妒嫉、仇恨、勇氣、自豪感……分別編爲一號、二號、三號、四號、五號，根據不同症狀，對症下藥，就可以在人生舞臺上導演出柔情、威武、壯烈的戲劇來。請看這一對正襟危坐、貌似虔誠的男女，他們早已迷失了人的本性，每一個細胞都改變了原來的功能，把自己變成爲一座封閉自己、防範敵人的活動堡壘。但我能把他們變成羅蜜歐與朱麗葉，也可以把他們變成奧賽羅和德斯底蒙娜，哈姆雷特和奧菲莉亞，潘金蓮和西門慶，石秀和潘巧雲，同時又是他們自己。且看他們是怎樣交談。

L

（她好像正在唸經，一邊唸經，一邊說話，演員需要有高度的技巧，眼睛並不離開經卷，只用斷續的聲音和支起的耳朵交流必要的信息。無疑，她是女聲，因爲她是女人。但由於常年訓斥患者——包括她的夫君，從某種意義上來講，她的夫君也是她的患者。聲音沙啞威嚴，很少有女性原有的柔美。這也和她與上司接觸不多有關。而且她也沒有情人，正派得絕無挑剔。對別的女人和自己這個女兒身都保持高度的警惕，一個不夠嚴厲的眼風都能覺察得到，並怒目以對。）Y醫生！……（誦經聲以「……」代）秦光明同志……

毒蛇　這是在說她的夫君。

L　秦光明同志對自己從不嚴格要求……一有機會就要受資產階級思想侵蝕……當我察覺之後……他不僅不在靈魂深處爆發革命……和他的革命伴侶——就是我——一起來共同抵制……他反而諱疾忌醫，百般抵賴，無視坦白從寬、抗拒從嚴政策，頑抗到底，死不改悔……我們醫務室從早到晚忙於救死扶傷，發揚革命人道主義……只好把天天讀改在深夜……這對於他來說，是很不利的。我一邊讀一邊心驚肉跳——我應該檢討，這是我對紅太陽不夠忠，不夠全心全意的表現……我怕他受壞女人的引誘……

Y　不會的……我們處於一個多麼嚴峻的時代……這裏又是一個多麼嚴峻的地方……他即使想也不敢呀！……

L　可不能這麼講……資產階級思想無孔不入，他對我——一個正正派派、政治思想上堅強的戰友、同志、伴侶，一點興趣也沒有……

Y　那怎麼可能呢？人往高處走，水往低處流……他應當嘗到夫婦之間突出政治的甜頭……

L　他不是三歲嬰兒了，烈酒比娘的奶汁好喝得多……

Y　你何必這樣哩！……這樣很妨碍你的學習和工作，你不會翻過來……讓他變成你，你變成他嗎？……

L　……這什麼意思？……

Y　……我的意思是說……讓他整天爲你心驚肉跳，坐臥不安，盯你的梢，觀察你的動向……你不就變被動爲主動了嗎？……

L　沒那種好事，他根本就不正眼看我……我就是掉到井裏，三天三夜他也不會來找我……

毒蛇　看來，她需要吃一點一號誘發劑。

Y　我的意思不是讓你跳井……

L　不跳井？……懸樑？……

Y　你怎麼老想到死呢？……

L　活？我活着就是他眼中釘……資產階級和無產階級的矛盾是不可調和的階級矛盾，是你死我活的鬥爭……

毒蛇　（旁白地）看來不用藥是不行了。

（毒蛇貼着牆壁爬向L，在桌案下往上探出頭來，把蛇信伸到L手邊的茶杯裏（那個奇異的國家的一切辦公人員手邊都離不開茶杯），滴了一滴一號誘發劑。毒蛇下藥以後，就縮到桌下去了。）

Y　……要活，要活得比他還要好！

L　……我現在活得不比他好嗎？我每一年都要評爲活學活用的積極份子……我破獲過十幾起自傷、裝病、逃避改造的案件……哪一次講用會不是我上臺？……他比我活得還好？……你是這樣看的嗎？那就說明你的思想也長了毛了！

Y　（有些慌張地）不！我是說你應當活得更好！十倍百倍地超過他……

毒蛇　（旁白地）她怎麼不喝呀！再不喝就糟了！

［L端起茶杯，呷了一口，她立卽警覺地看着茶杯。］

L　（詫異地自語）怎麼，這麼香甜？我用的只是茶葉末呀！才兩毛錢一兩！怎麼會這麼可口？香甜、可口的東西都是可疑的東西，只有資產階級才貪圖香甜、可口。

［L連連喝了幾口。］

（完全忘了誦讀，聲音嬌嫩起來）Y醫生！再說說看，怎麼活才算比他活得好？

Y　（非常驚奇，對於L醫生的聲音的頻率以及聲音裏傳達出的那種生疏了多年的韻味，大感不解。他反而退縮了）我是說你應該活得像一個永不生銹的螺絲釘，擰在無產階級專政的機器上，讓偉大的專政機器正常運轉……

L　（失望地）是嗎？不是！你準是另外的意思！你是不是說：活得比他愉快？

［L醫生向Y醫生投去一個嬌媚的眼風。Y醫生嚇呆了，好像摸黃鱔摸出一條蛇來。］

L　活的比他輕鬆？

［L醫生又向Y醫生連連投去一個個嬌媚的眼風。Y醫生離座走向L醫生，伸手想給L醫生切脈。L醫生乘勢抓住Y醫生的手，往自己懷裏拉。Y醫生大恐，掙脫L

醫生的手，喘息不止地回到自己的座位上。〕

毒蛇　Y醫生的情慾還不足以壓倒他的疑心和顧慮，給他也吃一點一號誘發劑吧！

〔毒蛇從Y醫生的桌下探出頭來，用它的信往Y醫生的杯子裏滴了一滴藥。正好，Y醫生需要使自己鎮靜一下，連連喝了幾大口，他立即戴上老花眼鏡仔細察看自己的茶杯。〕

L　（嬌滴滴地）Y！你說嘛！你說嘛！說嘛！你這個壞東西！有本事話說出來就別收回嘛！是不是讓我活得比他更自在，更浪漫，更有滋有味，更有情有義，更愜意？嗯？

Y　（藥性開始發作）對呀！你能嗎？你敢嗎？

L　（眼睛乜斜着）誰說我不敢？

〔L醫生伸出雙手，像德斯底蒙娜聽到奧賽羅講完自己海上的英武事蹟之後那樣。〕

Y　（藥性畢竟還沒完全發揮出來）可別讓人看見，讓人看見了可不得了，最輕最輕也得在全場批鬥大會上挨鬥，再押送到水庫上去打石頭。

L　誰也不會看見，誰也想不到你和我還會……（此處的「……」已不代表誦讀了），就像誰也想不到醫務室門外兩根石柱子會自動併在一起一樣。

Y　（枯黃的臉上泛起了猪肝色）你說的也是。

〔Y醫生再一次走向L醫生，就像西門大官人在王婆借故外出，倒鎖了房門以後走向潘金蓮那樣。〕

〔L醫生自己拉開了胸前的拉鏈，現代化設備比潘金蓮要省時間得多，也沒有潘金蓮那件最後、最誘人，但很碍事的紅兜兜兒，開門見山，一對乾癟乳房奔拉下來。〕

毒蛇　（旁白地）他們不需要偷吃禁果了，禁果已經早就爛成了果漿。他們也不需要用紅花朶兒、綠枝葉兒來掩蓋。檢查病人的窄窄的床就足夠了。他們可以用最節約的方式來利用這個面積——疊起來。她對於她自己，他對於他自己，當然毫無新鮮感。但是，她對於他，他對於她可是全新的，嶄新的，簇簇新的，所以也是最最熱烈的。

〔全場燈光漸漸熄滅。〕

毒蛇　停電了！發電機這種東西也缺少勇氣，需要我的四號誘發劑。可是，等我去一趟發電站回來，好戲已經演過了。不如在黑暗中聽聽這銷魂的音樂……

〔幕落。〕

第二場

時　間：距前場二十天。夜。

地　點：L醫生家。

出場人物：（按出場順序）在伊甸園裏出沒過的那條毒蛇、L醫生、G氏、C、Y醫生……

〔幕啟時，只有那條毒蛇盤在舞臺正中的方桌上，它的頭翹着，很得意地擺動不止。〕

毒蛇　（獨白）戲劇的分幕，一方面是爲了時間空間的過渡，另一方面是可以把那些毫無可看性的重複的內容加以省略，隱於幕間。L和Y的愛情，也可以稱之爲戀情、偸情、忘情，甚至可以稱之爲私通、苟合、奸淫……等等等等。從第一天起就發展爲不了之情了。而後只是在不斷地重複，機械地重複。他們當然不會感到厭倦，就像上了潤滑油的齒輪，每一次吻合都是新鮮的。觀眾則不同，話說三遍狗也嫌。無論多麼有才華的導演，絕不敢在銀幕上保留三分鐘以上的接吻。正面表現做愛的鏡頭只能使人聯想到乏味的汽缸體裏曲軸的連續動作。所以常見的是漸隱、漸現，或象徵性的手法。這叫留有餘地，愈藏則愈耐人尋味。諸位觀眾不是正因爲並沒看見L與Y最緊密的配合而浮想聯翩嗎？神龍見首不見尾，一旦看見尾巴出現就窺其全豹了。由於導演構思的決定，我把第二幕的場景設置在L的家裏，此時L的丈夫C進城採購當月要配發到每一個女勞動者手裏的衞生紙去了。L又將是一個不眠之夜。在她想像中，C在城內肯定有外遇，由於自己最近的變化更加證實，社會氣氛無論多麼嚴峻都無法禁絕橫流之人慾。L嫉意如火，熊熊燃燒。加上Y近在咫尺也不能在寬敞之床第上盡歡，Y妻G氏似有覺察。世上最愚蠢的妻子在這一方面也是極敏感的。Y沒有理由夜不歸家。L來了！你看她緊鎖愁眉，步履彳亍。這樣反倒眞的像個女人了。

〔毒蛇翻身鑽入桌下。〕

〔L上。〕

L　渴！渴！渴！

〔搖搖熱水瓶，搖搖茶壺，都是空的。〕

L　C！……啊！進城去了！買一頓爛草紙要一天一夜！（演員要特別強調「夜」字）連壺開水也不燒，逼得老娘喝冷水。

毒蛇　（旁白）我知道她要用哪只杯子，給她吃點一號和二號的合劑，讓她火上加油！〔毒蛇在一只杯子裏吐了兩滴誘發劑。果然，L拿的就是它，在自來水龍頭下接了一滿杯自來水，一飲而盡。〕

L　痛快！就像一杯冰凍酸梅湯。今晚怎麼過？怎麼過？我問你！L！我怎麼能容忍？C現在幹什麼？我不知道，看不見，摸不着，連猜也猜不到他現在是跟哪個母狗連在一起。（要惡狠狠地）但願他們分不開，被孩子們趕到大街上，用石頭釘，用杠子抬，在衆人面前丟醜！Y現在幹什麼？我也不知道，看不見，摸不着，可我能猜得到，他正跟那個又髒又瘦的老母猪G在一個被窩裏！（狂叫地）天啊！爲什麼我就像站在他們床面前那樣清楚呢？你們折磨我，都在折磨我，狗男女！我恨不能把你們的被子掀開，用燒紅的烙鐵燙你們！把G那像枯葉似的臉燙平！我要告訴G，大聲告訴G：Y是我的！Y打心眼裏不喜歡你！愛我！屬於我！Y是我的！我最需要他，他最需要我。

毒蛇　（只聞其聲）那C呢？C是誰的？

L　我的！這還用懷疑嗎？我是他的合法妻子！

毒蛇　（只聞其聲）G也是Y的合法妻子。

L　我不承認！（她環顧四周）誰在說話？你是誰？你在放屁！我不承認！

毒蛇　（只聞其聲）首先，我佩服你的眞誠，現在具有這種眞誠的人太少了！可是除你一人之外，所有的人都承認，你怎麼辦？

L　（悲哀之極，憤怒之極）怎麼辦？怎麼辦？

毒蛇　（只聞其聲）她來了！Y的合法妻子，G來了！

L　（渾身爲之一怔）啊？G來了？她會來？她來幹什麼？我拿她怎麼辦？求她饒恕我的過錯？

毒蛇　（只聞其聲）你有什麼過錯？

L　是呀，我有什麼過錯？我有什麼過錯？

毒蛇　（只聞其聲）她在敲門。

〔敲門聲。〕

L　她眞的來了！我要不要開門？

毒蛇　（只聞其聲）爲什麼不開門？你怕見她，你內疚？在道義上你比她低下？

L　不！我要見她，她來的正好。

〔L打開門，形容枯槁的G氏失神落魄地走進來。〕

G氏　（有氣無力地）L妹妹！這麼晚來打攪你，別見怪，俺是沒法子呀！

L　你……這麼晚來找我……？

G氏　俺求求你，把Y還給俺……

L　（勃然大怒）你說什麼？

G氏　把俺丈夫Y還給俺！求求你！

L　誰搶了你的男人？誰？你怎麼敢到我的家裏來找男人？我要打爛你的豬臉！你搜！你的男人在哪兒？要不要經官？

G氏　俺爲你好，也爲俺男人好，別經官，私了了吧！L妹妹！他的心囫圇個兒的都在你這兒。

L　在我這兒？我沒看見，他的全套下水都在他自己身上。你去找他，問他，憑什麼找我，問我？滾！你給我滾出去。

〔G氏一下就跪在地上了，她向L叩頭。〕

G氏　人死只不過頭沾地，俺給你下跪了，俺給你磕個響頭，把他還給俺，還給孩子們……

L　（背過身去）你只知道你痛苦，你的不好受，我不痛苦嗎？我好受嗎？你說他的心囫圇個兒的都在我這兒，我說他的心連八分之一也沒給過我。我們偷偷摸摸，躲躲藏藏，像一對野兎子……（說着說着傷心起來，痛哭不已，用手抓着長長的鼻涕往腳上抹）我也不能沒有他呀！G姐！你把他讓給我吧！我求求你！橫豎他跟你在一起也過不好，他連話也不跟你說，你要一個啞巴做什麼喲！

〔L也跪下了。〕

G氏　不！不！（大叫地）不！他跟俺是結髮夫妻，明媒正娶，有兒有女，眼看大半截子都入土了，讓他歸你，俺不幹！他是俺的，無論怎開展大批判，興無滅資，他也是俺的。男人不能充公，俺不是資產階級，他不是俺的資本，他是俺的親骨肉，他是俺孩兒的親生爹。俺是俺孩兒的親生娘！你不能拆了俺的家呀！L妹妹！

〔兩個女人都跪在地上啼哭着，並膝行着向一起靠攏，最後，抱頭痛哭起來，甚爲悲戚。〕

毒蛇　（旁白）怎麼？她們會和解？當然不會，可是她們此刻都產生了對於對方的同情！這麼一來，戲的節奏就得緩慢下來，像霧雨一樣，晴不了，也下不大，很難進入電閃雷鳴的高潮，今後將不斷翻來覆去地哭鬧，乞求，撕打。三個人都會……不！四個人都會被拖得痛苦不堪。這種戲可以攝製五十集乏味的電視連續劇，把觀眾也拖得疲累不堪。不！我需要莎士比亞的性格鮮明的人物，奇峯突起的高潮。她們都需要吃點三號和四號誘發劑，否則，觀眾們！你們是無情的，你們會讓整個劇場的櫈子像蕭邦的鋼琴進行曲那樣「劈里啪啦」地響個不停，最後只剩下一個拿着棒棒糖睡着了的小男孩……事不宜遲，趕快動手。

〔毒蛇爬出桌面，在杯子裏滴了幾滴誘發劑。〕

L　別哭了，咱們都別哭了，都是Y害的咱們！G姐！（說着說着又傷心地哭起來。）

G氏　可不是，L妹妹！你也別哭了！起來吧！

〔兩個人挽扶着站起來。L拿起杯子。〕

L　我的那個死男人進城沒回來，連開水也沒給我燒，將就着喝口冷水吧！你身上的水分都從眼睛裏淌乾了，我們西醫頂講究喝水，你準是不愛喝水，顯得比你本來的年齡老得多，皮膚也不細嫩。

G氏　（感激涕零地）可不是！L妹妹！我就是不愛喝水。

L　喝口水吧！先潤潤喉嚨。

〔G氏接過杯子抿了一口，又把杯子遞給L。L喝了一大口。〕

G氏　（回過味來，覺得不大對頭）L妹妹！俺可是把醜話都說在頭裏了，男人是俺的，男人是不能分的，男人的心也是不能分的，一丁點兒也不能分！再窩囊的女人也不會幹，俺走了。

〔G氏狠狠地跺了一腳，轉身就要出門。〕

L　你等等！

〔L醫生快步走到門前，用背貼着門。〕

G氏　讓我走！你這個不要臉的女人!!婊子！

L　你才是婊子！猪不吃狗不聞的婊子！賤賣都賣不掉的婊子！……（考慮到在任何觀

念形態的行政當局都無法接受，下刪一百零八字——劇作者注）

G氏　你是個敞着賣的婊子，千人睡萬人……（緊急刪去二百一十三字——劇作者注）

L　你！你！我……我……劈了你！

〔L嘴唇由烏而白，慢慢彎下腰，她的手像蛇頭一樣，一伸下去就咬住了門旁的斧子柄，一秒鐘之後，斧子高高地揚了起來。〕

G氏　你殺人？正好！俺也不想活了，你就把俺殺了吧！

〔G氏一頭栽向L，L一閃身，G氏撞上了房門。說時遲，那時快，L回身一斧，G氏的後腦勺出現了一個可怕的裂口，鮮血噴了L一臉。〕

〔暗轉。〕（雖然生活中時時有人在橫死，在文藝作品中出現血，出現死人還是不被允許的，所幸舞臺燈光可以熄滅。——劇作者注）

〔燈光漸漸復明，最先只能看見方桌上的杯子，然後看見毒蛇的頭出現在杯子上。〕

毒蛇　（獨白）終於除掉了她情感上的最大障礙。她明知道這樣要犯罪，結果是更加不能與Y結合。但她必須這麼幹，不這麼幹，自己也活不下去，她幹了！而且冷靜地把她最仇恨的人的屍體大卸十塊，一塊一塊裝在塑料袋裏。清洗了地板，換了衣服，梳了頭、洗了臉，把G氏的頭放在大沙罐裏熬湯。請看，觀眾們！

〔追光移向一只爐火正旺的煤爐，煤爐上是一個碩大的沙罐。〕

〔L正蹲在煤爐前用扇子扇火。〕

〔追光又回到桌上，照亮杯子和蛇頭。〕

毒蛇　她需要吃一點五號誘發劑。

〔毒蛇往杯子裏滴了一滴毒液。〕

L　（獨白地）得不到了，得不到愛了，永遠得不到愛了！永遠……永遠……（突然笑了，大聲地）可我消了恨！世人會不能理解，一個女人怎麼敢用斧子劈死一個女人？怎麼敢慢慢地把一個女人的屍體肢解十塊？怎麼敢仔仔細細地清洗地上的血迹？怎麼敢把一個女人的頭放在大沙罐裏熬湯？我爲什麼沒有嚇癱？爲什麼手不發抖心不跳？爲什麼我不考慮眼前的後果？你們想去吧！你們研究去吧！讀你們的社會學去吧！翻你們的犯罪心理學去吧！偵察吧！用皮尺去丈量現場吧！去化驗一切可疑的東西吧！辨認指紋吧！找凶器去吧！找旁證去吧！審訊兇手——審訊我吧！開公審大會吧！批鬥吧！

〔L把杯子裏的水一飲而盡。〕

L　（非常暢快地）啊！我不會說一個字，你們卽使用撬棒也撬不開我的嘴！反正你們沒有我的口供也會判我死刑，爲了顯示你們的才幹、忠誠和立場堅定，你們會一個一個魚貫登臺宣讀自己想當然的批判揭發，也會做出一篇很長很長的判決，最後歸結到資產階級腐朽思想的惡性膨脹。（原地旋轉着唱起來）啦啦……

〔C推門而入，陽光隨之進入室內。〕

L　回來了！又跟哪個小娘兒們鬼混了一夜？

C　唉！別瞎說了！累都累死了！下次進城最好你跟我一起去。

L　沒有下次了！

C　什麼？

L　（神秘地笑了）沒有下次了！

C　爲什麼？

L　（大笑）因爲我就要被槍斃了！（學行刑者的樣子）預備——放！嘎——叭——！

C　瞎說些什麼呀！一大清早！

L　雖然我沒有陳白露的美貌，但我要念她的臺詞：「太陽出來了！太陽不是我的，我要睡了。」

C　你病了？

L　正常極了！從來沒有現在這麼正常！請你來看看這是什麼？

〔她把C拉到沙罐前，C驚恐萬狀。〕

C　啊！……人頭！

L　不正常的恰恰是你！人頭，是人頭，看見一個人頭爲什麼要大驚小怪呢？

C　（上牙不斷磕下牙）是……是是是是誰……誰誰誰誰誰的頭？

L　怎麼？你認不出來？根本就沒走樣，煮爛還早哩！是Y的老婆G氏的頭。

C　爲……爲爲……爲什麼……殺……殺殺殺殺她……？

L　無可奉告，請你等判決書貼出來以後好好看看吧！現在，你的任務是把Y叫來，再去報案。

C　你瘋了?!

〔C急奔下。〕

L （獨白）說我瘋了?!瘋子能如此鎮靜嗎？瘋子能如此從容地做完自己想做的事情嗎？這是要排除一萬種干擾才能辦得到的！一夜之間，我並不比希特勒進攻蘇聯前夜所需要的堅毅、力量和才幹小。我現在才體會到，什麼是冒天下之大不韙，什麼是當機立斷，什麼是沉着果斷。說明一個人的潛在的勇敢和力量有多麼大，通常都被我們自己織的繭束縛住了，同時也使自己看不見自己，在盲目與被動之中活着等死。尤其是一個女人，沒有冒天下之大不韙和當機立斷的勇氣，絕幹不出出人意外的豐功偉業。就像我們這個奇異國家的第一夫人，在幾年前，幾乎沒有幾個國民知道她，只是偶然聽說她在給幾個戲子排練改編新戲，誰也沒想到，在某個早上，她把這個排練場一下就擴大到整個國土，給所有的顯赫和渺小人物都分配了角色，不演也得演。在這場威武壯烈的亦悲亦喜的鬧劇裏，她還順便消滅了幾個舊時私人的情敵和掌握了她的隱私的故人。但她不敢親自動手，沒有濺一身血，也沒有品嘗到那種用刀去切割仇敵的肉的滋味，她比起我來，可就差遠了！差得太遠了！

〔Y昏昏然上。〕

C 你來了！我們之間的一切障礙都沒有了！請看，這就是尊夫人的頭。

Y （捂着眼睛）啊！你！你的心太狠了！

L 膽小鬼！把手放下來！像我一樣，睜大眼睛，正視一切！你以爲你把眼睛閉上，世界上的一切就不存在了嗎？別人都不看着你了嗎？與其讓千萬人像圍觀瞎眼狗那樣，不如用自己的大眼睛迎着千萬人的眼睛大放光明，自豪地微笑着面對一切，讓他們更加驚奇，讓他們由百思不解而肅然起敬！Y！來！你現在完全可以毫不顧忌地當着尊夫人的面擁抱我。她絕不會再責罵你了！來！來呀！（極爲嬌柔地）來——呀！

〔L去拉Y，Y驚恐退縮。〕

Y 啊！別！別靠近我！

L 膽小鬼！你爲什麼在那種時候膽大包天！早知今日，何必當初？

〔門外有人聲。〕

L 來人了，我得去化妝，穿新衣服，我要改嫁了！

〔L進入內室。〕

Y 魔鬼！魔鬼！噢！

〔Y痛苦萬分。〕

〔C和幾個執法者擁上。〕

〔L從內室走出，按「三突出」原則，舞臺上應增加一萬瓦特的面光。〕

〔L穿着一件花布襯衫，套着一件薄薄的紅羊毛衫，肩上披着一條白色紗巾，頭髮梳得又光又亮，鬢邊插着一束不知名的小野花，若無其事的樣子，嘴角上掛着天眞無邪的笑容——亮相，長時間的亮相，增加管弦樂。〕

〔切光。〕

〔一束追光再現，照射在方桌上，毒蛇盤在桌上，得意地翹着頭。〕

毒蛇　（獨白）親愛的觀眾們：在落幕之前，請允許我說幾句話。我知道你們都在恨我，認爲我應當是這一案件的罪魁禍首。你們的心情我可以理解。正因爲我沒有被押上被告席，也因爲在這個國家找不到一個律師，我才有可能爲我自己辯護。我的辯護詞是引用的一段具有雄辯性的名言：「唯物辯證法認爲外因是變化的條件，內因是變化的根據，外因通過內因而起作用。鷄蛋因得適當的溫度而變化爲鷄子，但溫度不能使石頭變爲鷄子，因爲二者的根據是不同的。」——我的辯護到此完畢。在一個沒有法官、沒有陪審團、沒有檢察官的國家，只好請尊敬的觀眾做出公正的、恰如其分的裁判，不勝感激之至！

（幕落。全劇終。）

我正注視着那扇窗戶，過去，窗上貼的是黑紙；現在，掛上了有藍色小碎花的布窗簾。

我讀完劇本，芸茜立卽嚷嚷着：

「很過癮，夠刺激，就是太誇張！不眞實，完全不眞實。」

「我認爲很眞實，眞實極了！非常眞實。」

「一點也不眞實，不信你可以讀給任何人聽，如果有人認爲這個劇本裏寫的事可信，我可以跟你打賭。」

「可惜現在根本不敢讀給任何人聽。當然，卽使讀給人們聽了，我也肯定會輸。」

「因爲劇本寫得不眞實。」

「不，恰恰相反，正因爲劇本寫得非常眞實，我才注定要輸。」

「爲什麼？」

「億萬人的眞實感早就被多年來客觀形成的僞眞實感偷換得一乾二淨了。」

「你是個超人，所以例外。」

「我也不例外。因爲我看見過劉鐵梅最後的形象，完全和劇本裏描寫的L被捕前的亮相一絲不差，眞實得使我震驚。宋林準確描寫了從醫務室的劉鐵梅到卡車上的劉鐵梅之間她的精神經歷，洗練而有說服力。」

「那毒蛇也是眞實的？不是作者虛構出來的？」

「是作者虛構出來的，但我相信。」我激動地凝視着芸茜。

「你眞是個好觀衆！」芸茜吻了一下我的眼睛。

我正注視着那扇窗戶，過去，窗上貼的是黑紙；現在，掛上了有藍色小碎花的布窗簾。

十三

隆布又趕起馬幫走了。隆布走的驛路一次比一次遠。蘇納美等待的、盼望的時間一次比一次長。蘇納美想念隆布，想得越來越苦，一種說不出的又實在又空虛的感覺緊緊地攫住了她。隆布不在的時候，她戴着隆布給她的珠串、手鐲和耳環在田裏鋤草，陽光在那些閃閃發光的首飾上跳躍，她在人前感到驕傲，但她更願意獨自尋找隆布在的那些夜晚留給她的感覺。每天，她一概不參加年輕人的鍋莊舞會和山林裏的對唱，早早就回到自己的「花骨」，沉浸在隆布沒帶走的煙味、酒味和他身上那種給人以強烈刺激的氣息之中。夜裏，只要是小窗外傳來一聲馬蹄響，她就會驚跳起來，雖然她明知道隆布還回不來，她的心仍然會顫抖，久久地期待着一個奇蹟——隆布提前回來了！但奇蹟從來沒有出現過。

在田裏，在回家的路上，在背水的溪邊，那些男人們的明顯挑逗或隱喻的暗示都被她輕蔑的一笑抵擋回去了。她一刻也忘不了隆布，這個含而不露的中年人能在她不知不覺中喚起她最強烈的激情。每一次，她都像一場洪水漫過而飽和的土地那樣，保留着那受浸潤的快慰，等待着下一個洪峯的衝擊。她相信，任何別的男人都不能破壞她意會到的隆布留給她的感覺。

隆布趕馬的驛路太遠了，這一次有兩個月沒有回來。湖東岸的十八歲的小伙子英至，每天傍晚步行三十里來到尤吉瓦村，希望能見到蘇納美一面。他相信只要見到她，他就能讓她傾聽他的訴說。她只要能聽他說一句話，她就會聽他說下去，她就像坐在河邊聽波浪的歌唱那樣捨不得把河流丟開。英至連續跑了十個傍晚，都沒見到蘇納美。許多人都勸他別枉費心機了，蘇納美不會見他的，見到了也不會聽他的囉唆。他對所有勸阻者的話都聽不進。

英至找過蘇納美童年時代的朋友格若瑪，請她把自己引薦給蘇納美。爲此，他送給格若瑪一只綠松石的銀戒指。格若瑪咯咯地笑個不停，把英至笑糊塗了。英至的手掌上一直托着那個銀戒指，手都擡酸了。格若瑪沒有去接那只銀戒指。她的兩隻手只顧捂自己笑得合不攏的嘴，只顧擦笑得流出了淚水的眼睛。笑了足足有三袋煙的功夫才止住，因爲她把肚子笑疼了。她說：

「我沒得福氣戴這只寶貝戒指。蘇納美哪能聽我的呢？你去找別人吧！英至，你爲哪樣不在腳邊溪水裏喝個飽，偏要去找懸崖上的甘露哩？今兒晚上就在我家歇吧，我的『花骨』裏好暖和。」

「謝謝你，格若瑪！要是尤吉瓦村沒有降生一個蘇納美，我一定會到你家去歇。」

格若瑪轉過身去，一轉身就一路咯咯笑着跑了。

英至找過蘇納美的阿咪彩兒，給阿咪彩兒送了十塊磚茶。彩兒熱情地款待他，請他喝酒。但是，當英至求見蘇納美的時候，彩兒誠懇地對他說：

「英至！你是個漂亮的男子，繞着『謝納米』，轉十圈也找不到像你這麼漂亮的男子，可是你要知道，男子的漂亮不在臉蛋兒上，我也不知道在哪裏。只有男子的阿肖才能知道，知道也說不出。我的模蘇納美有阿肖，你不是不曉得。她的心裝在隆布的煙荷包裏，誰也摸不到，除非是隆布從煙荷包裏丟出來。隆布是個有良心的人，每次趕馬回來，都送來一牛皮口袋吃的、穿的、用的孝敬我。再說，蘇納美的阿咪不是蘇納美，做不了蘇納美的主，蘇納美身上的眼睛、鼻子、嘴、豐滿的胸、柔軟的腰和男人們喜歡的……都是我生出來的，一生出來就不在我身上了，我做不了主。」

「蘇納美知道我要見她嗎？」

「全村人都知道。」

「她要知道，我就沒有白來，阿咪彩兒！我只求你告訴她，英至又來過了。」

「好！我會告訴她。」

有一天，英至在路上碰見蘇納美的阿咪吉直瑪。直瑪背着一大捆乾草，散發着一股熱乎乎的汗味。英至拉住她背上的草對她說：

「直瑪，讓我幫你背吧！你累了。」

直瑪用背頂住乾草捆靠在路邊高坡的石頭上，迎着晚霞耀眼的光，瞇着眼看着英至：

「你就是英至吧？」

「是的，直瑪，你好漂亮啊！」

「誇我漂亮的男人可多了，都是爲了想進我的『花骨』。只有你英至誇我，不是爲了這個。」

「是的，直瑪，你的漂亮不是誇出來的，是天生的。」

直瑪用雪白的牙咬着下嘴唇，笑吟吟地看着英至：

「蘇納美比我還漂亮？」

「漂亮人和漂亮人是不能比的。馬櫻花有馬櫻花的漂亮，山茶花有山茶花的漂亮。」

「這話可不假。英至，你想見蘇納美嗎？」

「直瑪！你在逗我玩兒吧？」

「不是，只有我能讓你見到蘇納美。」

「你要我咋個謝你呢？」

直瑪笑着搖搖頭：

「三更天你來，我給你留着大門，我的『花骨』門。你知道蘇納美的『花骨』是哪一間嗎？」

「知道，一上樓梯那間。」

「你沒去叫過門？」

「我知道叫不開，好多人去叫過。」

「你來吧。我的『花骨』和蘇納美隔一塊板。先到我的『花骨』來，我不留你。」

「我一定來，讓我給你把草背回去吧？」

「不了，我不累。」直瑪很欣賞地看着英至，「你眞是個有心人。」

對於英至來說，從傍晚熬到三更天，其長度絕不短於三年。他的腳幾乎把尤吉瓦村四周的大路小路上的石子都踢光了，數清了尤吉瓦村裏的人家、樹木和天上的星星，低聲喚了一萬次蘇納美和直瑪的名字，他約摸着該是三更天了。他推了推蘇納美家的大門，果然，是開着的。他從門縫裏先丟進幾塊豬膘肉，穩住那條黑狗。黑狗連哼一聲也沒有，搖着尾巴以示歡迎。小伙子走上通往「花骨」的樓梯。他先把雙手放在蘇納美的「花骨」的門上，把臉貼在門上傾聽着——蘇納美睡得很香。他再摸着推開了直瑪的門。直瑪已經從床上跳起來了。她摟着英至的肩膀，走到蘇納美的『花骨』門前，對他耳語說：

「我只能讓你看見她，我聽說你說過，只要能見到她……剩下的事我就不管了。」

「是的，只要能見到她……」

「蘇納美！」直瑪輕輕地叩着蘇納美的門。

「嗯？」蘇納美很警覺，「阿咪吉直瑪？」

「是我，開開門，蘇納美。」

「可有事嘎？」

「是的……」

蘇納美把門打開了，英至一步就跨進了蘇納美的「花骨」，而且，擦着了火柴，點亮了小油燈。

「英至要看看你……」直瑪說罷就回自己的「花骨」裏去了。

披着衣裳的蘇納美有些生氣：

「出去！」

「蘇納美！別人說你咋個咋個知情知理，我不相信，看來大家講的不對嘛！過去我只是老遠老遠地看到你，今天近近地看到了，漂亮倒是漂亮嘍，就是不咋個溫柔，不討人喜歡……我走了，打擾了你，給你賠個不是。」說着英至跨出了門，只是手還暗暗地把住門柄。

蘇納美半晌沒說出話來，她的自尊心受到了傷害。她知道這些話阿咪吉直瑪全都聽到了，明天會傳遍全村，後天會傳遍全世界。人們會私下議論說：英至一心一意想找蘇納美，見到了，第一眼回身就走，說她不討人喜歡。蘇納美賭氣地說：

「你走嘛！你咋個不走嘛！」

「你只對我說：出去。可沒有說過：走！我聽你的，只要你說一聲走，我就走了。」

蘇納美沒有說走，可也沒說別的。一個在門裏，一個在門外對峙着，互相傾聽着對方越來越急促的呼吸。英至說：

「不說走，就該說進來……」

蘇納美沒說進來。

「你不說進來，我可是要說進來，只要你不說別進來，我就要走進來。」

蘇納美也沒說別進來。

英至跨進了「花骨」，隨手關上門。在蘇納美還沒搞清是怎麼回事的時候，英至已經把她緊緊地抱住了。她的衣衫本來就是披在身上的，英至一下就扯光了她的衣服。英至對她一開始就是暴風驟雨式的襲擊，蘇納美由抗拒而接受。那持久的夏日的精力旺盛的豪雨，分不清雨點，除了雷光電火就是很低很沉重的帶腥味的烏雲。滾燙的雨水無休止地傾泄，宇宙間全是水，森林在水裏搖擺，一切溪流都滿得溢了出來。蘇納美痛快淋漓地承受着兇猛的雨水。她的淚和着她幻覺中的雨水一起流淌，她兩次大叫着想跳起來，但她都被沉重的熾熱的雨水和雲朵壓得動彈不得。雨是漸漸才止住的，雷是突然消失的，雲還在……當烏雲慢慢地游動起來，稀薄起來，蘇納美像一棵瘋夠了的小柳樹一樣，披着陽光，靜靜地滴着亮晶晶的水珠。蘇納美睜開眼睛，眼前是一盞燈如豆。赤裸裸的白皙的英至躺在她的身邊，濕潤的嘴唇貼着她的耳朵開始溫柔地訴說着：

「蘇納美！你可看見過天快亮時的流星？天上的星星已經發灰了，它還是亮晶晶地從頭頂上斜斜地落下來，我每天在你的窗外都能看到。你看不到，你正在做夢。蘇納美！你可知道夜間的小草怎個往上長嗎？它們頭頂着露水珠珠，輕輕地『啵啵……』響着，小葉子動彈着動彈着就長高了。我每天蹲在你的牆腳下都能看到，你看不到，你正在我的頭頂上……」

蘇納美忍俊不禁地笑了。她覺得英至的話很風趣。她自然想到，隆布在一番親暱之後就沉沉入睡了。英至卻不，使她彷彿感到那陣豪雨之後，地面上已經找到了河床的水一直都在緩緩不斷地、小聲地流着……但她知道英至也累了，她轉身吹熄了小油燈，抱住英至，爲了疼愛他，用一隻手捂住了英至的嘴。她不但從肉體上，還從靈魂上接受了他。很快，他們都入睡了，窗外還有流星在落，牆腳下還有小草在長……誰也看不見、聽不到了。

當你盼望奇蹟的時候，奇蹟總是不會出現。當你不需要和唯恐它出現的時候它才會出現。這時，奇蹟從質的意義上已經改變了它的本來面目。

隆布提前回來了，正當英至和蘇納美已經沉沉入睡的夜間，他輕輕地叩着門。

「哪個？」蘇納美驚覺地醒來。她從敲門聲就能意識到：隆布來了。

「還能是哪個？」

蘇納美推醒身邊的英至。

「有人在？」隆布一下就猜到了。

蘇納美沒有回答，她也不知道怎麼回答。

「我趕夜路來的，沒回過家，口渴得很，給我喝口茶……」他耐心地等待着。
蘇納美開開門。英至正坐在火塘邊攏火，大白貓正用尾巴拂摸英至的臉。
隆布把一個沉重的牛皮口袋放在地上。
「是你，英至。」
「你認得我？」英至有些不安地看看他。
「我咋個會認不得你。我還參加過你的穿褲子禮哩！」大白貓跳進隆布的懷抱。
「啊……」英至用吹火筒吹着火。
「蘇納美，幫幫忙。」隆布解開牛皮口袋，蘇納美從牛皮口袋裏掏出酒瓶、奶渣、牛肉乾巴、餅乾、茶磚……等食物。隆布倒了三碗酒，把用酥油炸過的奶渣分爲三份，切了三塊相等的牛肉乾巴。
「喝！英至！」隆布首先喝了一碗。
英至也一飲而盡。蘇納美只呷了一小口。
沉默了很久，隆布又往三個碗裏倒酒。蘇納美的目光一會兒停在隆布臉上，一會兒停在英至臉上。隆布好像沒注意，也不看她。

「英至，你趕過馬幫沒有？」

「沒有。」

「沒趕過馬幫可是少見世面。一條路就是一本書呀！小伙子！啥時候跟我去趕一趟馬幫，看一看麗江的壩子，大理的城，下關的街，粲實熱鬧，哪樣人都有，哪樣話都說，哪樣衣服都穿，啊！粲實好看。還有大戲。天天都放電影，白天都放，在一個黑屋子裏。白族女人粲實漂亮，乾淨的就像雨洗過的雲彩，衣裳白是雪白，紅是花紅，從領口到褲脚都繡滿了花。就是不能摸，一摸她們就瞪眼睛，用粲實好聽的話罵你……這一趟可是惱火嘍，累嘍……」他說着喝着，眼睛閉上了，背靠着牆，面對着暖洋洋的火塘像是睡着了。

英至輕聲對蘇納美說：

「我要走了。」

蘇納美極不情願地搖搖頭，用手微微地擺了擺。她以爲隆布覺察不到。但是，隆布閉着的眼睛完全能清清楚楚地「看」到蘇納美的動作和心思。他立即推開大白貓，一躍而起：

「我得走嘍！」隆布說走就走，沒等蘇納美站起來，隆布已經走下樓梯。蘇納美索性不動了，兩眼久久凝視着火塘。英至久久凝視着蘇納美的臉……大白貓親暱地用尾巴拂摸着他們倆的臉。

第二天夜裏，隆布再度來訪的時候，他發現蘇納美「花骨」門外地上擺着的正是自己的被褥和牛皮口袋。隆布從懷裏掏出一條鍍金項鍊，仔細地掛在門環上，扛起被褥和牛皮口袋，慢慢地下樓走了。

十四

我注視着那扇窗戶，過去，窗上貼的是黑紙；現在，掛上了有藍色小碎花的布窗簾。

又該去農場送交每個月都要送交的診斷證明書了。在公共汽車上，當我閉目冥想的時候，一直在我的記憶中不斷閃現的都是桂任中一人。別的人和別的事，無論多麼有趣，多麼具有刺激性的圖畫，都無法擠進來。老桂放牧的一羣黃牛，每一隻都有一雙悲哀而赤誠的眼睛，和老桂的眼睛完全一樣。老桂無限虔誠地仰望着那座高大的塑像……老桂獲准得到五天假由於欣喜感激而匍匐在地的樣子……老桂在會上爲了爭取提問舉起的那隻乾瘦粗糙的手……老桂抱着斷腿慘叫的那張抖動的嘴……老桂爲我捶背的那隻手……穿着一身新衣服的紙紮人似的老桂緩緩向我走來……楊白勞似的老桂被迫在結婚證書上按手印……老桂抱着裝有瓊的骨灰的鞋盒和我走出那座爲了演戲給外國人看的花園別墅，他的臉上並沒有任何淒涼和受辱的痕迹，只有一種十分害羞的業餘演員終於卸裝下了臺的輕鬆感……我一想起他，心裏就十分痛楚，像是一隻鷹爪子毫不憐憫地從我的胸膛裏往外拉着我的五臟六腑。只要他活着，他的生命就是一部演不完的連臺悲劇。是由於他的性格，還是由於他的愚昧——一個在國際學術界赫赫有名的學者怎麼能給他加上這樣兩個不相稱的字呢？可我無法解釋由於他自己的迂滯造成的一系列使人哭笑不得的慘劇。他並不是一個只懂得「氫二氧一是爲水」的中學生，他在物質元素的化合方面的造詣極深。他是化學這門科學領域中的高智能的自由人。爲什麼會在社會科學領域中還像是發育不健全的嬰兒呢？難道愚民政策加高壓會有這麼大的威力麼？初生的嬰兒被狼拖去，在狼羣中長大會成爲生吃腐肉的狼孩，我能相信。但成人——成年的高級知識分子也能變成狼人嗎？眞是令人大惑不解。當然，中國人，不少都在不同程度地狼化豬化了，但時至今日，像老桂化得這麼深，這麼長時間的執迷不悟，撞在南牆上還不知回頭的人，實在也不是多數了。我覺得應該點化他一下，像佛教的觀音大士那樣，用柳枝蘸着淨瓶的甘露滴在他的額頭上，他就會豁然開朗，從沉迷中驚醒過來，懂得在懸崖邊上止步。懂得「見人也不說人話，見鬼更不說人話」。懂得任何一座塑像所以高大，是因爲鋼筋架子紮得大，水泥用得多。可誰來點化他呢？觀世音大士也只是佛經裏創造的神，在宇宙間根本沒有這麼一個物質的東西，是不可能用化學的方法配製得出來的。只有我，只有我可以點化他。我有義務、有責任點化他。否則，我就太殘酷、太玩世不恭了！他的苦難已經夠多的了！應該幫助他游出苦海了！想到這，我覺得我的頭頂上絕對有了一個光環，圓圓的、亮亮的光環。一種崇高感使我禁不住熱淚盈眶。我不能和他面談，我要給他寫個條子，他可以反覆地看，對！當卽從掛包裏掏出一個筆記本，用自來水筆寫了如下一個便條：

老桂：我一直惦着您！您好嗎？您不會好的。因為您太誠實、太誠實了！物質元素在化合時的一切細微的假象都瞞不過您的眼睛。但是面對生活中的假象，尤其是生活中的神聖的假象，您失去了任何覺察的能力。不僅如此，您自己還用一種夢幻般的熱情對神聖的假象加以渲染。我們人人都有一座心獄，您的那一座比別人更加森嚴。您為什麼不試圖哪怕擡起頭來從鐵窗之內看看獄牆以外的廣濶空間呢？有時候，跨一步就會得到一個新的天地。我衷心希望您能聽從我的勸告，想一想，像思索您思索過的那些表、公式、方程式一樣。您會明白的！祝您一通百通。

愛您的學生梁鋭

×年×月×日

我把便條疊了一個花結，在我辦完事離開農場時，把它塞給了老桂。我在他的耳邊悄悄地說：

「這是我給你的信。」

「信？」他很奇怪。

「只能你一個人看。」

「我一個人看？」他的表情很奇怪，可憐巴巴地看着我。

「多看幾遍，想想，燒掉……」

「燒掉？」他的聲音變得很陌生，乾得像兩片枯葉飄落下來。

我又重複了三遍，才如釋重負地走了，很順利地搭上了長途公共汽車，只等了一分鐘，巧極了。我坐在長途公共汽車上閉着眼睛打盹，但我的臉上一直是笑容可掬的，因爲我自己又向前跨了一步，一個美麗的新天地在我腳下展開。我想像到老桂如夢方醒的樣子。他的額頭上放着智慧的光，混濁的眼睛變得像泉水那樣清，由於感激我而老淚橫流。

「嘎——」急刹車冷不防把正在幻覺中的我抛上車頂，再從車頂上落到座位裏，頭、屁股，兩端受傷。出事故了？撞車還是軋死了人？我剛剛把腰扭得可以活動。車門開了，車外走上來兩個人。一看，使我大吃一驚。一個是我們農場保衞組組長；一個是保衞組組員。農場保衞組就好像一個國家的公安部加安全部再加法院、檢察院。組長就是部長加部長、加院長再加一個院長。他們的四隻眼睛一下就對準了我。

「梁銳！下車！」

「出了什麼事嗎？」我站起來問他們。

「你他媽的問誰？」組長大人發怒了，「少囉嗦！給我滾出來！」

滾，當然是滾不出來的，還得走出來。一下車就被他們爲我預備好了的手銬銬上了。他們銬我的方法是全新的。右手從肩上，左手從腰下別到背後，銬在一起。我也不知道我爲什麼會問一句：

「爲什麼這麼鎊？」

那位組員說：

「這叫蘇秦背劍！外行！」

我當然外行，專別人政的這一行並不是誰都可以幹的。中國人文化很高，幹什麼事都要有個名堂。杭州西湖有八景，處處都得仿而效之，湊夠八景。風景配上個文雅的好名字，無可厚非，是爲了增加人們的觀賞欲。每一樣中國菜爲什麼也要配上個好名字呢？猫和蛇的屍體燒在一起，美其名曰：「龍虎鬥」。鷄的屍體再配上一只西紅柿，美其名曰「丹鳳朝陽」。菜起個好名字，也能理解，是爲了增加人們的食欲。給我上鎊子還來個具有英雄氣概的名堂，這算什麼呢？也是爲了增加人們的食欲？果然如此，在我帶鎊子到上吉普車的短短一分多鐘的過程裏，立卽吸引了一大堆人。他們是從哪兒來的呢？公路兩旁連個村莊也沒有，難道是從地底下鑽出來的？中國人之多，眞是名不虛傳。他們對於是我被權力的野獸吞噬掉而不是他們中的任何一個，感到興高采烈，好像他們每一個人也站在權力的一邊參與了吞噬。

吉普車向來的方向馳去，至少有一公里才甩掉那些圍觀的人。吉普車的彈簧比起超豪華小臥車來就差得太遠了。

不到五分鐘，我就認識到蘇秦背劍的樣子固然還有點英氣，手腕、手肘關節和背實在是疼痛得難以忍受。我開始呻吟起來，一邊呻吟一邊猜測我到底犯了什麼罪。發現我的病是假的？不可能。那位主任醫師還在位，在位就不怕承擔責任。即使是搞清了我的病是假的，也不至於動手銬攔車搜捕呀？要麼，和芸茜的關係被人發覺了？更不可能。我們之間的關係是在蝸牛殼裏的事，誰能鑽進蝸牛殼裏去研究我們的關係呢？退一萬步，全都被他們偵察得一清二楚，大不了也只是個婚前不嚴謹，屬於批判教育的範疇。我把我短短一生的經歷全都抖了出來，實在找不到一件夠得上讓他們如此大動干戈的罪行、過錯，甚至能夠成爲他們的藉口的疏忽或可能產生誤會的言行。我肯定他們搞錯了，又在製造寃假錯案。可總得有個因由呀！——忽然，我的腦子轟地一聲炸開了！別是我給老桂的那張便條出了問題吧?!不可能！絕無可能！我不是告訴過他，「只能你一個人看」嗎！即使他的「三忠於、四無限」使得他不得安寧，也不會這麼快呀！我不是對他再三再四叮囑過嗎！要他「多看幾遍，想想，燒掉……」只要他連看兩遍，想上三分鐘再檢舉，也不會如此之神速就把我中途截獲。除非他只看了一句，就像發現凶手使用過的匕首那樣，立即報案。我想這絕對不可能！一百個不可能，一千個不可能，一萬個不可能……

事實卻告訴我，絕對可能，一百個可能，一千個可能，一萬個可能。我乘坐的吉普車還沒到農場，大草棚裏的批判鬥爭大會已經佈置好了。他們在這一方面的經驗之豐富實在令人五體投地。把我押進大草棚子的時候，一擡頭，臺上掛着一個橫幅，開宗明義地寫着：「批判鬥爭現行反革命份子梁鋭。」——定了性，戴了帽！所以我一進場就像著名京劇大師在挑起的繡花門簾裏亮相那樣，給了我一個碰頭好，暴風驟雨般的口號聲撲面而來，上千個拳頭對着我，像火箭炮的炮管似地不斷伸縮。我體驗到一下子就成了明星的滋味，千夫所指。我好像忽然之間變成了戴着沖天冠的大總統，大家擁擠着、踮着腳尖爭先恐後地張望我，他們把我架上臺，我以蘇秦背劍的姿勢站在臺上，仰着頭。

狂熱的、聲嘶力竭的吼叫使每一個音都變了形，我根本聽不清。等到我的腦袋挨了一拳，才半猜半蒙地搞明白他們吼的是「低頭」二字。我低下頭，只能看着自己的腳。

軍代表極爲莊嚴的聲音出現了：

「毛主席教導我們：『原有的反革命份子肅清了，還可能出現一些新的反革命份子，如果我們喪失警惕性，那就會上大當、吃大虧。』『樹欲靜而風不止』。『切不可書生氣十足，把複雜的階級鬥爭看得太簡單了』……」從他引用的這幾條語錄就可以預感到我面臨的嚴峻局面，一股寒氣從我背後襲來。軍代表繼續以由於激憤而顫抖的聲音說：「同志們！革命的同志們！不是有人認爲文化大革命搞得太長了嗎？不是有人認爲一切牛鬼蛇神都掃光了嗎？不是有人認爲我們迫擊炮打蚊子——小題大做嗎？希望這些人在這個活生生的現行反革命份子身上能汲取點教訓。桂任中同志！請上臺來！」

軍代表對桂任中稱同志，並使用請字，引得全場一陣小小的騷動。我看不見，但能想像到：桂任中一定是受寵若驚地兩腿發軟，很久才走上臺。軍代表對他說：

「向同志們讀一下現行反革命份子梁銳寫的反革命宣言書！」

宣言書？如果我手上沒帶銬子，我會撲過去和他拼命。我什麼時候寫過反革命宣言書？

桂任中說話了，抽抽嗒嗒地說：

「同志們，現行反革命份子梁銳同志……不！他不是同志，是敵人！他利用和我鋪挨鋪的關係，給我寫了一封信，企圖動搖我對革命的信念，我還沒看完就覺得不大對勁兒，趕快上交軍代表。現在我給大家念一念這份反革命宣言書……」

在老桂念我那個便條的時候，我聽起來也很吃驚，那是我寫的嗎？我會那麼寫嗎？我會那樣不謹愼嗎？現在，連我也覺得實在是「反動」之極。沒等老桂念完，我渾身的衣裳都濕透了。緊接着就是積極份子們爭先恐後的登臺表演。他們差不多都是職業演員了，旁徵博引，上綱上線，稍加思索就順理成章。個個捶胸頓足，唾沫四濺，聲色俱厲，義正詞嚴。儘管我早就領教過他們的才能，仍然爲他們的精闢分析和聯想暗暗叫絕。如：

「同志們！革命的同志們！你們聽聽這是什麼語言？——您好嗎？您不會好的，因爲您太誠實、太誠實了！——是新鮮？還是陌生？不！一聽就可疑！毛主席教導我們說：反革命在向你招手哩！什麼是反革命在招手！這就是反革命在招手！『您不會好的，因爲您太誠實、太誠實了！』他極爲狡詐地隱去了必不可少的賓詞，對誰太誠實了？對誰？顯而易見，他的矛頭所向是偉大領袖毛主席，是偉大光榮正確的中國共產黨，是革命羣眾！一開始就表現了他的刻骨仇恨！」發音者此時發自內心的高呼：「偉大的領袖毛主席萬歲！萬歲！萬萬歲！」全場呼應，聲如雷震。

又如：

「物質元素在化合時的一切細微的假象……完全是胡風式的語言。他說的眞是化學嗎？不！反革命是很突出政治的。我們有些天眞的同志認爲我們政治突出的太多了！反革命比我們突出的更多！他緊接着就說到生活中的假象，生活中的神聖的假象！注意！同志們！什麼叫神聖的假象？在我們生活中能夠稱得上神聖的是什麼？不是我們對領袖的忠心嗎?!不是我們對革命的信念嗎?!他並沒到此爲止，請看，『您自己還用一種夢幻般的熱情對神聖的假象加以渲染。』請看這個反革命份子多麼狂妄，『世人皆睡我獨醒』式的反動知識份子的自大狂！他是在說，我們所進行的偉大的疾風暴雨式的革命運動是每一個人自己製造的夢！多麼反動呀！是可忍孰不可忍！打倒反革命份子梁銳！」又是一陣經久不息的口號聲。

又如：

「這個反革命份子是極其惡毒的！他攻擊我們生活在偉大的社會主義祖國的每一個無比幸福的人，都有一座心獄。心獄指的是什麼？是馬列主義、毛澤東思想的基本原理！他向我們發出反革命號召，要我們跨出一步，『跨出一步就會得到一個新的天地』。他說的新天地是什麼？就是所謂『自由世界』！這個反革命份子梁銳肯定是美帝國主義的走狗。不用查就可以斷定，他是美國中央情報局的特務份子！打倒美帝國主義！打倒蘇修！」美帝和蘇修是配對的，喊了打倒美帝，不喊打倒蘇修就不夠完全。

又如：

「一通百通是什麼意思？是反革命暗語，跟誰通？跟臺灣通，跟臺灣特務機關通，這就是一通，然後就和美帝國主義、法帝國主義、英帝國主義、蘇聯修正主義……等等……等等，何止百通！何等的危險呀！同志們！」

又如：

「梁銳所以參加美國中央情報局和蔣幫特務機關進行反革命破壞活動，是有他的階級根源的！」——我是什麼時候參加的特務組織呀？是怎麼參加的呢？有介紹人嗎？誰？在哪兒？我非常認眞地在回憶中搜索起來。「他的父母是反動的知識份子，文化大革命一開始，爲了表示對這一偉大革命運動的反抗，表示和共產黨不共戴天，雙雙自絕於人民。因此，梁銳懷恨在心，無時無刻不在企圖復仇。現在，他已經在磨刀霍霍了！我們能不磨刀嗎?!」

精彩的演講太多了，不勝枚舉。他們這些最極端的論斷反而使我平靜下來了，覺得很有個咀嚼頭兒。老桂可是嚇壞了。我一直都能聽見他渾身發抖的窸窣聲。他的檢舉，他的警覺，他的忠誠並沒得到寬恕，幾乎有三分之一的發言是針對他的：「爲什麼反革命份子會選中了你？你肯定和他有共同之處！臭味相投。」「你跟他有什麼勾結？他爲什麼自稱是你的學生？爲什麼？他的反革命伎倆肯定是你教給他的！」「你揭發得及時，覺悟快，這是應當肯定的。但是，僅僅從他選中了你這一點，就足以說明你有一個多麼陰暗、多麼反動的靈魂！」「你和他的關係把你醜惡的反動嘴臉暴露在光天化日之下了！你不要以爲你和他還有什麼差別，你和他是一丘之貉！」雖然我的手上帶着銬子，我着實可憐老桂，他的膽會被嚇破的。這麼一嚇，他還能不能活下去呢？看來，還是軍代表的政策水平要高得多，他用和緩的口氣說：

「桂任中同志……」這聲同志把老桂從敵我性質拉回到人民內部來了，對他來說無異於起死回生。「當然也有錯誤，」錯誤和罪行是不能比擬的，錯誤人皆有之。「但他立了功，相信組織、幫助組織挖出了一個隱藏得很深的反革命份子！」我聽見老桂噓了一口長氣。「但是，他必須進行深刻檢查，使自已能得到脫胎換骨的改造。」老桂能夠脫胎嗎？這身老骨頭能換得掉嗎？我很懷疑。

當天夜裏我就被直接送進第二監獄，和我一起送到監獄來用以判罪的根據，就是那張便條和大會上的批判稿。這樣反而輕鬆，一勺燴，不需經過三推六問，用刑畫供，從拘留所再過渡到監獄。如果在我們國家幹別的事情能如此快當和簡便就好了。監獄大門在驗明了文件，驗明了我的正身之後就打開了，刑車在監獄裏走了好幾分鐘才到達分配給我居住的監房。可以想見，這座監獄的規模是很大的。兩個獄警把我帶進一間更衣室。他命令我脫光衣服，當我剛把短褲脫下來，他們不約而同地撲過來，對着我光溜溜的血肉之軀拳打腳踏起來。我只來得及叫了一聲：

「我有肺病！」

「你就是得了癌症，老子們也不饒你！」

一直打得我昏厥了過去，人事不省。

我注視着那扇窗戶，過去，窗上貼的是黑紙；現在，掛上了有藍色小碎花的布窗簾。

在我甦醒過來的時候，我已經名副其實的成爲第一〇〇四五號牢房的八〇九九九九號犯人。第一個發現就是我的頭髮已經不翼而飛了。一〇〇四五號牢房約十平方米，爲什麼說是約呢？是因爲我手頭沒有尺可以丈量的緣故。我是這間小巧玲瓏的牢房裏的第五位。這些先進人物對我還算客氣，並不像十九世紀歐洲小說中的監獄那樣，老犯人要欺壓新犯人。可也不像我國電影裏描寫的國民黨監獄那樣，犯人之間的友愛團結遠遠超過一個大家庭。我活動了一下四肢，還能動。我的號就印在我囚服的胸前，我特別默念了幾遍，太長，不記住怕吃虧。

「九九號！」有人衝着我叫。九九號是叫誰呢？我明明是八〇九九九九號呀！一個年輕人指着我。由於屋子太小，他的手指幾乎戳着了我的鼻子。顯然是在叫我。

「喂！九九號！就是叫你哩！」

「啊！」原來還可以簡稱，捨去前面的四位數，如果是私人存款數，可就太虧了。

「啊什麼？要回答有！有，就是說在這間牢房裏還有你這麼個人，沒有跑，也沒有死。聽着，九九號！」

「有！」

「這不就對了嗎。爲什麼進來的？」

我爲了怕他們看不起我，欺侮我，我大言不慚地回答說：

「雙料，美國中央情報局特務，臺灣蔣幫特務。」

「太一般化了！」他笑了，我發現他胸前的號碼是八〇九九九八。他笑得就像一個多月的小鴨子叫，怪好聽的。「你知道俺是什麼人嗎？」

「不知道。」

「他是何許人？」九八號指着九七號——一個面色蒼白、眉清目秀而且有點羞澀的年輕人。

「不知道。」

「他是何許人？」九八號指着九六號——一個四十多歲的漢子，一臉睡不醒的倦容。

「不知道。」

「他是何許人？」九八號指着九五號——一個只有十五歲的男孩，囚服的袖子過長，擺着，就像京劇演員穿的古代服裝的水袖。

「不知道。」

「山外有山，天外有天，你別以爲你很了不起。這位九七號，別看他貌似文弱書生，聽見別人說句粗話還會臉紅，他可是個赫赫有名的大人物。他就是曾經手執原子彈企圖爆炸H城的特大反革命！」

我忍俊不禁地笑了，別挨罵了！不是瞎逗嗎！原子彈能用手拿嗎？拿得起來嗎？

「你不相信？」九八號一眼就看出了我的狐疑，「他就是因爲這事進來的，不信，你問他本人。」

沒等我問，九七號的臉變得緋紅，抿了一下嘴，面頰上現出兩個可愛的酒窩，說：

「是的。」

「有五年多了吧？」九八號問他。

「五年零三個月零四天。」九七號記得很清楚。他從貼身處摸出一張疊得很小的報紙遞給我，我小心翼翼地展開。《革命造反報》頭版頭條紅字通欄標題印着：毛澤東思想的偉大勝利！我市破獲特大要案：

「反革命暴徒馮歆曾在一九六二年手持微型原子彈，企圖爆炸H城！」

整整兩版，生動地描寫了一個年輕大學生如何與蘇聯留學生娜塔莎勾結，在大橋下第五個廊柱邊，接受蘇修製造的微型原子彈一枚，企圖在國慶節引爆。娜塔莎代表蘇修政府給予酬金十萬盧布。爲了日後便於聯繫，娜塔莎還給他留下紐扣電臺一座。後來由於托毛主席他老人家的洪福，遙控引爆裝置受潮失效，未能得逞。偉大的無產階級文化大革命運動興起，革命造反派的戰友們，高舉毛澤東思想偉大紅旗，用毛澤東思想的望遠鏡、顯微鏡照出了這個妖魔鬼怪的原形，逮捕了這個危險的敵人。據猜測，原子彈已沉入江心，正在打撈之中，紐扣電臺由該犯之母吞入腹內，革命的醫務工作者對其母進行了剖腹搜查，未獲。估計，很可能已隨糞便泄入厠所之中。糞管所的革命造反組織表示，他們將跟踪追擊，一定要拿獲歸案……云云。

「怎麼樣？」九八號問我。

「這樣看來，我太一般化了。」我完全相信這是眞的。因爲我的罪名是依據批判稿定的，這麼兩大版鉛印的報紙，當然是更加可信的根據。

「九六號也不簡單，他進來的時間不長，很有學問，在文化大革命中出版過一部重要的作品，你可能聽說過。」

「什麼作品？」

「歐陽氏自我批判大辭典……」

「好漢不提當年勇，」九六號自己說話了。「那本辭典如果不是因爲紙張來源緊張，印數可以和毛主席語錄不相上下。」

「我聽說過，好像在某一張造反小報上看到過徵訂廣告。這不是一件宣傳毛澤東思想的大好事嗎，而且你又如此有遠見，怎麼會進來了呢？」

「不敢當，如果眞有遠見就不會進來了，學問還是不夠，恰恰是缺乏遠見卓識！只怪我在這部大辭典的增訂本裏大量引用了林彪的話，做夢也想不到，這個黨章憲法裏都規定好了的法定接班人會倒得這麼徹底，不是九〇度，而是三個三六〇度加九〇度。他的垮臺就使我奇妙地成爲鼓吹反革命野心家林彪的吹鼓手，爲林彪復辟登臺鳴鑼開道的陰謀家。不認罪行嗎？不服罪行嗎？白紙印黑字，我心甘情願地認罪服罪，心服口服，連腳巴丫子都服。中國有一句格言：人無遠慮，必有近憂！言之不謬也！」

九五號——那個十五歲的小孩是個什麼人物呢？他翻了一個身，把臉貼着牆。

「他是個大叛徒……」

「什麼？他是個大叛徒？」我不是個大驚小怪的人，可也不得不喊叫起來。

「一九三八年，他從延安逃到西安，轉道武漢投靠國民黨，參加中統特務組織，叛變革命，出賣黨的機密……」

「你是在說單口相聲吧？」

「我怎麼是說相聲呢！我是在介紹情況。」

「一九三八年他還沒出生呢！」

「我也知道他還沒出生。我知道，你知道，都沒用，並不等於抓他進來的人也知道……」

「你說的是誰？」

「張國燾。」

「張國燾？他是張國燾？」

「他是張果濤。張是弓長張，果是結果的果，濤是波濤的濤，音同字不同。」

「他應該申訴呀！一說不就明白了嗎？」

「向誰說？」

「向監獄的負責人呀！」

「監獄負責人只管關人，不管問案。我們自從關進來那天起，就從來沒人提審過……」

我忽然渾身顫抖着大笑起來，一直到看守來喝止我，並挨了一皮鞭。看守一出門，我又和着淚笑了，只不過用我的雙手捂着臉，不讓自己出聲而已，笑累了才止住，止住了才聽見九五號正在抽泣。

「那麼，你呢，九八號？」

「是個謎……」

「是個謎？」

「是個謎……」

「怎麼是個謎呢？什麼謎？」

「俺也不知道……原先俺是個小學教員，那年在北京串聯，跟着一羣老鄉混進了人民大會堂江蘇廳，正遇上中央文革顧問康生和姚文元同志接見山東省的羣眾組織代表，俺這一輩子都不曾夢想能看見這麼大的人物。抗日時候，康老在俺山東主持過工作，聽說在搞土改那會兒，很有魄力，對階級敵人採取肉體消滅的方式。據說他有句名言：『肉體不存，靈魂焉附？』俺高興得一個勁兒地拍巴掌，衝着他傻笑，流眼淚。俺一個心眼兒地想讓他能注意到俺，看見俺是那樣崇拜他，崇拜得五體投地。老天不負有心人，他眞看見了，老遠就看見俺了，指着俺用俺山東的方言說：『那個人是誰？』此公眞是『鄉音未改鬢毛衰』。我結結巴巴說不出話來。『俺……俺……』大家給俺讓了個道兒，俺擠到他跟前兒，望着他。沒想到他的臉一沉，對他身後的衞士說：『你注意到他沒有？』衞士回話說：『沒有。』這時候康老的眼睛瞇着，就像一對正在對焦距的照相機鏡頭，叫俺一下就想起人們給他起過的一個雅號：中國的捷爾任斯基。捷爾任斯基這個人俺在蘇聯電影《仇恨的旋風》裏看到過，只要他打眼一看，反革命份子就沒跑。康老爲啥這麼着朝俺看呢？——跟捷爾任斯基一個樣。看看也好，就像照X光那樣，沒病就不怕照。誰知道康老冷丁地說：『這人是個謎，抓起來！』還沒等俺鬧明白，嘴就被衞士捂住了，四蹄馬捆一綁就送進監獄了。這個監獄是俺住過的第三個。這麼些年，只怕康老早就不猜俺這個謎了。俺還在猜，猜也猜不透……越想越想不通，爲什麼俺是個謎？俺是個人，怎麼會是個謎呢？』

九八號說着說着閉目沉思不語了。我想他大約又在猜謎。我由衷地想幫他猜出這個謎，上下打量着他，不久，我懂了，連康老這位老布爾什維克都猜不出這個謎，我這個凡夫俗子能猜得出嗎？但我至少明白了一點，那就是：他的確是個謎。從普遍的意義上來說，每一個中國人都是一個謎，全國全黨的神聖而莊嚴的任務就是在猜謎。當然，並不是人人都有權猜謎，但人人都在爭取猜謎的權利，而避免把自己當謎寫在燈籠上。只有少數人才有權創作謎底和宣佈謎底。謎和謎底之間的邏輯關係是絕對保密的。億萬無權創作和宣佈謎底，並保守謎與謎底之間的邏輯關係秘密的人，時時刻刻都處於戰戰兢兢的茫然的惶惑之中，正如俗話所說：「人在家中坐，禍從天上來。」說不定什麼時候就會變成一個謎被寫在燈籠上，讓一切人去大膽猜測。而那些少數有權創作和宣佈謎底、並保守謎與謎底之間的邏輯關係秘密的人，並不是都很心安理得的，除了塔尖上的極少幾位，大多數導演團裏的成員也時時刻刻處於戰戰兢兢的清醒的惶惑之中。因爲他們最懂得魔術師手帕裏的奧秘和手法。我在監獄中聽到許多傳說（監獄裏的大牆竟擋不住傳說，這大概就是「羿射九日」、「夸父追日」等上古的傳說，所以能和人類的繁衍一起經歷無數劫難而存留下來的原因，傳說不僅具有永遠的魅力，也具有穿透一切時間空間的力量）。當然，傳說可信而不可考。如：一位進入中央文革的成員（塔尖上的人物）和一位省革委會主任之間有一段對話，抄錄如下：

「老W！你可以放心了，即使發大水把九百五十九萬九千九百九十九平方公里都淹沒了，最後一公里的高地上也有你穩坐的釣魚臺。」

「老L！可不能這麼說，我的感覺恰恰相反，像不得不坐在井沿上的傻瓜一樣，隨時都在等着那一致命的猛掌。」

「你太多慮了！怎麼可能呢！」

「你我都可能在某一天早上鋃鐺入獄的！」

「別開逗了！」

「敢打賭嗎？」

「敢，賭什麼？」

「賭你們省裏的名牌香煙，一箱『彩蝶』。」

「我贏了怎麼辦？」

「一箱『大中華』。」

不久，這一對哥們兒雙雙入獄，L輸給W一箱「彩蝶」香煙，由L的親信送到秦城監獄。

再如林彪及其死黨黃、吳、葉、李、邱等，曾幾何時，勝劵在握，已經爬上了權力的頂峰，只差最後一級了。一人之下，萬萬人之上。對於全體中國人來說，幾乎是在一個戲劇性的夜晚就墜入了深淵！

我們牢房的右隔壁，也就是一〇〇四六號牢房裏也關了五個犯人，曾經是一個單位的同志，假設他們的名字是：A、B、C、D、E。A是B揭發檢舉之後進來的，B是C揭發檢舉之後進來的，C是D揭發檢舉之後進來的，D是E揭發檢舉之後進來的，在E還沒進來的時候，A已經在寫揭發檢舉E的材料了。他們曾經爲了互相撕咬的怨恨在牢房裏激烈地爭吵，打得頭破血流，當E被推進他們中間以後，他們反而不吵不打了。不僅不吵不打，還在地上坐了一個圓圈，偷偷地做起「擊鼓傳花」的遊戲來，輪流用大腿當鼓，用手掌拍着。A、B、C、D、E以髒手絹代花，傳遞起來，一旦「鼓」聲停止，手絹在誰手裏未傳出，他就得講一種他有生以來曾經吃過的最好的食物，要講得色、香、味俱佳，還要模仿出音響來。A是個四川人，他認爲他有生以來吃過的最好的吃食是回鍋肉。薄薄的透明的肥豬肉，染上一層辣椒的紅色，嫩薑、靑蒜、切成薄片的豆腐干，又麻又辣又燙又鹹，他唏噓不已地表演着，油從嘴出，淚從眼出，涕從鼻出的樣子，極爲精彩。他們五個死生寃家就像眞的都享用了一道美味川菜。輪到D的時候，這個廣東佬講述並表演了吃鼠仔。他從在田裏把一窩沒睜開眼睛的鼠仔從洞裏掘出來開始描述。那些粉紅色的、只會慢慢擺動小腦袋的鼠仔，吱吱叫着相互擠在一起，可愛極了。爲了莊重起見，把這些可愛的小寶貝擺進一個雪白的六寸盤子裏，那種色彩如果拍成彩色照片，一定是非常美妙的藝術品。然後再擺一個砂陶小盅，倒大半盅上好的醬油（廣東人叫「生抽」），再加幾點小磨麻油。再預備一雙象牙筷子，算是齊備了。吃客端坐在椅子上，對這些小寶貝在白盤子裏構成的一朶粉紅花朶看個夠，才拿起象牙筷子。吃鼠仔有個名堂，稱之爲「三吘」，如果吃不出「三吘」來，就說明鼠仔不合標準，生命力不夠旺盛，不活鮮。何謂「三吘」呢？第一吘是拿起象牙筷子往鼠仔身上一夾，鼠仔發出一聲「吱」。第二叫是把夾起的鼠仔往醬油盅裏一蘸，鼠仔的細皮嫩肉被鹹醬油螫得又是一聲「吱」。第三叫就是蘸了醬油的鼠仔進入人口的時候，上下齒一合，鼠仔發出的最後一聲「吱」。當口裏的鼠仔在口腔內被舌頭翻滾着的時候，使那柔軟的像一只餛飩那樣的一團接觸到口腔內的每一個角落，口腔內大量分泌由味覺激發出的涎液來。吃客會忘掉一切，全部神經都集中在口腔、食道和胃這條線上。尤其是胃，過早地蠕動着、迫切地等待着被牙齒嚼爛的血肉模糊的鼠仔。如果在以前，我準會爲這種描述噁心並嘔吐出來。但在以敢不敢吃人心來檢驗一個人的革命性的時代，又加上身陷囹圄，每天只有七大兩粗糧維繫着健康的肉體，全身任何一個器官都處在緊張的防禦狀態下，你又無法把營養供應給這些興奮異常的器官，有時你恨不能把站在牆頭上蹦跳着歌唱的小麻雀引誘下來，連羽毛一起生吞到胃裏去。在這種時候，聽人非常仔細地描述如何文明地吃掉還沒睜開眼睛的鼠仔，不僅不感到噁心，反而完全能體會到廣東佬所能感受到的絕妙的滋味。我貪婪地傾聽別人講述關於各類吃食的做法、吃法。那位被認定曾經企圖用原子彈爆炸H城的九七號，收集了很多這方面的資料。在每一個難以入睡的夜晚，他都要講一種食味的做法和吃法。我就像小時候聽鬼故事一樣，明知道聽完之後我絕對不敢入睡，怕沒有頭的女鬼突然用瘦骨嶙峋的光屁股坐在我的臉上。可是我還是有鬼故事必聽。在監獄裏，我明知道每次精神會餐，整個消化系統的積極性就被調動起來，又沒有任何一小片實物交給它們，它們以最強烈的憤慨向中樞神經提出抗議，使你四肢顫抖，渾身虛汗，無法成眠。常言說得好：人是一盤磨，睡着了就不餓。當你睡不着的時候，饑餓以百倍的瘋狂向你進攻，扼住你的每一根神經，讓你不斷眩暈，捏住你的每一根血管，讓你的血液時斷時續。渴！又不是渴望水，而是渴望一種實實在在的東西。即使是石頭，只要能塡得進肚子，拿來！我很羡慕同牢房的那位編輯出版過《歐陽氏自我批判大辭典》的九六號，據他私下告訴我，他的妻子通過監獄長每隔一週給他送一管大白玉牌牙膏。牙膏管裏實際上並不是牙膏，而是煉乳——這是我細心觀察得來的結論。每天入睡前，他都要借口刷牙，往嘴裏抹一段煉乳。雖然是杯水車薪，對於消化系統和神經系統卻是一種安慰。我的嗅覺很靈敏，一聞就知道是煉乳，因爲他和我共枕一截木頭，他睡着之後嘴就張開了，大聲呼吸，一切氣息都噴出來了。從他的煉乳牙膏想到他的能幹的妻子，從他的能幹的妻子想到我的……芸茜，芸茜算我的什麼呢？先不管她算我的什麼，她也能走監獄長的後門給我送一管煉乳牙膏嗎？第一步是：她還不知道我在監獄裏，以及在哪個監獄裏。第二步才是她能不能走監獄長的後門。每天夜晚，從九六號嘴裏洩露出的煉乳氣息對我的威脅可是太大了。它一夜一夜地點燃我的饑餓之火，燒得我想自殺。有一天深夜，我實在忍不住了，粗暴地搖醒九六號：

「喂！我可要揭發你了！」

「別扯蛋了！」他從糊裏糊塗的夢中醒來，「我有什麼好揭發的？」

我小聲對着他的耳朵說：

「煉乳牙膏！」

「什麼？」他一翻身坐起來，半晌說不出話來，我一下就擊中了他的要害。這件事鬧出來，至少會從此斷了他的秘密生命線。監獄長再也不敢准許給他往牢房裏帶牙膏了。

「你想怎麼樣？分給你一半?!」

「不！我不沾別人的光。」

「想立功？那你可是想錯了！監獄長會恨死你，因爲這些牙膏是他特許給我送進來的。以後卽使我再也得不到了，你也得不到好！他會借故給你加一副鐐。」

「我只想知道是怎麼送進來的，監獄長爲什麼會特許給你送這種牙膏？」

他把身子重新放平，多少有點得意地說：

「我老婆長得漂亮，監獄長很幫忙……」

「這麼說，你付出的代價可不輕呀！」

「不知道，我不知道……代價再高，我不知道，反正，她是爲了我……」

我再也不問了，輕輕嘆息着把頭擱在我們共枕的那截木頭上，非常具體的芸茜驀地出現在我的面前，我是那樣強烈地想念她。她一下就壓倒了我的肉體的饑餓。那個對我說來變得比天堂還要寶貴的蝸牛殼，我後悔沒有認眞享用它，沒有把它收拾得乾乾淨淨。慵懶！對生活的慵懶！總認爲那不是長久之計，而是暫時的偶合。柴可夫斯基的第六交響樂，聽了那麼多遍，每一遍都爲它所震動，爲它沉醉，但還是有不少音符放過了，使我無法把那些旋律在記憶中連結起來。芸茜，我們交談過，但從來沒有深談，甚至沒有問過她，我們的結合是不是愛？不是愛？是什麼？說實話，在我突然失去她的時候，如果允許我很坦率地說出來，那麼，使我最痛苦思念着的似乎是她的肉體。我瘋狂地發洩過，在她的肉體上，甚至也按照那本叫做《健康性技術》的書進行過一些試驗。大部份是失敗的，那些所謂技術並不是普遍都適用的。很像繪畫，一切繪畫技巧都不能完成傑作。傑作主要是由心靈來完成的，哪怕毫無技術，只是一攤墨和顏料。準確地說，我最痛苦地思念着的還有附着在她那使我永遠動情的肉體上的靈性——那是最樸素的女性的本能的靈性。她那一雙光滑溫熱的手臂，像樂曲中一組完美的和弦那樣，輕輕地環抱着摟住我的頭。我的臉貼在兩座柔軟山丘之中的凹地上。我的呼吸和她的心臟在同步跳動。在她的肉體由於靈魂的渴望而突然趨向我的時候，那完全是一種恩惠的賜予。無怪中國古典小說把男歡女愛稱之爲恩愛。在她的右乳的右下側有一顆小小的黑痣，這是此刻我所能夠記得的唯一的一個形體上的特徵，其餘都是留給我的感覺。那感覺全都是經過當時的醉意的衝動而渲染過的幻覺，沒有具體的輪廓、陰影和色彩。我曾無數次想細緻地看和畫並記住她的肉體，在視覺上享有她的全部，每一次都被紛亂的情慾搶先加以破壞，在情慾退潮的時候，視覺上的慾望也隨之消失。多麼愚笨！就像美猴王啃蟠桃那樣，就像豬八戒嚼人參果那樣，我是一個粗野的原人啊！還有可能重新在最迫近的距離像欣賞羅丹的大理石雕像那樣去欣賞芸茜的慷慨的奉獻嗎？能夠旣迷醉而又清醒地去看清並吻遍她的全身，每一條曲線，腰際那平滑的波浪般的弧度，以及她自己都看不見的那些幽谷……我無法理解，九六號怎麼可以容忍這樣的交換！用很漂亮的妻子通過很幫忙的監獄長不斷得到裝在牙膏軟管裏的煉乳。我寧肯整夜整夜被饑餓噬咬，一直到完全吞沒，我也不會做這種交易。九六號以爲我被他嚇住而不敢再提要不要揭發他的事，他又沉沉入睡了。我忽然覺得他的睡相極爲猥瑣，大口大口地吐着帶煉乳的氣息，浮腫的臉時時幻化爲被燙去了黑色皮毛的豬臉。雖然我沒見過他的妻子，我在冥冥中模擬地用炭筆在幻覺中畫了一幅素描畫。她很美，適度的豐滿。她尷尬地笑着，牙咬着的嘴唇似在抖動，眼睛閉着，別着頭，兩個手掌抗拒地撐在監獄長毛黲黲的胸膛上，掩飾着痛苦和厭惡，承受着，像在越過一條塹壕那樣，把希望放在前面，祝願這是最後一條塹壕，會過去的，很快就會過去的！

我不僅不會用九六號付出的代價去交換裝在牙膏管裏的煉乳，即使是蛋糕、燒鷄、燒餅、油條、大米飯、紅燒肉、肘子、餃子、蟹黃包子，甚至自由和芸茜自身……

我注視着那扇窗戶，過去，窗上貼的是黑紙；現在，掛上了有藍色小碎花的布窗簾。

十五

蘇納美和英至結成了阿肖，就像一對在一場溫熱的春天的夜雨之後的春筍，一個早晨就躥出來了，高過了所有的竹竿，在玫瑰色的朝陽下擺動，每一片竹葉都閃爍着珍珠般的露水。他們顯得那麼匹配，匹配得使每一個男人都不敢再向蘇納美問津，匹配得使阿咪彩兒經常在夢中笑醒。英至是同一個斯日的人，他不富裕，不會像隆布那樣，每一次來訪都騎着一匹高頭大馬，帶來一牛皮口袋吃食。英至沒有馬，只能步行，只能帶來很少的禮物。但他能給蘇納美帶來歡樂。這歡樂不同於隆布給過她的那種成熟的激情，而是最諧調的青春火焰的重合，互相撩逗着，纏燒着，越燒越旺。又像五月湖邊的一對剛剛羽翼豐滿的白鶴，甚至對於每一次比翼飛行的起落都是新奇的。像一個樂句那樣雙雙滑過水面。在蘆葦叢中，當由於極度歡愛的嬉戲而擊碎的水面漸漸彌合的時候，銀色的月光代替金色的夕陽，透過葦稈兒的空隙灑在他們身上，這是他們的長長的甜蜜的寧靜。阿咪彩兒最感到欣慰的還是這種寧靜。老來她更覺得一個女人心靈的空間並不大，只能容納很少男人，或者說，只能容納一個男人，其餘的都是很暗淡的影子，有些甚至是記憶中的霉點，使人回想起來很不愉快。

蘇納美的目光亮了！蘇納美的腰腿靈活了！蘇納美的乳房凸出了！蘇納美的笑聲清脆了！蘇納美的歌聲響亮了！很多女人都懷着深深的妒嫉私下議論着蘇納美。由於敬畏干木女神，她們只能認命。她們知道這是干木女神的偏愛。又一個直瑪！不！比直瑪還要誘人，使男人和女人都無法抗拒她的一顰一笑。在跳舞的隊列中，她卽使站在中間，隊列中的每一個人的花樣、節奏卻以她的花樣和節奏爲轉移，隊形也在她的暗示下變化。她是那樣自信。一舉手一投足都是準確的、優美的、迷人的。最使人們驚奇的是她唱的歌，以往，幾乎誰也不知道她會唱歌。她的歌聲像她的人那樣毫不出眾。現在，不僅她的嗓音使尤吉瓦村的姑娘們噤若寒蟬，她的即興編詞的本領也使尤吉瓦村的女女男男贊嘆不已，不斷地喊着女神的名字。女神啊！你既然把美麗都給了她，爲哪樣又把智慧也全都給了她呢？女神是萬能的、至高無上的，她不會回答這些凡人由於妒嫉而提出的愚笨問題。特別是當蘇納美脫光衣服跳進露天溫泉浴池的時候，誰都會驚叫一聲：阿咪！你是從天上掉下來的吧！蘇納美！

H縣文化館的副館長羅仁到尤吉瓦村來了，已經在梭拉隊長家裏住了好多天了。一個摩梭人小村來了一個幹部，不是本縣的，是從H縣來的，這是件很希罕的事。整個公社很快就家喻戶曉了，紛紛猜測他的來意。這個三十歲的漢人個子不高，戴着一副近視眼鏡，會說彝族話。摩梭人也會說彝族話。他不僅敢吃摩梭人的猪膘肉，也敢吃彝族連同糞便一起煮熟的猪大腸。彝族的舞蹈，摩梭人和藏族人的舞蹈，他都能跳。會吹笛子，會拉弦子，會拉手風琴，還會吹口弦。他的口弦能把附近村子裏的彝族小姑娘的臉吹得彤彤紅，吹得小姑娘捂着臉逃到樹林裏不敢露面。他懂得那小小竹簧彈動出的似唱似訴的愛情語言。他也能和摩梭女人用彝語對歌，使用的都是最露骨的挑逗性的歌詞。但誰也沒聽說他有阿肖，即使一夜風流的記錄也沒有，如果有，他的阿肖會在第二天早上就告訴她所見到的每一個女人。正因爲如此，他不敢。他是漢人、幹部、黨員，傳到他們縣裏他就要受處分。輕則開除出黨，重則發配農場勞動改造，永遠失去一個小縣城的文化人的自由之身。據說曾經有一個二十歲的摩梭姑娘誠懇地央求他，請他到她的『花骨』裏歇一晚，並且一再對他說：「我知道你是幹部，是漢人，在黨，說出去可是不得了！我不會說，連我的阿咪也不會告訴。你要是害怕，下半夜來，我來接你。我拿一套阿烏的衣裳給你換，誰也認不出你，也沒人能看見……要不，我們找匹馬，上哈瓦山，山上有一個夏天的牧場。牧場上有一排空着的原木房子，只要帶上一盒火柴，升起火塘紮實暖和，誰也看不見，誰也聽不見。我會叫你快活的。我讓你隨便摸。我會讓男人喜歡，紮實喜歡。不信，現在，你摸摸，我閉上眼睛。要是你喜歡，你就到我的『花骨』裏來；上哈瓦山，我有馬，我會帶上酒，餅子，牛肉乾巴……」在這個姑娘睜開眼睛的時候，羅仁已經不見了。從那以後，在摩梭女人中間傳說羅仁的身上少一件東西，似乎有個女人趁其不備，探手摸過。但這種傳說被梭拉隊長給否定了。梭拉隊長說：公社書記到省裏開會的時候途經H縣，和羅館長結識，到羅館長家裏吃過飯，見過他的孩子，也見過他的老婆。見過他的孩子是不足爲憑的，因爲摩梭人的孩子都不在意自己是哪個男人的種。見過他的老婆倒是很有說服力。他要是少那一件東西，他的老婆還會跟他過？但羅仁在她們的心目中一直是個共同的疑問，她們甚至議論過，如何誘騙他去溫泉洗澡，讓大家看個清楚明白。

羅仁來做什麼呢？——都在打聽。雖然大家都知道他不管強迫婚姻和閹女人之類的事。他只管唱歌跳舞這些使人輕鬆愉快的事情。前幾年他也來過，向一些達巴和老輩子人打聽一些遠古的事情，一邊問一邊記，記了十幾個筆記本。後來，他也不來打聽那些事了。聽說遠古的事情都屬於要破的「四舊」。爲了追他的那些筆記本，一九六六年他挨了三十多次批鬥，頭髮都給拔光了。他這次來尤吉瓦村就一直戴着一頂舊軍帽，從來沒敢脫過。好幾個年輕姑娘都想出其不意地當眾揭了他的帽子，讓大家看看他的頭——肯定像是落霜以後羊羣啃過的草地一樣。但姑娘們又都知道他是個外憨內精的人，誘騙他去溫泉當眾脫褲子洗澡固然很困難，從他頭上揭帽子也是不太容易的。搞不好，他的帽子沒揭下來，某一個向他挑釁的姑娘的裙子反而被他給當眾扯下來了。所以，她們的作戰計畫總也沒能實施。

羅仁似乎也沒有特別任務，白天在田裏他幫婦女們薅草，傍晚在林中空地上跳鍋莊。他抱着根短笛子領着隊拼命地吹，拉着弦子和姑娘們一起唱。只是在大家轟着讓蘇納美唱歌的時候，羅仁才把目光從琴弓上擡起來，落在蘇納美因爲動情而顫抖的嘴唇上。蘇納美的嘴唇稍有點肥厚，就像兩片飽滿的桔瓣。但桔瓣裏包着的不是桔汁，而是沸騰的血液，顯現出一種石榴子兒般的透明的紅色。她那天興致特別高，跳鍋莊時，緊跟着吹笛子的羅仁背後，不斷變幻着花樣和隊形，有些完全是她自己卽興編出來的，使參加跳舞的幾十個青年男女大爲興奮，身上的汗剛剛落就唱起歌來。蘇納美用傳統的調子唱了一首嶄新的歌，透露出心靈深處的一股溫泉般的幸福感，這種幸福感又抹着一層淡淡的哀愁。她唱道：

「白雲低低地貼着小河，
緊緊地摟抱着河邊的花朵；
白雲還沒化為水啊，
花瓣已經在凋落！
帶着白雲的淚珠，
在流水中漸漸沉沒……」

在最後的悠遠的顫音還沒完結的時候，羅仁手裏的琴弦斷了。羅仁呆呆地注視着蘇納美，他不明白蘇納美怎麼會在心靈中由衷地浮泛出這種樂極生悲的哀鳴。她是一朵最盛開的鮮花，沒經歷過摧折，也不會有任何預感。蘇納美的音色固然很美，而最重要的是她的藝術感覺和心靈的敏感交織在一起的天分。這是很少見的。尤其是在如此偏僻的地方，如此古老的民族中……

「蘇納美，」羅仁對蘇納美說，「今晚上我想去看望你們家的達布彩兒，我們一起走。」

「好！」蘇納美說着披上羊毛「察爾瓦」，在女伴手裏點着自己的麻稈火把，拉着羅仁就走了。青年男女都打着火把散了，遠看像是火山熔岩從山林裏四散流洩一樣。

羅仁在蘇納美身後高一腳低一腳地走着。蘇納美不時回頭來等他，牽着他走過小水溝和土坎兒。她對於這些小路太熟悉了，閉着眼睛都能走到家。

進大門的時候，達布彩兒正在院子裏找那些不歸窩的鷄。這些夜盲眼的貪睡鬼貼着牆根睡覺了。她提起它們的翅膀時，它們才大呼小叫起來。達布彩兒把鷄丟進鷄窩，想當然地說：

「模，是英至嘎？」

蘇納美「得兒」地笑了：

「英至村子裏死了人，他今晚上幫那個辦喪事的人家洗馬❶去了。」

「這是誰？」

「這是我給阿咪找的阿肖！」蘇納美興奮得沒老沒小了。

「達布彩兒！」羅仁連忙走到彩兒身邊，「我是羅仁，來看看你。」

彩兒在蘇納美背上打了一巴掌。

「羅仁同志，請到『一梅』裏坐，給你倒酒喝。」

「老人和孩子們都睡了吧？」

「是的，很晚了。」

蘇納美說：

「阿咪，就在我的『花骨』裏坐吧。我那兒也有酒。」

「好呀！」彩兒讓蘇納美先上樓打開房門，點着火塘，然後她才和羅仁走進去，圍着火塘坐下。蘇納美給他們斟上了兩小碗酒。彩兒說：

---

❶ 摩梭人的喪禮中的洗馬儀式。

「好長好長時間沒來我們尤吉瓦村了！我們都很想你！婆娘娃娃可好哇？」

「好！都好！謝謝你的問候……」

「外頭的文化大革命可還在搞哇？」

「沒完沒了……」

「可還是那麼兇嘎？」

「沒那麼兇了，就像滿天熱雲的天氣，不打雷了，也晴不了，燥熱……」

「啊！毛主席他老人家爲哪樣會想出這個主意來呢？現在他是咋個想的呢？他那個婆娘可是想坐朝廷嘎？」

羅仁抿着嘴想笑又忍住了，他沒有回答，無法回答，也不必回答。彩兒也不打算能得到回答。

「我們摩梭人不搞，石頭是點不燃的，只能燒裂開來。他們也不想再燒了……」

羅仁呷了一口酒把話岔開：

「蘇納美，我們縣裏的文工團又成立了。」

「文工團？啥是文工團？」蘇納美太小了，達永寧壩子、永寧街都沒去過。文工團是什麼，她完全不知道，阿咪彩兒說：

「文工團就是一夥以唱歌跳舞爲營生的人。」

蘇納美咯咯笑了，笑聲裏有不信任，也有奇怪。可她又不能不信任，這是阿咪說的。

「人世間還有以唱歌跳舞爲營生的人？」

「有！多的很，省裏、京城裏，更其多！」羅仁看着她那被火焰和好奇心烘烤的紅彤彤的臉蛋。

「那些人才快活！」

「也有辛苦。」

「他們還下地？」

「不！」

「不下地，辛苦哪樣?!」

「要練功。」

「練功？練哪樣功嘛？」

「練腿功，腰功，嗓子功……」

蘇納美又咯咯地笑起來，一笑而不可止。她完全不能想像，練這些功還會累着人。

「天天練功，沒有唱不好、跳不好的。」

「那可不一定，唱歌、跳舞要天分。一根木頭棒子練一千年也跳不起、唱不響。」

蘇納美又咯咯大笑起來，從火塘裏抽出一根木頭棒子舉着，想像着木頭棒子跳舞的樣子。當火塘裏小茶罐憤怒地吵鬧起來的時候，她才止住笑，給阿咪和羅仁斟了茶。

「羅仁哥，你看我有沒得天分？」

羅仁看看她，蘇納美的眼睛裏閃射着自信和驕矜的光芒。羅仁慢吞吞地說：

「沒看出來……」說罷，他就閉着眼睛喝起茶來。

蘇納美的眼睛狡黠地眨動了一下，死死地盯着羅仁的臉，她突然大聲說：

「羅仁哥！你說的不是眞話！」同時把羅仁的一隻手拉到自己的懷裏，用小手指搔着他的手心。羅仁一下就把滿嘴的熱茶噴出來了，茶水在火塘裏濺起一陣柴灰。達布彩兒狠狠地擰了一下蘇納美的腿，蘇納美誇張地大叫一聲，倒在阿咪懷裏撒嬌說：

「阿咪好狠心啊，你瞧嘛，把我的腿子都擰紫了。」蘇納美撩起裙子，露出一隻修長的、雪白的腿。羅仁想：摩梭女人的身材和四肢眞是女神賜予的，也是女神保養的。有人說：自願結合兩心相溶而生育的子女一定是美的。難道不是嗎？他們之間的結合沒有任何社會的和心理的負擔，只有純淨的性愛，像兩股林中泉水的交滙。蘇納美假哭着說：「阿咪不要我了。我要進城。羅仁哥！讓我去文工團，以唱歌跳舞爲營生。阿咪好狠心啊！我不是你身上的肉嘎？我不是衣社的一條根嘎？羅仁哥，帶我走，帶我走！」

阿咪彩兒沒有回答她，只笑着把手伸向她裸露着的大腿，蘇納美連忙跳起來，摟着阿咪的脖子，在阿咪腮幫子上啃了一口。

「模！蘇納美！」阿咪親熱地摟着蘇納美說，「你可還要走？」

「不走了！一輩子也不離開阿咪……」

「阿咪要死的。」

「阿咪不會死！不許死！」

「死跟生一樣，不是許不許的事。蘇納美……」阿咪無端地傷感得流起眼淚來，「達布的鑰匙還得留給你……」

「阿咪！」蘇納美緊緊地抱住阿咪，好像阿咪就要死去一樣。

羅仁背靠着牆，似乎很困倦，眼睛從半閉着的眼眶裏往外看，注視着漸漸平靜了的母女。

「羅仁，」出乎羅仁的意料，阿咪對他說：「你這一趟到尤吉瓦村，是爲了我的蘇納美來的吧？」她的聲音有點顫抖，但很威嚴，不容羅仁說謊，也不容羅仁避而不答。羅仁老老實實地回答說：

「是的。」

蘇納美的頭立即從阿咪的懷裏擡起來，抿着嘴唇，大睜着眼睛看着羅仁。羅仁好像完全清醒了似的，直起腰桿子，看着蘇納美對彩兒說：

「蘇納美的天分可是高哩！就像深山密林溪水旁的一蓬花。她自己和每一棵樹、每一塊石頭，還有流過她身邊的水，都不知道她有多好看，她有多貴重，任她在溪邊開，溪邊謝，太可惜了。阿咪彩兒！蘇納美會紅的，我們全縣都會知道她，成百成千的人都會花錢買票看她的舞，聽她的歌。你會很光彩的，尤吉瓦村也會很光彩，連『謝納米』也會很光彩，整個摩梭人都很光彩！」

蘇納美眼睛的光芒更亮了，她看着阿咪。但阿咪眼睛裏的光更黯淡了，而且非常憂傷。蘇納美不明白，爲哪樣阿咪不像自己這樣興奮！她第一次知道有人花錢看跳舞、聽唱歌。她第一次知道自己的舞蹈和歌唱可以換錢。不是尤吉瓦村的親人和鄰村的熟人讚美自己，而是成百成千的陌生人向自己投來羨慕的目光，那有多好呀！從古至今，哪一個摩梭姑娘有這樣的幸運呢！多少天分高的摩梭姑娘正如羅仁說的都像那些深山密林溪邊的花一樣，溪邊開，溪邊落了。我要唱着到外邊去，跳着到外邊去。聽趕馬的隆布說，外邊的世界大得沒有邊，有趣的人千千萬，有趣的事千千萬，有趣的景千千萬……可阿咪爲哪樣這樣發愁呢？

阿咪彩兒看看蘇納美，蘇納美的滿面紅光反映出她的滿心希望，一副躍躍欲試的樣子。阿咪彩兒更憂傷了。羅仁說：

「阿咪彩兒，如今不是往日了。不久汽車路就會修通，不要一天功夫就能到我們縣城了。要是蘇納美能跟我去，入了文工團，你想去看她一擡腳就去了；她想看你，一上車就回來了。你愁什麼呢？」

阿咪彩兒搖搖頭，輕聲說：

「外面是另一個世界呀！和我們紮紮實實的不同，我的模是過不慣的，我可不放心……」

蘇納美「得兒」地笑了。

「我無論哪樣日子都過得慣。阿咪，你忘了，你叫我放豬我就放豬，你叫我放牛我就放牛。十歲那年，你叫我跟着一家藏民把牛趕到高山牧場去，我不是去了嗎？睡在帳篷裏，喝他們的酥油茶，不是一下就慣了嗎？我還學會了他們的歌……」

「那時候你小，不一樣……」

「有哪樣不同？要是有人欺侮我，我一擡腳桿就回來了，不坐車也不騎馬，再遠的路也不住蘇難納美！」

「是的！」羅仁說：「蘇納美很懂事，慢慢就會習慣的。我會照顧她……」

阿咪彩兒閉上眼睛不響了，像是沒聽見。

蘇納美向羅仁打着像啞語一樣的手勢，告訴他：把阿咪交給我，我會說服她，我是一定要去的。我知道，我唱的好聽，跳的好看，我一定去。你一定要把我帶走呀！羅仁哥，謝謝你！

她眼前的世界突然寬闊了……

羅仁把碗裏的酒一飲而盡之後，說：

「阿咪彩兒，謝謝你的酒，謝謝你的茶，我要告辭了。」

阿咪彩兒怔了一下，笑着說：

「我以爲你會留在蘇納美的『花骨』裏呢！」

羅仁笑笑說：

「蘇納美不喜歡我。」

蘇納美跳起來說：

「蘇納美要是喜歡你咋個辦？」

「我留下！」

「好！留下！」

羅仁拍拍身上的灰往外走，蘇納美在他的背後抱住他，用頭狠狠地擂了一下他的背，放他走了。

羅仁走下樓梯回顧那「花骨」，門還沒關。阿咪彩兒神情恍惚地注視着火塘裏的火苗。

蘇納美已經在跳了，扭着腰，擺動着裙裾。

十六

我注視着那扇窗戶，過去，窗上貼的是黑紙；現在，掛上了有藍色小碎花的布窗簾。

我們這些政治犯也可以走出小牢房，在一個被大牆包圍下的大院子裏參加集體勞動了。院子的東南角和西北角各有一座有射擊孔的碉堡。看守把機槍管從射擊孔裏伸出來，伸到讓我們中間視力最差的囚犯也能看見的程度。隔着牆時時可以傳來人間的聲音：汽車喇叭聲、小孩哭鬧聲、女人吵架聲、警車聲……空中還有鴿羣飛過的鴿哨聲……當我第一次走到藍天下，我幾乎要暈倒了。那股以往認爲使人煩躁的市聲，現在都變得非常親切而優美如歌。勞動活是砸石子，把那些夜裏從人間運進來的大石塊砸碎，每一塊都不許超過大拇指甲蓋那麼大。據說是爲了執行最高指示「深挖洞」的需要。當任務傳達下來之後，竟然有幾個囚犯激動得高呼萬歲。因爲如此光榮的任務竟會開恩交給我們這些罪惡滔天的囚犯，使我們得到贖罪的機會。每一間牢房的囚犯圍成一圈坐在地上，一個人發一只小鐵錘，只有拳頭那麼大，柄是竹片做的，有彈性，不小心就會砸爛自己的手。大家向監獄長懇求，發還入獄時收繳的皮褲帶，好用皮褲帶圈住石塊，免得砸爛手。每天收工時，在交還鐵錘的同時，交還皮褲帶，以防囚犯用皮褲帶勒死自己或勒死他人。這一懇請居然被採納。從此，叮噹之聲不絕於耳。由於鐵錘擊石聲很響，獄友們也可以混水摸魚，公然交談起來，我完全沒想到一下子會得到這麼多自由！

我們這個小圈子的話題，是由一個只有六歲的小女孩引起的。我們一進入這個廣闊天地就能放眼世界。在我們這個世界的西北角上全是女犯。雖然我們這些男女囚犯都在機槍掃射的絕對射界之內，毫無死角。但所有的男囚犯都自然而然地把目光投向女囚犯，所有的女囚犯也都自然而然地把目光投向男囚犯。這就是所謂投桃報李吧！那位有着一臉睡不醒的倦容的九六號，一到院子裏就精神抖擻起來，完全可以想見他在編纂《自我批判大辭典》時候的精明樣子。他立卽選擇了一個最佳視角，座東南而面西北，一舉而確定了自己的優越地位。是他首先發現在女囚犯中有一個六歲的女孩，也拿着個小鐵錘砸石子。我們首先辯論的是這個小女孩是囚犯，還是她身邊那個年輕的媽媽是囚犯？開始答案是一致的，認爲當然是那個年輕的媽媽犯了罪，女兒沒人照應，把女兒帶到監獄裏來。這是很合情合理的，似乎古亦有之。據書本記載，重慶紅岩渣滓洞裏就有個蘿蔔頭。很快，九六號就推翻了這個結論。據他從他那個最佳視角看到的是：小女兒胸前掛着編號，囚犯無疑。而她的媽媽胸前沒有掛着編號。不僅無編號，而且沒有穿囚服。只是爲了愛乾淨，把囚服披在一件白色帶藍點的兩用衫上，腳上還穿着皮鞋，因此可以斷定：她絕非囚犯。當九五號——十五歲的「張國燾」聽說還有一個六歲的小囚犯和他同囚一座監獄的時候，他忽然抽着鼻涕笑起來。但他立卽省悟到一個囚犯在光天化日之下發笑是很危險的，一旦被發現就得挨一頓飽打。他總算忍住了，不僅忍住了笑，反而滴了幾滴淚。第一個結論有了，第二個結論是什麼呢？我們就像在大學入學考試時面對試卷那樣着急，手裏不住敲着，心裏像有隻小鼠仔不住地啃似的。我們的九八號——那位康生都沒猜出的謎說話了：

「聽！俺背後有人正在講這件事哩！」

九八號的耳朵眞頂用。立卽我們都像小白兎似地把耳朵豎起來了。九八號的背後正是一○○四六號牢房的那五位：A、B、C、D、E。那位E正在小聲有聲有色地講着。說起來也眞怪，人的各個器官的潛力到底有多大，誰也說不清。那麼多小鐵錘砸石子的聲音，那麼多竊竊私議，加上人間傳來的自由樂句般的聲音，但我們的耳朵一旦豎了起來，便像雷達掃描一樣，很快就找到了我們捕捉的音響信號，而且像加了「杜比」裝置，其餘的聲音都被當做雜音濾去了。E說：

「……總算搞清楚了，我把左右兩邊聽到的加以聯繫，去蕪存菁，去僞存眞……」

D壓低嗓門插了一句：

「你要是早懂得去蕪存菁，去僞存眞，我不是就不會進來了嗎？」

E說：

「你們到底要不要聽，D！你算什麼老帳呀！我不講了，聽你的！」

A、B、C、一齊說：

「聽！聽！說嘛！賣什麼關子！」

E說：

「說當然可以，別插話。」

「毛病還不少！」

「……這個小女孩叫玲子，六周歲零四十五天半……」

「得了吧！」又是D。

「準確！我追求準確。在她五周歲生日那天晚上，外婆爲了給她煮一個鷄蛋在厨房裏忙乎，小寶貝一個人留在房裏玩，學外婆折紙。外婆剛剛把煮熱的鷄蛋往冷水裏浸，只聽見『撲啦嗒』一聲響，外婆以爲熱水瓶被小玲子敲碎了。這小祖宗啊！熱水瓶膽正缺貨，怎麼了得啊！誰知道她進房一看，腦子嗡的一聲響：小玲子闖的禍可是太大了！外婆這時候眞巴不得小玲子敲碎的是一個熱水瓶，可就不是！……毛主席的寶像成了一堆碎石膏片。小玲子站在一邊，手裏拿着個紙疊的船形帽子，像是別人闖了禍那樣說：『看你，看你，闖禍了吧！』外婆一屁股坐在地上，半晌才醒悟過來，手撐着地爬起來閂上房門。哆哆嗦嗦找出一張紅紙，小心翼翼地把石膏碎片揀起來，嘴裏不住地請罪，包成一包，塞在床底下。然後再把小玲子抱在懷裏，貼着她的耳朵邊說：『玲子！你怎麼什麼都沒打碎，偏偏把他打碎了呢？』玲子理直氣壯地大聲說：『我又沒想打碎東西，我是想給毛爺爺試試這頂帽子，我怕他冷！』外婆慌了神，想捂小玲子的嘴，結果捂住了她的眼睛。玲子的聲音反而更大了。外婆這才發現她自己的錯誤！把手往下移。『玲子！這可不能說呀！說出去可是不得了呀！你爸爸在新疆勞改，你媽媽在幹校，外婆的成分也不硬實……』小玲子用小手把外婆瘦骨嶙峋的手從自己嘴上硬扯下來，小聲問：『什麼叫成份呀？』外婆嘆了一口氣：『你別跟我打岔。你聽着，千萬別說出去。』小玲子顯然也知道其嚴重性了，點着小腦袋瓜說：『外婆，我不說出去。可毛爺爺怎辦呢？』外婆說：『這你就甭管了，我會處……不！我會……反正你甭管，外婆會幫你向毛主席請罪……會……』她找不到任何一個合適的詞來把這件事說清楚。

說着，她幫小玲子脫了衣裳，把渾身哆嗦的小人兒塞進被窩裏。外婆坐在床沿上，一邊拍着小玲子，一邊嘰嘰咕咕地向毛主席請罪。小玲子很快就睡着了。小玲子一睡着，老外婆就開始行動起來，從床底下拿出那包石膏片，往菜籃子裏一擱，挽着籃子就要出門。一想，不對，這時候挽着菜籃子出去，鄰居看見能不起疑嗎？不行！她重又放下籃子，拿起垃圾箱，把那包石膏片放進垃圾箱，剛一放進去就意識到這更爲不妥，良心上過不去。怎麼能把偉大領袖放進垃圾箱裏呢？雖然現在成了石膏碎片，它畢竟曾經是他老人家的寶像呀！萬一被人看見，一翻騰，結！不是剮刑，也是個槍斃。這可難爲老外婆了，她眞想放聲大哭一場，可又不是哭的時候。想罵自己的女兒一頓吧，女兒遠在幹校。她也夠苦的了，而且什麼也不知道，怪不着她。要是我怪她不該生玲子這個女兒，她也會怪我不該生她。最後，她實在沒辦法，拿了個包袱皮包了幾件衣服，把碎石膏片夾在衣裳裏走出去了。她剛跨出門就撞上鄰居張二嫂，嚇得老外婆的心『咯噔』一跳，想閃身回來。張二嫂是街道革命委員會新選的治安委員，警惕性何等的高！『玲子她外婆，半夜三更還出門呀？』『是的，她二嬸子，玲子媽有個同事明天一早回幹校，我想着給她捎幾件衣服，晚是晚了點，想想還是跑一趟。』『玲子睡了？』『睡了。』張二嫂的手一邊裝着親熱一邊用手往包袱上捏了一把。老外婆的魂都嚇飛了，好不容易把自己穩住，從張二嫂身邊走過去。老外婆在街上像游魂似地走着，經過好多垃圾箱，她都不忍心扔。城裏又沒有一條河，河水總是清淨些。下半夜，街上一個人也沒有，偶爾有條狗從垃圾箱裏竄出來，嚇得老太太直唸觀音菩薩，唸到第三遍時才知道自己又犯了罪，連連掌自己的嘴，改唸毛主席語錄：『下定決心，不怕犧牲，排除萬難，去爭取勝利。』怕鬼出鬼，像眞的鬼打牆似的，老外婆轉來轉去還在自己家門口的附近。再不回去天就要亮了，夜不落屋，張二嫂盤問起來更說不清。眼前就是一出門就在街角上遇見的那個垃圾箱，此時不扔，更待何時？倉惶之際，她把裹在包袱裏、夾在衣服中的石膏碎塊抖進垃圾箱。四顧無人，就像扔了一枚炸彈那樣，一溜小跑，回了家。家門口沒人，開門進屋，玲子也沒醒，謝天謝地！可扔掉了！——罪過！罪過！是不能這麼說的，可應該怎麼說呢？她找不到合適的詞兒。外婆和衣睡了，嘴裏唸叨着：毛主席呀毛主席！明兒上街再買一個寶像回來。不對！是請一尊，請一尊寶像回來，請您老人家歸位……她的心漸漸安了下來，一閉眼再一睜眼太陽已經老高了，爬起來給玲子穿衣服、洗臉、梳頭、開收音機。收音機正在唱《北京有個金太陽》。再出去排隊拿牛奶，再去買菜，又排了三個隊才買到三樣菜：白菜、豆腐和鷄脚爪。只能買到鷄脚爪而買不到鷄肉。連鷄脖子也買不到，鷄肉到哪兒去了呢？鷄腿呢？令人費解，是鄉下人不養鷄，單養鷄脚爪？那不是出了怪了嗎！有人說鷄肉裝了罐頭，可鷄罐頭到哪兒去買？國內買不到，支援了亞非拉。原來鷄肉去執行外交使命去了！爲世界革命而光榮犧牲！那麼鷄腿呢？鷄腿進了特供點。何謂特供點？特供者特殊供應也，點者一點點也，可這一點點供應誰呢？當然是無產階級司令部的人嘍！能稱得上無產階級司令部的人有幾個呢？當然很少，所以稱爲點，一點點。中央一點點，省裏一點點，地區一點點，縣裏一點點。既然鷄腿只有一點點，爲什麼鷄脚爪這麼多呢？鷄脚爪不是從鷄腿上剁下來的嗎？不能說十雙鷄脚爪長在一對鷄腿上呀？……」

E正說得起勁，A把一塊小石子準確地丟進他的嘴裏。

「你說到哪兒去了！瞎擺劃！」

「呸！」E吐了那塊飛來的小石子說：「閉言少敘，書歸正傳。話說老外婆把菜提回家，已經九點半鐘了，連忙給玲子煮了牛奶，拿了幾塊餅乾，讓玲子吃早飯。然後自己燒點水泡飯。玲子吃得慢，一邊吃一邊還得聽收音機。收音機裏正在唱樣板戲，正唱到『穿雲海，過雪原……』玲子問外婆：『穿雲海』是什麼意思？外婆雖說聽過無數遍也從沒弄懂過，回答說：既然是穿，那『雲海』不是褂子就準是褲子，要是帽子就該是戴了。玲子含着半塊餅乾想着想着還是想不通，正要再向外婆發問的時候，外婆放下筷子不高興了：玲子！誰家孩子像你，一頓飯吃個把小時，啥時候能革命化了呀！一會兒里委會還得找外婆去天天讀哩！實際上，她怕玲子萬一問她：旣然『雲海』可以穿，是燈芯絨還是的確涼呀？再一問她可眞對答不上來了。玲子一聽說她吃飯慢就化不了革命，立即把半塊餅乾塞到嘴裏，拍了一下小手，以示完畢。外婆順勢好一陣誇，收拾了碗筷洗涮去了。洗涮已畢，外婆解了圍裙，噓了一口氣。有人敲門，外婆心裏明白，里委會的邱主任（以前叫邱大嬸，文化革命以後誰也不敢那麼叫了，都得叫她的官稱）催來了，天天讀。外婆一邊找小板凳，一邊應着：『主任，來了！多對不住，天天讓您上門叫我，學主席著作應當自覺，我呀！家務事多，小玲子一頓飯要吃好幾十分鐘，我檢討，往深裏檢討！』她剛把小板凳提在手裏，門外有人說話：『媽！快開門。』『喲！玲子媽回來了！不是月底怎會放你回來呀？玲子！你媽回來了，快！』說着打開門。玲子媽第一個先進來，接着進來一屋子人，個個態度嚴峻。那麼多人，沒一個出大氣的，玲子媽把玲子抱在懷裏，玲子問她媽：『媽！他們都是誰呀？是我家表叔吧？』玲子媽說：『別瞎說。』玲子不服：『誰瞎說了！鐵梅不是這麼唱嗎！我家的表叔數不淸，沒有大事不登門……』外婆嚇得兩腿發抖，小聲問女兒：『姑娘，同志們來我們家是爲啥事呀？』玲子媽說：『我也不知道，一早他們派小車把我接回來的……』這些不速之客，有些是外婆認識的：張二娘、邱大嬸、戶籍警劉同志、玲子媽單位保衞組的江同志，別的都是初次見面。她看見張二嫂已經踮着腳尖像革命芭蕾舞劇《紅嫂》裏的紅嫂那樣在屋裏溜了一個圓場，角角落落都拿眼睛掃了一遍。一位尖下巴頦的年輕人，未老先衰，頭髮稀疏，眉毛若有若無，遠不符合樣板戲裏的英雄標準，但他說出話來能使人發抖。他那單鳳眼從不大睜，而且總是目光向下，盯着你的腳尖，怕你跑了。他輕輕地咳了一聲，全體鴉雀無聲。這一聲咳就顯示出了他的存在的重要性。他完全懂得必要的停頓是多麼有力量，此時無聲勝有聲。停頓之後，他說：『無產階級革命派的同志們！』——這句稱呼也可以透露出問題的嚴重性，在中國，稱呼是很有講究的。稱不稱同志，幾乎等於承不承認你是自己人。如果稱你爲先生，就說明你就是資產階級或資產階級知識分子。如果只稱在場的人爲革命的同志，或同志們！說明氣氛比較輕鬆。無產階級革命派的同志們！——這個界線是很嚴格的。當然不包括玲子媽和外婆在內。那位無產階級革命派的權威又說話了：『最高指示：凡是反動的東西，你不打它就不倒，我以公、檢、法聯合革委會的名義宣布……』公、檢、法聯合革委會這個機構是很合中國國情的，公安機關、人民檢察院和人民法院公然成爲一體，因爲它們過去各立門戶，實際上是一致行動，一個人作主。對不起，我又在加注釋了。權威繼續說：『我們破獲了一個大案，要案！有什麼案件有這麼大呢？有什麼案件有如此重要呢？……』可憐的外婆！面如死灰！。——『黨的政策還是坦白從寬，抗拒從嚴！請街道革命委員會治安委員張同志提問。』張二嫂一屁股坐在方桌角上，開始說話了：『最高指示：四海翻騰雲水怒，五洲震蕩風雷激！我此刻的心情就像四海一樣翻騰，憤怒！小心着，一切牛鬼蛇神，我們要讓五大洲的霹靂閃電照亮每一個角落，把你們的黑心肝、爛五臟都看得清清楚楚！郭郝氏！我問你……』郭郝氏是誰，就是外婆。她沒有名，所以在戶口簿上只能根據她娘婆二家的姓寫爲郭郝氏，婆家姓郭，娘家姓郝。只有在很正式的場合才有人叫她郭郝氏。她從來還沒有聽人這麼叫過她，一時不知道叫誰。還是女兒機靈，用胳膊肘碰碰她：『媽，叫你……』『到！』——外婆不知道從哪裏學到的軍事化行動，一雙改良腳還併了一下。——『你家有沒有毛主席寶像？』天啦！這不是敗露了，忙乎了一上午，沒去再請一尊來。可憐的外婆，嘴唇抖了一分半鐘才出聲：『有！誰家沒有毛主席的寶像呀！』——『你家的毛主席寶像到哪兒去了？』外婆的腦子全懵了……『誰，誰，誰知道……咋沒了……？』——『誰知道？你們家的事誰知道？你知道！』外婆以爲沒有贓證就可以矢口否認：『我實在是不知道……——實在不知道！』『我要讓你知道！拿出來！』隨着話音一落，戶籍警劉同志戰兢兢地捧出一個紅紙包來。外婆隔着紙就能看見，那正是她丟到垃圾箱裏的一堆碎石膏片，塊比較大，只要打開紙包，誰都可以看出他的局部面容的輪廓。中國人誰不熟悉偉大領袖毛主席呢！天庭飽滿，地閣方圓，一臉福相，還有下巴頦上的那顆痣。這時外婆的身子搖晃起來，在女兒的攙扶下才能站得住。一閃念之間，她想：爲什麼當時沒有把它砸碎呢？她當然不敢砸得再碎些，即使讓她自己死，她也不敢那麼做。——『這是不是你昨兒半夜裏丟到垃圾箱的？告訴你！我們今天不需要你的口供！沒有口供照樣定罪！你半夜三更夾着包袱上街，騙我，說是托人給女兒往幹校送衣服。你托的那個人姓什名誰？家住哪裏？你說得出來？你前腳出門，我後腳跟上。革命同志警惕性很高，一眼就看出你一臉鬼，滿肚子鬼，磕磕絆絆，東倒西歪，一句話，我啥都看在眼裏了！在你那反動腦袋瓜剛往枕頭上一歪，我已經一片一片地把他老人家請回來了！同志們！無產階級革命派的同志們！你們知道我是多麼難過呀！無產階級文化大革命進行到今天，還有這麼兇惡的階級敵人沒有被挖出來！毛主席是全世界人民的領袖，是我們心中最紅最紅的紅太陽！誰危害毛主席全黨共討之，全民共誅之，全人類共誅之，全人類共殺之！你狼子野心，何其毒也！』張二嫂的聲音越來越高，最後那個『也』字一下就翻了兩個八度，就像用鐵片劃玻璃的聲音那樣刺耳。羣情激憤，口號連聲：『萬歲！萬歲！萬萬歲！誓死保衞毛主席！』外婆癱倒在女兒腳下。還是那位公、檢、法聯合革委會的代表有政策水平，用一雙手輕輕地就把口號的狂濤壓下去了——『扶她起來！讓她坦白交代！交代她的犯罪經過，動機和指使人……』外婆被女兒扶起來，又是眼淚又是鼻涕。——『給她一杯水。』這位代表的政策水平更顯得高了。外婆沒有喝，她嚎啕大哭地說：『我坦白，我交代，我罪該萬死！同志們！』立卽遭到很多人的斥責：『誰跟你是同志們！』——『首長們！這不是我幹的呀！這是……玲子……玲子她闖的禍。她不懂事。她是個吃屎的孩子！孩子無罪呀！』張二嫂勃然大怒：『好哇！你把罪責推到孩子身上，眞是個老狐狸！』政策水平高的那位一揮手，張二嫂立卽閉上嘴。——『可以！旣然你說是孩子幹的，那我們就問問孩子！玲子呀！你外婆說毛主席寶像是你打碎的，是不是呀？』玲子一直都在用她那雙大眼睛環視着每一個人。她從沒經歷過這場面，先是覺得害怕，後來又覺得很有趣。這些大人還會用那種奇怪的聲音說話，用那種奇怪的、神秘的眼睛看人，都那麼重視她，所有的眼睛眨也不眨地盯着她，長時間的、耐心的等待。外婆全身都是僵死的，只有眼睛專注地盯着她，閃着一種乞憐而又絕望的光。媽媽那旣親愛又怨恨的目光凝固在她的小嘴上。玲子蠕動了一下小嘴，出乎意外地笑了，看看這個、看看那個說：『你們說的是什麼呀？』那位公、檢、法的權威人士連忙用手勢給她進行一番細緻的解釋，包括它的高矮，它的原料……但玲子回答說：『不卽（知）道。』眞是急死人！外婆突然醒悟過來，對她說：『玲子！就是毛爺爺！』玲子明白了，有點羞澀地笑了，右手小拇指戳着臉上的小酒窩說：『毛爺爺是我打碎的。我給他戴帽己（子），一碰，就掉到地上了。外婆不讓我告訴人。』所有人的目光一下就轉向了外婆，外婆又是一陣眩暈。那位權威發話了：『毛主席教導我們說：要實事求是。案情已經很清楚了。主犯是玲子，同謀是郭郝氏，郭雲玲——玲子的生母也負有管教不嚴的責任。判決如下：郭雲玲免予刑事處分，交原單位給予行政處分。郭郝氏在羣眾監督下掃大街，以觀後效。郭玲子罪行嚴重，手段惡劣，雖然她態度較好，主動交待，但是！』——他嚴厲地把目光掃過每一個人，好像每一個人都是罪犯，然後繼續說：『這樣的滔天大罪，對誰也不能饒恕。不管他的地位有多高，資歷有多深，黨齡有多長，對革命的貢獻有多大……』最後，他的目光惡狠狠地落在玲子身上，『年齡多麼小！堅決予以制裁！對於她，不判刑不足以平民憤！在量刑上可以從輕。玆決定判處郭玲子徒刑二年，立卽執行。』他的話音剛落，戶籍警劉同志上前一把將郭雲玲懷裏的玲子抓了過來。玲子尖叫着亂踏亂打。不知道外婆哪來的膽量，撲過去抱住玲子，大聲說：『抓我！是我的罪，是我幹的！』郭雲玲也叫着：『讓我去坐牢，讓我替孩子去坐牢，反正在幹校跟坐牢也差不了多少。』權威人士猛地拍了一下桌子：『你們知道法律的嚴肅性嗎？我們的原則是穩、準、狠！打擊的是眞正的罪犯！哪朝哪代有冒名頂替去服刑的事呀?!』郭雲玲請求地說：『讓我陪她去坐牢吧，我陪她，比我在幹校裏成天見不到她還舒服些，求求你！求求你！照顧照顧我?』權威人士用拳頭支着腦袋，像羅丹的雕塑《思想者》那樣思想了三秒鐘，很有魄力地一揮手：『可以！』從此，也就是一年前，咱們監獄裏就有了一個由媽媽跟着坐牢的最小的女犯。」

A說：

「你這一口氣眞長，不渴的慌?」

「你給我一碗水?」

「我只有一泡尿。」

「你掏出來，你只要敢掏出來，我就敢喝。」

B說：

「算了，別扯蛋了！E，你又沒看見，怎麼會說的這麼圓？你肯定添了不少油，加了不少醋！」

「口頭文學嘛！可玲子就在咱們大家眼前，還有玲子媽！說明最重要、最關鍵的情節一點醬油醋也沒加！不容你不信！」

C嘆息着說：

「可也是！人就在咱們眼面前……」

A說：

「玲子媽左首那個鄉下大姑娘怎麼進來的？長得還挺俊……」

E說：

「啞巴，她和玲子是同一性質的案件。」

B說：

「你怎麼什麼事都知道呀？」

「在監獄裏過日子，就應該練就眼觀六路，耳聽八方的本領，不然，你就朽了！」

C說：

「啞巴怎麼也……我原以為禍從口出，想當個啞巴，因為啞巴就壓根沒有聲音，你不但不知道她說了些啥，也根本不知道她想了些啥。想抓她的辮子你也抓不住呀！她壓根就沒辮子。」

「你說的是一方面的理，人不但會說話，還會行動，行錯了，動錯了，照樣出問題。怕領袖着了涼的小玲子並不是嘴上招來的禍。」

D說：

「你說說看，這個啞巴犯了哪一條，哪一款？」

「她是無期……」

A、B、C、D同時說：

「這麼重！」

「罪大呀！」

「什麼罪？」

「同一性質的案件。」

A說：

「我們知道是同一性質的案件，案情總不會一樣吧！」

「不好說。」

B說：

「你根本就不知道，賣關子！」

「我完全知道！」

「那你就說呀！」

「說就說吧，事情是這樣的，啞巴姑娘是個農民的女兒。六年前有一天，她媽叫她進城趕個集，任務很明確，賣一擔柴請一尊毛主席寶像回來。南鄉農民挑柴使的是衝擔，兩頭尖，賣柴很順利，一進城就碰上了買主，請毛主席寶像也不費事，兩塊五角全給了文具店就請到手了。怎麼拿回去，啞巴姑娘犯難了，既沒個籃子又沒個筐，抱在懷裏不好看，一個大姑娘家，頭上又頂不住。左思右想沒辦法，忽然眼睛一亮，看見地上有一根一尺半長的細草繩，拾起來那麼一拴，就吊在衝擔尖上了……」

B說：

「等等，我還沒聽明白，那麼一拴，怎麼拴？拴在哪兒？」

「就這點不好說，說不出口！」

C說：

「嗨！你還有啥說不出口嘛？說吧！我相信咱們這夥人誰也不會再去揭發了，苦頭已經吃夠了！」

「……不說你們還想不到？明擺着！只有一處可以拴草繩，那就是……」E終究沒說出來，只用手往自己脖子上比了一下，「這還了得，眾目睽睽，招搖過市，當場拿獲……你們想想，在當時引起的震驚，憤怒，差一點沒把這個啞巴姑娘踩死在大街上……」

A、B、C、D同時伸了伸舌頭，同時說：

「對她可眞是寬大呀！不然……」

接着就是沉默。我們這一圈也在沉默。我估計大家都在想着E沒有完全描述清楚的特寫鏡頭和波瀾壯濶的全景，以及洶湧澎湃義憤塡膺的熱愛偉大領袖的人民羣眾，他們那高高舉起的森林般的手臂，他們的腳爭先恐後地踏向十惡不赦的兇犯，怒吼聲，號哭聲如同暴風驟雨，實在是激動人心。如果當時我在場，我一定也會向她踏上一隻腳，也會哭喊着向她揮動拳頭，也會以一種負罪的心情，爲中國尙有如此反動的人而痛不欲生……當我正沉浸在肅穆的思考之中的時候，收工的哨子響了。我的第一個反應是：這麼快！急忙站起來，跺着坐麻了的腳。

我注視着那扇窗戶，過去，窗上貼的是黑紙；現在，掛上了有藍色小碎花的布窗簾。

晚飯後，一個年輕女看守走進我們一〇〇四五號牢房，使我們全體大吃一驚，她用右手食指向我勾了一勾。她這一勾就像白無常那一勾一樣，把我們的魂魄都勾出了竅。完了！聽說有好幾個囚犯都是被一個女看守叫出去處決的。我立即開動一切機器檢查自己最近有什麼不縝密的疏漏可能釀成大禍。信息反饋告訴我：沒有。可是，沒有任何疏漏就不可能拉出去槍斃嗎？這種先例有的是。也可能轉到單身牢房裏去。忽然我也有一種由於希冀的異想天開：釋放?!我站起來問她：「東西要帶嗎？」她用那根勾過我的食指搖了搖，我的剛剛冒出來、而且很活躍的希望的火苗猝然熄滅了。我用悲戚的目光向獄友們示意：永別了！多多保重。一直感到擁擠、氣味難聞的牢房，和難以打發的囚禁的日子，以及這些獄友，個個面皮腫脹得像在泔水缸裏泡過的饅頭一樣。此刻都顯得輝煌、溫暖起來，讓人戀戀不捨。還有每一個獄友的故事，在敲石子的時候可以聽到。每個人都是一本很有趣的書，增加知識，促進思考，同時也增進食欲。當然，這是一大缺陷，在獄中一切增進食欲的東西都無異於毒菌。當女看守轉過身去的時候，我含着眼淚像古代的英雄一樣，抱拳一拱，一仰頭就跟着女看守走出了牢房。無論怎麼說，我是個男子漢大丈夫，在女人面前應該有個樣子。人到了不就是個死嘛！死是什麼？雖然現在我還不知道它的滋味，人世間的酸甜苦辣都嘗過了，回味起來比實際身受的時候要美妙得多，譬如說和芸茜的關係。死之後還能回來嗎？我更重視死之後的回味。我跟着女看守，可惜我沒注意到她的臉。是美，是醜，還是不美不醜？她一進牢門就用手指勾我，她在我的心目中立卽就成爲一個死神，對於死神，是無需看她的面目的，只需要看她的手指。現在卽使是猙獰的面目也看不到了，只能看見她的背影。雖然她穿的是一套藍色的不合身的警服，對於一個習畫者，大輪廓還是可以看得出的。不超過二十五歲，一米六二的身材，發育很豐滿，腿比較長，臀部渾圓。如果面目不太猙獰，我願意死之前抱一抱這個誘人的異性的軀體。從背後，雙手抱住她的雙臂，剛好捂着她的胸——想到這兒，忽然覺得滑稽而又酸楚。死到臨頭怎麼還會浮出如此富有生機的奇想?!監獄是通向死亡的碼頭，長期不能登上死亡之船，又不能登上生命之岸，看不見任何使人聯想到異性的色彩，更接觸不到異性。能夠遠遠看一眼和我們一樣穿着灰土色的囚服的女犯，也還是最近的事。在男囚犯遠遠眺望女囚犯的時候，才特別感到人的視力太差。同時，這種遠距離的吸引，只能使我們更乾渴。我如果沒有和女性在一起生活過，可能會好一些。但十分不幸的是，我和芸茜有過一段蝸牛殼的自由的羅曼蒂克。完全和那些沒有一天不講一次性奇遇的老色鬼一樣，欲火中燒。暗暗發誓，一旦有自由，一定寫一本在獄中的眞情實感的書（不管能不能出版），將在書中告訴一切自由的人們，失去自由的人最感到痛苦和壓抑的是什麼。一切監獄裏的甬道都是漫長的、陰濕的。以前我只在電影裏看到，現在我正在這條漫長而陰濕的甬道上走着。眼前，我緊緊地跟着一個年輕的女看守。如果把我和她在甬道中走着的情景拍成電影，外國觀眾一定會期待着一個戲劇性的暴力的情節。中國觀眾不會有這種期待。中國的女看守很放心，她身上根本沒有武器。中國當時的囚犯不會把在自己內心預演過多少次的小品眞地進行表演。這絕不僅僅是膽量問題，他們每一個人的心靈裏還有一個監獄，那座監獄就是與生俱來的。

我身前的那個女性驀地停住了，我險些撞到她身上。她推開一個小門，是一間小小的候見室。她轉過臉來對我說：

「進去！」

我這才看清她的臉，不醜，可以算得上漂亮，也許是我許久沒這麼近地見到過女性的緣故。我能聞到她的呼吸的氣息，是那種很親切的同類中的雌性的氣息。她看着我，並無惡意，甚至還有一絲正常男女之間的那種好感。在她綳着的嘴角上洩露出一點點微笑。我下意識裏突然崛起一股子原始的男性的衝動……但已經遲了！第一，我知道這還不是死亡之船。第二，屋裏還坐着一個人，女性，戴着大口罩，軍帽壓得很低。女看守對我說：

「有人找你外調，問你什麼你都要據實說。說實話對你有利，否則你會受到嚴厲的懲罰！」

「是！」我低下了頭，一切樸素的自然人的內心騷動一下就平息了。

「坐！」女看守指着和那個外調人隔桌相對的一個粗條凳。我走過去坐下，多久都沒坐過椅子凳子了，一坐上條凳就情不自禁地發出一聲輕輕的嘆息。女看守走到外調人的身邊，在她的耳輪上說：

「你問他吧！我還有事，不陪你了。據我們知道，他很老實，沒事……」雖然她的聲音極小，我還是全都能聽見，使我確切意識到我的耳朵的靈敏度大大地提高了。我有點得意地想到：我是一個老囚犯了！我這才知道，我在他們印象裏很老實。說明即使在高壓之下，了解一個人的內心也是很困難的。我不覺得我是個很老實的囚犯，至少我經常瘋狂地渴望自由，渴望性。在中國，這就是最不老實的人的渴望。但他們不知道。

女看守走了。我低着頭等待這個外調人提問。她是來調查誰的問題呢？調查我死去的父母？他們的問題有轉機？調查桂任中？調查宋林？調查朱戴志？調查芸茜？她出事了？但這個外調人遲遲沒有發話。我憑感覺知道，她脫了口罩，脫了帽子，梳頭。奇怪！她怎麼不問呀！我一擡頭：呀！芸茜！

「你！你怎麼知道我在這兒？你怎麼能進到這裏頭來？」

「我有很過硬的介紹信，假借外調你父母的死因的名義來的。別問這些，趕快告訴我你的案情。」

我盡量簡練地述說了我的案情。她皺着眉頭說：

「你怎麼會把筆迹落在人家手裏呢！要是你口頭上對桂任中講的，再反動也不怕，你可以賴！你眞是太天眞！就像三歲的小孩，背着我幹這種蠢事……」

「我出於好心……」

「好心值多少錢一斤？算了！別解釋了！」她嘆息着說：「我眞不知道怎麼能把你拔出這地獄！不知道，這個監獄關的大部分是政治犯！中國沒有大變化，你們就別想出來。判了的和沒判的都一樣，都得把牢底坐穿！我不是嚇唬你。」

「我知道……你覺得中國近期有發生重大變化的可能嗎？」

「很難說，林彪的事不能說不是個大變化。發生了，怎麼樣？還不是原封未動……」

「這麼說，需要有個更大的變化……」

「嗯……大變化不是能盼得來的！你這個大笨蛋！只有等……只有等……」

她淚汪汪地看着我：

「沒瘦，我看是浮腫。我知道你吃不飽。可我沒法給你扛一袋饅頭。這是幾塊巧克力糖，在外面也很難買到……」她隔着桌子把四塊巧克力糖扔過來，是五十克一塊的，「快裝起來！」

極度饑餓的人一見到食物，手抖得非常厲害，好幾次才把四塊巧克力糖從桌上拿起來塞進褲腰裏。

「告訴你！我要假裝讓你寫一份關於你父母的調查材料，下次來取。可能下一次不一定能見得到你，特別是單獨見到你，幾乎沒有可能……」

我把雙手從桌子底下伸過去，她用雙手抓住我的手，還是我的芸茜。我的手摸索着去尋找她的腿，她用手幫助我的手找到它們。我還要找到我在思念中尋找過千百次的、她身上的一切。她知道，她正要寬容地幫我去尋找，但房門響了。我縮回我的雙手，站起來。女看守和監獄長走進來。

「談完了嗎？」女看守問。

「談完了。」芸茜一邊從軍用掛包裏拿出一本材料紙，一邊說：「剩下的事就是讓他寫份材料了。」

「沒問題，要得急嗎？」

「叫他慢慢寫吧！過幾天再來取。」

「行！」監獄長把材料紙接過去再交給我，「你可以回去了。你可以三天不參加勞動……」

「是！」我轉身走出房門，什麼含情脈脈的惜別的表示都不可能了。漫長的、陰濕的甬道，女看守跟在我的身後。現在，不是我在看她的背影，隔着警服想像她的肉體，而是相反，或許她根本沒注意，因爲囚犯在她的眼睛裏屬於非人。但也很難說，我畢竟是個健康的男人，於是我想到：她會隔着我的囚服想像我的肉體嗎？我的肉體在這個穿警服的女人眼睛裏是什麼樣子呢？我眞想突然轉過頭來看看她的臉在這一瞬間的表情，但我沒敢冒險……

我注視着那扇窗戶，過去，窗上貼的是黑紙；現在，掛上了有藍色小碎花的布窗簾。

十七

黎明，「謝納米」上飄着幾朶低低的白雲，五六隻野鴨子貼着湖面飛向彼岸，一隻獨木船泊在湖心裏，一個老頭和一個小姑娘在收昨夜放在水裏的黏網。太陽還在山那邊，深藍的湖裏已經有了一點微紅，像是什麼人在藍墨水裏滴了一滴淡紅色的墨水，漸漸在擴散。

兩匹馬，三個人，打破了湖邊的寧靜。蘇納美離家了！眞的離家了！在做出決定之前整個大家庭討論了三天三夜，整個村子的人都參加了討論。反對者多，贊成者少，羅仁成了眾矢之的，一個不受歡迎的人，甚至把他當做拐賣人口的人販子。蘇納美的脾氣只有阿咪彩兒知道，反對的人越多她越堅決。卽使是火海，她也要跳。最後，她笑瞇瞇地對全家說：

「明兒早上我就走了！」好像從來都沒有異議似的。誰送她呢？她以前的阿肖隆布聽到信兒趕了十五匹馬來送她。英至沒有馬，願意背着她上路。蘇納美都拒絕了。她只要阿烏魯若送她。阿烏魯若備了兩匹馬，天不亮就起身了，沒有驚動老人和孩子，村裏人也不知道他們會走得這麼早。英至在蘇納美的「花骨」裏睡了最後一夜，說了一簍子一簍子的話，眼淚像雨一樣淋濕了蘇納美的秀髮，勸她不要到一個陌生的地方去。蘇納美當然不會聽，早早就把他從床上趕了起來，讓他回家，不許他送，對他說：

「趕快再找一個阿肖，最好找一個醜姑娘，不然你會忘了我的。」

「你放心，你走了，所有的姑娘都是醜姑娘……」

「我不聽你唱歌，我要你聽話，回去！我要是在路上看見你在跟着我，我可是再也不理你了！回去，回自己的衣社去！」

英至踩着腳走出蘇納美的「花骨」，順從地走了。

只有阿咪抱着那隻大白貓來送自己的模。阿咪把蘇納美抱到馬背上，跟着她的模走了好遠好遠。她們沒說話，羅仁也沒說話，阿烏魯若也沒說話，只有八隻馬蹄子不斷對故鄉的路面說着：走了！走了！走了！走了！

快到湖邊的時候，天亮了。在一個高坡上，蘇納美從馬背上跳下來，笑嘻嘻地折了一根松樹枝在路上劃了一條線，對阿咪說：

「阿咪！你就送到這兒。這兒高，能看得遠。很久你還會看見你的蘇納美，別再走了。你要跨過這條線一步，你的模就要短壽一年。你要是不喜歡你的模，你就走過這條線往前走！」蘇納美咯咯笑着跳上了馬背，用那根劃線的松樹枝狠心地抽了下馬屁股，馬兒一溜煙地跑了。阿咪抱着大白貓留在那條線的後面，用模糊的淚眼追踪着那馬，和那馬背上的模。她哪裏知道，蘇納美的笑聲是和眼淚同時流出來的，哭着笑是頂傷心的！蘇納美的心裏空蕩蕩的，好像她自己用她自己劃的線割斷了和家鄉的聯繫。那是什麼聯繫呢？未出生的時候，她的臍帶連在阿咪身上，但她那時候所有的神經都是阻塞的，什麼都不知道。現在，所有的神經都是活躍的，她才知道割斷臍帶的滋味，一切親切的感知都割斷了！她恨不得從馬背上滾下來，躺在這塊土地上。在這裏還能看到摩梭人的村落，每一個衣社火塘裏冒出的煙，在村落上空結成薄薄的一層紫色的霧。但她沒有滾下馬來，她的腰必須是挺立的，她的眼睛必須向前看，任眼淚像珠串一般滾落在馬鬃上。她此刻多麼希望英至就跟在自己的身後，或許正在路邊山林裏暗暗地和她併行，英至在暗處能看見她，她卻看不到英至。英至太聽她的話了，如果英至忽然大膽拉住她的馬頭，她會再也不理他了嗎？當然不會，她會眞的從馬背上滾下來，拉着馬對英至說：「我不去了，我要回去，回到那間你熟習的『花骨』，再也不出來了，再也不出來了。」但英至沒有出現，英至對她很忠誠，英至是個老實人，即使他來了也不敢露面……想到這兒，她的淚珠連成了線。她沒有擦去臉上的淚，也沒有有意止住它，讓它流吧！路上的風會吹乾的。羅仁走在最前面，從不回頭看一眼。阿烏魯若跟着那匹馱被囊和食物的馬。他是一個最聰明的老人，他的肚子裏裝有那麼多笑話和故事，現在，卻像傻子一樣，奄拉着頭，注視着擺動的馬尾巴梢。

「阿烏魯若！」蘇納美悲戚地叫着，「阿烏魯若！你爲哪樣不出氣呀？」

「啊！」阿烏魯若用鞭桿子戳了戳滿頭硬如鋼絲似的白頭髮，「啊」了一聲，算是出了氣了。

「給我說點哪樣吧，阿烏魯若……」蘇納美哀求地說。

「啊！」阿烏魯若又是一聲「啊」，並沒下文。

蘇納美又等了好幾里路。

「阿烏魯若！不講故事，說說你自己的事也好呀！你不是也出過遠門嗎？」

「可不是，我走的很遠，到過拉薩，還到過印度，加爾各答……」

「離家的時候你很開心嗎，阿烏魯若？」

「不！跟你一樣，蘇納美！」

「後來呢？」

「後來越走越遠，見到很多稀奇古怪的東西，花花綠綠的人，就忘了『謝納米』，衣社和自己的阿肖了……」

「很快活？」

「很快活。」

「不想家了！」

「不想家了。」

「我想不出，咋個能不想家了呢？」

「能，蘇納美！」

「是嗎？阿烏魯若！給我講講你是咋個快活起來的。」

阿烏魯若先嘆了一口氣，從懷裏掏出一根紙煙，慢慢點着火，長長地抽了一口，吧嗒幾下嘴之後說：

「我離家的時候只有十七歲。有過一個阿肖，叫木扎米。她捨不得讓我走，我可是一點留戀也沒有，瞞着全衣社的人偷跑出來。一個過路的藏族趕馬漢子甲錯告訴我：外邊也有女人，就像外邊也有鮮花一樣，外邊的女人更好耍。誰知道，一上路我就後悔了。後悔是沒得用的，我答應了甲錯。我幫他牽牲口，他管我吃喝，上拉薩朝佛，讓活佛摸一摸頂門心，可以長命百歲。他的生意要是做得好，還帶我去一趟印度，印度有一條紮實大的河，叫恒河。印度的女人都在恒河裏洗澡。你自己可以去挑，挑那美貌的，溫柔的……那時候，去拉薩的路絕不是上天堂的路，完全是下地獄的路。五十四牲口，在雪崩的時候死了兩頭，大雨滑坡的時候死了三頭，被洪水沖走了一頭，晚上被豹子咬死了一頭。在路上，九死一生，我很快活。我發現自己很強，比牲口強，比甲錯強，比豹子厲害，豹子怕我。洪水沖不走我，我好幾十回從旋渦裏鑽出來。晚上頭一沾地就睡着了，一滴雨就能喊醒我。走了半年才到拉薩。甲錯的生意做得很不錯，雪埋的、水沖的都不是值錢的貨，值錢的茶葉、珠寶都運到了，賣了大價錢。甲錯發財了，給我買了一件皮楚巴，鑲豹皮邊的，還買了一雙印度驛夫的靴子。他知道路上虧了我，沒有我，他的命也完了。我從雪堆裏把他刨出來兩次。五十四牲口，起早貪黑，晚上卸多少馱架，早晨就得上多少馱架。我那時候紮實有勁，一頓能生吞五斤小牛肉。甲錯帶我進布達拉宮，我給大活佛獻了哈達，大活佛摸了我的頂門心。我在八角街一站，不少藏人把我當成哪個噶倫❶的公子哥兒了。甲錯正在興頭上，約上我又帶着一個五十四牲口的大馬幫下了印度。印度是個極熱的地方，也是個極窮的地方，也是個極富的地方。甲錯的話不假，在恒河邊能看到成千沐浴的女人。她們的皮膚都是檀香色，光滑柔軟，眼睛很長，眉心有一點朱砂紅，有的在鼻子上戴着金花。從水裏出來披着紗麗，身影兒若隱若現，像雲裏的月亮。我完全忘了『謝納米』，忘了衣社的火塘，忘了阿肖木扎米，忘了我是從哪兒來，到哪兒去，落在哪兒。在加爾各答——那可是個大城市，人比湖裏的魚還稠密，各種各樣的車，你都躲不及。我們在城外賣了那些牲口，雇了汽車把貨運進城。我們住在天天灑香水的客店裏。甲錯從西藏運來的山貨賣了大錢，他都換成了金子和珠寶。他很慷慨，給了我很多盧比，就是印度錢，叫我上街去買東西。他告訴我：印度的綢緞是很有名的。叫我去吃東西，加爾各答的飯館多得數不過來，什麼好吃的都有。我不敢出門，因爲我不會說印

❶在過去的西藏相當於王公。

度話，也不會說英國話。有天早上，甲錯在那張蓋着綢緞被子的床上爬不起來了，他從幸運的山頂上跌落下來。他得了急性瘟疫，醫生拒絕來看病，店裏的人不敢給他送飯，只有我敢走到他的床前。他知道他的日子不多了，他感激我，要把他的財產全都送給我。我不答應，我說我會把他的金銀財寶全都帶回拉薩，交給他的夫人。我還在他的床前發了誓。甲錯奄奄一息了，在他還沒有完全嚥氣的時候，印度的官府派了警察從我手裏硬把他搶走了，連同他的衣服，他蓋過的被子都燒成了灰。他們也把我扒光，燒了我的衣服。我不怕，我有很多錢，又買了很多新衣服。找了一個更濶氣的客店住下來。雖然我不會說印度話，錢會說印度話，錢會說英國話，錢能說各種各樣人的話！——那時候我可喜歡錢了！印度人見了我不笑，見了我的錢就笑了！眞好耍，他們以爲我是從西藏來的馬鍋頭，一身馬糞臭。等我拿出盧比來，他們的眼睛就亮了，眼角嘴角都往上翹了，恨不得親我的臭腳丫子。在我正打算清理了帳目返回的時候，女神呀！有一個印度姑娘走進我的房間。一個絕頂聰明的姑娘，一個絕色佳人，每一個動作都是舞蹈。她聽不懂我的話，可完全能揣摸我的意思。她那美妙的尖尖的手指告訴我，她才十五歲。她穿着五彩珍珠穿成的涼鞋，每一個腳指甲都染成了紅色，隔着長長的紗麗可以看見她那一對帶着紗罩子的奶子。這奶子全然不像是十五歲姑娘的奶子，應該是二十五歲的。還露着圓圓的小肚臍。她的話我也不懂，可我也能揣摸出她的意思。我知道，她是要來做我的阿肖的。她像飛進門來的一輪明月，照亮了我。我心裏剩下的木扎米的淡淡的影子被她的光亮烤化了，樣什也沒得了……我許久都沒碰過女人了，我一把把她抱過來，撕碎了她的衣裳。她想從我懷裏掙出來，哪能呢。一個打過豹子的男人，一個像一堆松明一樣燒起來的男人。她可眞有辦法，她不掙扎了，用她的小手摸着我的臉，讓我安靜下來，幫我脫掉衣服，牽着我，像牽一隻小羊羔那樣牽進一間洗澡的房子裏。我從來不知道這是一間洗澡的房子。我從來不知道人會在房子裏修一間洗澡的房子，和睡覺的房子聯在一起。她給我放了一大盆熱水，讓我躺在盆子裏。她自己當着我和大鏡子的面脫掉她的衣裳。這時候，我嚇呆了。她就像拉薩大活佛私宅裏供奉的玉佛一樣。她的身子光潔得就像暗色的象牙。我自己的身上到處都是斑疤，在她身上連一丁點黑痣也找不到。我眞想讓她出去，別看我，我動彈不得。她走到我身邊，彎下腰給我擦洗身子，一個馬腳子的身子，眞難爲情。她從我的身上剝下了一層黑皮，一盆泉水都染黑了，她又給我放了一盆，三盆水才把我洗乾淨。在她伏下身來爲我擦身的時候，我的臉無意中碰到她那胭脂色的乳頭，我都不敢出氣了。她用一條長長的白布擦乾我的身子，把我牽回到床上，她又去洗澡去了。我聽着她弄水的聲音，她洗了好長的時間，我眞不明白，她的身上有哪樣好洗的，連一點灰星兒也沒有。當她披着紗麗走到我的床前的時候，我已經不忍心像對待木扎米那樣，粗魯地把她按倒在我這粗糙的身子底下了。她慢慢地偎近我……蘇納美！我的小則咪❶！女神也不過像她那樣了。她知道我要幹什麼，她知道哪樣好耍。她能讓我隨時像豹子一樣翻身跳起來……有了麗達——是的，她叫麗達，一個精靈！有了她，吃哪樣，穿哪樣，她會讓人送到房裏來。我過的就像尼泊爾王子一樣的日子。到了月頭上，麗達給我送來一大疊紙條子。我不知道這些紙條子是什麼。她告訴我，這是吃喝穿戴和住店用去的盧比，這當然要給人家。我有的是金子。我都付給了她。可我沒想到有這麼貴，用去了甲錯全部財富的一半，一半就一半吧，我還有一半。第二天，麗達又交給我一張紙條子。我不明白這是哪樣花費。她告訴我，這是應當付給她的錢。我一下就懵了，我欠過她錢？爲哪樣要付給她錢？我給她買了好多貴重的衣裳、金銀首飾。她說還得給她錢，那是她自己的身子掙的。我不明白，結交阿肖爲哪樣還要付錢？我也有身子呀！爲哪樣她不付給我錢，我要付給她錢呢？我問她要多少錢，她用手指

❶ 摩梭男子對各類姐妹之女的稱呼。

數了一個數，把我嚇得嘴都合不攏，幾乎是要我把所有的財產都交給她。這麼說，我得沿途討着飯返回西藏嘍！我用摩梭人歌一樣的話向她說：我們相好就像一隻雄鳥和一隻雌鳥飛到一起來了。我給你的是情，你給我的是義；你給我的是恩，我給你的是愛；我給你的是心，你給我的是肝；你給我的是血，我給你的是淚……你爲哪樣會向我要這麼多錢呢？這些話她一句也聽不懂。她變得很蠢，一點靈氣兒也沒有了。我不能給她錢，我給了她錢，她算是哪樣呢？還能算是個人嗎？那不成了沒有魂兒的物件了？那不成了不通人性的畜生了？她對我的知情知己的體貼，她的笑容，她的哭泣，她的因爲我給她的愛太多的喊叫，她的舔遍了我的身子的小嘴，她的被我留滿牙印的光滑滑的身子，都是可以用錢買的？我喜歡她，愛她，她是我的阿肖，我不能給她錢。我告訴她：你知道嗎？你是我的阿肖，你知道阿肖是哪樣？阿肖是朋友，不是一般的朋友，肖是躺下，我們是可以像初生的嬰兒那樣躺在一起的朋友！阿肖麗達！蘇納美，她聽不懂！她成了一個陌生人，不！她成了一個物件，一個無情無義的物件，一個沒心沒肝的物件……爲了要錢，她的全家都來了，像一羣狗，圍着我狺狺地叫。後來，又來了一羣警察，像一羣狼，要把我撕碎。麗達就在這些狗和狼中間向我喊叫，呲着牙要吃掉我。我只好拿出金磚，銀首飾，珍珠項鍊，一件一件扔到他們腳下。麗達爬在地上，和那些狼、狗像搶骨頭一樣，揀着一顆顆散了的珍珠。我只剩下了返回西藏的路費，我離開了加爾各答。沒有告別，因爲偌大個城市沒有一個可告別的人。我曾把麗達當做最親愛的人，她願意變成一個物件。在返回的路上，我還遇到過許許多多印度女人、尼泊爾女人、西藏女人，可我再也看不出她們美在哪兒了！她們或許也有像麗達那樣美，或許比麗達還要美，我不要看她們。在你沒有錢的時候，她們都是冷冰冰的物件，都是沒有魂兒的物件，不通人性的畜生，兇惡的狗，吃人的狼！在西藏我沒臉去甲錯家，只好把他的骨灰埋在喜瑪拉雅山的山腰裏，念了一千聲佛陀，拜別了他的亡靈，我奔向家鄉！奔向摩梭人的『謝納米』。當我離『謝納米』越來越近，木扎米的容貌就越來越淸楚。在我看見湖水的時候，我差不多能伸出手來摸着她了。全世界只有『謝納米』岸邊的摩梭女人是女人，不是物件，是有血有肉的女人，是有情有義的女人！是有恩有愛的女人，是有魂靈兒的女人！是美的女人！只有『謝納米』岸邊摩梭女人當中才能找到眞正的阿肖……唉！我回來了！」

「阿烏魯若，木扎米可還會給你開門呢？」

「不是不會，她……她的『花骨』裏有了人了。我千辛萬苦給她保留了一對鑲寶石的銀鐲子，但我沒有給她。我不能用值錢的物件去把她從她的心愛的人那裏引過來，我把那對銀鐲子偷偷丟進了『謝納米』，……」

「後來呢？阿烏魯若？」蘇納美像幾歲的小女孩那樣迫不及待地問，「後來你可找到了你的阿肖呢？」

「那還用得着說，我的小則咪！先後有過八個阿肖，我沒送過她們一個物件。你知道，蘇納美，我不是小氣。」

「我知道，阿烏魯若。」

「我也沒要過她們一個物件，哪怕是一根帶子。我對她們說：我給你的是心，你也要給我心，只能給我心，這是最寶貴的！」

「阿烏魯若，你要還是個年輕人，我也會做你的阿肖的……」

「我相信。」

蘇納美再也沒有問什麼了，阿烏魯若再也沒有說什麼了，只有八隻馬蹄子不斷對故鄉的路面說：走了！走了！走了！……

傍晚，他們三個人、兩匹馬，在一個溫暖的山谷裏露宿。

阿烏魯若把牲口垛子卸下來，升起一籠篝火，開始燒茶。羅仁幫着在馬蹄子上拴了腳絆以後，就到溪邊洗起臉來。蘇納美走過來，蹲在他的身邊，問他：

「阿烏魯若講的故事，你可都聽見了？」

「聽見了。」

「你的耳朶眞尖！」

「不是耳朶尖，是山路靜。」

「我問你，羅仁哥，要是我把心給了你，你可會把心給我呢？」

羅仁搖搖頭。

「爲哪樣？我不好？」

「不是。」

「你沒心？」

「不是。我的心上綁了一道道的麻繩……」

「瞎說！」

「我一點都沒有瞎說。」

「那你給我說說，都是些哪樣麻繩？」

「以後吧！以後你在城裏住一個時候，我再告訴你；現在對你說，你也聽不明白……」

「我笨？」

「不！我也說不明白。」

「說不明白？世上還有說不明白的事？」

「多着呢！」羅仁拉着蘇納美從溪邊走到篝火旁，幫着阿烏魯若煮上包穀飯。在包穀飯沒煮熟之前，茶煮好了，三個人默默地喝着茶。蘇納美不時小聲地自言自語地問着：

「世上還有說不明白的事？……」

吃罷包穀飯，阿烏魯若把毛毯鋪在草地上，三個人並排躺下，阿烏魯若躺在邊上，讓羅仁躺在中間，蘇納美躺在另一邊，和羅仁緊挨着。蘇納美用一件「察爾瓦」蓋在自己和羅仁的身上，阿烏魯若裹着馬褥子，一倒下就鼾聲如雷地睡着了。蘇納美睜着眼睛看了一會星星，翻了一個身，雙手摟着羅仁的脖子也睡着了。羅仁卻怎麼也睡不着了。渾身燥熱，連動一動也不敢。蘇納美均勻呼吸着的紅彤彤的嘴唇緊貼在他的臉頰上，他在受着一種最嚴酷的刑罰——被釘在一個奇異的十字架上，脖子上還箍着個鐵環。一直到天明，在蘇納美醒來的時候，他才被釋放。蘇納美驚訝地對他說：

「羅仁哥，你睡得好死啊！」

「是的！」羅仁跳起來奔到小溪邊，把昏沉沉的頭浸在冰冷的、流動着的水裏……

十八

我注視着那扇窗戶，過去，窗上貼的是黑紙；現在，掛上了有藍色小碎花的布窗簾。

因爲寫材料，三天沒參加院子裏的勞動，很寂寞。其實，寫一篇這樣的材料只需三個小時，但我不能不拖足三天，以示嚴肅認眞。材料上交以後我又隨大家參加砸石子勞動了。石子是砸不完的，因爲「深挖洞」是黨和國家的長期的戰略任務，關係着「備戰備荒爲人民」的大計。一旦核戰爭爆發，全人類就要完蛋，只有中國人有遠見，能在洞中避免核爆炸的衝擊波和光輻射，以及核污染。按監獄長的說法：洞中也爲每一個囚犯預備了一席之地，因爲那些能活到核戰爭爆發的中國囚犯比西方最純潔的人還要純潔，實爲難得的優良人種，到那時候也是很寶貴的，所以也應當進洞，加以保護。監獄長說到這兒，犯人們情緒活躍，大爲振奮。監獄長補充說：何以見得呢？在西方資本主義罪惡社會裏，一個中學生就可以亂愛、亂搞！（中國話的搞字大有妙用，可以用於最偉大最壯麗的行動，如：在肅反工作中要大搞羣眾活動。也可以用於最說不出口的事，如：亂搞，搞女人之類。在這裏，搞字就成爲性交的同義語了。）你們（指我們這些囚犯）在長期強迫勞動和服刑期間，至少沒有作風問題。（作風者，男女苟且之事也。）我情不自禁地苦笑：可不是！風都不透，怎麼去作呢?!正當監獄長和我敢於在這個重大問題打包票的時候，獄中出了一件事。使監獄長丟了一點面子的同時，也使我小小的有點驚訝。對全體囚犯是一次不大不小的刺激，事實比流傳在獄中的一切口頭文學都要略見藝術性。

無巧不成書。事就出在我們一〇〇四五號牢房。主人公就是八〇九九九八號，和我只差一號，他就是康生猜不透的那個謎。時間是在我交了材料的第二天晚上，監獄長忽然親自駕臨我們一〇〇四五號牢房。我們全體起立向監獄長鞠躬致敬。我們尊敬的一獄之長笑瞇瞇地用右手食指朝九八號勾了一勾。受寵若驚的感覺一下就集中在九八號身上了。那一瞬間他到底幻想了些什麼呢？不知道。但我相信一個手托炸藥包爆炸敵人地堡的英雄所想到的也不會比他多得了許多。他的臉一下就漲紅了，一雙眼睛閃射着被卡住尾巴的老鼠才具有的目光，雙手磨擦着褲縫。監獄長問他：

「九八號，你爹是個木匠？」

「是！」九八號大聲像士兵那樣回答，「俺爹是個木匠，俺爺也是個木匠，俺爺的爹也是個木匠……」他知道三代工人、三代貧農對於一個人的政治可靠性有多麼重要。他往上說到第三代的時候，監獄長用手止住了他。大概監獄長認爲足夠了，十代和三代完全一樣，即使在徵收空軍駕駛員的表上，也只要求往上塡三代。

「跟我走！」

「帶不帶行李？」

「不帶。」監獄長這兩個字等於告訴我們和九八號本人：不是出獄。九八號微微踮起的腳後跟落下來了。紅彤彤的臉上又不停地泛着白色。

監獄長背着手走了，九八號跟在他的背後。此時，我不免有點沾沾自喜地想到：九八號看到的是一個引不起絲毫奇想的乏味的背影。

九八號跟着監獄長走了，這個謎！我們剩下來的四個人不約而同地猜起來。誰也猜不到這個謎的謎。遙遠碼頭上的鐘樓的響聲告訴我們九點過去了，十點過去了，十一點也過去了，十二點也過去了，大約在十二點四十二分，（九七號的腦子裏有一個準確的鐘，連一分也不會差。當他說出：鐘樓上的鐘要響了！不超過十秒，鐘聲果然響了。我曾經有過一個玄想，如果所有的人都像九七號一樣，鐘錶這一個行業不是全都要破產了嗎！）九八號回來了。當看守給他開了門，讓他進來，重新鎖上門轉身走了之後，就像有人發口令似地，我們四個人全都坐起來了：

「怎麼樣？」

我猜想左右兩側的囚友也都把耳朵豎起來了。但九八號沒有回答，窸窸窣窣地脫衣服，抖衣服，似乎是有意把衣服抖出聲來，然後很利索地鑽進被筒，不響了。誰都能感覺到他的得意。

「怎麼？啞巴了？夥計！」九七號忍不住了，推推他。「幹什麼去了？」

「保密！」九八號只給了我們兩個字，就蒙頭睡去了。

這兩字等於說：別問了！我去做什麼是不許說的。

「媽的！」我們的頭同時放在木頭上，不再問了，但並不等於說不再想了。猜謎也眞磨人，謎底就在我身邊，就是猜不到！我估計，那天夜裏，除了九八號，我們都失眠了。

白天照常在院子裏敲石子，九八號天天晚上被帶走。幾乎所有的男犯人，一有機會就把目光掃過來，看九八號一眼，說明都在猜這個謎。甚至有些女犯也在盯他……我們的好奇心與日俱增。同一個牢房，我和他屁股頂着屁股睡覺，竟然不知道他每天晚上出去幹什麼！有時候三個小時，有時候四個小時，到底是怎麼回事呢？時間可是夠長的！而且這傢伙居然能守口如瓶，眞他媽不夠意思！特別是這幾天他的精神大好，不是小好，越來越好！我們四個人眞想把他按倒在地上，用手把他的話從喉嚨眼裏摳出來！當然只能是眞想，而不能眞做。有天夜裏，很反常，九八號十二點還沒回來，一點、二點、三點……害得我們四個都沒睡好。這個謎越來越撲朔迷離了！三點半，他被兩個看守架着回來了，被打得站立不得，右邊臉被打得腫成一個半圓球。等看守一走開，我們四個人不約而同地坐起來了，都沒有說話，但這八隻眼睛立等着他回答：怎麼？刑審？這一陣子，每天晚上都是提審？

九八號搖搖頭，嘆息着說：

「不是！」雖然臉腫得很厲害，舌頭還很滑溜，「這一陣兒，每天晚上都讓我去做木匠活。」

我們四個都很氣憤，做木匠活瞞個什麼勁呀！

「在女牢那邊做木匠活……」

這就可以理解了。

「女牢那邊不像我們這邊。原來不是監獄，是由一個職業工藝學校改成的牢房……」

文化比起專政來，當然是無足輕重的，改得好！

「門窗都是木結構的……」

中國女人用紙結構的門窗都能關住，何況木結構，萬無一失。

「有些已經朽了，監獄長讓俺去加固……」

他可眞是撈到了，大飽眼福。不但近距離看到很多女人，準跟她們說過話，甚至眉來眼去！——我也難免要想當然。一開了頭，他就不能扼止地說下去了：

「前天夜裏，俺給一個小牢房換門框，小牢房裏有三個女人，年紀都不大，最大的不超過四十，最小的只有二十出頭。跟着俺的那個看守煙癮犯了，在口袋裏只摸出了一個空煙盒，爲了找煙，他走了。你們別以爲俺一開始就看得那麼仔細，她們的年紀長相，都是在看守找煙的空檔俺才看清楚的。那個大的衝着俺直笑，那個二的扯扯俺的褲腳，逗俺跟他們說話，俺可沒那個膽子……」

顯然說的不是實話。

「俺要說謊就是個狗子！那個小的用被單擋着臉，只露出一對火炭似的眼睛死盯着俺。個個長的都說得過去……」

你太含蓄了！「說得過去」?!坐牢三年，老母豬當貂嬋，你準他媽的暈了！

「可不是，在俺這些人眼裏，個個都是仙女下凡，俺一邊釘釘子一邊看她們。不知道爲了啥，俺想把她們的模樣記住，帶回來，就像帶三包糖果一樣，回到咱們男牢這邊，慢慢放在嘴裏唆……」

這句話說得還坦白。

「那個大的向二的嘰嘰咕咕咬了咬耳朵，二的點點頭，再向小的咬耳朵，小的沒點頭，也沒搖頭。二的把身子探過來小聲對俺說：大哥，告訴你，我們的窗戶是活的，你可別給釘死了，假裝釘死，留個活框子……俺白了她一眼：你們想越獄還是怎的？你從哪一點能看出俺吃過熊心豹子膽了?!俺可不敢。她說：大哥，我們不是想越獄，是爲了你。爲了俺？咋會是爲了俺呢？她給我使了一個甜絲絲的眼風：給你自己留個門呀！這句話一下就把俺點破了。俺知道這種事可能性太小了！只有萬分之一，或許連萬分之一的可能也沒有，俺還是動心了！如若說以前沒吃過熊心豹子膽，她這句提醒就等於給了俺熊心豹子膽。這時候，看守來了，告訴俺門框修好，還得修窗框。俺說：是！俺心裏有數。修好了門框，俺就開始修窗框。俺在窗框上做了個暗扣兒。在做的時候，屋裏三個女人都瞅得清清楚楚，屋外不斷抽煙的看守啥也沒瞅見。俺也不知道咋回事，豁上了！但凡有一丁點機會，俺就能進了！」

要是我，我也會對那萬分之一的可能抱指望的。但可能實在是太小了！

「沒想到，第三天晚上，可能性來了！跟着俺的看守對俺說：你的活幹得不錯，今晚上只讓你修兩個倉庫門，修好就收工。我在女牢值班室等你，十二點來找我，我帶你回去。他的話還沒落音，俺的心就嗵嗵地跳起來，俺眞怕他能聽見。他把兩把鑰匙交給俺之後，就放心大膽地走了。眞輕鬆，能不在看守的看守之下自由行動！你們想想看。事情也眞湊巧，如若不是修兩扇倉庫門，如若不是兩座空倉庫，看守也不會把鑰匙交給俺。俺抓緊時間把那兩扇門修好，已經十一點鐘了。前天修的那間小牢房是原來學校的一個臨時加出來的小偏屋，縮在一片夾竹桃的陰影兒裏。俺眞是鬼迷心竅，一頭就鑽進了夾竹桃的陰影兒裏……」

九八號的聲音壓得低到了極限，我們的聽覺開放到了極限。後來怎麼樣了？後來？

我們四個人現在的心情恐怕比當時的他還要緊張，四個腦袋在九八號的臉前像一盞手術室裏的四泡無影燈。

「後來……後來不明擺着嗎，三個女妖精！地地道道的女妖精！跟大的、二的搞完了，鐘聲敲了十二下，俺爬起來就要走，小的抱住俺的腿：你別走！還有我！你要走我可是要喊了！」

她當然會抱住他的腿，在一個巴掌大的小屋裏，他唯獨不碰她，當着她的面，在她的身邊赤裸裸地……那麼長久，那麼強烈的去燃燒她，卽使她是石頭也要燒紅了！一次，兩次，偏偏沒有她所期待的三次。

「俺走不了，走不了有啥用呢？又怕、又虛，根本辦不成事……」

後來呢？後來怎麼樣了？

「後來，看守就找到俺了……後來，就成了這樣，下半截是他們打的，嘴是他們讓俺自己打的……」

他說完了，我們許久都沒動彈。我心裏很慜的慌，完全沒有往常聽完一個桃色新聞的那種猥瑣的快樂。甚至搞不清他說的是人的還是獸的故事，是過去的還是現在的故事，是遠方的還是身邊的故事。我可憐他和她們，我討厭他和她們！我也很羨慕他和她們的機遇，佩服他和她們的勇敢。但我不知道如果我有了他們那樣的機遇，而且遇見的也是三個妖精，我敢不敢？故事會不會也是這樣發展？甚至我做過這樣的設想：任何一個看守或監獄長，或更高職位的道貌岸然的人，可以爲這等事嚴厲懲處別人的人，假如也像我們一樣，長期囚禁在牢房裏，一旦有了九八號這樣的機遇，他們敢不敢？故事會不會也是這樣發展？

第二天，當全體男女囚犯分東南、西北兩個方陣集合的時候，院子中間早已豎了一根長達十米的高桿。沒有發鐵錘和皮帶。監獄長和看守們都站在高桿之下，大約有五分鐘沒有人說話，也沒有人下達命令。監獄長完全懂得靜場的力量。他的右手插在上衣的第二個第三個扣子之間，可能他並不知道拿破崙和希特勒都有這個習慣。卽使他知道，他怕什麼，在這裏，如此眾多的人，只許他們有口，而不許他們有聲。在這裏，他就是拿破崙，他就是希特勒。

「八〇九九九八號！」只有在最最嚴峻的場合才不用簡稱而用全銜，「出來！」

我打了一個寒噤，兩個腿彎抖了一下。我明明知道不關我的事，可就是控制不住。

九八號拖着被打傷的腿從我身子背後走出隊列，很艱難地走到監獄長面前。

「別把你的臉朝着我！朝着大家！」

九八號盡量把向後轉的動作按步兵操典的規定做準確些，但顯然是不可能的，他的左腿站不直，不能做爲圓心，轉的時候幾乎歪倒。

「你自己向全體服刑的犯人說說你的……你的……」他想了半天也沒選出一個合適的詞兒來，突然丟出三個字，「風流事！」

九八號吶吶地說不出。監獄長走過去在他沒有腫的左臉上打了一記響亮的耳光：

「能幹不能說?!」

九八號連續開了五次頭，都被監獄長打斷了：

「不行！詳細點！再詳細點！」

許多有權力的人都有這種癖好，讓落網的野鴛鴦把他們野合的細節當歌唱出來。

九八號結結巴巴地把文學部分和生理學部分攪在一起，像影片上的慢動作一樣講述得淋漓盡致。院子裏鴉雀無聲，男犯人們都緊緊地抿住嘴，聚精會神，紋絲不動。看守們則相反，都張着嘴，下巴往前突出半寸，兩隻手像鴨子翅膀那樣向外支着。兩類人爲什麼有這些區別?沒研究，很難說清楚。遠遠看着女犯們，一色的灰白的臉，臉上都有一對黑點兒似的眼睛，分不出老少，分不出美醜，像國畫家筆下的麻雀。我很想知道九八號說的那個大的是誰，二的是誰，小的是誰，實在看不出。

九八號講完之後，監獄長說：

「你這個連康生同志都猜不出的謎，原來謎底就在這兒！叫我給猜到了！」監獄長兩目突出，滿臉呈紫紅色，可以用「義憤塡膺」四字來描寫。他像將軍一樣把右手從上衣第二第三個扣子中間抽出來，向天上一揮，大叫着：

「吊起來！」

看守們的業務水平可眞是熟練到了家！在我一眨眼的功夫，九八號已經被吊在桿子梢上了，雙腳離地足有七米。九八號居然沒有叫，就像一個在經驗豐富的護士手裏的病人一樣，針頭紮進肌肉之後都不覺得。

女人們的心腸是軟一些呢？還是表情豐富一些呢？她們幾乎是同時把頭低了下來，只有三個女人沒有低頭，而是仰着灰白色的臉，睜着六隻黑點兒似的眼睛。難道這三個女人就是那個大的、二的和小的嗎？

九八號似乎也在俯瞰那三張仰望着的臉……

那天深夜，都睡着了，那個被吊打得死去活來的九八號也不再呻吟了，不知道是沉睡着還是處於眩暈之中。我卻大睜兩眼欣賞着眾人皆睡我獨醒的情趣。我渴望在這死一般的監獄之夜，除了囚友們的鼾聲之外有點別的聲音，但沒有，長久長久的沉寂，甚至連蚊子的嗡嗡聲都沒有。夏天並沒過去呀！多麼奇怪！難道連蚊子也失去了振翅飛翔的興致了！它們都飽了！飛不動了！囚友們的血可以隨便吸取，它們都變得懶惰起來，沉重起來，準是正貼在壁上慢慢消化着我們的血哩！有了！聲音！什麼聲音？輕輕的腳步聲，從長長的甬道的北頭走來。這個走路的人，盡可能使自己的腳步輕到沒有聲音。我盡可能使自己的聽覺靈敏到極限，所以我聽得很清楚，越來越清晰的腳步聲由北向南走來。不對呀！所有夜間值勤的看守都無須輕手輕腳。他們在監獄裏，不管什麼時候，從來都像走進豬圈一樣，從來都不會想到要照顧到豬的睡眠，不要驚擾豬的好夢。他們總是有意讓釘了釘子的皮鞋底在水泥地上放肆地演奏大軍進行曲。難道這人不是看守？在監獄裏不是看守就是犯人。會是犯人？一想到這兒，身不由己地爲這個犯人忐忑不安起來。半夜裏犯人走出牢房，準是越獄！眞蠢！白天剛剛當眾吊了一塊樣板，你眞會找機會。從這裏走到不再稱爲監獄的地方，至少有十道鐵門！腳步聲在我們牢房的鐵柵前停住了。我開始耳目並用，在灰暗而狹窄的天空投射下來的微光的襯托下，我看見了一個黑色的人影，一個非常熟悉的、體態臃腫的人影——監獄長！我的不安消失了，繼之而來的是好奇。他來幹什麼？爲什麼一反常態，輕手輕腳？是來觀察九八號的動靜？還是來聽聽我們的竊竊私議？這些對於他毫無意義，他並不重視我們中間的任何一個人的態度。態度好或態度壞，有沒有不滿情緒，他全都不在乎。一道一道的鐵柵，一道一道的鐵門從犯人一進監獄那天起就是不可動搖的權威，什麼你也不用想。可這又是怎麼回事？千眞萬確！我絕不會看錯這個驕橫的影子！他輕輕走來，站在我們牢房的鐵柵前幹什麼？他開始有了動作，從褲兜掏東西，什麼東西看不清。他把抓在手裏的東西扔過來，很準確地落在九六號的被單上，一個，兩個……沒了。監獄長的黑影消失了，只剩下越來越輕的腳步聲。等我坐起來，想辨認落在九六號被單上的那兩個物體的時候，那兩個物體不翼而飛了。原來並不是我一個人獨自醒着，九六號也沒睡。他以閃電般的速度把那兩件東西收進了他的被單。我恍然大悟：我明白了！準是兩管大號的白玉牌牙膏！

我注視着那扇窗戶，過去，窗戶上貼的是黑紙；現在，掛上了有藍色小碎花的布窗簾。

芸茜再也不會來了！她來不了，也不想來了！以往那種由於徹底的失望、無助、屈辱而達到過的無憂無慮的境界，被芸茜的一次神奇的探監衝垮了！雖然很疲倦，卻經常失眠。人們說老來才會失眠的，我老了嗎？沒有鏡子，洗臉沒有盆，只有一個水嘴子，根本無法看到自己。夜間多聲部的昆蟲的合唱，明確無誤地使我感覺到：夏天已經過去了。秋天正在越過獄牆和層層鐵門、鐵柵，已經開始在抖着我身上的薄薄的被單！我再也不渴望夜裏的聲音了，除了囚友的鼾聲，還有豐富多彩的蟲鳴，聽多了，所有這一切都變得聽而不聞，又陷入空洞的沉寂。卽使眞的再一遍一遍地聽到柴可夫斯基的「悲愴」交響樂，我怕也不會像在蝸牛殼裏那樣每一遍都很激動了。因爲那時候我還有一個蝸牛殼內的世界，還有愛，還有模糊的期待，還有兩個人的自由。一個人處於明知道沒有期待而又偏偏要期待，每一個細胞都在騷動，在這樣的時候，柴可夫斯基也是無能爲力的。

忽然，我從空洞的沉寂中一躍而起，遠處像是響起了槍聲！——怎麼？「文化革命」搞了十年，又在搞武鬥？不像！不像是武鬥的槍聲，逐漸稠密得分不出點來了，難道這是暴雨？同牢房的囚友不約而同地都坐了起來。不是暴雨！如果是暴雨，我們的被單一開始就要濺濕了，鐵柵只能擋人，是擋不住風雨的。整個世界都落進這種鳴響之中，其密度就像一塊很厚很大的鋼板，摸不到它的邊。我有生以來沒聽到過這種聲音。我們這些鐵柵中人，對於這種壓倒一切的陌生的巨響，感到痛快並惶惑不已。誰也猜不出這是什麼響聲，爲什麼會突然出現在這個最黑暗最悲涼的時間和空間？一切絕望的人和動物都會對異常現象感到興奮，潛意識裏希望這異常現象是一種變動。我相信，我們所有的囚友都醒了，都在睜着眼睛、張着嘴，像關在屠場牛圈裏的羣牛，張望着一場捲地而來的大火一樣。我們的九五號，那個十五歲的「大叛徒」，不！他已經不再是十五歲了，時光在鐵柵間流逝了兩年。他扯扯我的袖子，小聲說：

「像是爆竹……」

「對呀！」他提醒了我，也提醒了所有的囚友。是爆竹聲！可今天也不是大年夜呀！而且多少個大年夜都沒聽到爆竹聲了！中國人早就沒年沒節了！孩子們連什麼是壓歲錢，什麼是端午的粽子，什麼是年糕都不知道了。只有每年十二月二十六日每人配給半斤麵條、二兩肉，吃一頓肉絲麵。牢房裏也不例外，和高牆以外的人不同的只是沒有那二兩肉，這是一年唯一的一次可盼望的美食。

的確是爆竹聲，可這是爲什麼呢？意味着什麼？牢獄裏的人是無權知道一切變故的。因爲日月星辰都不屬於我們，我們當然會忘掉地球是圓的，並在不停地轉動。

是喜？是憂？

連成一片的、厚厚的、重重的、不衰的爆竹聲整整響了一夜，一直到清晨才漸漸稀疏。沒有人吹起床哨，既不給稀飯吃，也沒人催我們到大院子裏去砸石子。每天上午從高牆與高牆的縫隙間擠進我們牢房裏的那一寸陽光已經和我們見面了。我們牢房裏的十隻蒼白的手都伸向那溫熱的——或是在感覺上有點溫熱的、可愛的光。我們的手在強光下顯得更爲蒼白，更像地下室裏的腐爛了的白菜。

突然——從爆竹的突然鳴響之後，許多事全都是突然的了——監獄長突然出現在監獄的甬道上，而且是一個我們從來沒有見過的形象，滿臉都是那種孩子般天眞無邪的笑容，紅勃勃的臉，紅勃勃的粗脖子，敞着衣領，沒戴帽子，謝了的頭頂四周飄散着一圈白髮，皮帶鬆得就像古代官長的玉帶，腳上不是他那雙掛了鐵掌的大皮鞋，而是拖鞋，一隻腳上有襪子，一隻腳上沒襪子。當他離我們還很遠的時候，我就聞到了酒味，他醉了！監獄長醉了，醉得讓我害怕。因爲他的樣子我們很不習慣。不僅眼睛不習慣，每一根神經都不習慣。在我的眼前不斷會閃回他那將軍一般的威嚴的儀表，右手插在第二第三個扣子之間，一旦抽出來就是使人魂飛魄散的一聲喊聲：「吊起來！」或者是：「給我上夾棍！」現在，他的兩條腿像熊貓的腿那樣，左腿向內彎曲着剛剛跨出去，右腿也要如法跨出去，兩隻手擺得像貨郎鼓的那兩個小錘兒。一個看守要去扶他，他把看守推開，完全像個剛剛學會走路而又要逞能的幼兒一樣，拒絕任何大人的攙扶。他是監獄長嗎？他是我們的監獄長嗎？他還是我們的監獄長嗎？我們的監獄長怎麼會是這個樣子呢？此時的他和這布景，和我們這些配角，和這裏的一切太不相適應了。那麼，他的臺詞呢？他說了些什麼臺詞呢？他開始說了：

「總算是……總算是把一條長蟲三個烏龜王八蛋從背上給扔掉了……」他用手指頭數着，說出了四個赫赫威名的大人物，「王洪文……造反起家的小流氓……張春橋，狗頭軍師、黨棍，姚文元，小文痞。江青！……我最擔心的就是這個娘們兒，關起來的人當中有沒有這個娘們兒是關鍵！是關鍵！你們懂不懂？她跟那些人不同……」他向我們這些大驚失色的囚犯伸出舌頭尖來，古怪地笑着，「造反！造反！把開國元勛都整得死去活來！砸爛公、檢、法！怎麼樣？到頭來是他們還是我們？……不是他們！不是他們砸爛公、檢、法，是公、檢、法來整治他們！啊哈！」他用雙手在空氣中一抓，好像抓住四個蒼蠅那樣，使盡全身的力量握緊、再握緊，然後將那幻覺中的蒼蠅一隻一隻地放進嘴裏嚼得稀爛，「呸」地一聲吐在地上，再用那雙無法站穩的腳輪番地踩，煞是好看，使得非常呆痴的我們變得聰明起來，使得非常陰沉的獄中的空氣漸漸流通起來。但是突然——又是突然，他的語鋒和情緒突然一轉，「你們！我說的是你們，千萬不要寄托任何幻想，四人幫的罪是四人幫的罪，你們的罪是你們的罪，各是各的賬！別以爲把他們抓進來，你們就會放出去！妄想！不錯，有些人是因爲觸犯了江青他們犯的罪，但是，那時候的江青，就是不能觸犯，觸犯了就是犯法。那時候張春橋、姚文元、王洪文是黨的領導，也不能觸犯！因爲他們是偉大領袖毛主席任命的！他們做的事哪些是偉大領袖毛主席的意思，哪些是他們自己的私貨，不知道，分不清……你們得給我注意點，可別一聽見鞭炮響骨頭就輕了！人民大衆歡樂之日，就是你們這些反動派痛苦悲哀之時！爲了讓你們保持清醒，是我下的命令，今天一天，不給你們吃飯！一粒米也不給，一口水也不給！科學家證明人不吃不喝就不會糊塗……」

他一說到「一天不給你們吃飯」，九五號嘴裏就往外漫酸水。我也覺得四肢發軟，連忙抓住鐵柵。肚子立即做出很坦率的反應，發了好一陣牢騷。按照監獄長說的那位科學家的論斷，我們都保持着清醒，只有他是糊塗的，因爲他酒醉飯飽。所以他繼續在說糊塗話：

「應當乾杯，乾杯！乾大杯，大乾杯，杯乾大！我黨又是一個關鍵時刻，又是一個遵義會議那樣的重大轉折，說明毛澤東思想戰無不勝，所向無敵，說明我們黨的一貫正確！英明！偉大！光榮！了不起，了不得，不了起，了得不……萬歲！萬歲！萬萬歲！毛主席萬歲！……呃！對了！毛主席已經逝世一個多月了……」他突然發現他自己的話有前後矛盾之處，說明他還不完全糊塗，「精神不死！毛主席的精神萬歲！毛澤東思想萬萬歲！……」監獄長舉着手高呼口號奔跑起來了，左右腳互不相讓，很快就左踢右、右踢左地幹起來，兩隻腳你死我活地廝拼使龐大的身軀快速搖擺起來，搖擺着、搖擺着就倒了下來，他那雙拖鞋像一對蝴蝶似地飛了。看守們奔過去把他攙起來，半扶半擡地把他拖走了。他的演說並沒停止：

「偉大……光榮！嘻嘻！萬歲……你們！給你們打個防疫針：別寄托任何幻想！……唯一的……只有服刑！老老實實……坦白從寬，抗拒從嚴！小子們！你們給我注意點，別產生錯覺，骨頭別癢癢！……這是要罪上加罪的！……」好一陣熱鬧就這樣結束了。我覺得很不盡興，不僅我沒笑，全體囚友都沒笑。是我們太麻木？還是太清醒？或者是監獄長給我們打了防疫針的緣故？等監獄長和看守們在我們的視野裏消失之後，我們才意識到監獄長這幾大段獨白的信息量之大，含意之深刻，需要進一步思考和探討。我第一次從監獄長的獨白裏得知毛主席已經逝世，雖說在一個多月前看見過看守們人人都戴黑袖箍，但從來沒敢想這是爲偉大領袖毛主席戴的孝。他怎麼可能會死呢？想到他的死就是罪過。我原以爲是某種巧合，譬如：正好看守們同時都死了老人。再不然，這些看守們本來就是同族兄弟，死了一個共同的長者。這後一種設想說服了我，因爲他們是那麼相像，相貌、服裝、做派和語言，包括抽煙和吐煙圈的姿勢，非常相像，完全可以把他們看做同族兄弟。現在看來，我錯了。我很想重新悲傷一陣，來彌補由於不知道而錯過了的悲慟，但當前江青這四位的入獄，我那司命幽默的那根神經特別亢奮，使司命悲哀的神經受到了壓迫，動彈不得。因爲江靑他們忽然在一夜之間變得和我們一樣，肯定也得穿和我們一樣的囚服，還得剃光他們的頭。當然，作爲一個女犯的江靑，頭髮當然可以保留，恐怕法國露華濃洗髮香波不會供應了。最忠最忠最忠……（只能用省略號，否則有賺稿費之嫌）的四個毛主席的好學生，最徹底最徹底最徹底……的四個無產階級革命家，最堅決最堅決最堅決……緊跟毛主席革命路線的四個戰士，最傑出最傑出最傑出……的四個無產階級革命權威，和罪犯的距離會這麼近嗎？中南海和監獄之間好像只隔着一扇一推卽開的門，牢房似乎就在天安門城樓的石階之下，英雄和小丑大槪眞的只是幕前幕後。我們這些平凡的人下獄就像從房檐上掉下來，他們都是天宮裏的人，無異於從天上掉下來。我們和他們的高度相差太大，所承受的恐嚇也是不相同的。多有趣，我還會設身處地想到他們所受的恐嚇，突然高速下降所造成的過於沉重的心臟負荷和心理負荷。可是，在他們踏着我們的背扶搖直上的時候，在他們飛黃騰達的時候，在他們有恃無恐的時候，在他們權傾天下的時候，在他們生殺萬眾而不需舉手之勞的時候，曾經設身處地爲我們這些螻蟻一般眾多、螻蟻一般輕賤的命運考慮過一秒鐘嗎？我剛剛得知的這兩件事在我今後的個人的歷史上將產生什麼影響呢？（我不願把它們稱爲大事，因爲我們時代的大事太多了。我衡量大事小事的尺度是和我個人的關係之大小。所以我沒有考慮這些事在今後國家的歷史上將產生什麼影響。因爲，我現在還夾在國家專政機器的齒輪裏。）眞的會像監獄長說的那樣，我們和江青們各有各的賬，各服各的刑，此時之是非和彼時之是非毫不相干？如果眞是這樣，中國的監獄不是逐年都得擴大嗎？若干年後，監獄的建築面積豈不要把九百六十萬平方公里都覆蓋了嗎？最後恐怕就沒有獄內、獄外，也沒有常人、犯人和是非之分了。一切積怨都會在獄中自然和解，就像我們的鄰號——一〇〇四六號牢房裏的A、B、C、D、E，他們不是在一起做遊戲嗎！到了那樣的境界，不就是大同世界了嗎？眞是條條道路通向莫斯科，進入大同世界還有這樣一條途徑！妙乎哉！妙哉喲！中學時代學過的文言虛辭脫口而出，說明我的記憶力並未衰退得很厲害，所以還得接受痛苦的折磨。

我注視着那扇窗戶，過去，窗上貼的是黑紙；現在，掛上了有藍色小碎花的布窗簾。

十九

蘇納美在縣文工團已經工作了半年多了，當她在鏡子前爲演出化妝的時候，在觀衆面前接受熱情的掌聲的時候，她會忘了「謝納米」，忘了阿咪，忘了英至，忘了來時的曲曲彎彎的山路，和與那條山路相連結的鍋莊舞的拍節，打連枷時人們的笑聲，收稗子時田裏的俏皮話，深夜阿甲來時丢到房瓦上的小石子滾動的微響，輕輕的腳步，黑摸摸的親暱……但是，每當夜深人靜的時候，很疲倦而又很難入夢的時候，扶着扒杆苦練舞蹈基本功的時候，對着單調的音階練聲的時候，故鄉的一切全都湧到眼前、耳邊，虛幻的反而淹沒了現實的一切，常常把步子走錯，常常唱走調，常常在床上嘆氣，常常心不在焉。特別是在政治學習和批評會上，她完全無法把自己思維的翅膀拴住。因爲她不大會聽漢話，更加難以搞明白爲哪樣要學那些沒有色彩、沒有香味、沒有趣味和不能動情的東西。有些紮實長的批評會，長的就像溪水一樣，有了頭就沒有尾。那麼長的會是爲哪樣開的呢？有時候只因爲有人看見一個男的團員和一個女的團員牽着手走了一截夜路。在會上人人都那麼生氣，用好大好大的聲音吼着他們倆，還要把臺子拍得「乒乓」響，把小伙子的腦袋批得夾在褲襠裏，把小姑娘批得哭濕了一大堆手帕。蘇納美不知道那些人爲哪樣這麼兇，都吼了些什麼話。她心裏對那個告密的人很生氣，這有哪樣好看的？爲哪樣要向女團長報告。女團長爲哪樣對這種事的火最大，認眞的就像那個男人要殺那個女人，那個女人要吃那個男人似的。批判會以後，只要那個男人在排隊打飯，那個女人就不敢排隊，怕大家的眼睛。有一回蘇納美硬把她拖來，讓她排在那個男人背後。她知道那個小姑娘心裏是願意的，可就是不敢擡頭，臉都嚇白了。每逢開完這種會，她總要鬱悶好多天，感到在這裏做人太苦了，禁忌太多了，這樣活還有哪樣意思呢？自己是屬於自己的呀！我願意給誰就給誰！你願意給我，只要我也願意，我就接受。別說一隻手一隻腳，就是身子，心都能給。別人爲哪樣不許？生那麼大的氣？生氣的應該是他和她呀！最讓她奇怪的是，當另外的男女又發生了同類的事，挨過批的那一對也大聲吼別人，也講很長很長的一篇道理，把會開得很長很長，有時候蘇納美睡了一覺還不散會。

但是，最讓她納悶的還不是別人的事和從別人的事所引起的困惑，而是她自己。在故鄉，所有的男子漢的目光都以她的存在爲轉移，就像她現在在舞臺上唱歌時那樣，所有的光柱都射向她。不僅目光，還有身不由己的男人的腳步聲、歌聲。卽使英至在她房裏，也還有往戶頂上扔石子的聲音，也還有在牆外、門外心存一線希望的男人。在這裏，她只能感覺到男人的目光，但這些目光不像摩梭男人的目光那樣坦率、那樣執着。常常是偷偷地在暗處或在遠處。當她和那種目光相交的時候，對方就跳開了，或是熄滅了。沒有男人跟踪她，只有一個女伴形影不離地跟着她。女伴是一個漢族姑娘，叫江季英。從蘇納美進團那天起，女團長陶正芳就把她安排在江季英的那間小房子裏。陶正芳對蘇納美說：江季英比你大些，是你的姐姐，由她來照顧你。江季英是個瘦小的姑娘，骨骼和四肢都很瘦小，只有眼睛是窄長的。她無論在舞臺上還是在生活中從不被人注意，但她總是非常靈敏地注意別人。她很照顧蘇納美，告訴她在哪兒打水，在哪兒洗澡，幫她洗衣服。而且幫她買了那種叫「胸罩」的東西，告訴她：女孩子要戴胸罩。雖然江季英自己幾乎沒有乳房，也要戴上這種東西，用柔軟的泡沫塑料塡起來，像眞有乳房似的。蘇納美第一次戴上胸罩的時候非常新奇，對着鏡子笑了個夠。但很快她就不適應了，覺得很受拘束，經常不戴。江季英經常提醒她，一定要她戴。她們常爲這種事鬧彆扭，不愉快，甚至一天不說話。江季英還管很多事。像：女孩子坐在人前的時候，雙腿要合攏，不能劈開。爲哪樣？難看。好看。不害羞。有哪樣好羞的？女孩子家哪能這樣！還有：不能像男人那樣，張着嘴大笑。我偏要張着嘴哈哈大笑。不像話！還有：在男人盯着你看的時候，你不能像男人那樣去盯他。我非要盯他。他能盯我，爲哪樣不能盯他？因爲你是女人。女人不是人？是人，不一樣。怎個不一樣，是不是女人比男人少一個物件？江季英又羞又急地跺着腳尖叫着：呀！不要臉！不要臉，醜死了！醜死了！小姑娘怎個能說得出口啊！蘇納美就是要說，抱住江季英，在她耳朵上連連地說。說得江季英眞的生氣了，批哩啪啦打了她好幾個耳光。蘇納美也一下不少地還了她幾個耳光。她倆又不說話了，雖然不說話，江季英還是寸步不離地跟着她，像影子一樣。好幾天以後才言歸於好。不久，她們又打起來。因爲蘇納美想向陶團長問一個關於男女之間的問題，江季英堅決不許她去問。爲哪樣不能問？因爲這是不好的事情。不好爲哪樣要幹？別瞎說。不幹哪來的娃娃呢！江季英捂着耳朵大叫起來：不要臉！不要臉！不懂就要問。不懂就不懂，不懂也不能問。蘇納美總想擺脫她，總也擺不脫。她又給蘇納美買了兩條很短很小的內褲，要她穿。蘇納美穿了，江季英幫她洗，但不許她把短褲和胸罩掛在院子裏的陽光下去曬，只許晚上掛在屋子裏陰乾。爲哪樣？男人看見了不好。爲哪樣不好？不好就是不好。我非要拿到院子裏曬，讓它見見暖暖和和的太陽。不可以！這些東西太髒。你不是幫我洗乾淨了嗎，白得像雪了。女人的貼身小衣服是洗不乾淨的。蘇納美拍着手、拍着腿大笑起來：男人的貼身衣裳才洗不乾淨哩！他們身上天天都出油。江季英可是眞生氣，眞爲蘇納美的不懂事氣憤得流眼淚。芝麻大的小事江季英都要向陶團長報告。陶團長常常來找蘇納美，耐心地和蘇納美談話。陶團長講的話大部分是蘇納美聽不懂的。她只有一個模糊的總印象，就是陶團長認爲蘇納美的許多做法、想法是不合規矩的。蘇納美心裏想：規矩可是眞多呀！訂這麼多規矩爲哪樣呢？我要是照這些規矩做，我會是個哪樣呢？她立卽就想到陶團長給她樹的一個樣板：江季英。她忍着忍着……還是當着陶團長爆發出一陣大笑，笑得直不起腰來，把陶團長笑得目瞪口呆。陶正芳嚴厲地說：

「蘇納美同志！我們是爲了你好！」

蘇納美正想拼命忍住不笑的時候，陶正芳這句話又使她忍不住了，大堤第二次決了口。陶正芳憤憤地把臉轉向天花板，以最大的耐性等蘇納美笑夠，笑出眼淚，抽泣着停住爲止。

「一個女孩子要知好，學好……我相信，通過我們的努力，你會變好的……」

蘇納美用手在自己腿上狠狠地捏了一下，才把笑神經抑止住。陶正芳以爲她的諄諄善誘已經開始起作用了。對於一個生長在原始社會形態裏的女孩子，不能操之過急。她親切地拍拍蘇納美的頭，向江季英使了一個眼色就悄然離去了。

蘇納美慢慢才領悟到：江季英是接受任務來照顧她的。文工團裏的一切男性都得到過不要和蘇納美來往的警告：「摩梭人是很亂的，會犯錯誤的！」蘇納美開始聰明起來，原來你們在對付我！陰着對付我！她不斷和江季英捉迷藏。趁江季英熟睡的時候，蘇納美溜出宿舍，讓江季英一覺醒來，嚇得出一身冷汗。她立即報告了陶團長，團長派出了十幾個團員把一個只有幾條小街道的縣城找了一個遍，幾乎等於清查了一次戶口，全縣沸沸揚揚，竟編出一個抓特務的故事來。結果在清晨發現蘇納美正站在可以俯瞰全城的山頭上的小樹林裏練聲。當大家找到她的時候，她裝着很奇怪的樣子問：

「你們爲哪樣也起得這麼早？」

江季英反問她：

「你爲哪樣起得這麼早？」

「我睡不着呀！」

「這麼長時間，你在幹哪樣？」

「我在練聲呀！」

練聲有什麼可以指摘的呢？起來的越早不是越說明她的刻苦嗎！

有時候在街上趕集，蘇納美在江季英一眨眼的功夫就失踪了。江季英在人叢中到處搜尋，幾乎都要哭出來了。她向一個蹲在十字街口賣泡蘿蔔的大媽打聽：

「大媽，你可看見蘇納美了？」

「哪個蘇納美？」

「就是在臺上唱《你在河那邊等着我》的那個小姑娘呀！」

「是那個摩梭姑娘？」

「就是她。」

「她不就在你的背後嗎！」

「啊！」江季英一回頭，果然不錯，蘇納美正在她背後抿着嘴笑哩。

「你到哪兒去了？」

「我就在你背後呀！」

「我那麼找，找了這麼久，你都不吭聲？」

「我怎個知道你是在找我？找得那個着急法子，滿頭大汗，我跟着你跑呀跑呀，腳桿子都跑疼了。我還以爲你是在找哪個男人哩！」

江季英氣得眼淚水在眼眶裏亂轉。

「江姐姐，你太累了！」蘇納美一跳一蹦地在江季英眼前走了。江季英趕緊揉揉眼睛，緊緊地跟着她，怕再一次丢掉了她。

有天晚上，江季英和蘇納美都躺在床上沒有入睡。江季英忽然提出一個完全不應該是她提出的問題：

「蘇納美……你家裏可有爹？」

「爹是哪樣？」蘇納美明知故問。

「爹就是你的父親，你媽媽的丈夫。」

「我家裏沒有父親，我阿媽也沒有丈夫。」

「我說的是跟你阿媽在一起好了以後才生你的那個男的。」

「有哇！沒有男的和我阿媽睡，怎個能養出我來呢。」

「你看你說的多難聽。」

「你說句好聽的給我聽聽，不說睡說哪樣？說要嘎！」

「你越說越難聽，莫說了，我要睡覺了。」

蘇納美調皮地笑了：

「你要睡覺，我要說。告訴你，我們家沒有父親。父親不是我們家的人。他有他的家。他只在夜裏來找我阿媽，陪我阿媽睡覺，兩個人在一起耍……」

江季英賭氣地用被子蒙住了頭。但蘇納美並沒停止對她的回答，詳細地講述了摩梭人的阿肖互訪的愛情方式，講述了她自己先後結交隆布和英至的經過，甚至也講述了她的性愛生活的快樂。她不會用含蓄的語言來描述這些事。她只能使用很直率、很粗魯、也很不完全的話……江季英似乎睡着了。蘇納美叫她：

「江姐姐！哪天你跟我回家看看可好？」

驀然，一個枕頭丟過來，蘇納美被砸得咯咯笑。江季英果眞並沒有睡，蘇納美說的話她都聽到了。蘇納美光着身子從床上跳下來，輕輕托起她的頭，把枕頭塞給她……

二十

我注視着那扇窗戶，過去，窗上貼的是黑紙；現在，掛上了有藍色小碎花的布窗簾。

稀疏的小雨點落下來，怪舒服的，我仰着臉，接受更多的小雨點。我在這裏站的時間夠長的了，似乎也有了一點力氣。試試看，果然，我可以不用扶着樹了。街上的車少了，人也少了，說明時間已經很晚了。我提起腳下那一堆行李，實際上它絕不能稱爲行李，因爲它比拾垃圾的人所拾到的還要髒，還要爛。當監獄長宣布我可以出獄的時候，我伸出手來向他要一張判決書之類的東西，他誤會了，他以爲我要討還入獄時收繳的衣物。其實，我入獄時什麼也沒帶進來。監獄長壓根也沒想到我們這些人還會活着出去，所以對於入獄的人的衣物都沒登記，一律堆在一個屋頂漏雨的倉房裏，變成一座霉爛的山丘。他隨便抓了一把給我，還給了我一根蔴繩。我不要，我說我入獄時什麼也沒帶。他說：別客氣，我知道你已經沒有家了。我說：我有一個女朋友。他嘆息着搖搖頭：小伙子，最可靠的朋友還是你自己！一個勞改釋放犯，還指望一出獄就像凱旋而歸的英雄那樣受到歡迎？帶上吧！放心，我不會貼東西給你，也許這些東西的主人已經不在了。我茫然地接受了他代表死去的囚友的好意，再一次向他討個憑據。但他說：你入獄時也沒有逮捕證，所以出獄時也沒法開釋放證，走吧！這些技術性問題就不必追究了，關鍵是你可以出獄，先出獄再說。我啞然失笑：一個人無端地入獄，出獄，都只是技術性問題?!

是的，我有一個女朋友。我和她有過一個甜蜜的、蝸牛殼的世界。她還曾經冒充外調者到獄中來看過我。雖然僅僅只有一次，那一次我們的相見就是我現在可以去找她的根據。她不會拒絕我。我們是患難中的知己。我們是那樣的熟悉！她的習性，她的聲音，她的笑，她那在最忘情的時候向我乞求吻的樣子，好像就是昨天晚上的事情，我今天早上才離開這兒。我猛跨幾步，終於過到街這邊來了。我喘息不止地衝上樓梯，爬到三樓。在那扇門前我喘得更厲害了。我扶着門框休息了一會兒。好多了，呼吸趨於正常。我敲敲門，門一下就拉開了。很強的燈光使我用手遮了一下眼睛。

「你找誰？」一個十分不高興的中年婦女的聲音。

「我找芸茜。」我漸漸習慣了那燈光，芸茜走過來，驚訝地說：

「啊！是你！梁銳。」她用手朝那微微發胖的中年婦女揮了一下，「這是我媽媽，還有爸爸。」她又把手伸向坐在一堆擁擠的家具中間的一個白髮老頭。她的父親似乎知道梁銳這個名字，兩手撐着膝頭直了一下身子，很專注地看了看我。她的媽媽第一個反應是大聲說：

「對不起，請你把這包東西放在門外，市長的皮膚特別過敏，萬一帶進來一個跳蚤就糟了！」

她幫我把那件行李丟在門外。她笑着補充說：

「放心，不會丟的，沒人會要這包東西。」

我雖然一時覺得有點受辱，想想也能想得通，這包東西也實在太髒了。我打量着屋子裏的一切。它完全失去了蝸牛殼的奇妙境界。過多的家具堆在一起，落地檯燈、電扇、盤子、碗……芸茜向我解釋說：

「這些都是我媽帶回來的過去的舊家具……就要搬家了，那邊的房子正在粉刷，很亂……」我想在她的聲音裏找到一點我熟悉的東西，但很不幸，沒找到。我像站在曠野裏一樣，感到十分落寞。

她的父親始終沒講話，她的繼母自從處理了我的那包髒東西之後就隱沒在廚房裏了，大概在仔細地洗那雙很有福氣的紅潤的小胖手去了。這時我才經過聯想搞清楚，芸茜的那個「造反」離家的繼母大概又自動回來了。她這個辦法倒是很叫人欣賞，整整十年，她沒吃過任何苦頭，到頭來，又回來當夫人。還保存了這個家庭的財物，眞可以說她是曲線救了這個家。最後，我才把目光落在芸茜身上。春寒料峭，氣溫不高，但她穿的並不多，很合體的淡灰色的薄毛料褲子，白絲綢襯衫上套着一件玫瑰紅色的羊毛衫，敞着。臉上似乎很自若，但她那微微起伏的胸卻掩蓋不住她的內心的不平靜。表情很陌生，應該公正地說。眼睛裏還有些許有分寸的、親切的暗示。但我無法想像那套衣服裏還是我曾經擁抱過的那個軀體。她現在和我的距離比在牢房裏思念中的距離要遠十萬倍。我覺得我不那麼衰弱了，視覺和聽覺又靈敏起來。這小屋裏的確依然彌漫着柴可夫斯基的第六交響樂，這絕不是幻覺的結果，是具體的正在空間流動着的音響。但我立卽覺察到這個唱片每轉一圈，唱針並沒跳動一下，也沒出現四分之一拍的雜音和六分之一拍的延緩——這是另一張完整的唱片。大概柴可夫斯基作曲的時候，在自己的腦海中回蕩的這部曲子就是這樣的速度，流暢、宏大、明麗而又悲哀……我強制按捺住由於這樂曲喚醒的我脆弱的靈魂。什麼也沒有說，實際上我什麼也說不出，完全像一個外國軍官那樣，傲慢地轉身走出門去，提起那包行李，像提起一只豪華的旅行箱一樣飛快地走下樓去了。我聽見緊跟在我的身後，芸茜的腳步也接踵而來：

「梁銳！梁銳！梁銳！」

我走到街上，聽見那扇窗子也開了，芸茜的父母一起叫着她：

「芸茜！芸茜！回來！回來！」

芸茜沒有理睬他們，我也沒有理睬芸茜。

芸茜追上我，和我併肩，邊走邊說：

「梁銳！你的自尊心太強了！」

「……」我注視着眼前那兩排街燈給我標示出來的路。

「梁銳，你到哪兒去落腳？」

「……」眼前的路是無限的。

「我願意幫助你。現在，我爸爸很可能會復出……我會幫助你……」

「……」我爲我自已能夠健步如飛感到驕傲。

「你應該諒解我，現在一切都正常了……」

「……」一切都正常了，謝天謝地！多謝這慷慨的紛紛細雨，滋潤着我的焦裂的嘴唇。監獄裏可喝不到這麼潔淨的水，也不可能這樣自由自在地仰着臉就能得到。

「我是很愛你的……」

「……」愛這個字此時從她嘴裏說出來，多麼不協調！如果街燈說愛，雨珠說愛，任何一個迎面走來的陌生人說愛，都要恰當得多。

「可惜我們只有愛情，別的……什麼也沒有……」

「……」我的腳步更輕快了。

「沒有別的什麼，不可能……我很愛你……」

「……」我輕鬆得幾乎要吹口哨了。人，死得多麼快！人，也會復活。她的腳步越來越慢了。我們的距離也拉得越來越遠，從有限的尺度很快就進入到無限之中了。幸虧我毫無幻想！夜的黑色的刀鋒割斷了我身後的路。此生我再也不會仰望那扇窗戶了！我很後悔，爲什麼在看到窗戶上掛着有藍色小碎花的窗簾時，沒有回頭呢？

我完全成爲塵世間的一個自自然然的自由人的實體了！因此，肚子特別顯得餓，也對於今晚在哪裏安眠感到憂慮。

人世間是慈祥的，也很齊全，想到要吃東西，街邊上就爲我出現了一個小小的餛飩店，還兼賣燒餅。身上還有兩塊二毛五分錢，這是九七號出獄時分給我的。他是我們四五號牢房第一個出獄的。在極端興奮的心情支配下，把藏在鞋底裏的全部現金拿了出來，一共十一塊二毛五分錢。分成五份，每人分得兩塊二毛五分。不要不行，他說這是爲了吉利，大家也會像他那樣得到釋放。我只好收下，他還不許說謝謝。現在正好用上。當我走進小吃店之前，確實不知道店主人和店裏的食客們怎麼看我。我立卽想到和芸茜在一起讀過的雨果的《悲慘世界》裏的冉・阿讓，想到他出獄後所受到的待遇，一個被釋放的苦役犯手裏的法郎是買不到吃食的，那麼，我手裏的人民幣呢？我躊躇地站在門口，手裏拿着票子，首先想告訴經理，我是有錢付帳的。吃客很多，幾乎沒有空位子。從所有看到我的人的眼睛裏，我能感覺到我自己的樣子有多麼髒和多麼可怕。當灶的女經理是個年輕的、和氣的女人。她正在用她白淨的光胳膊伸進烤燒餅的缸裏撈燒餅，憐憫地看着我。憐憫當然比厭惡要好得多，雖然我並不需要。她說：「嘖！嘖！可憐人啦！不是從大牢裏出來的，就是上訪的……」

吃客們立卽往裏擠，給我讓出一張桌子。我只好不客氣地坐下。他們很擁擠，我很寬鬆。我竭力用花錢吃飯爺們兒的口氣說：

「四碗餛飩，四個燒餅……」

「好咧！」女經理故作鎮靜地應着，不一會兒，她和小夥計就把餛飩和燒餅端上來了。但不是四碗餛飩，而是八碗餛飩，不是四只燒餅，而是八只燒餅，整整增加了一倍。我不解地看看她。她說：

「多吃點，吃飽，一半算我的，不收錢……」

我先把食道裏湧出來的口水嚥下去，然後把兩個燒餅疊在一起開始大嚼起來。我能感覺到所有的吃客都放下了碗筷，停止了牙床的運動，只能聽見我自己的上下牙床大幅度閉合的聲音，很響。我也顧不了那麼多了。我有生以來都沒吃過烤得這麼脆、這麼香的燒餅。在我自己都沒注意的時候，八個燒餅已經沒了。第二步是吃餛飩，大約兩口半一碗，不到十秒鐘，八個空碗就摞在一起了。最後，我用我的髒手指在桌上把散落的芝蔴都粘了起來，一一送進嘴裏，一顆也不剩。這時，我聽見了在場的所有人的驚嘆。女經理輕輕抱起那八只碗，小聲問我：

「你是不是還要點？」

「夠了，給，這是錢。」我把我的錢全都交給了她，連同那塊髒紙。因爲我對人世間物的價值和人的價值一無所知了，請她給我去找零。一會兒，她把找給我的錢遞給我，給我換了一張乾淨紙，包了一個平平整整的小紙包。我接過紙包，站起來，拉開板凳，向女經理點了點頭，因爲，我不能鞠躬，腰已經彎不下去了。

「謝謝！」

「不謝，不謝，慢走，慢走……」

等我剛剛走出門，餛飩店裏的吃客們都開口講起話來，就像一窩蜂突然被捅開了一樣，我聽不見都在說什麼，也不想聽。

無限的路又屬於我了。雨住了，我站立在空蕩蕩的街心裏，所有的店舖幾乎都關了門，沿街人家窗口的燈光一盞盞地在減少，每熄滅了一盞燈光意味着一個人，或一對人，或一家人安息了。被褥是溫暖的，親人的氣息是溫暖的，夢是溫暖的……我聽見我在向這世界大聲抗議的心聲：

「有我去的地方沒有？有沒有我的一席之地？」

遠處有一個小小的煙紙店還開着門，在街心鋪了一小塊黃色的燈光。我忽然產生了吸煙的願望。我從來沒吸過煙，不知道吸煙有什麼滋味。可爲什麼我想吸煙呢？大概是吃飽了的緣故吧！人吃飽了，要求就會多了嗎？煙一定很好吸，我閉上眼睛能回想起許多吸煙人的樣子。眯着眼睛，煙卷上的火星亮了，一半煙吸到腹中，一半煙從鼻孔裏冒出來。包括用手指磕煙灰的動作，都體現着一種享受。我站在小煙紙店的玻璃櫃臺前。香煙的牌子繁多，五彩繽紛，但我不知道什麼香煙最好。在玻璃櫃臺裏面的那個小姑娘驚訝地打量着我的周身：

「買煙？」

「嗯。」我把那包錢交給她。

「什麼煙？」

「呃……」我的眼前一亮，我看見了「中華」牌香煙，脫口而出說：「中華，要是我的錢夠的話，給我一包中華。」

小姑娘打開紙包告訴我：

「用不完，你這兒還有五塊錢。」

「五塊錢？不可能，我哪有這麼多錢？」

「不信你數，一張一塊的，兩張兩塊的，不是五塊是多少……」

「啊！」我知道了，準是賣餛飩的那個女經理把自己的錢給了我。我想笑，我這不成了韓信了嗎？可我從來也沒想過我會登臺拜將呀！小姑娘給了我一包大中華牌香煙。在找給我零錢的同時，送給了我一包火柴。我抽出一枝香煙，在印着「中華」兩個金字的地方親了一下，這動作嚇了小姑娘一跳。

我邊走邊擦火柴，點着銜在嘴上的香煙。我不敢用力吸，只敢輕輕地小口小口地吸，吸進嘴裏很快又吐出去。沒滋味！也許我沒敢長吸一口，所以沒嘗到滋味。我試着猛吸一口，當煙進入喉嚨的時候，一陣辛辣，嗆得我連連咳嗽起來。好一陣才平息。我不明白，全世界會有這麼多人吸這種玩意，把自己的嘴和身子當過煙筒！我把沒吸完的半根香煙丟進了水溝，剩下的十八根香煙塞進衣袋裏。

街上連偶然的行人也沒有了，只有我的腳和長長的路進行着沒完沒了的交談。走着走着，終於又看見了一個人，像一幅石板刻：一盞破街燈，幾乎要掉下來，風搖晃着燈罩也同時搖晃着燈光。一個小老頭手裏拿着一張拾來的破報紙入神地、津津有味地讀着。光源從上而下，所以看不清他的臉。額頭擋住了眼睛上的光，鼻子擋住了嘴上的光，肩膀擋住了整個身上的光，只有稀疏的白髮受光最多，像一束白熾的火焰——是一個變了形的人。當我走近他的時候，他放下報紙看了我一眼，立即又用報紙擋住自己的臉。我知道他完全可以看清我的樣子，因爲我身上的受光面很多。一會兒，他的眼睛又從報紙的上沿露出來。我站住了，站在他面前。他又用報紙蓋住了自己的全部面目。我只是覺得他是此刻街面上的一個稀有的同類，感到親切，這大約就是物以類聚吧！我有一種自然的聚的要求。但他卻沒有。當我和他隔着一張紙站了大約有一分鐘之後，他就支持不住了，收起報紙拔腿就走。這一走，他身上的光源起了變化，光射角由小而大，光度由強變弱，但他的輪廓清晰了。光射角從零加大到三〇度的時候，我就認出了他：桂任中！老王八蛋！我周身的血液一下就膨脹起來。於是，我向他撲去，伸出一雙鐵鉗般的手掐住他的脖子。他的喉嚨發不出一點聲音，臉由白而紅，拿着報紙的手在空中亂擺，眼睛驚恐萬狀地、乞憐地看着我。正在瞳孔裏閃爍着的靈魂之光，眼看就要熄滅時，我的心裏一陣酸楚，每一根手指都軟了下來。只一瞬間，他的眼睛裏出現了笑意，是那種我見過的天真的、孩子般的、信賴的笑意。我把雙手移在他那瘦骨嶙峋的脊背上，緊緊地抱住他，在他那冰冷的腮幫子上親了一口。老頭的嘴一癟，淚水從那雙渾濁的眼眶裏湧流出來。他像個娘們兒似地在我的懷裏哭泣着，身子慢慢滑下去，直挺挺地跪在我的面前。也許是八碗餛飩和八個燒餅的作用，我一下就把他拉了起來，大聲說：

「老頭！哭什麼?!有什麼好哭的！血都不值錢，淚又能值幾文呢？怎麼樣，還好嗎？我不問你的過去，問你的現在。怎麼你一個人在深更半夜裏看報？很有趣嗎？」

他沒回答，似乎是一言難盡。他只把手裏的報紙遞給我，報紙的第一版印着華國鋒很富態的那張臉，全版都是他的講話。

「唉！」我大聲嘆了一口氣，把報紙三把兩把撕成碎末。桂任中緊張地說：

「那上頭有華主席，有他的最新指示，你不知道，毛主席生前給他題過字：你辦事，我放心……」

「我現在什麼都不想知道，只想知道在哪兒能找到一個狗窩，睡一覺。」

「到我家。」他連忙說，「我有很多房子。」

「你有很多房子，爲什麼還在半夜裏靠着路燈桿子讀報呢？」

「唉！老婆太可惡了！不讓我清靜。」

「老婆？怎麼，又結婚了?!」

「還是那個女人，還是那幢房子。」

「又有一個美國朋友來看你來了？」

「不是一個，陸陸續續來了好幾批了。」

「陸陸續續地來，你就不用再搬出搬進了。」

「可不是，走吧！走！你跟着我回去，那女人可能還不敢太放肆。」

「我這一身能走得進『桂寓』嗎？」

「別逗了，小梁！走吧！」

我們兩個勾肩搭背地走了。

在「桂寓」的門口，桂任中從褲兜裏掏出鑰匙打開了院門，打開了花園裏的燈，屋門沒有上鎖，一推就開了。他開亮了客廳裏所有的燈，眞可以說是燈火輝煌。樓上立即有了反應，那位謝莉大聲吼叫起來：

「開這麼多燈幹什麼，你也沒瞎！」

「來客人了。」桂任中怯生生地說。

「什麼客人，是不是美國總統？前天裝了新電錶，電錢公家不管了！瘟豬！你知不知道？」

「知道，知道……」說着他就要去關電燈，我用手阻止了他。

樓梯急響，一眨眼功夫，怒氣冲天的謝莉出現在我們面前。她身上披着一件藍條子浴衣，敞着，讓你能看見她的緊身衣和三角褲以及不知道是那個時代的吊襪帶。頭上帶着滿頭的捲髮器，像個憤怒的哈巴狗。她對着我從頭到腳一看，立即跺着腳號叫起來：

「你們怎麼忍心呀！你們這些畜牲！」

老頭躲在我的身後不敢答話。

「怎麼了？」我平靜地問她。

「怎麼了?!還問我?你的腳!你的一對豬腳,怎麼忍心踩在我們家的地毯上!」她柳眉倒豎,杏眼圓睜,一雙手用力比劃着,恨不能撕碎我。

我衝着她呲牙一笑,輕聲說:

「怎麼,你忘了,腳上有沒有牛糞是革不革命的標誌?虧你還是造反派!」

「你是誰?」她當然能嚼出我的話裏有骨頭。

「他是……」老桂頭要給她介紹,我又阻止了他。

「你是誰?」顯然她已經不認識我了。人在得意的時候是很難記住什麼人的,而且這兩年監獄裏的陰影使我有很大的改變,一個一面之識的人的確很難想得起我是誰。

「你不認識我?」我再試着問一句。

「我不認識你。」

「我可認識你。」

「你認識我?」

「我當然認識你,大名鼎鼎的謝莉,在東方紅紅衞兵造反第一司令部、第二司令部、第三司令部、『反到底』工人造反司令部、『霸王鞭』兵團、『大聯合』毛澤東思想宣傳隊、

『千鈞棒』戰鬥兵團敢死隊都擔任過要職……還要我說下去嗎？」我記住了她的不少頭銜。

「你！」她的聲音裏開始有顫音出現了，「你……要揭發我？……」

「我只能告訴你，我掌握了你的全部材料……」

「全部？」

「對了！全部，包括只有一兩個人知道的材料。」

「打開窗戶說亮話，你要什麼？」她外強中乾地說。

「現在，我要睡覺。至於下一步，你等着！」

「睡覺，好，我來給你收拾一個房間。」

「不必了，我和老桂頭今晚上要同床共枕。走！老桂頭，上樓。」我拉着老桂頭上了樓，走進那間大臥室。謝莉忐忑不安地跟着我們進來，悄悄拿了自己的衣服走下樓去了。

我隨手關上臥室的門。

「怎麼樣，老桂頭？我不是把她給鎮住了嗎！對付鬼就得用鬼的辦法。她有一副猙獰面孔，你得有一副比她更猙獰的面孔才行。老桂頭，你呀！你……我得洗個澡。」

「快！有熱水。這娘們兒天天燒熱水洗澡。進衞生間吧，我給你找幾件乾淨衣服。」

我走進衛生間，放了滿滿一盆熱水，好一個泡，從身上搓下來的油泥足有斤把重。當我從衛生間走出來的時候，老桂頭興奮得都跳起來了。

「老弟！這就叫容光煥發呀！快！鑽到被窩裏，被窩裏還有那娘們兒的熱氣。」

我鑽進溫熱的被窩。等老桂頭收拾好上床的時候，我已經支撐不住了。他問我：

「老弟，你得好好籌劃一下，第一步要解決什麼問題，是工作問題呢，還是……」

「不！第一步是幫你把這個母老虎老婆給休了……」這是我睡着之前的最後一句話。

二十一

長途公共汽車在荒蕪的山路上爬行，我把額頭擱在前座的靠背上。這輛車很像是五十年代的解放牌卡車改裝的，引擎裏的汽缸活塞已經很鬆了。在爬坡的時候，車身抖動得很厲害，特別是葉子板的響聲，使人想起打擺子的老人。我眞怕它會突然拋錨。座椅很低，腿窩得很難受。三天火車，中轉了兩次，又緊接着四天長途汽車，據說這是最後一天了。再要不到，我的腿就非斷不可了。我從椅背上擡起頭，看看車上的旅伴們，一個個都在昏睡，東倒西歪的。高原上初夏的太陽把車頂曬得像蒸籠蓋。少數民族都穿得很厚，顯得更熱。彝族女人那又長又大的百褶裙，藏族漢子的皮楚巴。想到這兒，忽然意識到：我已經遠在中國的西南邊陲了！我是怎麼來的呢？出獄，出獄之後……失去了的蝸牛殼……八碗餛飩和八個燒餅……和老桂頭的街頭相遇……獄外鼾睡的第一夜……之後就是做了一次爲期一個月周密的調查，掌握了謝莉在「文革」中的全部活動，向她攤牌，官了還是私了？她問：

「官了怎麼說？私了怎麼講？」

「官了就是把你的材料全部上交『清查辦』。私了就很簡單了，你只要交出結婚證——實際上也是一份僞證，本身就是非法的。」

這個女人考慮了一天一夜，交出了結婚證。我當着老桂頭的面，一火而焚之。謝莉非常傷心地大哭了一場（只有這時她才像個女人）就老老實實捲了行李捲退出「桂寓」。攆走了睡在老桂頭身邊的一隻母老虎，使他得以繼續活下去。這一鬥爭的勝利，使我多少有了點自信，找到美術學院黨委，要求平反、補償損失、分配工作。學院黨委清查的結果認爲：坐牢是寃枉，但從沒定過案，所以也無反可平。十年動亂，有嚴重損失的人何止千千萬萬，希望你能識大體、顧大局，體諒黨和國家的困難。分配工作是學校份內的事，雖然沒完成學業，可以發給文憑。分配去向還可以由本人提出，由學校加以考慮，盡可能給予照顧。只是留在北京、上海這兩個大城市有困難，因爲戶口進北京、上海的權限掌握在很高的機關手裏。眞有意思，等我眞心實意的要求提出來，他們反而以爲我精神上有毛病——我要去的地方，越遠越好，越原始越好！頂好還處於史前狀態。

「你大概是說氣話吧？」

「我很心平氣和。」

「是不是你在受委屈的時候受了刺激……」

「我沒瘋！可以請精神病科醫生檢查。」

「如果我們按你的意見辦了，你很可能會說我們是對你在進行新的迫害。」

「我可以立下字據……」

「你會後悔的……」

「我如果後悔也已經晚了，我這個人似乎就不應該出世。」

「不是這麼說，我們希望你能愼重考慮考慮……」

「我已經考慮過十年了！有人說這十年白過了。我不這麼看。吃一虧長一智。吃了那麼多虧，還能不增長點智慧?!我定了！」

「這麼說，你這是理智的決定？」

「您說對了，卽使您讓我做一個感情的決定，我也辦不到，因爲我的感情已經枯竭了。」很順利，在中國，下比上容易得多，就像小河淌水那麼容易。全都是天天向上的人，像我這樣自甘下流的人已經絕跡了。所以我一路上都使所有經辦官員們和旅伴們感到驚奇和不能理解。其實，這是很容易理解的。熱鬧得不耐煩的時候就想到淸靜，一直都在翻跟頭就盼着能頭上腳下地站着；被火烤得發焦的時候就要往雪地上滾。我並不是一個怪人，我是一個極爲正常的凡夫俗子。

在窗外巍峨的山峯已經變成剪影了，只有一小塊太陽從山縫裏向東投射出一股朦朧的紅光。汽車好像心臟衰竭的人一樣慢慢歪斜地停住不動了。所有的乘客都爭先恐後地下去了。我沒有動。先讓他們全下去。這樣，我就顯得突出了。聽說縣裏有人來接我。我先用嘴從下而上地吹了一下自己的鼻子，把落在我鼻子和眉毛上妨礙我見聞的灰塵吹去，再提起草帽和一個小行李捲走下汽車。旅伴們都被親熱而喧嘩的親朋們接走了。車站廣場空蕩蕩的，我環顧了一下我將要在這裏生活下去的世界。這個世界大概也看見了我。我在這個世界的眼睛裏是個什麼樣子呢？所謂城大概就是眼前這十字交叉的兩條街道，疏落而昏沉的燈火暗示出城的規模。天空還很高，我原以爲到了這兒，星星會大些。結果，差不多，可能亮一些。沒人來接我?!沒人接也不要緊，反正我的東西不多，城不大，可以去找。

「你叫梁鋭吧？」我面前忽然出現一個戴舊軍帽的人，好像是從地底下鑽出來的，個子不高，像個小幹部。

「是的，你……？」

「我是縣文化館館長羅仁。」他沒伸出手來和我握手，也沒幫我拿行李，「跟我來。」

我跟着這位館長向城的方向走去。這位館長是個沉默寡言的人。進入城區，我發現城也是個沉默寡言的城，城裏人睡得很早，只有十字路口還有一盞小桅燈亮着。一個老太婆蹲在地上賣湯米線。

我們在掛着縣文化館的牌子的門前停下來，大門是一位鄉下泥水匠從畫報上得到的啟發，修了一個仿歐式。館長摸索出鑰匙來把門打開，一個鋪了三合土的院子。他推開一間西耳房，拉着電燈，燈光很暗，而且不住地發抖，大概是發電機在發抖。其實這只是半間房，另外半間用土坯隔了去。半間房大概只有七坪米，兩條長凳上架了一塊不平整的鋪板。鋪板上堆着幾個殘缺不全的樂器，有鑼，有鼓，有斷了弦的二胡。地上還有一隻沒有蓋的破木箱，木箱裏似乎還堆着幾面舊錦旗。只有一樣是嶄新的，那就是一張畫像：華國鋒的彩色的很富態的臉。臨窗處還有一張無屜桌。

他讓我坐，我實在不知道坐在哪兒。他覺察到了我的疑問，用胳膊肘一拂，鋪板上那些帶響的雜物都大聲歌唱着滾到地上去了。看樣子它們很高興，因爲它們難得有一次顯示自己存在的機會。我把草帽、行李捲和自己的屁股放在鋪板上。他自己則坐在沒有蓋的木箱沿上。

「餓不？」他關心地問我。

「餓過頭了……」

「這會兒找不到吃的，也找不到開水，店鋪門也都關了。」

「不渴。」我舔了舔乾裂的嘴唇。

他是不敢再問什麼了呢？還是他本來就無話好說，足足有五分鐘的沉默，他才從口袋裏掏出一包揉皺了的香煙：

「請抽煙。」

「不會，曾經想抽來着，怎麼也不行……」

他自己往自己嘴裏塞了一根香煙。

「你學過畫畫？」

「只能說學過，後來就鬧文化大革命……」

「聽說你……」我知道他想說什麼。

「我坐過牢。」

「我知道，我看過你的檔案。那是很不應該的。可你爲什麼後來……？」我當然知道他想說什麼。

「我是自己要求到你們縣來的。」

「啊！」他含意不明地瞄了我一眼。

「我來之前還特別在圖書館看了很多有關這裏的書。」

「我們這兒是個窮困落後的地方。」

「這我知道，無論多麼窮困落後，都比先進的監獄要好得多。」

「那當然。」

「據文字記載，這兒過去有一個女兒國……」我也可能是沒話找話。

「不是過去，摩梭人現在還過着母系大家庭的生活。」

「現在？」

「是，在蘆沽湖，離這兒還很遠……」

「啊！」

「休息吧，我們文化館就是這條件。你的工作縣裏還在研究，先住下再說。明兒早晨縣府食堂七點開飯。我們這兒的七點，天還很黑。」說罷他就轉身出去了。他走之後我給自己出了個算術題：七坪米等於十坪米的五分之一的幾倍？我還列了一個算式：7÷(10÷5)＝3.5。做完這道題之後，就非常愉快地睡着了。

早晨，窗戶被敲得山響我才醒轉過來，天似乎還沒亮。羅館長從窗外把窗門推開，給我送來了一副碗筷。他懷裏還抱着一個鋁鍋子。

「該去打飯了，晚了就打不到了。第一次打飯，我還得帶你去買飯菜票。」

我接過碗筷，很自然就想到，這一點反而不如獄中簡便。在獄中給什麼吃什麼，既不多給，也不會剩，既沒肉，也沒魚，所以既無需牙籤，也不要擔心喉嚨卡了刺。現在還得自己買飯菜票，每頓飯都得計算着吃，十分麻煩。不過比起那些經常參加宴會的人來，怕仍然屬於簡便的。我爬起來往床下一滾就站起來了，一下地，雙腳就很自然地落在鞋上，拿起碗筷就走到院子裏了。全過程只用了三秒鐘。

「穿好了?」館長問我。

「我就沒脫。」

「不洗把臉?」他指着院子角落裏的一個水嘴子。

「呃……」我放水用手捧着往臉上洗了兩把，用袖子一抹，又是一個三秒。

這個對我不苟言笑的館長的臉上隱隱現出了一絲微笑。

館長帶我向許多有關人員說明我的來歷，拿文件讓他們過目並同時驗明我的正身。買到飯菜票之後再跟着他排了三個隊，買了一碗稀飯，兩塊苕，一撮鹹菜。館長剛要告訴我，讓我慢慢吃，他要把飯拿回去餵他的一個老婆、兩個孩子。不想，我碗裏滿滿一大碗稀飯和兩塊苕，一撮鹹菜在眾目睽睽之下一眨眼就沒了，又是一個三秒。

「你眞行!」他好像對我的快很滿意，「今天不會有什麼事，你可以參觀參觀市容。」

「好!」我很愉快地接受了他的建議。

回到文化館，洗了碗筷，再補了一次飯前沒來得及的刷牙的工序，就上街了。全城主要只有兩條十字交叉的街道，另有幾條小巷。中速步行，第一遍只用了十分鐘。(順便補充一句：和老桂頭分手的時候，他送了我一塊時下很時興、價錢也很貴的電子錶。這對於一個力圖簡便的我來說實在是一個非常合適的饋贈。對城的印象是：麻雀雖小，五臟俱全。一切應該有的，都有了。縣革委會、中共縣委會、團委會、工會、婦女聯合會、文教局、建工會、公安局、檢察院、法院、第一監獄、第二監獄、看守所、加油站、公路局、手管局、林業局、衞生局、勞動局、稅務局、人民銀行、郵電局、影劇院、餐館、長途汽車站、氣象站、消防隊、農科所……我數了一下掛在各自門前的牌子，一共有一百七十二塊。除了幾個小食攤、香煙攤和剃頭挑子以外，我不知道城裏還有沒有不吃公家飯的人。這大概就是社會主義國有化的特徵吧！第二次參觀是慢動作，花了兩個小時零六分，算是把每一個大門都研究過了。它們的形式、格局、位置，它們之間的距離……等等，就像是一個偵察兵應當做的那樣，心裏有了一個詳圖。中午就在全城最大的一個叫「四新」的餐館進餐，吃了兩碗很辣很紅的湯粉，出了一身汗。信步出城，在城的邊沿就是一座杉樹林，溪水迎着我踏歌而來。溪水邊搭着幾個趕馬藏人的小牛毛帳篷。他們正圍着一堆堆的篝火在歇腳。兩個藏族姑娘趴在地上，頭對着頭說悄悄話，長辮子從頭上一直拖到屁股上。一個掛着大護身銀盒的老頭坐在山坡下，不斷地搖着手裏的轉經棒，默誦着佛陀的名字。他們的騾馬散放在林中水邊，自由自在地啃着青草。林中的杜鵑花像一蓬一蓬的野火在燃燒。啊！我不就是爲了這樣古樸的境界，才不遠萬里而來嗎！我走到那一對藏族姑娘的篝火邊，我向她們點點頭。她們之中的一個向我調皮地擠了一下眼睛。我冒昧地坐在她們面前，她們連忙坐起來，先扔給我一個馬背墊，讓我坐在墊子上，再用一只大銅壺給我向木碗裏倒了一碗可可色的液體，讓我喝。她們都很美，高高的鼻樑，大眼睛，像姐妹倆。我嚐了一小口，覺得有一股子說不出的怪味，我皺了一下鼻子，她們一起笑起來，向坐在山坡下念佛的老頭訴說着什麼。我猜想她們一定是在描述我喝這種熱飲料的怪樣子。

「酥油茶……酥油茶……」那個小一些的姑娘指着木碗對我結結巴巴地說漢話：「好喝……好喝……」

酥油茶這三個字我還是聽說過的，原來這就是酥油茶！但我不能承認它是好喝的。

那個大一些的姑娘把木碗捧起來要來餵我，我用手接過來。她說：

「多多地喝……多多地喝就……好喝了……」

我又喝了一小口，又喝了一小口，發現不像第一口那麼難聞，留在嘴裏的餘味中還有點香甜。接着，我閉着眼睛喝了一大口。兩個姑娘歡快地笑了，笑得在地上打滾。笑夠了爬起來又把我的木碗添得滿滿的。我把身子靠在一個馬䭾架上，看着這二位熱情的女主人。她倆爲我能這樣快就適應了酥油茶而感到興奮。其實她們哪裏知道，我曾經不得不適應監獄裏那連豬都不會聞一聞的食物，後來甚至把那些不能稱爲食物的食物做爲日日盼、時時盼的珍饈美味。她倆又在說悄悄話了，顯然是在議論我。她們應該知道，她們卽使是大聲說，我也聽不懂。後來，她們又拿出一個小羊皮口袋來，往碗裏倒出一些很香的炒稞麵粉來，用手和着酥油茶，揑成團讓我吃。我也沒想到，這種看起來很難看的食物竟引起了我的強烈的食慾，一口氣喝了十幾碗酥油茶，把她們那一小袋炒稞麵粉吃掉了一半。我越吃喝得有味，她們越高興。她們倆忙着又燒了一壺茶灌進一個竹筒裏，加上酥油和少許鹽，用一根特製的木棍在竹筒裏用勁抽打，一直把茶和油攪拌得失去了茶和油的樣子，變成另一種可可色的液體。由於她們輪流使勁，又笑又說，而且都穿得那麼厚，她們的臉紅得像燒起來似的。一股很濃的藏族女孩子特別的汗熱味彌漫在我四週的空氣裏。就像喝酥油茶一樣，乍一開始很難接受，很快就習慣了，到後來，我甚至用鼻子去找那種給人以懶洋洋的感覺的汗熱味，有點酸，也有點酥油香。我很想就躺在這篝火邊睡一覺，但眼睛必須睜着，看着她們。我喜歡看她們。可能是她們發現了我的倦意，互相交換了一個目光，從一個大牛皮口袋裏掏出一個癟了的軍用水壺，水壺蓋一打開我就聞見了酒味。她們把軍用水壺遞給我，我已經不想客氣地拒絕她們了。我喝了一口，姐姐接過去喝一口，再遞給妹妹喝一口，妹妹又遞給我。我們就這樣一圈一圈地喝下去。這是一種很好入喉的青稞酒。我們沒有對話，只有酒的傳遞，只有笑的應對，只有快速的目光的交流……喝着喝着，意識裏的倦意在上升，我竭力睜着眼睛。我希望別拒絕她們遞給我的軍用水壺，也別拒絕她們給予我的臉龐的美麗，眼睛的深情，嘴角的戲謔和手的豐富的含意。最先是我的手接不住那壺了，她們先用手捉住我不聽話的手，再把壺交給我。漸漸我的手指握不住壺了，壺落在地上。但我堅持不閉上眼睛，可是我睜着的眼睛所看到的景象很快就模糊了，像抽象派的畫。最後，我什麼也不知道了。

當我醒來的時候，最先進入我的知覺裏的，是她們姐妹倆的嘩笑，然後才是一種過於溫暖的感覺。我睜開眼睛坐起來，發現身上蓋了一件很厚的羊皮，篝火更旺了。老頭也坐到篝火邊來了，仍然在念佛，當他見我醒來的時候，暫時離開佛向兩姐妹說了一句話。兩姐妹給我倒了一碗熱酥油茶。我竟然會不好意思，木吶吶地說：

「很對不起，醉了……醉了！謝謝！我該走了。天黑了！」

姐姐說：

「喝茶！」

妹妹說了一句幽默的漢話：

「不是醉了……是睡了。」說罷兩姐妹又是一陣大笑。

我喝了一口熱酥油茶就站起來了，但這時我才發現離開篝火三公尺，整個天地都是漆黑的，分不清東南西北。

兩姐妹把我扶起來，我意識到這是我出獄後第一次和女性靠得這麼近。妹妹牽着我的右手走到路上，姐姐扶着我的左手，一出林子，小城的燈火就閃亮了。

「我知道怎麼走了……」

「我們……送你……」

「不了！」我到底還是個爺們兒，「謝謝！」

「送你到家……」

「不了！」送我到家，我，我有家嗎？那半間房子算是家嗎？「謝謝！」我堅決向這對不知姓名的藏族姑娘告別了。而且，當着她們的面跑了幾步，似乎是告訴她們：我是清醒的。

在路上迎着清涼的夜風，心裏有一種說不出的愉快。愉快來自對自身的信念和判斷的肯定。在這裏看到了最單純的人，沒有任何交換，只有人的本性和情感的交流。她們沒問我是誰，我的名字、職業、受到的教育和政治傾向，我也沒問她們。她們絕不知道我曾經走過那麼曲折遙遠而可怕的路，也不知道我是個不久前才出獄的勞改釋放犯。我們沒有談世界大事、國家大事、政治觀點和任何社會新聞、家庭瑣事、哲學觀念、人生體驗。因爲我們之間的語言不相通，簡單的語句只能說明喝、吃，以及高興、喜歡。我就像一隻和她們不同類的鳥，偶然飛到她們的窩邊叫一陣、啄一陣，然後又分開了。她們將隨着那老頭——可能是她們的爺爺，趕着馬幫運貨到內地，或者去西藏，也是曲折而遙遠的路，但她們的曲折和遙遠只在腳下，而我既要用腳在這條路上走，又要在這條路上拖着鮮血淋淋的心……雖然我回過頭去還能看見那林中的篝火，但我幾乎不相信這是眞的，也許是一場夢，她們只是我的夢裏人。

回到文化館，羅館長正在門口等我。他可能以爲我丟失了，但他沒有說出來，只問了一句：

「吃飯了嗎？」

「吃了，在林子裏遇上一些藏族的趕馬人，他們可眞是好客。」

「啊！」羅館長跟着我進屋，他邊走邊說：「今天縣裏已經把你的工作安排下來了。很巧，影劇院的經理老丁突然去世了，正好把你頂上。縣裏研究來研究去，只有這個工作和你的專長比較接近。影劇院的編制很小。」

「幾個人？」

「除了一個放映員，就是你了。」

「兩個人？」

「是的，比較辛苦。賣票，收票，領座，清掃劇院都得自己幹。劇院不大，不滿五百座。白天不營業。晚上放兩場電影。十二點發電廠停電。票房裏既可以辦公，也可以當你的宿舍。你明天就可以搬過去。影劇院門口有兩塊廣告牌，可以發揮你的專業才能。」

「我很滿意。多謝領導上的照顧，有工作就好！」我打心眼裏高興，雖然活可能很累，沒有什麼人事糾紛。實際上，我所領導的就是一個我。放映員在樓上放電影。我在樓下賣票，領座，掃地，互不相干。如果說白天在樹林裏是一個愉快的夢的話，館長向我宣佈的任命就是一個愉快的可以接受的現實。兩個愉快加在一起，眞夠我興奮的了。第二天上午我就搬進了影劇院票房。好在我剛到文化館只有一天，也沒有籌辦什麼，不需要調一部卡車來運東西。影劇院票房是一個長方形的、約有十坪米的屋子。一進屋我的腦子裏就跳出兩道數學題。一道是：$10\div(10\div5)=5$。一道是 $10\div7=1.428$。票房裏只有賣票的那個小窗口。窗口下有一張三屜桌，貼着後牆有一張單人床。我一進門，到處都可以看到我的前任丁經理留下來的痕跡。從床上的破草墊子上留下來的印子可以猜得出他的身長和體重，牆上無數個用香煙蒂擰出的黑點，告訴我他失眠且很能抽煙。地上到處都有痰跡，說明他咳嗽而且痰多。從滿滿一抽屜的藥瓶子，可以看出他的毛病是出在肝臟上。左邊那個抽屜裏全都是他寫的檢討和記錄，全都是蠅頭小楷，大約在一百萬字上下。如果能翻一翻，對於他的歷史和精神領域的脈絡會有一個全面的了解。中間抽屜裏裝的是影劇票，象徵着他把公家的事一直都擺在心靈的正中間。那麼快和一個死人就辦了交接。心裏的確有點彆扭。可是，只要回憶一下往事也就坦然了。因爲當我關進一〇〇四五號牢房的時候，囚友們曾經告訴過我，不久前關在這個牢房裏的三名囚犯都被處決了。據說被處決的人屬於橫死，橫死之後的人就是魔鬼。而病死的人則屬於普通鬼之列。魔鬼尚且不怕，豈能怕普通鬼乎？何況人類歷史這樣悠久，哪一間房屋沒死過人，哪一寸土地沒埋過死人呢？我甚至連清洗一下的願望都沒有，而且我還利用了他的破草墊。放映員小何曾經做爲我的部下和同僚在劇院門口迎接過我。一眼就能看得出，他是一個很清秀的懷才不遇的年輕人。他告訴我，他出生在比這個小城要大一倍的縣城，父親還是個科級幹部，由於「文化大革命」，學業中斷，去年在地區放映技術班結業，領有正式證書和放映員合格執照。在快分配工作的時候，得罪了班主任，把他分配到比他家鄉縣城小一倍，離北京又遠了二百里的小城來了。在這裏他是有數的幾個技術幹部。除了晚上放映兩場電影之外，要倒片子，擦拭放映機，調試音響，修理備用零部件，學習技術，整理影片說明書，製作宣傳節育幻燈片而且還住在東街上，來回奔波……「忙得焦頭爛額，丁經理很了解我。」我當然不是個笨蛋，一聽就明白，他這個技術幹部是沒時間打掃劇院的。您經理自己派自己幹吧！我為了使他放心，不挫傷他的積極性，立即明確無誤地對他說：「你管好你樓上機房裏的事，就很不容易了。樓下的事由我全權負責。你的業餘時間完全按你自己的愛好自行處理……」

「我喜歡寫詩……」

「那就寫吧！」如此複雜的領導與被領導的關係，合作者之間的關係，我只用三言兩語就協調解決了。他也沒想到會這麼簡單，使他大有高射炮打蚊子的索然之感。他原以為我不是一隻蚊子而是一架飛機，白費了他這麼多功夫和力氣，目測、計算、瞄準……不一而足。

我在影劇院上任的第一件大事，就是為我的前任操辦追悼大會。縣裏很重視，屆時縣委有一位副書記要來參加，文教局長致悼詞，全縣各界都有代表參加。因為全縣各界都在他主持的電影院裏看過電影，接受過教育。全縣很少有人知道他是經理，人們只看見他整日拿着把掃帚從裏掃到外，從外掃到裏。生前三歲小孩都叫他老丁，縣委第一書記也把他叫老丁。落在我頭上的第一件事就是要我給他畫一張遺像。我所能收集到的他的照片一共只有三張。一張是風景照，樹很清楚，人卻只是個模糊的影子。一張是「文革」期間挨鬥，跪在影劇院門口的照片，清楚倒是很清楚，就是看不清臉，因爲不許他擡頭。只有那張病危時的照片，還能看出個大概，經過美化之後也還是顯得消瘦和苦楚。雖然如此，往文教局、宣傳部送審的時候，局長、部長都當着我的面讚美不已。認爲不僅形似，而且神似。下午二時，正式開會。追悼會開得很隆重。因爲，在追悼會的前夜，縣人事部門報請縣革委會討論批准：丁固同志死後按副科級待遇。沒有說生前按什麼待遇，因爲死者已矣！生前是什麼待遇已經毫無意義了。追悼會原定在文化館院子裏召開，爲了體現對老丁的級別的調整，改在影劇院舉行。來參加追悼會的人出乎意外的多。因爲，全城老老少少都認識丁固，又風聞影劇院新來那個掃地的是個才子，把丁固的像畫活了。不少孩子是爲了來看畫像的。由於我和丁固不相識，正好座無虛席，縣裏大人物很多，我也就沒有去湊熱鬧，一個人躲在票房裏，好在聲音完全可以聽得見。擴大機裏的哀樂一響，在我的心裏油然而生的是一種荒蕪的悲涼感。我信手拉開左邊那個抽屜，抽出一本丁固生前的筆記本，原來是他在一些批鬥會上的記錄。他除了工工整整地記上年月日之外，還寫上批判發言人的姓名。我隨手翻開一頁，上面記的批判發言人是劉壽華。劉壽華不就是現在的新任文教局長嗎！那時候，他是個什麼人呢？不得而知。但可以根據人在不斷進步的原則加以肯定，他那時還不是局長。我忽然想起，今天將要在會上致悼詞的不正是劉壽華劉局長嗎！擴音機裏傳出的正是他的聲音。我很想合起丁固的筆記本，聽劉局長現在的聲音。又捨不得關掉他過去的聲音。好在他現在的聲音由於悲慼而很緩慢，我完全可以兼顧。

過去的劉壽華的聲音（激烈地）：

「無產階級革命派的戰友們！『金猴奮起千鈞棒，玉宇澄清萬里埃』！我縣革命造反派的戰友們又揪出了一個隱蔽得很深的反革命黑幫份子！他的狗名就叫丁固！這是一件大好事，是革命大眾的一個盛大的節日！……」

現在的劉壽華的聲音（深沉地）：

「同志們！朋友們！優秀的革命知識份子的楷模丁固同志不幸因病逝世了！這是我縣文化事業的重大損失！也是全縣人民的不幸！我們失去了一個親愛的戰友和同志！……」

「丁固出生於萬惡的地主階級家庭……」

「丁固同志出生於一個書香名門……」

「從小就吸農民的血不勞而獲，學而優則仕，立志繼承父業，成爲騎在人民頭上的老爺……」

「在學生時代就傾向進步，決心背叛剝削階級家庭，投身革命……」

「混入革命隊伍後，不接受改造，醉心封、資、修的反動文化……」

「參加革命以後，積極學習馬列主義毛澤東思想，在學術上很有成就，發表過關於民族文化的論文多篇……」

「歷次運動都遭到革命羣眾的嚴厲批判……」

「由於種種歷史的因素，丁固同志的研究沒有得到足夠的評價……」

「下放到我縣之後，不思悔改，變本加厲。在影劇院工作期間，爲一株株大毒草大開方便之門，使羣眾深受其害……」

「他自願隻身來我縣工作，我縣地處邊陲，交通不便，他不辭辛苦，任勞任怨，爲了活躍羣眾文化生活，使羣眾看到更多的演出和影片，從掃地一直到對節目的組織、影片的運輸和評價，事事躬親，使我縣羣眾深受教育……」

「反革命黑幫份子丁固僞裝積極，騙取羣眾的信任……」

「丁固同志鞠躬盡瘁、死而未已，不論工作之貴賤，不計職位之高低。丁固同志必將得到我縣人民的崇敬和永遠的懷念……」

「罪惡滔天，死有餘辜！……」

「他的偉大的貢獻是誰也不能抹煞的！……」

「讓我們把他批倒批臭，再踏上一隻腳，叫他永世不得翻身！……」

「讓我們在懷念丁固同志的時候，學習他爲人民服務的精神。丁固同志永垂不朽……」

「打倒丁固！打倒反革命黑幫份子丁固！……」

「安息吧！親愛的丁固同志！我們將以社會主義革命和建設的實際行動告慰您的英靈於泉下……」劉壽華聲淚俱下，泣不成聲。追悼會很成功，不亞於一場感人的演出。人們離開影劇院的時候都在擦淚。

小小的不滿五百座的影劇院，對於我來說十分合適。放電影的時候，門庭若市，全城名流薈萃，熱鬧非凡。白天則門可羅雀，還有十幾隻常住的蝙蝠，日夜都敢在劇場裏翩翩飛舞。掃地、賣票、收票、引座，散場後又接着掃地，雖然沒有多大趣味，卻很有規律，有勞有逸，很符合古訓：文武之道，一張一弛。轉眼就是一個多月，只放了一部《青松嶺》，看電影的孩子能把所有的對話、音響、動作模擬得維妙維肖。「五四」青年節到了，縣文工團要來影劇院演出。票是由團縣委分發的，我就省了賣票這一道工序。當我在影劇院門口收票的時候，不少孩子還在指着我說：

「他是來頂那個死人老丁的……」

這話一般人聽起來會覺得不那麼好聽，如果孩子們能稍稍講究點修辭就好了。譬如這麼說：「他就是來接替老丁工作的……」，但我不在乎，聽起來覺得非常順耳，一切活人都會死，所有的活人都在頂替死人，從這個意義來講，這些孩子們講的話倒很切合實際。所以我鼓勵他們說：

「說得好！我就是來頂那個死人老丁的。」

好多年沒看過演出了，興致特別高，以爲一定很有意思，很新鮮。引完座，我就把背靠在門框上看起來，看完第一個歌舞，覺得這節目十分熟悉，男男女女載歌載舞，各捧稻穗一束，衣衫華美，一臉微笑。最後，有個人像變戲法一樣，變出一個畫像來。以往看到的總是毛主席，現在則是華主席。所有的歡快的男女雁列兩邊，或站或臥，雙手將稻穗伸向畫像，似乎在唱：稻米多得吃不完，不信請您看一看。觀眾照例興奮不已，掌聲陣陣。接下來的節目，個個似曾相識，隔世重見，實在引不起我的興味，演出不到一半我就回票房了。我寧肯在票房裏看老丁的記錄本和自我批判，這些變了形的文字裏盡是血淋淋的人生，對人很有啟廸。老丁雖然從未謀面，且已故去，我卻在心靈中多了一個知交。讀着讀着，不覺晚會已經結束，觀眾已經完全退場。我的節目才算眞正開始，先掃劇場的地，這是最繁難、最具有技術性的節目，每兩排椅子之間的空隙很窄，掃帚無法施展，各類瓜子殼、糖紙五彩繽紛，一個座位一個座位地掏，偶爾可以拾到粗心的情人丟掉的帶密碼的情書，但絕不可能拾到一張人民幣。這個節目演完就是一身大汗。第二個節目是收拾舞臺和後臺，到處扔的都是卸妝紙，廉價香粉、油彩味使你很想嘔吐。我正在收拾舞臺的時候，十幾個男女文工團員在陶團長率領之下急急風似地重返影劇院，一色練功服，燈籠褲、緊襯衫，神情緊張，氣喘吁吁，對我視而不見，就像京劇裏的眾校尉一樣。陶團長一聲「搜」，兵分兩路，從出將入相兩邊門進去，又從出將入相兩邊門出來會合，齊聲說：「沒有！」陶團長說：「走！」一眨眼之間，神出之眾就啾啾鬼沒了。我抱着掃帚呆立在臺中央，恍然若失，此情此景頗堪入畫。

「喂！」一聲叫，女聲，不禁根根汗毛直豎，莫非眞的出了鬼？我的耳朵畢竟有鍛鍊，聽得出聲音來自天上。抬頭一看，左側追光燈鐵架上有個穿少數民族服裝的姑娘，嘻嘻笑着向我招手。她是怎麼上去的呢？原來在演出的時候有個折疊梯子，梯子是文工團的，演出以後就連同化妝品、服裝、道具一起扛走了。我正在琢磨怎麼辦的時候，她大叫一聲：

「接着我！」身隨聲下，直索索地跳了下來。她把我最後一秒鐘思考的餘地也剝奪了。我立卽扔了手中掃帚，跨前一步。她正好抱住我的脖子。我立足未穩，被她砸倒在地板上。她倒是很幸運，整個地壓在我身上。她不但不害怕，反而一個勁地咯咯笑着從我身上爬起來。我坐在地板上，這才仔細打量她。她上身穿着一件墨綠緞子斜大襟短衫，下身是一條白麻布繡花百褶裙，尖尖的船形紅繡鞋。頭上纏着很大一蓬假髮辮和絲絡纓，稚氣的圓臉，成熟的大眼睛，清秀的高高的鼻樑，稍稍肥厚的嘴唇，雪白的牙齒閃着光。她止住笑，向我伸出一隻手，我拉着她的手站起來。她幫我拍去背上和屁股上的灰土。我並沒問她什麼，但她主動對我說：

「我跟他們逗着玩的……」漢話說得還有點生硬。

「爲什麼？」

「他們總派人跟着我，一步也不離。」

「爲什麼？」

「不放心嘍。」

「爲什麼？」

「爲什麼？爲什麼？你又不是不知道，我是個摩梭姑娘。」

「摩梭姑娘！」我的眼前爲之一亮，有了多年來丢失得乾乾淨淨的驚奇之感。這就是摩梭姑娘的裝束？在我面前的她就是從女兒國來的？我申辯說：

「我不知道。」

「你可是從天上掉下來的嘎?!」

「我剛來，從很遠的地方……」

「啊！我想起來了，他們說過你！」

「說什麼？」

「說你會畫人像。丁固的像就是你畫的。還說你坐過牢，有精神病。我也不知道啥叫精神病。說你是個大學生，大城市不住，非要到邊區小縣來……」

「是嗎！」我知道，城市太小了！任何一個外來人的事都會成爲新聞在全城議論，報紙和廣播裏的事反而沒人注意。

「我不回去了！」

「他們到處在找你。」

「叫他們去找！哪個不讓他們找？我常這樣。反正我不回去了。」我很欣賞她對付人家的辦法。

「可影劇院裏沒地方住呀！」

「你沒床？」

「有呀！讓給你，我住哪兒？」

「啊！」她像是恍然大悟似地，「我曉得了，你們有規矩。」可不是，我們不僅有規矩，還有法律。

「好吧！」她嘆了一口氣說：「我走了。」

「回文工團？」

「才不哩！」

臺上。

「去哪兒？」

「上山，到林子裏去睡，燒堆火。」

「不！」我動了惻隱之心，「這樣吧，你住在我的票房裏，把門拴緊。我就睡在臺上有一張演員翻跟斗的墊子，蓋一張邊幕就行了。」

「你有這麼好的心嘎？」

我笑笑，沒有回答她。

「你有這麼好的心還坐牢？」

我仍然沒有回答她，看着她那副像在思考的樣子。她自言自語地說：

「正因爲有這麼好的心才會坐牢的，可是嘎？」

我還是沒有回答她，我說：

「走吧，我帶你去票房。」

「走！」她一躍跳下舞臺。

我先把劇場大門關上，加了門槓。然後帶她進了票房。剛把臨街的小窗口關緊，電燈熄滅了，說明現在是十二點整，我點亮小油燈。這時我才想起應該問一下她的名字！

「小妹妹，你叫什麼名字?」

「蘇納美。」

「蘇納美，很好聽。我叫梁銳。」

「梁銳，梁銳……」她輕輕重複了幾聲。

「我走了……」

「你走了?」她疑問地看着我。

「我走了。」我認眞而肯定地說。

「那……你……」她的眼睛一眨也不眨地看着我，好一會兒才說：「走吧。」

我走出去帶上門，摸到臺上。

雖然這裏不一定有跳蚤，我還是按照在監獄裏的習慣，脫光衣服躺在泡沫墊子上，蓋上幕布，枕着自己的手，很清醒，睡不着。一直在想：我這麼把她留下來合適嗎?要是他們知道了會說什麼呢?一定會說是我把她藏在劇院裏的，不要一小時，全城都會議論這件事。我這個新來乍到的人，會得到什麼報應呢?一想到後果，我反而又平靜了下來，大不了是撤職，批鬥會，撤了職總得給我找個活幹吧!對於一個當過囚犯，戴過鐐銬的人，批鬥會算什麼？批鬥完了不還得給飯吃嗎？而且飯菜票掌握在自己手裏，至少可以吃飽。再說，我不是睡在舞臺的墊子上嗎？這麼一想就心安了，不僅心安了，還很得意。我支持和幫助的是一個冒險者和叛逆者。想到這兒也就有了睡意，雖然墊子很軟，對於一個睡過很久水泥地板的囚犯來說，很不適應。最後，還是睡着了。

一種舒適而又亢奮的感覺困攪着我的疲倦，我抗拒着不願意稍稍地讓自己的意識清醒過來，那樣將會失眠。但我的意識不願就犯，漸漸失去了夢境的朦朧……一隻手，我感覺到有一隻手在我赤裸裸的身上撫摸。另一個赤裸裸的身子貼在我的身體的一側。我一下就完全清醒了。我的身心同時都覺醒了。首先是被禁錮了很久的性衝動，是的，首先是性衝動。她，我已經明確地知道是她了。她翻身擁住了我！我十分驚駭。她那麼快——幾乎是立刻就擁有了這個世界。我竟然會如此輕易就使得她像鳥似的如此盡情地振翅飛鳴。好像這不是一個空曠的舞臺，而是一座密林，只有兩隻鳥，腳爪鈎着腳爪，起伏翻飛。她的敏感刺激着我的欲望；我的欲望又使她的敏感成倍增長。這是芸茜從來沒有給過我的。此時，我有一個極強烈的念頭：今後，我再也不能沒有她了——這個從天上落在我懷裏的摩梭姑娘。不管她是天仙還是魔鬼！

二十二

從那以後，我和蘇納美都盼着文工團能經常到影劇院來演出。兩場演出她總能逃掉一次。蘇納美的徹夜失踪引起全城的極大關注，因此引出許多神秘的傳說。普遍的說法是蘇納美是個妖精，有隱身之術，吹口氣就沒了。其實，她已經溜進了哪個人家，上了男人的床了。這種傳說不脛而走，全城的女性極爲緊張，天一黑就關門閉戶，半夜裏還要驚驚乍乍，不斷摸摸丈夫的另一側有沒有一個光身人。全城的男性也極爲緊張，夜裏總要趁老婆稍有麻痺就把門閂拉開，希望能出現奇蹟，那個神奇的女妖精能光顧到他。這種勾勾心一旦被老婆發現就是一場爭鬥，吵的四鄰不安。總之，蘇納美一失踪，全城有夫之婦，有婦之夫全都徹夜難眠。誰也不會想到，她會在我這裏。對於全縣公眾來說，我是個陌生人，精神病，沉默寡言的掃街的。她在我這兒睡得非常安穩，似乎這小床和人都是她的。文工團對她已經毫無辦法了，每一次都是興師動眾，連周圍的林子都找遍了。只有早上她才像沒事人似的在林子裏出現，對着蒙着霧的太陽練聲。至關重要的是他們沒有發現一個涉嫌的男人。總不能像清查「五·一六」那樣，人人過關、大膽懷疑吧！文工團內部爲了她爭論不休。有人認爲：打發她回鄉算了，摩梭姑娘的生性如此。有人認爲：不要管她，摩梭姑娘是管不住的，睜一隻眼閉一隻眼算了。不能打發她走，她是文工團條件最好的演員，離了她就少了半臺節目。還有人認爲：對於洪水，只能疏導，不能堵截，給她找個對象結婚，她自然就老實了！但這種意見立刻遭到反對，認爲摩梭人是不結婚的，丈夫也管她不住。意見不能統一，只好作爲懸案。蘇納美失踪的喜劇不斷發生，漸漸文工團也就不那麼特別重視了，最後連找也不找了。但這種勇敢的僥倖成功和偷情使我很不安。總有一天會被發現，那樣就會徹底失去她。於是，我的心裏越來越清晰地浮現出一個念頭：和她結婚。那種「她一結婚自然就老實了」的意見很合我的胃口，我曾經向她提出過多次，她都是一樣的回答：

「這樣在一起不好嘎？」

「這樣不好。你應該是我的。」

「你應該是我的。」我以爲她是在學我說話。

「那就結婚。」

說到這兒，她總是咯咯大笑一陣，想盡一切花樣耍弄我，把我思維裏的一切念頭都沖得乾乾淨淨。再不然她就向我講他們摩梭人的母系大家庭的風俗習慣，結交阿肖的詳細過程。

我怕聽，因爲她講的是她自己的經歷。我又想聽：旣新奇又有無可辯駁的合理性。

我終於走到羅仁面前了，在文化館的院子裏找到他。我對他說：

「有件事想找你商量一下……」

他帶我走進那半間我曾經住過一夜的房子裏。他讓我坐在舖板上。他自己把那隻沒有蓋子的木箱當櫈子。

「羅館長，我在這兒，沒什麼熟人。第一個認識的是你。是你領我走進這個小城的……」

他用手輕輕搓着一枝香煙，沒看我，但很專注地聽着，沒有插話。

「我已經不小了，三十多歲了……前些年很坎坷……」我不知道應該怎麼來說完這個開場白，眞虛僞！算了！我立即脫口而出地說：「我想結婚。」

「結婚？」他這才看着我，「有人了？」

「我看上了一個姑娘。」

「在本縣？」

「在本縣。」

「城裏人？」

「城裏人。」

「是不是蘇納美？」

「你怎麼知道？」

「我猜到了。」我從他的眼睛裏看得出，他不只是猜到了。

「你怎麼會猜到的呢？」

「再過些時，猜到的人就不止我一個了。這種事做的再秘密也瞞不住。」

「……」我默然不知如何說下去。

「蘇納美是我招來的，我去過她的家鄉。爲了避嫌，她來文工團以後我就不管她的事了。她找我，我都不見。」

「她告訴我了。」

「你知道她是什麼民族嗎？」

「知道。」

「你知道什麼，老弟！他們不結婚。」

「我知道。」

「他們……男女關係很亂……」

「應該說是很自由。」

「自由？她都跟你說了？」

「說了。」

「怎麼樣，你對他們的家庭婚姻習慣怎麼看？」

「是很古老，恐怕人類在一萬年前才是那種樣子。也很現代……」

「很現代？」

「他們沒有婚姻，但是有愛情，我們的很多夫婦有婚姻，恰恰是沒有愛情。我覺得他們比我們更道德……」

「道德？你……你怎麼這麼說？」他皺着眉頭，好像很痛苦。

「我看得出，你心裏也是這麼說，只不過不用嘴來說罷了！」

「旣然是這樣，你爲什爲要結婚呢？」

「我生活在這兒，這兒不是蘆沽湖，我也不是摩梭人。不合法我就得失去她。我不願意。我不能失去她。她應該屬於我，我愛她，她也愛我。」

「眞的？」

「眞的，我很愛她。她也很愛我！」

「你知道她只愛你一個？」

「當然！」

「你能駕馭得了她？」

「我能，我要改變她。」

「你這麼有信心？」他的語氣裏充滿了不信任。

「只有我知道她是多麼愛我，別人誰也不會知道。」

「她過去的事情你都知道？」他用異樣的目光盯着我。

「都知道，她都告訴了我。」

「老弟！我們對有些事在客觀上欣賞是很容易的，一旦成了你自己的事，就不是那麼容易了。」

「我不懂。」

「老弟……」他沒有進一步解釋他的話，「你明說吧，要我幫什麼忙？」

「幫我跟文工團的陶團長說說。」

「這樣吧，既然你一定要跟她結婚，那就結吧！但是，在結婚前你們不要再秘密來往了。一旦他們知道你們的關係，他們不僅不會同意，還非要拆散你們不可！這就是中國人的道德原則。至於怎麼去說服他們，你就交給我吧。」

羅仁的說服工作進行得很順利。他的看法增加了第三種意見的份量。陶團長也悟到了：給這個不安靜的姑娘找個丈夫就好了。她的不馴服和調皮的原因就在於沒有丈夫，沒人管。當羅仁提出他要介紹的男方是我的時候，陶團長很擔心，很怕我不會同意。天啊！人是多麼的不同呀！羅仁見到我，把他和陶正芳的對話複述了一遍：

「一個上過大學的人，他會要一個摩梭姑娘？摩梭姑娘從十三歲起就可以結交阿肖，早就不是個處女了！」

羅仁慢悠悠地說：

「試試看，我跟他提一提，也許他會同意。蘇納美長得很漂亮。」

「他見過？」

「應該見過，你們經常在影劇院演出。」

「可蘇納美沒見過他呀！」

「如果他有意思，就找個機會見一見嘛。」

「那就謝謝你了。」

「別謝我，如果這個媒做成了，只希望婚禮在你們文工團舉行。」

「沒問題，我們辦！」

「不說假話辦不了大事」這句名言的確很有道理。

羅仁怕事情在婚前敗露，第二天就把我帶到文工團。在團部辦公室，當着陶團長，和蘇納美見面。雖然羅仁私下裏已經向蘇納美打過招呼，蘇納美一進團部辦公室的門，見我一本正經地坐在那兒裝着不相識的樣子，差一點沒噴笑出來。幸好陶團長把這種現象當做她的性格的表現，也就沒在意。我看見陶團長在徵詢她的意見之後，她連連點頭，並大聲說：

「是不是現在就把我的被子搬過去呀？」

「瞎說！」陶團長連忙捂住她的嘴，「早哩！還沒領結婚證……」

當蘇納美出去以後，在陶正芳問我的時候，我表演得十分精彩，先是半天沒說話，接着就轉向羅仁，問他：

「你看呢？羅館長！」我居然會如此狡猾。

「自己拿主意吧！」

「陶團長，這樣吧，讓我們先接觸一段，培養培養感情再說吧！她是個少數民族姑娘，誰知道合得來合不來呀……」

「也好，」羅仁配合得很得體，「我們不要搞包辦婚姻，讓他們先戀愛，再結婚吧！」……

「不過……」陶正芳很爲難地說：「晚上可不能在你那兒留宿……」

「那當然，晚上我會把她送回來。」

「是的，這是道德觀念嘛！」

經過這次的相親，我和蘇納美可以公開來往了。只是在夜晚，我總是把她哄回去，雖然她是那樣不樂意、不情願和不理解。我堅持了兩個月，才向陶正芳表示：我和蘇納美之間的感情已經培養好了，我同意和她結婚。陶正芳很高興，因爲這兩個月的事實證明羅仁的建議是對的，蘇納美很聽話，演出很積極，很認眞，不用人跟着也沒有失踪過一次。我們的婚禮是在文工團舉行的，很隆重，很熱鬧，也很無聊。那天晚上，我只是在臉上掛着一副笑臉，焦急地盼望着早一點結束。蘇納美的臉上可是眞正的笑。後來她告訴我：這一切都很好玩，比她十三歲時的穿裙子禮有意思多了。穿裙子禮，她一個人是主角；結婚，兩個人是主角。還有吊着一個蘋果讓兩個人去啃之類的遊戲。冗長的、喧鬧的婚宴，敬酒、罰酒、交杯酒……好不容易才算完事。陶正芳讓我們把上午就領來了的結婚證拿出來給她看看，並且一再告訴我們：

「這可不能丢了，這是結婚證書。有了這，你們就可以一輩子共同生活了；誰也不能干涉你們了！」

當時，我覺得她說這些話的時候特別可笑，這有必要嗎？

好幾個文工團員跟着我們，幫着蘇納美把行李和她的雜物搬進影劇院那間已經粉刷一新的票房，所幸票房很小，蘇納美的行李加禮品已經佔去了百分之八十的空間，而且已經停電，取代電燈的小煤油燈毫無氣氛，本想接着來鬧房的文工團員也就沒興致了。

狹窄的票房裏只剩我和蘇納美了，她扯着我這身簇新的中山服說：

「脫掉！多彆扭呀！」

她穿的是她在舞臺上表演時的民族服裝，她一邊脫衣服一邊在回憶婚禮上那些人的演講，那些惡作劇的喧鬧，喝交杯酒的樣子。

不知道爲什麼，我剛才還認爲陶正芳說的關於結婚證的話可笑，多餘。此刻，我的心裏忽然也升起一種莊嚴的情緒。認爲有必要就結婚這件事，在新婚之夜和蘇納美認眞地說幾句話。我說當然不會可笑，也不會多餘，是完全必要和發自內心的。我把我那份結婚證書從衣袋裏掏出來，對蘇納美說：

「蘇納美！」我知道我的聲音在發抖，「你仔細看過結婚證書了嗎？」

「看它做哪樣？」她在解她頭上那沉重的假髮辮，「上頭只有兩面旗，也沒畫人。」

「你知不知道，從領到結婚證這天起，我和你就是合法夫妻了？合法，你懂嗎？就是法律保證我們的結合……」我一方面感到說這些話特別無聊一方面又要說。

「就是說今天夜裏不回文工團了。也沒人來抓我們……」她說這話的時候一點戲謔的意味也沒有。

我眞想打她一下：

「不是今天夜裏，是一輩子。」我糾正她。

「一輩子？」她下意識地吃了一驚，「這麼長?!」

「可不，我們要相親相愛，白頭到老。我們是自願相愛、自由結合的。我們會互相尊重、互相愛護、互相體貼。誰也不要破壞我們的婚姻……」這時候，我自己都很討厭自己，可又覺得說出來安心些。眞是糟透了！

蘇納美正在脫她的內衣小褂，順手把她的內衣小褂套在我的頭上：

「你可是在表演節目嘎？」

「別鬧！」我把蒙頭蓋臉的內衣小褂扯下來，有些嗔怒地說，「嚴肅點！婚姻是終身大事，不是兒戲！蘇納美！你告訴我，你能永遠……」

蘇納美沒等我說完，拉開臨街的售票窗口，一伸手就把小油燈扔到街上去了。我們的新房立卽一片漆黑。我眞想大發脾氣，蘇納美跳上床，用那雙光滑的胳膊摟住我的脖子，把我的臉緊貼在她的胸前，不僅讓我說不出話，也透不過氣來。她是那樣有勁，一下就把我抱到床上，把我扳倒。這時候她才大聲激動地說：

「傻瓜！你要問哪樣嘛！你問我，我可不要問你！我不問。我不要問。問就是不相信。不相信才會問。我相信，我不問，我不問，我不問……」她的話漸漸微弱了，接着就是她的呻吟、呼喊和由於快樂而生的悲泣。雖然她是那樣小，此刻我覺得她比在我懷抱中的實際的她要大得多，美得多，純得多……

我們婚後的生活很幸福，這不是我們的自誇，這是全城所有的人有目共睹的。別人都說我的氣色變好了，精神也振作了。多麼奇特，一個對生活充滿陰鬱和厭倦的人，眼前竟會又明朗起來，她像是一團光，那樣強烈地照耀着我。我變得整潔了。我還幫蘇納美洗衣服，包括她的三角褲和胸罩，這些是我婚後讓她使用的，她很聽我的話。但我難免也想影響她，加以教導。告訴她，一個婚後的婦女應當莊重，不要像小姑娘那樣輕狂。在我告訴她這些話的時候，總要一再向她說明：正因爲我愛她，才這麼說的。她也經常會遇到一些和她調笑的男人，她都不理睬他們。因此，她經常聽到那些無聊男人說的一些難聽話。諸如：

「瞧她那副樣子，好像她不是摩梭女人！」

「喂！蘇納美！你的阿爹是哪個？」

「蘇納美！你有幾十個阿爹？」

「還在裝！十三歲就是個破貨！」

「交個阿肖吧！哪天你男人不在的時候，我來找你。」

蘇納美並不知道這些話的輕重，她只當沒聽見。久而久之，那些男人覺得沒趣，也就不再說了。但並不放棄冷眼旁觀，盼着能出現一件新聞。在女人的嘴裏，蘇納美的名聲越來越好。

「哪像個摩梭姑娘呀！就像個漢族的小媳婦。」

「這個活妖精！結婚以後，完全變成了一個正派女人，再規矩也沒有了！」

「要是她改穿我們的衣裳，誰知道她是個摩梭人呀！」

「人是能改變的。她男人是個大學生，就是不一樣。」

「人只要知好就能學好，瞧瞧人家蘇納美！」

「蘇納美如今歌都唱好了，不像過去，眼睛總是往臺下瞟呀瞟的，引得那些壞男人怪聲叫好……」

總之，我們過得很好，很平靜，很和睦，很溫暖，和周圍很諧調。如果說還有一點遺憾的話，那就是蘇納美的思鄉情緒時時使她黯然神傷。她一提到「謝納米」裏的豬槽船，一提到草海上的白鶴，一提到登干木山祭祀女神的香火和人羣，就激動不已。一提到阿烏魯若，一提到阿米吉直瑪，一提到小時候的女伴格若瑪，一提到她過去的阿肖隆布、英至，一提到阿咪彩兒和年邁的阿耶，眼眶就積滿了亮晶晶的淚，雖然她也偶然收到過一兩封信，代寫書信的人文化水平都很低，什麼也說不清楚。其實，文化水平再高，能滿足一個遠方害思鄉病的摩梭姑娘嗎？誰能描寫出她夢中的故鄉呢？誰能描述她的鄉裏故人的一切呢？包括她熟悉的小路，路邊的樹，老是尾隨在她身後的黑狗，蹲在她火塘邊的大白貓，晝夜都在歌唱着的小河，只有她才能聞到的故土的芬芳，只有她才能聽到的故鄉的風在林籟間吹奏出的樂音……我很羨慕她。因爲她有而我卻沒有的如同美好夢境一般值得懷念的故鄉。故鄉的一草一木，在她的思念中具有親切的詩一般的生命。我對她說：

「蘇納美！我跟你一起回趟家吧？」

「回家？」她的眼睛立即閃爍着狂喜的光。

「回你的家，蘆沽湖……」

「眞的？」

「我們請假。」

「眞的？」她用很輕的聲音誇張地反問我。

「先寫封信給阿咪。」

「阿咪要是聽說她的蘇納美要回來，她一定要讓阿烏魯若牽一大羣馬來接我。」

「還有我。」

「還少得了你嗎？我的阿肖！」

「怎麼，我是你的阿肖？」我曾經不止數百次地教她「丈夫」這個名詞。

「不！」她連忙糾正說，「我的丈夫！」

「這就對了。」

「他們咯會讓我們走？」

「我想他們沒理由不讓我們走。我們結婚都沒休息過。」

「是的！快寫信吧！」

「我就寫。」

「信不要草，要一筆一劃地寫。我們那兒識漢字的人不多。」

「怎麼寫呢？」

「我看，就寫：蘇納美想家了這幾個字，阿咪就全明白了。她就會讓阿烏魯若牽着牲口來接我們。」

就這樣，一封只有六個字的信在第二天就發出了。

二十三

我的請假報告通過文化館送上去，很快就得到了「原則同意」的答覆，但要等找到臨時代理經理才能走。在找臨時代理經理的時候，層層領導才眞正認識到丁固去世對於全縣的文化工作是個多麼大的損失；同時，也認識到我做爲一個大城市來的知識分子的品質是多麼高尙，工作態度是多麼端正；同時，也後悔「原則同意」的答覆傳達得太快。因爲誰也不願當這個經理，即使是代理幾天也找不到人。連在縣委招待所燒茶爐的工人、招待員都不願意來代理。他們對我的工作量的了解，比各級領導清楚得多。這種物色磋商，說服動員工作一直做了十幾天，才算找到兩個人分工代理。

只等蘇納美的阿咪派出的馬幫到來，我們就可以走了。

一天上午，我正在票房裏往電影票上蓋日戳的時候，小窗口出現了一張中年漢子的深紅色的臉，滿臉黑色的鬍髭裏夾雜着幾根白色的鬍茬，像一把雜色的彎刷子，頭上紮着一個紅帕子，眼睛微微充血，戲謔地打量着我，像熟人似地眨了一下，甕聲甕氣地用漢語問我：

「你是梁……？」

「是呀！」我猜想他可能是蘇納美的阿烏魯若，我立卽從票房裏走出來。果然是個趕馬人，腰裏束着一根掛了六個皮錢包的寬皮帶，手裏握着根皮鞭子，腳登一雙紅黑雙拼的牛皮長統靴，「你是阿烏魯若吧？」

「不！我是隆布。」

「隆布？」這名字有些熟悉，隆布？全身的血一下就冲到了我的臉上，熱辣辣的。他不就是蘇納美的第一個阿肖嗎！這就是佔有蘇納美的第一個男人？蘇納美曾經詳細描述他們的關係。他爲什麼笑？還用狡黠的目光從上到下地打量我，一副得意洋洋的樣子。我爲我的過於清秀感到自卑。他是那樣魁梧，渾身散發着一種咄咄逼人的、剽悍的氣息。

「阿烏魯若趕馬下麗江去了，我來跑一趟。」他看出了我的疑問。我告誡我自己：要自信！要自信！我是蘇納美現在的丈夫！他雖然是個摩梭人，他又是個經常出門在外的趕馬人，應該懂得什麼是丈夫，丈夫對於妻子意味着什麼，我鎭靜地對他說：

「蘇納美在文工團，我們正在等你。」我覺得我很勇敢，能夠說出：「正在等你」這句話。「走，我們去找她。」

我帶着隆布到文工團把蘇納美從練功房叫出來。我注意到蘇納美一見到隆布時的情緒。

她也很意外，似乎也很平靜，只「啊」了一聲。

「是你？隆布！阿烏魯若爲哪樣不來？」

隆布立即用他們自已的民族語言回答她。我不知道他說了些什麼，我只知道我很討厭這種我聽不懂的語言。他說了很多話，蘇納美仔細地聽着，最後劈胸給了他一拳。——他們還是那麼熟悉！我向她建議：

「請隆布喝杯酒吧？」

「走！隆布！我們請你喝酒。」蘇納美像現代人那樣挽着我的手，我示威地用手撫摸着她的手。隆布注意到了，他點點頭表示可以去喝點。沒想到蘇納美又用另一手挽住了隆布，隆布也像我一樣，用手撫摸着她的手。我剛剛保持穩定的平衡又動搖了。蘇納美心情非常好，比我們兩個都走得快，幾乎是拖着我們在走。

一進餐館，隆布首先從寬皮帶上脫下一隻大錢包交給管帳的那個胖女人：

「最好的，菜，最好的，酒……」

我正要去取回那錢包的時候，蘇納美把我拉回來，告訴我：

「隆布有錢，他願意請就讓他請。」

隆布自豪地笑了，我好像受了屈辱。

蘇納美只顧和隆布說話，把我冷落在一邊。我盡量想猜測他們對話的內容。似乎蘇納美在問故鄉的人和事，一會兒驚訝，一會兒狂喜，一會兒嘆息，一會兒憤怒，一會兒悲傷……當酒菜上來的時候，蘇納美特別給我斟了半碗酒，甚至親暱地用筷子餵了我一塊肥肉。似乎表示她沒有忘掉我。接着他們又是說不完的話，說着喝着，喝着笑着，我只好自斟自飲。偶爾，蘇納美在滔滔不絕地說話的同時，也會伸出一隻手來摸摸我。否則，我眞的會把碗給扔了。隆布既能吃又能喝，一大碗一大碗的肉，一大碗一大碗的酒，熱得不斷地擦汗，解開上衣，袒露着長有黑毛的赤紅色的胸膛。最後，他把碗伸向我，用漢話說：

「梁！你眞有福氣！」他用碗朝我的碗一碰，差一點把碗給磕壞了，「乾！」

我雖然已經喝的差不多了，可我爲了這句順氣的話，爲了不示弱，我一定得把最後這滿滿一碗酒喝下去。但是，在我喝到一半的時候，蘇納美把我的碗奪去一飲而盡。隆布哈哈大笑地用手指着蘇納美，用漢話說：

「你還眞心疼他！」

蘇納美很得意地瞟了他一眼。

我發現隆布的眼睛裏終於有了點陰鬱，我的心裏隨之也有了點高興。隆布又獨自喝了一大碗，他的充血的眼珠顫抖起來。他醉了，我有一種如釋重負的感覺。在我和蘇納美扶着他回馬店的時候，他那已經睜不大了的眼睛裏似乎含着亮晶晶的淚。隆布在馬店裏，頭一沾枕就鼾聲大作起來。蘇納美坐在他的床沿上久久注視着他，他還那麼吸引她嗎？或許她只是因爲他醉得太厲害，不放心？她似乎沉浸在一種情緒之中，是鄉情？是親情？是友情還是愛情？我沒法在她那如此忘我的境界中篩選出她的眞情實感來。當我叫了她一聲的時候，她才知道我在她身邊。

「走吧！讓他睡吧！」

「好。」她給他扣上胸前的扣子才離開他，和我走出馬店。

夜裏，我問蘇納美：

「隆布都跟你說了些什麼？」

蘇納美嘆息了一聲說：

「說的都是家鄉的事。阿爺已經故世了，在閉眼睛之前還在叫我的名字。他們瞞着我。我們家那條黑狗瘋了，打死埋了。大白貓跟着一個雄貓跑了。阿咪吉直瑪懷了孩子，快要生了。還講了些女伴們交阿肖的事……」

「沒說我們的事？」

「說了，他問我：聽說你結婚了？我說是。他花了多少錢買了你？他沒有錢。你打算跟他一輩子？我們有結婚證。阿咪不高興，說你事先都沒寫封信。你忘了，你是你們衣社的根……他還問我：這個梁好不好？」

「你怎麼回答他？」

「我說：很好，樣樣好，比你好……」

「你眞這麼說？」

「我啥時候對你說過假話？他說他還要找我，當我的阿肖。我說：我是結了婚的女人。」

的確，她沒有對我說過假話，現在也沒有。我緊緊地摟着她睡着了。

第二天一早我們就上路了。隆布牽來了十四馬，幾乎沒馱貨，完全是爲我們來的。他讓蘇納美和我騎馬，他自己步行，他說他走慣了。因爲他不騎馬，我也從馬背上跳下來了。蘇納美騎的是一匹白馬，是匹走馬，很馴良，很會走，走得很穩。隆布緊緊地跟在她的馬後，我跟在隆布的身後。他們又是說不完的話，比在餐館裏說的還熱鬧。有時候隆布還情不自禁地用手去摸蘇納美的腿，蘇納美也不阻止他。隆布甚至有意地鞭打白馬，讓白馬馱着蘇納美快跑，使他們和我拉開一段距離。當我拼命剛剛追上他們的時候，隆布又是一鞭。我不慣於在這坎坷的山路上奔跑。隆布就像一匹涼山馬那樣，根本就聽不見他大喘氣的聲音。我累得氣喘吁吁，最可恨的是他還回過頭來，不懷好意地看看我。我恨他！我用兇狠的眼睛回敬他。他跑我也跑，再累我也不會停下來歇一歇。蘇納美也不回頭看我一眼。馬跑得越快，她笑得越歡。我正要喊她，讓她休息一下的時候，隆布和她竟對起歌來。我聽不懂他們唱的是什麼意思，但我認爲旋律是輕佻的。那些突然上升的滑音不是調情是什麼呢？雖然我是那麼恨他，我仍然不能不承認他唱得很嫻熟、很優美，和蘇納美是那麼般配。只有這山野，只有他和她對唱才諧調，才能發揮蘇納美的全部才能。在舞臺上，和她對唱的那個文工團的小伙子，半男半女的嗓子，去追求柔媚，卻沒有一點粗獷的美，這時候的蘇納美不是爲了給人聽，而是由衷的傾吐，眞情的流露和自然的應答。聲音是那麼舒展，是那麼忘情，山林都爲他們的歌聲沉寂下來。在這裏，每一棵樹，每一塊岩石，每一片白雲，正在雲端上滑翔着的那隻鷹，都是和諧的。只有我是這幅畫上一滴偶然不愼滴落的墨，只有我是這首交響樂中的一個不諧和的音符。如果我是個夏里亞賓該有多好，突然用雄渾而宏大的美聲把他們的歌聲淹沒！但我很快就明白過來，卽使我是夏里亞賓也淹沒不了他們的歌聲，因爲那是不能類比的，它們之間絕不相同。

總算停下來了。蘇納美從馬上跳下來，在隆布去攔馬的時候，她用手捧着泉水連連地喝了幾口，並用泉水洗了洗臉。我坐在一塊岩石上喘息不止。

「蘇納美！」我委屈地叫了她一聲。她一回頭，把沾滿水珠的臉轉向我。她可能發現了我的臉色蒼白，急忙用手捧了一捧水跑到我面前讓我喝。我沒有喝，水在她的指縫裏一滴一滴地漏光了，她看出我在賭氣，但她又奔到泉邊，重新捧了一捧水送到我的嘴邊，我沒有勇氣再拒絕了，只好捧住她的手喝下去。一直喝光我還不放開她的雙手，把臉埋在她的手掌裏長久地親吻着。

「走得太快了……」她內疚地說：「你應該騎馬。」

「不！」我憤怒地說。

我們在泉邊休息了很久。隆布點起了篝火，燒了茶。蘇納美拿出在城裏買的餅乾。誰都沒有說話。隆布向蘇納美說話，蘇納美像沒聽見似的，默默地喝茶，小口小口地啃着餅乾。

我半依在土坡上注視着蘇納美，我從來都沒有像現在這樣把她看得這麼珍貴。在我的眼裏，今天的她是最美，最動人的。我從駄架上解下畫板和紙、鉛筆給蘇納美畫像。我從來都沒有給她畫過像，因爲我很少畫畫。畫畫似乎也需要一種心境。現在，好像正是這樣的心境。第一筆，她的側面的輪廓就逼眞地浮現出來了。這是我的視覺中最親切的一條曲線，從圓潤的前額，到挺直的鼻準，經過人中滑向她那稍稍肥厚的嘴唇之間那個微妙的小彎，再就是上下嘴唇的兩個弧。最後是充滿稚氣的下巴頦連接着光滑的頸子。隆布好奇地踱到我的身後。我剛好畫完這第一條線，他驚得目瞪口呆，脫口而出地叫喊着：

「阿咪！」這句摩梭話我能聽懂，就是「媽呀！」我知道他爲這條線的準確而吃驚。

這才驚動了正在沉思的蘇納美，她把臉轉過來。隆布用摩梭話告訴她，要她別動，還像剛才那個樣子。我接着全神貫注地畫了第二條線，第三條線、第四條線……隆布爲我的每一條線叫好。我特別痛快，這是一種報復的快感。現在，是該我顯示優勢的時候了！畫面上那個多餘的墨滴是他。他能把蘇納美畫在紙上嗎？那絕不是美麗的蘇納美，誰知道會是個什麼鬼樣子！我把我對蘇納美的全部了解和柔情都化爲嫻熟的線條，很快就畫完了。一個立體的蘇納美的半身像顯現在白紙上。我放下筆，隆布才把蘇納美叫過來。蘇納美一看畫像就怔住了，輕輕地蹲在我的身邊，像對着鏡子那樣用手抿着鬢邊的髮絲，然後突然拿起我的右手食指含在她的嘴裏吮吸着。隆布雙手把畫板捧過去，像捧着一個神像那樣肅穆地唏噓不已。蘇納美第一次看見我畫畫！第一次知道我的手是如此的神奇。她沒有誇我，只用她的牙齒輕輕地轉着圈咬着我畫畫畫酸了的手指，我覺得很舒適。後來，她猛咬了一口。我把手指抽出來了，假裝着要打她，高高舉起我的手掌。

在以後的行程裏，隆布一定要把夾有蘇納美畫像的畫板背在自己的背上。再也沒有無端的奔跑，他們也不再對歌了。夜晚，在山谷裏露宿，我和蘇納美躺在一棵小樹叢下，合蓋一件「察爾瓦」。蘇納美睡得很安穩，她累了。但我睡不着，眼睛貼着地面察看着久久沒有睡下的隆布。隆布先是給散放在河邊的每一匹牲口的項下料袋裏加料，加完料，又在離我們很遠的上游燒起一堆篝火，火焰把隆布的身影拉得很長，久久不斷地在草地上幌動。有時，他的影子完全把我和蘇納美蓋住了，使我有一種壓抑感和恐怖感。不知道他爲什麼總在走動，爲什麼還沒有睡的意思。他終於坐下了，只是坐下。有響聲，他在吹樹葉。吹出的調子很悲哀，和隆布這個紅臉漢子很不相稱。這樣哀婉的聲音怎麼會是從他身上發出的呢！我看看蘇納美，她睡得很香……我實在支撐不住了，眼前一片模糊……不久，我發現隆布就站在我的臉前。他正在笑瞇瞇地向蘇納美招手，蘇納美擡起身子坐起來，把「察爾瓦」披在赤裸裸的身子上，站起來，看看我就把手伸向隆布了。我想叫，我想站起來，但我一點力氣也沒有，我叫不出聲，也動彈不得。眼睁睁看着隆布輕輕一提就把蘇納美抱起來了。他抱着她飛似地跑了。我急得想捶打我自己，但舉不起手來。我竭盡全力哭號着想喊叫，忽然叫出聲來了：「蘇納美！」我從地上一下就坐了起來，但蘇納美就在我的身邊，還躺在地上，天已經大亮了。她剛剛睁開惺忪的睡眼，不解地看着我。

小河上飄浮着霧，隆布正在河那邊大聲吆喝牲口……

二十四

我們一行人馬到達尤吉瓦村的時候，已經是黑夜了。剛剛入夜的尤吉瓦村和幾千年前一樣，籠罩在煙霧之中。人都在屋裏，屋外連個游蕩的狗也沒有。星星在遙遠的山頂上開始浮游着升起了。當我們走進村內小路的時候，立刻看見一團火光。一羣人打着火把在一個大門裏奔進奔出。蘇納美已經從馬背上跳下來了，她小聲對我說：

「我們家的人已經都知道了！看！」

他們是怎麼知道的呢？我只是這樣想。蘇納美說：

「山裏人有山裏人的辦法，孩子們老早就在樹上張望了。」

還沒等我們走進大門，一羣男女老少迎過來，像強人似地把蘇納美從我身邊搶過去，眾星捧月似地把她擁進大門，把我和隆布、馬四、行囊都丟在門外。隆布一邊卸着馱架一邊望着我不懷好意地笑，似乎在說：怎麼樣？蘇納美家的人把你當人看嗎？我正在不知所措的時候，蘇納美和一個挺着大肚子的漂亮的年輕婦女，從門裏走回來。我猜想她可能就是阿咪吉直瑪。她們倆把我拖進大門，拉進他們叫做「一梅」的正室。室裏很暗，油燈的小火苗在煙霧中搖幌，好像隨時都會熄滅，那麼多男女都擁進正室了，一眨眼功夫都井然有序地按照座次盤腿在下火塘落座了。據說，摩梭人以右爲大，火塘的右側坐的是婦女，以尊卑長幼爲序。左側坐的是男子。我被破例安排在蘇納美身邊，不知是照顧還是因爲我不懂他們的語言，需要蘇納美給我當翻譯了。火塘邊已經擺滿了吃食，有瓜子、糖玉米、酒和鮮奶。蘇納美的親人們一共有三十多個。每一個人從我們一進門就開始發問了。蘇納美也無從回答，他們也沒一個人停止，個個爭先恐後，比賽着大聲喊叫，揮着手，希望能引起蘇納美的注意。蘇納美只是笑，流着淚笑，想聽清每一個親人的問候，想聽清每一個問題，但都是徒勞。這種亂糟糟的序幕一直到阿咪彩兒走進「一梅」才告結束。所有的人都閉上了嘴。阿咪彩兒領着隆布走進來，隆布捧着我和蘇納美帶回來的禮物，背着我的畫板。阿咪彩兒坐到首位上。她請隆布坐在男人那一側的首位，以示對隆布的感激。隆布把我們的禮物——布料和幾盒點心、磚茶交給蘇納美，蘇納美再用雙手捧着交到達布阿咪彩兒手上，說了幾句恭敬的感激的話，不僅她自己哭了，她的所有的親人們都嗚咽起來。我雖然聽不懂蘇納美的話，他們的親情深深地打動了我，我感動得心酸酸的。達布阿咪彩兒把衣料和點心盒打開，讓親人們傳看，傳看之後阿咪又重新蓋好、疊好。用那把只有她有權配帶的鑰匙打開後壁的倉門，把禮品收藏起來。那是一個只能鑽進去的小方門。好像是爲了沖淡這悲傷的重逢的氣氛，達布阿咪彩兒用摩梭話向我問了一句話，蘇納美幫我翻譯說：

「阿咪問你：聽說你們漢人動不動就打女人？」

我回答說：

「是的，有這樣的男人。」

阿咪接着說：

「你可得小心呀！到了我們這兒，女人可是要打男人的，打得可比你們男人打得還狠啊！脫光了打！」

達布阿咪彩兒的話引起了一屋子人的哄笑，蘇納美在我耳邊說：

「阿咪是嚇唬你的，在跟你說笑。我們摩梭人從不打架。」

「我知道。」

達布阿咪彩兒向我舉起了酒碗，這時，三十幾個酒碗都向我舉起來。阿咪通過蘇納美莊嚴地對我說：

「我們摩梭人的衣社是最和睦的衣社。我們一條根上的親人從來不像別的民族那樣，爲了一根針就可以拆散一個家，卽使是老天下金雹子也打不散我們的衣社。你不是我們家裏的人，因爲我們的親人蘇納美喜歡你，相中了你，我們都喜歡你，都相中你。我們會好好地待你，因爲你好好地待過蘇納美。是不是，蘇納美？」

蘇納美眞情地說：

「是的，阿咪，他待我很好，他總是遷就我，像個阿木❶。」

---

❶哥或姐。

「謝謝你！」阿咪向我說：「蘇納美出門在外，在一個不誠實、不太平的漢人的地方，你待她很好，照應她，我們就放心了！」在她輕聲對我說話的時候，我能感到一種比雷聲還要使我震動的威嚴。她的相貌端莊，由於勞累而消瘦，臉上的每一條皺紋都顯示着不容懷疑的誠實、自信、堅定、耐勞和母性的嚴厲與慈愛。我很想給她畫一張肖像，標題就是《達布阿咪彩兒》（家長母親彩兒）。她問蘇納美：「蘇納美，他可是個誠實的善良的漢人？」

「是的，阿咪！」蘇納美對我的肯定，使我激動得渾身顫抖起來。

「你沒看錯吧，蘇納美？」

「沒看錯，阿咪！他知道人活着應當誠實、善良，因爲他吃過很多苦。」

「啊！」達布阿咪彩兒把我的手拉過去撫摸着。「孩子！吃苦多的人聰明……」這種古樸的母性的愛，使我的靈魂都受到了撫慰。我相信我現在的目光都變得柔和了。

「他很聰明。」隆布恭恭敬敬地向阿咪說，同時從背上解下畫板，把蘇納美的畫像展示在阿咪面前：

「這是他用一袋煙的功夫畫成的。」

「咦！」三十多雙眼睛都光亮起來。阿咪捧着畫板，看看畫，再看看蘇納美，笑得抿不住嘴。她看了很久才把畫板按次序傳下來，並且說：

「不要用你們那髒手去摸。」

蘇納美的畫像傳了整整一圈，隆布重新夾好連同畫板交還給我。喝了幾碗酒以後，達布阿咪用一把長勺給每一個人分飯，分湯，分猪膘肉，我得到的一份和別人的一樣。一陣像下雨似的吃飯的聲音延續了很久，女孩和男孩們從始至終都用他們那滴溜轉動的眼睛看着我這個和他們不同的人，漢人，會畫畫的人，摸不透的人。

當晚，我和蘇納美就住在她的「花骨」裏，這間小屋子過去對我來說，只是她愛情故事裏的一個模糊的場景。現在，它卻太具體了。那個和情人吃茶吃酒的小火塘，仍然像她和隆布、和英至在一起的時候那樣溫暖，唯獨缺少那隻大白猫。火光在牆壁上跳躍閃爍，光影構成紅黑混流的薄薄的瀑布，不斷貼着牆往下滑落……那隻舊的紅漆木箱像是見證人似地蹲在火塘前，掛着鎖的銅什件像含着神秘微笑的嘴。一張木板床，並不比我票房裏那張單人床大多少，舖着舊草墊，草墊上疊着兩床手織的黑羊毛毯。大概現代世界上沒有比這更簡陋的情人相會的香巢了。摩梭人並不富有，但他們完全可以再講究些，清潔些。看來，他們並不重視任何物質吸引。在這裏，最重要的是赤條條的人和人。我眞不情願和蘇納美走進這間「花骨」，特別是要在這裏歇息。我會產生很多聯想。她也會再現許多回憶。蘇納美像從未離開過這間「花骨」似的，給我煮茶、倒酒，不言不語卻溫柔地對我笑，給我寬衣，吹熄小燈，用手牽着我上床，讓我先平平展展地躺下，然後她才對着火塘慢慢地、一件件地卸去頭飾、手鐲、項鍊，一件件地脫去衣服。我只能看見她在紅色火焰中的裸體的黑色剪影……她的每一個動作都使我觸目驚心，使我時時都覺得我並不是我，我在看的每一個細節、每一根線條都是爲別人在看。我所期待的正是別人的期待，我的突然的亢奮也是別人的亢奮……像驟然退去的大潮一樣，我打了一個寒顫冷靜下來了。蘇納美上床的時候感到非常詫異的是我並沒有向她伸出雙手，……她慢慢在我的身旁側臥下來，小聲問我：

「很累了吧？」

「嗯……」我含混地回答她就翻過身去，給了她一個背。她伏在我的背上小聲神秘地說：

「你不是想偷看小姑娘們怎個接待阿肖嗎？」

「不看了……」

「好吧……」她怎麼可能知道我想了些什麼和正在想什麼呢？她以爲我眞的很累，她也就死心了，貼着我的背一會兒就睡着了。她嘴裏正好把呼出的氣噴在我的耳輪上，癢絲絲的。我一直醒着，隔着一層板的另一個「花骨」，原是阿咪吉直瑪的「花骨」。直瑪快要生了，搬進了「一梅」。睡在阿咪彩兒身邊，好有個照應。現在這間「花骨」裏住的是另一個阿咪吉，叫舍諾。隔壁的一切響動都聽得清清楚楚。我能想像得出，阿咪吉舍諾和蘇納美有許多相同之處，也是那麼敏感，很容易使男人得到自信，但她比蘇納美貪婪得多。一直到那個牯牛似的男人鼾聲大作時我才有點睡意。但他的鼾聲時時把我從夢中震醒。小「花骨」裏的夜是很難熬的，我幾乎每天都催促蘇納美回城。蘇納美連聽也不要聽。她帶我去看望她兒時的女友。在白天，我看得更清楚了。每一個摩梭人的院落，都髒得難以下腳，全是家畜的糞便，老人和孩子們的衣着很破舊，而且似乎從來沒洗過。漂漂亮亮的姑娘穿着漂漂亮亮的衣服，脖子卻是髒的。我設想，如果我不在城裏，而在這裏見到蘇納美，我會不會吻她？蘇納美還帶我爬到山上，在她砍柴的林子裏去尋找她十三歲以前丟掉的一串玻璃珠子。當然，她眞正想尋找的並不是那串玻璃珠子，而是她的童年。她指着山坡上一排像旗幟一樣的經幡，神秘地告訴我：她小時候尿急了，曾經在這些幡桿下撒過尿，當晚就頭疼起來。找喇嘛來唸了經，頭疼才好。我故意說：我是不是可以試試？她的回答就是用雙手使勁一推，把我推下了山坡。她帶我到她十三歲那年和女友們聚會的小河邊。看來，她的早已消失了的童年，仍然使她無限眷戀。蘇納美說：那時候眞傻，不知道女人爲哪樣要阿肖，阿肖有哪樣用場。小河邊的淺水裏浮游着一羣稻粒那麼大的小魚，蘇納美用手一撮就能撮好幾條，她的童年並沒消失！有時她竟會用雙手抱住一個膝頭，讓一條單腿蹦着在田間小路上走……她對故鄉的不衰的激情和找回童年的歡愉也感染了我。我再也不提早些回城的要求了。

有天早上，我們一醒來就聽見「一梅」裏傳出初生嬰兒的哭聲，大人們的笑聲，達巴的唸經聲。院子裏有人在宰鷄，鷄在臨死前掙扎的嗚叫聲。蘇納美高興地叫着：

「阿咪吉直瑪生了！」

我們起床以後就進了「一梅」，人們正在圍着達巴看他占卜哩！達巴是個瘦長的老人，面色蠟黃，坐在下火塘的左上方，手裏捏着兩個貝殼，唸唸有詞地把貝殼往木盤裏丢，再根據貝殼在木盤裏的位置和出生的時辰、方向來給孩子命名。貝殼在東北方，爲牛之方，達巴給嬰兒命名爲依木，就是牛女的意思。達巴向躺在火塘邊墊子上的直瑪伸出手來。直瑪把自己的女嬰交給達巴。達巴連叫了三聲「依木！」直瑪欠起身來代替嬰兒回答了三聲。達巴給嬰兒的額頭上抹了一點酥油，不斷用那種使嬰兒感到恐懼的怪聲音爲她祝福，嬰兒嚶嚶啼哭。我爲了好奇，伸出手來摸了一下嬰兒皺皺巴巴的額頭。達布阿咪彩兒在直瑪面前擺了十二碗各種各樣的吃食，直瑪什麼也不想吃，只是安詳地向不斷來道賀的客人微笑。那天晚上，蘇納美把阿咪彩兒帶到「花骨」裏來，通知我：阿烏魯若從麗江回來了，明天一早陪你們去祭「久木魯」，趁達巴沒走，讓他一起去。蘇納美告訴我，阿咪是來通知我們，並不是和我們商量。阿咪走了以後，我問蘇納美：

「什麼是久木魯？久木魯是什麼神？」

蘇納美抿着嘴直笑，她說：

「我也沒見過，你一去就會認識。」

「爲什麼要去祭久木魯？」

「因爲阿咪覺得直瑪已經生了，我也該生一個了。」

「不生孩子關久木魯什麼事呢？我們才結婚不久呀！」我馬上很不愉快地感到，阿咪是從蘇納美沒離家鄉時算起的，她早就結交阿肖了。

「阿咪叫去，我們就得去。」

是的，阿咪又是達布，是最高的權威，不能不去。而且我眞的愛上了這個當家人了，甚至有些崇敬。去看看也好，只當去收集民俗資料。

天剛亮，阿烏魯若就備好了一匹棕色馬，我是第一次見他，叫了一聲：

「阿烏魯若！」

他像英國紳士那樣用手扶了一下寬邊帽的帽沿，說了一聲漢語：

「你好！」

達巴披着一件長長的棕色袍子。一手擎着羊皮鼓，一手拿着鼓錘。阿烏魯若把蘇納美抱上馬，我們一行人就出發了。剛出門就聽見隔壁院子裏響了三聲土炮，我吃了一驚。蘇納美告訴我：

「阿古坡者家的阿普❶死了。」

達巴催促阿烏魯若快走，再不走，阿古坡者家的人就不會放他走了，要請他辦葬事。現在達巴已經很難找了，神像和法器就更難找。阿烏魯若拉着蘇納美的馬像逃跑似地奔出了村莊，我和達巴跑着跟上去。出了村，上了山路，達巴才開始敲着羊皮鼓，念起他的咒語來。蘇納美告訴我，他念的大意是：

---

❶ 母系祖輩男性。

「一個有福氣的女人過來了，讓開吧！一切攔路的怪物，一切攔路的野物，讓開吧！一個有福氣的女人過來了，她是尋找後代的。她的後代在女神那裏，女神正在等着她，把她應該有的女兒和兒子放進了『久木魯』，『久木魯』豎在那裏等着她，讓開吧！……」

我們在崎嶇山路上走了半天才到一座叫阿布流構的山，山東北坡上有一個長方形的岩洞，長大約有十五米，寬大約有七米，東側積水成池，中間是一個落有許多香灰的平臺，西側有一個突起的石鐘乳，形似山峰。達巴告訴我們，這就是女神「吉澤瑪」。「久木魯」在哪裏呢？阿烏魯若指着洞口的平臺上一個柱形的鐘乳石柱告訴我：這就是「久木魯」。我一下就意識到它像什麼了。它是一個碩大的男性生殖器，直豎着，有八十厘米高。頂端有一個凹坑，洞頂恰好有一個向下的鐘乳石柱滴下的水，使那凹坑永遠盛着滿滿的清水。我正仔細觀察這個在摩梭人眼睛裏具有靈性的鐘乳石柱的時候，達巴已經在平臺上點燃了當做香煙的柏枝。阿烏魯若按照達巴的指示，讓我們面向東方，跪在香火前向「久木魯」叩頭，一個接一個地叩頭，蘇納美、達巴和阿烏魯若的神情嚴肅而又緊張，使得我也肅穆起來。本來我是想笑的，現在已經笑不出來了。達巴不停地念着咒語。據蘇納美事後告訴我，達巴念的是：

「天讓你生孩子，地讓你生孩子，河讓你生孩子，山讓你生孩子，風讓你生孩子，太陽、月亮、每一顆星宿都讓你生孩子。左鄰右舍都讓你生孩子，摩梭人讓你生孩子，藏人、彝人讓你生孩子，女神讓你生孩子，保佑你有個緊緊的肚子，養育女兒，養育兒子，養育很多很多……」

達巴念完才許我們站起來。我們膝頭被石子硌得很疼。蘇納美卻很自若，臉上甚至還有一種幸福的感覺。接下來，達巴和我留在火堆前蹲着，他繼續禱告，讓我不斷地向火堆裏添柏枝。蘇納美按照達巴的指示，脫光了衣服，坐進水池，從頭到腳地洗了一遍才穿上衣服。達巴再交給她一根蘆管，讓她閉目默禱，細細地撫摸那「久木魯」。然後用蘆管去吸飲「久木魯」頂端那凹坑裏的積水，連吸三口。——這時，我覺得渾身一陣發冷。整個這場祭祀活動在達巴收回蘆管之後才算結束。我們在洞外燒起篝火，煮茶，拿出我們帶來的乾糧，圍坐着進餐。在進餐的時候，達巴很莊嚴地告訴蘇納美和我：

「今天晚上你們一定要在一起，抱緊，時間要長，要念着『吉澤瑪』的名字，你要給她，你要給他……你們就會有小娃娃了……」看來達巴也不相信單靠神的力量和神水能夠讓女人懷孕。

蘇納美也很莊嚴地回答達巴：

「是的，我聽從你……」

爲了不摸夜路，我們吃了點乾糧就上路了。在回來的路上，我問蘇納美：

「你信嗎？」

「我信。」

「爲什麼？」

「因爲這是我們摩梭人老輩子幾千萬年就信的事呀！」幾千萬年就信的事就可信嗎？

「我不信。」

蘇納美在馬上緊張地用腳踢我。

「可不能這麼說呀！叫阿咪知道了可不得了。阿烏魯若，你是聽得懂點漢話的，你可不許對阿咪說呀！啊？」

阿烏魯若笑了。

「我一點漢話也聽不懂。」

「好阿烏！」

在我們走到村外小河邊的時候，已是傍晚了。西山和影子是藍色的，陰影的尖頂一直插進河水，河東岸還殘留着一片淡紅色的陽光。忽然之間，像夢境一般，我看見河邊有兩個古代的武士，他們頭戴革盔，身穿皮甲，背插長刀，一個在河裏用木碗往另一個的背上的木桶裏舀水。蘇納美看出了我的驚異，對我說：

「這是死了人的阿古坡者家給死人打洗身水的……」

我們讓兩個武士打扮的年輕人背着水桶先過去，他們默默地悲戚地大步向阿古坡者家走去。其中有一個武士在蘇納美的馬前停了一步，仰望着蘇納美。蘇納美的眼睛閉合了一下。阿古坡者家走出一個老年婦女攔住達巴，低聲下氣地向他說了很多好話，達巴才向阿烏魯若告別，隨阿古坡者家人走進死者的院子。院子裏已經擠滿了來吊唁的同一個「斯日」的親人們。他們都打着紅、藍、白三色旗幟。他們難道也知道這三種顏色是宇宙中的三原色嗎？還是另有別的含意？回家以後我問阿烏魯若，死了人達巴去幹什麼呢？他果眞會說漢話。他說：用處可大了，最重要的一件事是送亡靈。人雖說已經死了，靈魂不是還在嗎？雖說肉眼看不到，靈魂是不死的。（他們也是靈魂不滅論者。）要把死人的靈魂送回祖先住過的地方，那地方可遠了！達巴的那本《開路經》都記着哩，有好幾百個地名。每一個摩梭人的「爾」❶

---

❶ 即氏族。

都有一條從古到今的路線。像一條長繩子，每一個住過的地方就是繩子上的一個結。我們「爾」的路線很曲折，彎彎曲曲，繞了好多圈，來回從金沙江上過去過來好幾趟。我們是從北方來的，在木裏的北邊，在四川的北面，一直到喀喇崑崙山脚。（他們是從北方向南游牧的一個民族。）我們的祖先是喀喇崑崙山的女主人。她養過一萬頭雪白的馬，一萬頭雪白的牛，一萬頭雪白的羊。（他眞的以爲他的祖先是富有的。）後來骨肉分開了，不得不分，人太多了，分成了六個「爾」，就是西爾，胡爾，牙爾，峨爾，布爾，搓爾。六個爾又分成數不清的「斯日」，我們就沒那麼富了……

我問阿烏魯若：達巴怎麼請靈魂上路呢？阿烏魯若告訴我：達巴叫着死人的名字說：你不用管了，不用管活人的事了；活人的事你管不了，也不要你管了。（顯然是怕鬼魂留在家裏作祟。）你的耳朵聽見了嗎？我來給你開路。什麼都分給你了，人間的福你已經享完了，安心去吧！從你家門口跨出去是第一步，對了，再出村，一路按照祖先來的路線走，別嫌遠，別嫌曲折，不能走捷徑；祖先那樣苦都不走捷徑，他們是摸出的路，闖出的路，生疏的路；你走回去是熟悉的路，拐彎的地方都有黑石子爲標記，你經過的地方是……（達巴念出的就是那一百多個地名）到了，先祖居住的地方到了。上面一幢高高的樓房，那不是你的住處，那是神的殿堂。下面一幢房子是餵牲畜的，很髒，你也不要去。中間那幢房子才是你阿咪、阿烏的，你到那裏去吧！到了那裏，不要再轉來，不要掛牽家裏的小輩，他們活得很好。不要掛牽家裏的牲口，有人照應，有人餵，有人溜，你不要來牽牲口。你在那裏安心住下去，夏天小麥熟了，做粑粑的時候；十月宰猪的時候，我們會喚你回來，那時候你再回來，和我們圍坐在一起共餐……你好好地在那裏坐着，你好好地在那裏站着，跟慈祥的先人們在一起過活，不喚你，不接你，你就別回來，別回來，別回來……（活人多麼怕死人回來，卽使是死了的親人再轉回來也是可怕的。）

我被阿烏魯若說得入迷了，「一梅」裏的老人孩子們都已鼾聲如雷，阿烏魯若往火塘裏添了好幾次柴火了。阿烏魯若說：

「你喜歡知道這些事，你就到阿古坡者家去看看。看他們怎個給死人洗身，還有達巴洗馬，都是很好看的……」

「不了，我是個外人。」

「那倒是，你是一個遠方的外人。你去了他們怕你驚了鬼魂。」

躺在火塘邊上的阿咪彩兒摟着直瑪的嬰兒坐起來對阿烏嚷了一聲。阿烏魯若立卽小聲對我說：

「粱！快回蘇納美的『花骨』裏去，小心別的阿肖去了。」我知道他是對我說笑話，阿咪彩兒責備了他。但我還是很緊張地走了。在我奔上樓梯向蘇納美那間「花骨」走去的時候，我把腳步放慢放輕，想聽聽「花骨」裏有沒有別人。靜靜的，沒有別人。門虛掩着，我推開了門。蘇納美已經睡了，燈也吹熄了。她見我進來才轉過身來。我埋怨她：

「門怎麼不閂上？」

「怕哪樣？」

「要是有個男人進來……」

「你以爲摩梭男人像你們漢人，女人不許他進，他冒着坐牢的危險還非要進來。我們可不是那樣，只要摩梭女人說一聲出去，摩梭男人就得老老實實地出去。我倒想問問你，你是不是摸錯了『花骨』的門？」

「我在跟阿烏魯若擺談，聽他講達巴的事。」

「我知道，我起身到『一梅』的門外看了三回了。」

「那你怎麼不叫我？」

「你在哪兒聽說過摩梭女人去叫過男人呀！」

「是這樣?!」

「你以爲我也像你們漢族女人那麼賤，丈夫夜晚沒回來，滿街去找；男人不要她，她哭天號地，像天塌地陷了一樣？有一回在城裏就遇見一個這樣的漢族女人。我問她：大嫂，你哭哪樣呀？她哭着說：我那個挨刀的男人不要我了呀！沒有良心的強盜呀！——像唱歌似的。我對她說：大嫂！他不要你，你不會不要他？她被我這句話嚇住了，眨巴眨巴眼睛，想了想就又唱着歌哭起來：我的天呀！我的地呀！我的命呀！」

蘇納美把我逗笑了。我坐在火塘前撥着火想煮一壺茶喝，蘇納美大聲說：

「你忘了嘎？」

「什麼？」

「達巴怎個囑咐你的？」

「達巴？」我實在不知道達巴囑咐過些什麼，我完全忘記了。

「想想。」

「想不起來了，你說嘛！」

「達巴說：今天晚上……想起來了吧？」

我想起來了，但我還裝着沒想起來的樣子。

「沒有。」

「達巴說：今天晚上你們一定要在一起，……」

「還有什麼？」

「抱緊……」

「還有什麼？」

「時間要長……」

「還有什麼？」我笑了。

蘇納美這才發現我是在戲弄她，她從床上跳下來把小陶茶壺抓過來就丟在小窗外了。我黑摸摸地抱住她，在親吻她的臉的時候，發現她落淚了……

二十五

早晨醒來的時候，我發現蘇納美已經早就醒了，好像在想什麼。她看見我醒了，把臉轉向我說：

「我看見英至了。」

「英至？」我當然知道她說的是誰。「在哪兒？他來了？」

「你也看見了。」

「我？沒有呀！」

「昨天我們拜『久木魯』回來的時候，河邊不是有兩個替辦喪事的人家背水的人嗎？」

「你說的是那兩個穿着皮盔皮甲的人嗎？」

「是呀！背桶的那個就是英至。」

「你們怎麼不說話呀？」

「給死人背洗身水的人不能講話。」

「啊！我沒注意。」

「啊！」

「怎麼了？」

「沒啥……」

她說沒啥，我也就不在意了。

我們起來以後就備了兩匹馬游「謝納米」去了。蘇納美不讓任何人陪同，只是她和我。這是我最高興的一天，傍着巍峨的獅子山，自由自在地信馬由韁走向「謝納米」。當「謝納米」在山谷口越來越顯得寬濶的時候，我明白了！在上古時代，也許還是新石器時期，從北方長途跋涉南遷的摩梭人的先民們像此時的我一樣，首先看見獅子山，酷似獅子而比獅子還要威武，翹首向着晴空，似乎隨時都可以一躍而起。再往南走，一個大湖漸漸出現了，藍得讓人不相信那是水。摩梭人的先民興奮得齊聲喊叫起來，在叢林環繞的湖邊坐下來，幾個氏族的長者集聚在一起，大家回顧以往的高山峻嶺，當然都認爲這是他們十幾代人的腳步踏上的最富庶、最美麗的地方，應該在這裏定居，把帳篷燒掉，伐木建屋，挖木爲舟，旣可種糧食，又可漁獵。他們還商量着給這個藍色的湖起個名字。他們不約而同地說：「謝納米」——「母海」。當然是母海，母親之海，摩梭人最尊敬的是母親。他們把最尊敬的稱號加給這座無比純淨的藍湖。

在湖邊，我們向漁人借了一艘獨木船，划到湖的中央，浮泛到水面上的小魚閃着銀光。

雪白的水鳥當着我們的面衝下來抓魚。蘇納美躺在船上，仰望着天空，無限感慨地說：

「梁銳！我畢竟是個摩梭姑娘……」

「當然嘍，那還用說嘛！」

她把雙手都浸在水裏，撥動着水。

「我爲哪樣要到城裏去哩！」

「是的，我理解你。如果我是個摩梭人，我也不願離開這兒……」

「你……」她惆悵地看看我，「可你不是摩梭人。」

「我現在已經是大半個摩梭人了。」

「大半個？差得遠呢，一小半也不是。」

「一小半也不是？蘇納美，我多喜歡你的家鄉呀！剛來的時候有些不大習慣，現在我幾乎不想走了……」

「你喜歡我們家鄉的哪樣？」

「樣樣都喜歡，山、水、森林、獅子山，還有人，你的親人，阿咪彩兒、阿烏魯若、你——我的蘇納美，即使隆布這個人，細想想也不錯……」

「你喜歡隆布？」

「只能說有點喜歡，不是很喜歡……」

蘇納美咯咯地笑了。我們的獨木船在湖心裏划了一個很大的弧線回到岸邊，在漁人的篝火邊討茶吃。一個老頭兒把新鮮的小魚用竹籤穿着放在火苗上烤，烤得小魚吱吱流油，撒上點鹽巴末，趁熱吃，眞香！我和蘇納美每人吃了十幾條無比鮮美的烤小魚。我們給漁人付了錢，道了謝，正要上馬走的時候，那個給我們烤魚的老頭叫住蘇納美，問她：

「這個漢人是你的……？」

蘇納美還不習慣說「丈夫」這個名稱，她說：

「我跟他領了結婚證的。」

「啊！是這樣嘎！」他瞇着眼笑着對我說了一句摩梭話。我聽不懂，問蘇納美。蘇納美告訴我說：他說你好勇敢嘍！

「當然！」我很得意地跳上馬鞍。

蘇納美在回村子的路上沒說話，我卻一直向她講個沒完。美好的大自然洗滌了我心境，我特別興奮，把我對她們民族的來源去脈的設想，對母親大家庭習俗的觀感，像演講似地滔滔不絕地都講了出來。我的結論主要是讚美：

「我眞正地看到了一個在遠古時代才有的母系社會。它眞實地存在着，無論多麼大的外在壓力都不能使他們改變。摩梭人嚴肅地按照自己古老的生存方式相親相愛，繁衍不息……儘管有人對於他們的婚姻家庭形式不理解，看不慣，但誰都不能否認，這裏沒有因爲情殺犯罪，沒有婆媳、妯娌這種天敵的存在，所以沒有家庭糾紛。大家庭而沒有爭奪繼承權的火拼，沒有出賣給金錢和權力的愛情，全世界只有這裏的女人是自主的，只有她們有權愛和不愛，要和不要，接受和拒絕。不依附於男性，沒有捆綁的夫妻，沒有寂寞的老人，沒有無人照管的孤兒……當然，也沒有現代化……」

蘇納美對我的激昂慷慨的演講只是笑，笑容裏有揶揄，也有高興，甚至還有點憂傷。總之，我摸不透。

晚上，是阿古坡者家送葬的前夕，我想去看他們的驅鬼儀式和跳撻盤子舞。蘇納美要和阿咪談心。她們有很多話要談，因爲她們分別了很久，而且不久還要分別。我倒願意獨自活動一次，做爲一個旁觀者看看那些陌生的習俗。驅鬼儀式很簡單，但很熱鬧。我站在擠滿了人的院子，達巴的嗓子已經沙啞了，還在不停地念着咒語。他的眼裏有一樣別人都看不見的魔鬼，他從每一個角落裏把它們抓出來，指揮着一大羣死者的家人，從房頂上取下幾塊木滑板。他自己端起一碗飯，一面像趕鷄似地撵着。他似乎眞的看見了鬼羣，一邊喃喃不休，一直呼嘯着趕出門，趕出村，趕過小河上的竹橋。人們都輕鬆了，因爲魔鬼被眞的趕走了。

接着是撵盤子舞，跳舞的人全是一羣青年男子，頭帶革盔，身披皮甲，甲片上綁着無數的小銅鈴，跳起來叮噹發響，節奏鮮明。每一個人的背上都斜插一把長刀，刀上和衣邊褲腳都裝飾着犛牛毛。他們手持矛槍、長刀，學着老虎、犛牛和豹子的動作，有節奏地翻滾跳躍，吸引了全村的孩子。他們完全不把這些活動看着與悲哀的喪葬有任何聯繫。所有的孩子都跟着跳，嘩笑着，吶喊着。我久久地入迷地欣賞着這個野性的舞蹈。並想在這些年輕人中間辨認出哪個是英至。當然，這是徒勞的。因爲我並不認識英至。對於只看過一眼的人，是不會有印象的。而且當時在河邊吸引我的主要是他的裝束。這羣舞蹈着的年輕人好像是一母所生，特別是都穿着古代武士的甲冑，更是找不出他們之間的明顯差別來。撵盤子舞結束以後，他們都去阿古坡者家卸甲吃喝去了，看熱鬧的孩子們也漸漸散盡。我一看腕上的手錶，才大吃一驚，時針已指在兩點上。蘇納美一定又等急了，怎麼我會像孩子一樣。摩梭女人是不會去尋找男人的——我已經知道了。雖然遠遠看見火葬場上，正在火把照耀下搭着松木的井字火葬架，火光透過井字木架噴射出來，光和影不斷變幻，在山野間顯出各種神秘的光帶和光斑，我還是克制住好奇心回去了。在大門口發現大門閂得很死。糟了，又不敢喊叫。我看看圍牆並不高，我只好學摩梭姑娘的阿肖們的本領，越牆而過，好在她們家的黑狗打死以後還沒來得及再養一隻。我很順利地就跳進了院子。夜眞靜呀！在阿古坡者家念經的達巴也很賣勁，他的聲音恐怕半個村子都能聽到。我悄悄走上通向「花骨」的樓梯，我正要用手去推門，就聽見了一個男人的說話聲，而且門內沒有燈光。我的心幾乎一下就跳出了胸膛。我竭力讓自己鎭靜，我把耳朶貼在門縫上傾聽。男人還在說話，聲音很輕，但我可以感覺到他是平平展展地躺在床上。我再把眼睛貼在門縫上，火塘裏還閃着餘燼的微光，蘇納美已經在火塘前脫光了衣服，在暗紅色的火焰襯托下，一個我熟悉的裸體的黑色剪影一閃就沒有了。她是跳着上床的！我閉上眼睛轉過身來。天啊！我該怎麼辦？我雖然閉上了眼睛，捂上了耳朶，但正在發生的事情我卻如同耳聞目睹。我太熟悉了。她會立卽就像鳥似的盡情地振翅飛鳴，呻吟、呼喊……哭泣。我猛地轉過身去，此後的行動完全不是在一個現代人的理智支配下做出來的，也許正是一個所謂現代人才能做出來的。我用我的身體的重量和全部的力量把門撞開了。蘇納美無恥地從床上翻身跳起來，一絲未掛。那個光身子的年輕漢子肯定就是英至。他倒不慌不忙地穿着衣服，而且還若無其事地向我點點頭。蘇納美從我的臉上看出禍事來了。我肯定她看見的我正在全身顫抖。她抓起自己的衣裙匆匆地套在身上，在她還沒來得及扣完所有的紐扣的時候，我衝過去狠狠地抽了她兩個耳光。我從來沒打過人，我完全不知道我的手怎麼伸出去的，而且這樣狠。當蘇納美發出一聲尖叫，我才意識到我的手打了人。英至沒想到，他完全沒想到事態會這麼嚴重，我會去打蘇納美。他一步跨到蘇納美的面前，用身子擋住她，大聲斥責我。我聽不懂他的話，但我知道他的用意。我怎麼能容忍一個汚辱了我的人來斥責我呢？你有什麼權利！你這個壞蛋！趁我不在的時候溜進我的房子，爬上我的床，引誘我的妻子，我要狠狠地懲罰你，我一伸手從地上抓起一根櫟木劈柴，這塊劈柴完全可以把他的腦袋打得粉碎。當我掂量到它是一塊有足夠分量的劈柴的時候。我感覺到一種顫慄的快感。我正要用全力舉起那塊劈柴的一刹那，蘇納美大叫了一聲。這聲音很陌生，是一聲撕裂心脾的叫，像野獸的叫聲。她拉着英至就向門外衝去。等我轉過身來，他們已經奔下樓梯了。我舉起那塊劈柴向火塘砸去，火塘裏的陶壺和帶火的柴棒全都飛上了屋頂，一下就着起火了。木板壁、屋頂的椽子、滑板都着了，火舌舔着小窗，舔着墊上的毛毯、草墊子……我看着那橙黃色的火舌，不知道出了什麼事，費了很大勁才弄明白現在發生了什麼事，是怎樣發生的。當火焰正在吞噬着門框的時候，我從屋裏慢慢走出來。在樓梯上，我看見整個衣社的男女老少都站在院子裏，黑壓壓的一片。但我在他們中間唯獨沒看見蘇納美。達布阿咪彩兒站在他們中間，昂着頭憤怒地看着呼呼燃燒着的東廂房。她只低低地說了一句話。所有的人立卽都散開去搶水桶、搶盆子和碗，舀水向東廂房潑去。我沒處去，失魂落魄地站在東廂房樓下，身上被他們澆得透濕，我任他們潑。這場火驚動了全村，所有的村民都拿着盆子、水桶來救火。阿烏魯若爬上搖搖欲墜的東廂房，推倒了火勢最猛的那面板壁。火被撲滅了，村子裏很久才安靜下來。這時的我開始訊問蘇納美的每一個親人，

「蘇納美呢？蘇納美在哪兒？」

從阿咪彩兒、阿烏魯若到三歲的小孩，沒有一個人回答我，連看我一眼也不看，似乎我沒有發出聲來，似乎我是一個無形體的人。不久前，我還在英至和蘇納美面前強調我的存在，我，我，我！現在，我還存在嗎？我找遍了所有的房間，再三再四地問我見到的任何一個人，找不到蘇納美，也沒一個人回答我。甚至連抱着初生嬰兒餵奶的直瑪也不理睬我，連依木也無視我的存在，她的全部意識裏只有奶水。

阿烏魯若已經帶着幾個漢子在院子裏鋸板料準備修房子了。我在院子裏被他們扛着的木

料碰得東倒西歪。他們根本就沒有感覺到曾經碰到過我。我是一個礙事的人。我走到大門外，在村子裏的小路上走，圍着每一家的院牆轉，想幸運地碰上蘇納美。她不會不理睬我，我相信。在這裏，只有她不會不理睬我。但我沒得到這個幸運，我碰上的是阿古坡者家的送喪隊伍。我閃在路邊。送喪隊伍的最前面是一個背着大竹簍的漢子，邊走邊把竹簍裏的吃食、糧米丟在路上。他的後面就是一對對執火把的漢子，一對對打旗子的漢子，一對對披着皮甲、戴着皮頭盔的古代武士。他們牽着馬，馬背上馱着死者的金邊老衣、隨葬品和雉雞尾。他們擎着長矛，板着很兇狠的臉。最後擁着一米多高的方棺材的是披麻布衣的死者的親人。他們也沒有聲音，只是低着頭落淚，像影子似地無窮無盡地在我眼前飄過。不！也許影子是我，也許我已經聾了。我跟着這個隊伍的尾巴走到村口，坐在草地上，遠遠看着他們走到火葬場，從棺材裏取出用白麻布袋子裝着的屍體。屍體像是坐着的樣子。再把隨葬品和屍體放進堆好的井字形松木架裏。隨着一陣烈焰的升起，我的耳朵像是突然恢復了聽覺似的，送喪人們呼天搶地地哀號起來。我從來沒有聽到過這麼多人同時的哭聲。他們哭的是那麼眞切、那麼放任、自由，有人翻滾着，有人拍打着地，有人要撲向那火焰，有人自己捶打自己，這深刻的悲慟不正反映了死者生前和他們之間有過的深刻的歡樂和親情嗎！他們失去了一個死了的親人，尚且如此；我失去的卻是一個活生生的、年輕輕的親人！他們的親人是老天奪去的，我的親人是我自己丟掉的……但我沒有淚，沒有一滴淚。因爲他們可以怨天、怨地、怨神、怨鬼，由怨而痛，由痛而悲。我怨誰呢？

火葬場上的人已經都走了，天已經大亮。旋風捲着灰燼在空中形成了一個個黑色的圓柱，這就是一個人的最後的痕迹麼？

我拖着沉重的步子走進村子，走進蘇納美的院子。我驚奇地發現東廂房樓上被燒過的那一半已經補好了，和原來一樣，只是顏色淺一些。阿烏魯若還正在釘那個「花骨」的門框。我走過去問他，我以爲到了早晨他們會看見我，會聽見我。但是，仍然沒有一個人理睬我，使我陷入極大的驚恐之中。一個女孩從東廂房的樓上把我的畫板夾子丟了下來。我拾起畫板夾子，只燒焦了一個角，裏面夾着的蘇納美的那張側面半身肖像還在。我不甘心，再一次大聲問他們：

「蘇納美呢？蘇納美在哪兒？」

他們依然報我以萬年雪山一般的沉默，我眞希望他們能罵我，打我，用斧子砸我，可他們……沒看見我，沒聽見我……我站在院子裏聲嘶力竭地大叫：

「蘇納美！蘇納美！」

誰也沒聽見，只有一羣鷄嚇得咯咯叫着逃走了。說明我是能夠發聲的。

太陽出來了，屋脊上有了一線陽光。忽然，從「一梅」裏丟出一塊燃燒着的松明。達布阿咪彩兒左手抱着直瑪的嬰兒，右手拿着一把鐮刀、一根麻稈和一頁經書，和直瑪跨出「一梅」的門限，走到院子裏。太陽的光正好移到阿咪的頭上，幾根銀白的鬢髮落在眼睛上。她瞇着眼仰望着偉大的萬物的母親太陽。太陽移動得很快，陽光一會兒就完全把她們籠罩住了。阿咪彩兒把赤條條的小依木捧向太陽，太陽一下從房背那邊跳出來了，在小依木身上撒了一層金粉。小依木啼哭着踢打着四肢，達布阿咪彩兒幸福地笑了，但她的眼睛裏含着亮晶晶的淚。直瑪笑瞇瞇地解開上衣的扣子，袒露出飽滿的乳房，從達布阿咪彩兒的手裏，接過自己的孩子，把粉紅的、正在噴着白色乳汁的乳頭塞進嬰兒的嘴裏，嬰兒的哭聲停止了。達布和直瑪都靜靜地看着她專心致志吮吸奶水的樣子。達布突然把臉俯伏在嬰兒的一隻小腳板上，長久地親吻着。小依木出生三天了，蘇納美告訴過我：每一個摩梭人在出生的第三天早上都要朝拜初升的太陽。小依木眞幸運！頭頂上有一顆如此輝煌的太陽，一顆自然界固有的太陽，一顆只照耀而不荼毒的太陽。這就足夠了！在如此瑰麗的太陽的照耀下，小依木會愛和接受愛，因而她也就會創造她自己所需要的一切！我是那樣羡慕她！她有一顆眞實而不是臆造的太陽！

我還在這裏做什麼呢？於是，我從她們身邊走了。我從她們的院子裏走了。我從她們的村莊裏走了。我從她們的世界裏走了。她們的身邊，她們的院子，她們的村莊，她們的世界裏沒有我。我走了，一個外人多麼可怕！——一個外人！我才眞正的明白，一個外人是個什麼滋味！我將回到我厭倦的、我憎恨的、也是我熟悉和愛過的那個世界。至少我還可以賣票、收票、領座、掃地，偶爾看一眼看膩了的影片，聽着人們的笑聲、掌聲和喝彩聲……在中國無論多麼低俗的影片都有人喝彩。

我走了，背上背着我的畫板夾子，裏面夾着蘇納美的永遠的沉思。我的影子漸漸在縮短，又漸漸在拉長……我確切地意識到，我把一個夢留在我的身後了。我的身前是什麼呢？

每一個人的頭頂上都有一顆太陽。難道你的，他的，我的頭頂上不是共同的那一顆嗎？啊！天呀！

一九八六年十二月十八日完稿於榕城溫泉大廈

白樺傳略

白樺，原名陳佑華。

一九三〇年出生於河南省信陽市。五歲入信陽師範學校附小。一九三八年，信陽淪陷，輟學。父遭日軍憲兵殺害。一九四二年流亡河南潢川縣，一九四三年考入潢川中學初中部。一九四五年入信陽師範藝術科。一九四六年考入潢川中學高中部，因參加學生運動被學校開除。一九四七年秋由地下黨派往豫西，參加人民解放軍，歷任宣傳員、宣傳幹事、俱樂部主任等職。一九五一年開始寫詩、小說、電影劇本。一九五二年夏調西南軍區隨賀龍司令員工作，一九五二年底調昆明軍區任創作組長。一九五五年調北京總政治部創作室。一九五七年被劃為「資產階級右派份子」，一九五八年被開除軍籍、黨籍，送往工廠勞動改造。一九六一年在上海海燕電影製片廠任編輯、編劇。一九六四年在武漢任創作員。一九八五年轉業到上海，在中國作家協會上海分會專業從事著述。

白樺重要著作年表

一九五三年十一月　短篇小說集：《邊疆的聲音》出版（北京作家出版社）。

一九五四年　電影文學劇本《山間鈴響馬幫來》攝製為電影（上海電影製片廠）。

一九五五年八月　詩集：《金沙江的懷念》出版（北京中國青年出版社）。

一九五五年　短篇小說：《無鈴的馬幫》，由長春電影製片廠攝製為影片：《神秘的旅伴》。小說集：《獵人的姑娘》出版（北京中國青年出版社）。

一九五六年十一月　長詩：《鷹羣》出版（北京中國青年出版社）。

一九五七年十一月　長詩：《孔雀》和詩集《熱芭人的歌》出版（北京中國青年出版社）。

一九六五年　話劇：《像他那樣生活》，在廣州《羊城晚報》發表（十一月十八日至二十日），之後陸續在各地上演。

一九七七年　話劇：〈曙光〉，在北京《劇本》月刊發表，之後陸續在北京、上海、武漢等地上演。

一九七八年三月　小說：〈春夜〉，在北京《人民文學》第三期發表（頁九十至九五）。

一九七八年八月　話劇：《曙光》出版（北京人民文學出版社）。

一九七八年十二月　小說：〈秋江落葉〉，在北京《人民文學》第十二期發表（頁六四至七二）。

一九七九年　話劇：〈今夜星光燦爛〉，在北京、武漢等地上演。並發表於《收穫》第二期（頁一一四至一四七）。

一九七九年　電影文學劇本：〈苦戀〉，在北京《十月》第三期發表（頁一四〇至一七一、二四八）。

一九八〇年二月　《白樺劇作選》出版（上海文藝出版社）。

一九八〇年　電影文學劇本：《今夜星光燦爛》，由八一電影製片廠攝製為影片。

一九八〇年十一月　詩集：《情思》出版（江蘇人民出版社）。

一九八〇年十月　《白樺・葉楠孿生兄弟電影劇本選》出版（河南人民出版社）。

一九八〇年　電影文學劇本：《苦戀》，由長春電影製片廠攝製為影片：《太陽和人》。

一九八一年二月　小說：《媽媽呀，媽媽！》出版（北京中國青年出版社）。

一九八一年七月　《白樺近作選》（璧華，楊零編）出版（香港天地圖書公司）。內收詩五首（〈陽光，誰也不能壟斷〉、〈春潮在望〉、〈風〉、〈珍珠〉、〈船〉），電影文學劇本兩個（〈苦戀〉、〈芳草青青〉），以及短篇小說〈「聽櫓居」盛衰記〉，皆發表於一九七八年十二月至一九八一年一月間。

一九八二年十月　《白樺的詩》出版（北京人民文學出版社）。

一九八二年　電影文學劇本：《孔雀公主》，由北京電影製片廠攝製為影片。

一九八二年十一月　《白樺小說選》出版（四川人民出版社）。內收短篇小說十四篇：〈啊！古老的航道〉、〈咫尺天涯〉、〈一束信札〉、〈銀杏村的早晨〉、〈沉默的兒子〉、〈韓美瓊〉、〈鴨倌、羊倌、牛倌〉、〈小溪奔向海洋〉、〈春夜，痛苦與快樂〉、〈神秘的旅伴〉、〈邊疆的聲音〉、〈山間鈴響馬幫來〉、〈竹哨〉。

一九八三年二月　話劇：〈吳王金戈越王劍〉，發表於北京《十月》第二期（頁六五至九五、六四），同時在北京上演。

一九八五年六月　《白樺的中篇小說》出版（北京中國文聯出版公司）。

一九八六年二月　小說：《愛，凝固在心裏》出版（北京中國青年出版社）。

一九八七年　話劇劇本：〈槐花曲〉，發表於上海《收穫》第一期（頁一四八至一六五）。

一九八七年　電影文學劇本：〈一支枯竭了的歌〉，發表於北京《十月》第一期（頁一四〇至一六〇）。

一九八七年七月　詩集：《我在愛與被愛時的歌》出版（上海文藝出版社）。

一九八八年二月　長篇小說：〈遠方有個女兒國〉，發表於北京《海內外文學》第一期，創刊號（頁四至一一一）。

一九八八年二月　電影文學劇本：〈失落了天堂的安琪兒〉（根據白先勇小說《謫仙記》改編），發表於北京《十月》第一期（頁一一〇至一三五）。

關於白樺的評介書目

馮志剛編

一、白樺簡介

❶ 北京語言學院編委會‧〈白樺〉‧《中國文學辭典（現代第一分册）》‧成都：四川人民出版社，一九七九年十二月‧頁九十九——一〇〇。

❷ 巫名‧〈白樺簡介〉‧《爭鳴》（香港：百家出版社）‧一九八一年五月‧第四十三期‧頁十六。

❸ 采風社編‧〈白樺簡介〉‧《白樺的苦戀世界》‧臺北：采風出版社，一九八二年二月‧頁三——四。

❹ 白樺‧〈白樺〉‧《中國現代作家傳略》（下册）‧成都：四川人民出版社，一九八三年五月‧頁八十——八十三。

❺ 馮志剛‧〈從白樺作品透析其心路歷程（年譜，作品繫年）〉‧《文史季刊》（香港：珠海書院文史學會）‧一九八七年九月九日‧第十二期‧頁二十五——二十九。

❻ 汝今譯‧《朝日新聞》〈訪問記〉‧〈中國在一步一步的開放〉‧《大公報》‧一九八六年十一月十七日。

❼ 陳天・〈訪問白樺〉・《*PLAY BOY* 中文版》・一九八六年十一月・頁四十——四十五。

❽ 董狐・〈白樺始終是白樺〉・《動向》（香港：百家出版社）・一九八七年一月・第三十四期・頁三十三。

❾ 李怡訪問・林思紀錄・〈白樺還執迷不悟地苦戀祖國嗎？〉・《九十年代》（香港：臻善有限公司）・一九八八年一月・頁八十四——九十二。

❿ 王一桃・〈白樺反江青的一段秘史〉・《爭鳴》・一九八一年六月・第四十四期・頁三十——三十二。

⓫ 王一桃・〈白樺的際遇和勇氣〉・《觀察家》・一九八一年六月二十日・第四十三期・頁二十一——二十二。

⓬ 洪旻・〈我所認識的白樺〉・《爭鳴》・一九八一年六月・第四十四期・頁二十八——二十九。

⓭ 何達・〈三見白樺〉・《爭鳴》・一九八八年一月・第一二三期・頁二十。

二、評論《苦戀》

❶ 《解放軍報》特約評論員・〈四項基本原則不容違反——評電影文學劇本《苦戀》〉・《解放軍報》・一九八一年四月二十日。再刊於《文藝論爭集 1979–1983》・河南：黃河文藝出版社・一九八五年六月・頁一二七——一三八。

❷ 許行・〈談《苦戀》，駁反對意見〉・《觀察家》・一九八一年五月二十日・第四十二期・頁九——十二。

❸ 《時代的報告》電影觀察員・〈《苦戀》的是非，請與評說〉・《觀察家》・一九八一年五月二十日・第四十二期・頁十二——十三。

❹ 丁望・〈分析白樺的代表作《苦戀》——白樺及其文學創作研究之一〉。《當代》・一九八一年五月十五日・第九期・頁十四——二十三。

❺ 張潛主持・霜木紀錄・〈近四年的中國大陸電影〉・《觀察家》・一九八一年五月二十日・第四十三期・頁十四——二十。

❻ 遠方・〈《苦戀》與知識分子的愛國心〉・《紅旗》・一九八一年五月・第九期・頁二十七——三十三。

❼ 懷冰・〈《苦戀》是愛國主義的詩篇〉・《爭鳴》・一九八一年五月・第四十三期・頁三十八——三十九。

❽ 常新・〈軍報批《苦戀》後的尷尬局面〉・《爭鳴》・一九八一年六月・第四十四期・頁三十六——三十七。

❾ 懷冰・〈「白樺事件」在中共引起的鬥爭〉・《爭鳴》・一九八一年六月・第四十四期・頁三十四——三十五。

⑩ 林念・〈《解放軍報》不能服人〉・《爭鳴》・一九八一年六月・第四十四期・頁三十八——四十。
⑪ 超聰・〈白樺事件與文藝政策〉・《明報月刊》(香港・明報有限公司)・一九八一年六月・頁十五——十八。
⑫ 徐明・〈白樺事件與文壇反「右」〉・《明報月刊》・一九八一年六月・頁十四——十五。
⑬ 亦兵(日本)・〈批判《苦戀》在日本引起的反響〉・《爭鳴》・一九八一年六月・第四十四期・頁三十二——三十三。
⑭ 蔡新・〈從白樺事件看中共政局〉・《爭鳴》・一九八一年七月・第四十五期・頁十一——十四。
⑮ 過來人・〈凌晨光的遺件應該怎樣辦?〉・《爭鳴》・一九八一年七月・第四十五期・頁九十。
⑯ 《爭鳴》編者摘錄・〈胡耀邦關於白樺・顧爾譯問題的講話〉・《爭鳴》・一九八一年八月・第四十六期・頁十六。
⑰ 羅冰・〈反「自由化」與再批白樺〉・《爭鳴》・一九八一年九月・第四十七期・頁十——十一。
⑱ 齊辛・〈再批白樺和反自由化傾向〉・《七十年代》(香港・七十年代雜誌社)・一九八一年十月・頁八十九——九十三。
⑲ 笑吟・〈白樺、《苦戀》、黃永玉〉・《七十年代》・一九八一年十月・頁九十三——九十四。
⑳ 懷冰・〈讀《文藝報》批《苦戀》的文章〉・《爭鳴》・一九八一年十一月・第四十九期・頁六十二——

六十三。

㉑ 齊辛・〈煞費苦心的批白樺文章〉・《七十年代》・一九八一年十一月・頁十二——十三。

㉒ 《七十年代》編輯部・〈中國思想理論界的「白樺事件」〉・《七十年代》・一九八二年三月・頁四十二。

㉓ 葉洪生編・〈白樺的《苦戀》世界〉・《白樺的苦戀世界》・臺北：采風出版社，一九八二年二月・頁五——十。

㉔ 趙滋蕃・〈評《苦戀》〉・《白樺的苦戀世界》・頁三〇七——三四〇。

㉕ 周玉山・〈白樺事件〉・《大陸文藝新探》（周玉山編）・臺北：東大圖書公司，一九八四年四月・頁一一三——一三九。

㉖ 唐因，唐達成・〈論《苦戀》的錯誤傾向〉・《新時期文藝論文選集》（中國文聯理論研究室編）・上海：上海文藝出版社，一九八六年六月・頁一七八——一九一。

㉗ 樂亭・〈愛祖國不等於愛國家〉・《爭鳴》・一九八八年一月・第一二三期・頁二十一——二十二。

㉘ 丁平・〈苦苦地愛戀着文學的白樺——兼評他的電影劇本《苦戀》〉・《香港時報》（文學天地周刊），一九八八年二月二十八日至五月一日・第五六七——五七六期。

三、其它著作評論

❶ 璧華・〈白樺作品的內涵和技巧〉・《白樺近作選》（璧華編）・香港：天地圖書有限公司，一九八一年七月・頁二——七。

❷ 王章陵・《白樺的路》・臺北：黎明文化事業公司，一九八二年三月・一一四頁。

❸ 〈評白樺的《吳王金戈越王劍》〉・《中國新寫實主義文藝論稿》・（璧華編）・香港：當代文學研究社・一九八四年四月・頁一四三——一四七。

❹ 〈給《今夜星光燦爛》導演的信〉・《文學的思索》・（劉夢溪編）・北京：中國文聯，一九八五年八月・頁三二九——三三二。

❺ 〈三十年來的詩歌創作概述〉・《中國當代文學》・（邱嵐編）・瀋陽：遼寧教育出版社，一九八六年六月・頁一一九——一四九。

❻ 〈與新中國一起成長的詩人〉・《當代中國文學概觀》・（張鐘等編）・北京：北京大學出版社，一九八六年六月・頁五十一——六十七。

❼ 趙小芹・〈白樺及其創作〉・《歐華學報》（歐洲華人學會）・一九八七年一月・第二期・頁五十——六十二。

❽ 陳元・〈白樺顯示文人涵養，欣談文藝不同概念〉・《星島晚報》・一九八六年九月四、六日。

❾ 記者・〈白樺談國內文壇近況——作家心獄已解放・失落個性漸恢復〉・《明報》・一九八七年十一月二十七日。

❿ 艾火・〈欲說還休的白樺（白樺一二三）〉・《明報》（副刊之變焦鏡）・一九八七年十二月五、六、七日。

⓫ 記者・〈白樺願以眼創作——昨談作家使命感〉・《文滙報》・一九八七年十二月十五日港聞版。

⓬ 何慰慈・〈衝破「心獄」走向世界——白樺談中國文學的前景〉・《文滙報》・一九八七年十二月七日特稿。

⓭ 何慰慈文、洪克珉圖・〈白樺要衝出心獄〉・《文滙報》（玲瓏・神采版）・一九八七年十二月七日。

滄海叢刊已刊行書目（八）

書名	作者	類別
文學欣賞的靈魂	劉述先	西洋文學
西洋兒童文學史	葉詠琍	西洋文學
現代藝術哲學	孫旗譯	藝術
音樂人生	黃友棣	音樂
音樂與我	趙琴	音樂
音樂伴我遊	趙琴	音樂
爐邊閒話	李抱忱	音樂
琴臺碎語	黃友棣	音樂
音樂隨筆	趙琴	音樂
樂林蓽露	黃友棣	音樂
樂谷鳴泉	黃友棣	音樂
樂韻飄香	黃友棣	音樂
樂圃長春	黃友棣	音樂
色彩基礎	何耀宗	美術
水彩技巧與創作	劉其偉	美術
繪畫隨筆	陳景容	美術
素描的技法	陳景容	美術
人體工學與安全	劉其偉	美術
立體造形基本設計	張長傑	美術
工藝材料	李鈞棫	美術
石膏工藝	李鈞棫	美術
裝飾工藝	張長傑	美術
都市計劃概論	王紀鯤	建築
建築設計方法	陳政雄	建築
建築基本畫	陳榮美 楊麗黛	建築
建築鋼屋架結構設計	王萬雄	建築
中國的建築藝術	張紹載	建築
室內環境設計	李琬琬	建築
現代工藝概論	張長傑	雕刻
藤竹工	張長傑	雕刻
戲劇藝術之發展及其原理	趙如琳譯	戲劇
戲劇編寫法	方寸	戲劇
時代的經驗	汪琪 彭家發	新聞
大衆傳播的挑戰	石永貴	新聞
書法與心理	高尚仁	心理

滄海叢刊已刊行書目(七)

書名	作者	類別
印度文學歷代名著選(上)(下)	糜文開編譯	文學
寒山子研究	陳慧劍	文學
魯迅這個人	劉心皇	文學
孟學的現代意義	王支洪	文學
比較詩學	葉維廉	比較文學
結構主義與中國文學	周英雄	比較文學
主題學研究論文集	陳鵬翔主編	比較文學
中國小說比較研究	侯健	比較文學
現象學與文學批評	鄭樹森編	比較文學
記號詩學	古添洪	比較文學
中美文學因緣	鄭樹森編	比較文學
文學因緣	鄭樹森	比較文學
比較文學理論與實踐	張漢良	比較文學
韓非子析論	謝雲飛	中國文學
陶淵明評論	李辰冬	中國文學
中國文學論叢	錢穆	中國文學
文學新論	李辰冬	中國文學
離騷九歌九章淺釋	繆天華	中國文學
苕華詞與人間詞話述評	王宗樂	中國文學
杜甫作品繫年	李辰冬	中國文學
元曲六大家	應裕康 王忠林	中國文學
詩經研讀指導	裴普賢	中國文學
迦陵談詩二集	葉嘉瑩	中國文學
莊子及其文學	黃錦鋐	中國文學
歐陽修詩本義研究	裴普賢	中國文學
清真詞研究	王支洪	中國文學
宋儒風範	董金裕	中國文學
紅樓夢的文學價值	羅盤	中國文學
四說論叢	羅盤	中國文學
中國文學鑑賞舉隅	黃慶萱 許家鸞	中國文學
牛李黨爭與唐代文學	傅錫壬	中國文學
增訂江皋集	吳俊升	中國文學
浮士德研究	李辰冬譯	西洋文學
蘇忍尼辛選集	劉安雲譯	西洋文學

滄海叢刊已刊行書目(六)

書名	作者	類別
卡薩爾斯之琴	葉石濤	文學
青囊夜燈	許振江	文學
我永遠年輕	唐文標	文學
分析文學	陳啓佑	文學
思想起	陌上塵	文學
心酸記	李喬	文學
離訣	林蒼鬱	文學
孤獨園	林蒼鬱	文學
托塔少年	林文欽編	文學
北美情逅	卜貴美	文學
女兵自傳	謝冰瑩	文學
抗戰日記	謝冰瑩	文學
我在日本	謝冰瑩	文學
給青年朋友的信(上)(下)	謝冰瑩	文學
冰瑩書柬	謝冰瑩	文學
孤寂中的廻響	洛夫	文學
火天使	趙衛民	文學
無塵的鏡子	張默	文學
大漢心聲	張起鈞	文學
回首叫雲飛起	羊令野	文學
康莊有待	向陽	文學
情愛與文學	周伯乃	文學
湍流偶拾	繆天華	文學
文學之旅	蕭傳文	文學
鼓瑟集	幼柏	文學
種子落地	葉海煙	文學
文學邊緣	周玉山	文學
大陸文藝新探	周玉山	文學
累廬聲氣集	姜超嶽	文學
實用文纂	姜超嶽	文學
林下生涯	姜超嶽	文學
材與不材之間	王邦雄	文學
人生小語(一)(二)	何秀煌	文學
兒童文學	葉詠琍	文學

滄海叢刊已刊行書目(五)

書名	作者	類別
中西文學關係研究	王潤華	文學
文開隨筆	糜文開	文學
知識之劍	陳鼎環	文學
野草詞	韋瀚章	文學
李韶歌詞集	李韶	文學
石頭的研究	戴天	文學
留不住的航渡	葉維廉	文學
三十年詩	葉維廉	文學
現代散文欣賞	鄭明娳	文學
現代文學評論	亞菁	文學
三十年代作家論	姜穆	文學
當代臺灣作家論	何欣	文學
藍天白雲集	梁容若	文學
見賢集	鄭彥棻	文學
思齊集	鄭彥棻	文學
寫作是藝術	張秀亞	文學
孟武自選文集	薩孟武	文學
小說創作論	羅盤	文學
細讀現代小說	張素貞	文學
往日旋律	幼柏	文學
城市筆記	巴斯	文學
歐羅巴的蘆笛	葉維廉	文學
一個中國的海	葉維廉	文學
山外有山	李英豪	文學
現實的探索	陳銘磻 編	文學
金排附	鍾延豪	文學
放鷹	吳錦發	文學
黃巢殺人八百萬	宋澤萊	文學
燈下燈	蕭蕭	文學
陽關千唱	陳煌	文學
種籽	向陽	文學
泥土的香味	彭瑞金	文學
無緣廟	陳艷秋	文學
鄉事	林清玄	文學
余忠雄的春天	鍾鐵民	文學
吳煦斌小說集	吳煦斌	文學

滄海叢刊已刊行書目㈣

書名	作者	類別
歷史圈外	朱桂	歷史
中國人的故事	夏雨人	歷史
老臺灣	陳冠學	歷史
古史地理論叢	錢穆	歷史
秦漢史	錢穆	歷史
秦漢史論稿	刑義田	歷史
我這半生	毛振翔	歷史
三生有幸	吳相湘	傳記
弘一大師傳	陳慧劍	傳記
蘇曼殊大師新傳	劉心皇	傳記
當代佛門人物	陳慧劍	傳記
孤兒心影錄	張國柱	傳記
精忠岳飛傳	李安	傳記
八十憶雙親 師友雜憶 合刊	錢穆	傳記
困勉強狷八十年	陶百川	傳記
中國歷史精神	錢穆	史學
國史新論	錢穆	史學
與西方史家論中國史學	杜維運	史學
清代史學與史家	杜維運	史學
中國文字學	潘重規	語言
中國聲韻學	潘重規 陳紹棠	語言
文學與音律	謝雲飛	語言
還鄉夢的幻滅	賴景瑚	文學
葫蘆・再見	鄭明娳	文學
大地之歌	大地詩社	文學
青春	葉蟬貞	文學
比較文學的墾拓在臺灣	古添洪 陳慧樺 主編	文學
從比較神話到文學	古添洪 陳慧樺	文學
解構批評論集	廖炳惠	文學
牧場的情思	張媛媛	文學
萍踪憶語	賴景瑚	文學
讀書與生活	琦君	文學

滄海叢刊已刊行書目(三)

書名	作者	類別
不疑不懼	王洪鈞	教育
文化與教育	錢穆	教育
教育叢談	上官業佑	教育
印度文化十八篇	糜文開	社會
中華文化十二講	錢穆	社會
清代科舉	劉兆璸	社會
世界局勢與中國文化	錢穆	社會
國家論	薩孟武譯	社會
紅樓夢與中國舊家庭	薩孟武	社會
社會學與中國研究	蔡文輝	社會
我國社會的變遷與發展	朱岑樓主編	社會
開放的多元社會	楊國樞	社會
社會、文化和知識份子	葉啓政	社會
臺灣與美國社會問題	蔡文輝 蕭新煌 主編	社會
日本社會的結構	福武直 著 王世雄 譯	社會
三十年來我國人文及社會科學之回顧與展望		社會
財經文存	王作榮	經濟
財經時論	楊道淮	經濟
中國歷代政治得失	錢穆	政治
周禮的政治思想	周世輔 周文湘	政治
儒家政論衍義	薩孟武	政治
先秦政治思想史	梁啓超原著 賈馥茗標點	政治
當代中國與民主	周陽山	政治
中國現代軍事史	劉馥 著 梅寅生 譯	軍事
憲法論集	林紀東	法律
憲法論叢	鄭彥棻	法律
師友風義	鄭彥棻	歷史
黃帝	錢穆	歷史
歷史與人物	吳相湘	歷史
歷史與文化論叢	錢穆	歷史

滄海叢刊已刊行書目(二)

書名	作者	類別
語言哲學	劉福增	哲學
邏輯與設基法	劉福增	哲學
知識·邏輯·科學哲學	林正弘	哲學
中國管理哲學	曾仕强	哲學
老子的哲學	王邦雄	中國哲學
孔學漫談	余家菊	中國哲學
中庸誠的哲學	吳怡	中國哲學
哲學演講錄	吳怡	中國哲學
墨家的哲學方法	鐘友聯	中國哲學
韓非子的哲學	王邦雄	中國哲學
墨家哲學	蔡仁厚	中國哲學
知識、理性與生命	孫寶琛	中國哲學
逍遥的莊子	吳怡	中國哲學
中國哲學的生命和方法	吳怡	中國哲學
儒家與現代中國	韋政通	中國哲學
希臘哲學趣談	鄔昆如	西洋哲學
中世哲學趣談	鄔昆如	西洋哲學
近代哲學趣談	鄔昆如	西洋哲學
現代哲學趣談	鄔昆如	西洋哲學
現代哲學述評(一)	傅佩榮譯	西洋哲學
懷海德哲學	楊士毅	西洋哲學
思想的貧困	韋政通	思想
不以規矩不能成方圓	劉君燦	思想
佛學研究	周中一	佛學
佛學論著	周中一	佛學
現代佛學原理	鄭金德	佛學
禪話	周中一	佛學
天人之際	李杏邨	佛學
公案禪語	吳怡	佛學
佛教思想新論	楊惠南	佛學
禪學講話	芝峯法師譯	佛學
圓滿生命的實現（布施波羅蜜）	陳柏達	佛學
絶對與圓融	霍韜晦	佛學
佛學研究指南	關世謙譯	佛學
當代學人談佛教	楊惠南編	佛學

滄海叢刊已刊行書目(一)

書名	作者	類別
國父道德言論類輯	陳立夫	國父遺教
中國學術思想史論叢(一)(二)(三)(四)(五)(六)(七)(八)	錢穆	國學
現代中國學術論衡	錢穆	國學
兩漢經學今古文平議	錢穆	國學
朱子學提綱	錢穆	國學
先秦諸子繫年	錢穆	國學
先秦諸子論叢	唐端正	國學
先秦諸子論叢(續篇)	唐端正	國學
儒學傳統與文化創新	黃俊傑	國學
宋代理學三書隨劄	錢穆	國學
莊子纂箋	錢穆	國學
湖上閒思錄	錢穆	哲學
人生十論	錢穆	哲學
晚學盲言	錢穆	哲學
中國百位哲學家	黎建球	哲學
西洋百位哲學家	鄔昆如	哲學
現代存在思想家	項退結	哲學
比較哲學與文化(一)(二)	吳森	哲學
文化哲學講錄(一)(二)(三)(四)	鄔昆如	哲學
哲學淺論	張康譯	哲學
哲學十大問題	鄔昆如	哲學
哲學智慧的尋求	何秀煌	哲學
哲學的智慧與歷史的聰明	何秀煌	哲學
內心悅樂之源泉	吳經熊	哲學
從西方哲學到禪佛教 —「哲學與宗教」一集—	傅偉勳	哲學
批判的繼承與創造的發展 —「哲學與宗教」二集—	傅偉勳	哲學
愛的哲學	蘇昌美	哲學
是與非	張身華譯	哲學